길 위의 인문학

59일간의 서해랑길 도보여행기

❶ 전라도 구간

59일간의 서해랑길 도보여행기 ❶ 전라도 구간

발행일	2024년 6월 18일

지은이	김명돌		
펴낸이	손형국		
펴낸곳	(주)북랩		
편집인	선일영	편집	김은수, 배진용, 김현아, 김다빈, 김부경
디자인	이현수, 김민하, 임진형, 안유경	제작	박기성, 구성우, 이창영, 배상진
마케팅	김회란, 박진관		
출판등록	2004. 12. 1(제2012-000051호)		
주소	서울특별시 금천구 가산디지털 1로 168, 우림라이온스밸리 B동 B113~115호, C동 B101호		
홈페이지	www.book.co.kr		
전화번호	(02)2026-5777	팩스	(02)3159-9637

ISBN	979-11-7224-138-4 03810 (종이책)	979-11-7224-139-1 05810 (전자책)	

작가 연락처 문의 ▶ ask.book.co.kr

작가 연락처는 개인정보이므로 북랩에서 알려드릴 수 없습니다.

* 이 책에 수록된 지도는 한국관광공사에서 운영하는 위치 기반 정보 서비스 '두루누비(https://www.durunubi.kr/)' 자료실이 제공하는 이미지를 사용하였습니다.
* 코리아둘레길 코스 및 서해랑길 지도는 문화체육관광부에서 제공하는 이미지를 사용하였습니다.

길 위의 인문학

59일간의
서해랑길
도보여행기

1
전라도 구간

김명돌 지음

북랩

나는 지금도 떠나고 싶다!

언제부터였을까.
무작정 떠나고 싶었다.
그래서 숙명처럼 떠돌아다녔다.
고향의 어린 시절
들판 너머로 밤 기차가 지나갈 때면
생각하고 또 다짐했다.
언젠가는 저 기차를 타고
이쪽 끝에서 저쪽 끝까지 가보리라.
그렇게 해서 떠돌아다녔던 지난 세월
너무나 행복했다.

인생의 좋은 선배들 따라 20대에 등산을 시작했다.
기차를 타고 버스를 타고 대한민국 구석구석
이 산 저 산을 떠돌아다녔다.
땀 흘리며 오르내리는 새로운 세상은
외적으로나 내적으로나 무척 경이로웠다.
그리고 새로운 습관이 생겨났다.

혼자 떠나는 것!
떠나고 싶을 때면 혼자서 떠났다.
마음 맞는 사람들과 함께 떠나는 것도 좋았지만
혼자 떠나는 것은 특별히 좋았다.
그렇게 혼자되는 법을 알았다.

나는 외로웠다.
사람들 속에 있었지만 언제나 고독했다.
그럴 때면 에스키모인처럼
마음의 막대기를 들고 길을 걸었다.
세상과의 불화가 해소되고
마음의 번민이 가라앉으면 되돌아왔다.
그리고 또다시 마음의 막대기를 들고
걷고 또 돌아오기를 반복했다.
이제는 혼자 길을 떠나도
흐르는 세월이 가르쳐주고
길에서의 수많은 만남이 다가와
더 이상 외롭지 않다.
혼자는 결코 혼자가 아니었다.
공간과 시간 속에 모두와 연결되어 있는
더불어 존재하는 혼자였다.
스쳐 가는 인연들이
벗어날 수 없는 이런저런 굴레들이
모두가 얽히고설킨 고마운 존재로 다가왔다.

마흔아홉 살의 새해 벽두에 위대한 여정을 시작했다.
기분 좋은 설렘과
할 수 있을까 하는 약간의 두려움을 안고
청산(靑山)으로 가는 길,
회사가 있는 용인에서 고향 안동으로 걸어갔다.
과거 급제한 옛 선비가 금의환향하듯
한겨울의 눈보라를 즐기며 문경새재를 넘어서 갔다.
8박 9일간의 나 홀로 걷기여행은
고향을 찾아가고 뿌리를 찾아가는
어머니를 찾아가고 나를 찾아가는
생애 최고의 낭만 여행이었다.
그리고 이듬해는 죽령고개를 넘어 고향 안동에서 용인으로 걸어왔다.
그렇게 시작된 장거리 도보여행은
국토 최남단 마라도에서 해남 땅끝마을을 거쳐
고성 통일전망대까지 국토종주로 이어지고
나아가 백두대간, 지리산둘레길, 해파랑길,
제주올레, 산티아고 순례길, 남파랑길, 서해랑길,
히말라야, 로키, 알프스, 밀 포드, 차마고도 트레킹 등
국내외를 수없이 떠돌아다니게 했다.

마치 미켈란젤로가 대리석을 조각해
위대한 피에타를 탄생시키듯
가장 나다운 최고의 나는 어떤 모습일까
생각하고 그려보면서
흰 구름 먹구름 벗 삼아

정처 없이 낯선 길을 홀로 걷는
소요유를 즐겼다.

걷기의 낭만이 절정에 이를 때면
꿈을 꾸는 나가 나인가
꿈속의 나비가 나인가
깨어서도 꿈에서도 길 위에 있었다.
나는 지금도 떠나고 싶다.
'이 세상 밖이라면 어디로라도 어디로라도'
가고 싶어 했던 보들레르처럼
나는 지금도 떠나고 싶다.
발길 닿는 대로
어디로라도 어디로라도

나이 들어 넥타이를 풀어놓고 자연과 벗하며 약간의 고행을 겸한 트
레킹을 할 수 있다는 것, 걸어가는 길 위에서 지나온 길과 나아갈 길을
바라보는 여유를 가질 수 있다는 것은 분명 행운이고 축복이다. 길 위
의 철학자 장 자크 루소의 "걸음을 멈추면 사색도 멈춘다. 내 두 발이
움직여야 내 머리가 움직인다."라는 말처럼 '나는 걷는다. 고로 나는 사
색하고 존재한다.'라고 하면서 어딘가로 걷고 또 걸어간다.

서해랑길 완주를 마치고 돌아온 지 한 해가 지났지만 낭만의 걷기여
행은 여전히 진행형이다. 그렇다. 육신은 비록 집으로 돌아왔지만 영혼
은 아직도 길 위에서 순례자로 존재한다. 서해랑길에서만이 순례자가
아니라 일상을 살아가는 인생길에서도 순례자다. 순례자는 참새처럼
재잘재잘 시끄럽기보다는 늙은 두루미처럼 침묵하며 산을 넘어간다.

다시 묵언수행을 하던 순례자가 되어 새벽 서재에서 이 글을 마치면서 길 위에서 만난 모든 인연들에게 깊은 감사를 전한다.

아아, 인생은 아름다워라. 걷기여행은 아름다워라. 순례자의 새벽은 아름다워라.
용기 있는 자들이여, 코리아둘레길 종주에 나서라!

2024년 4월

김명돌

목차

15. 서산~당진 지선 구간(64-1에서 64-6코스) 109km

64-1코스	**진흙이 없으면 연꽃이 없다** 창리포구에서 부석버스정류장 11.9km
64-2코스	**화엄의 세계** 부석버스정류장에서 해미읍성 22.7km
64-3코스	**백제의 미소** 해미읍성에서 운산교 17.8km
64-4코스	**원효깨달음길** 운산교에서 내포문화숲길방문자센터 20.1km
64-5코스	**가는 데까지 가거라!** 내포문화숲길방문자센터에서 합덕수리민속박물관 19.3km
64-6코스	**버그내 순례길** 합덕수리민속박물관에서 삽교호함상공원 17.2km

16. 아산~평택~화성 구간(84~88코스) 90.2km

84코스	**현충사 가는 길** 인주공단교차로에서 구룡교 북단 동측 정자 17.7km
85코스	**대장부의 길** 노양리마을회관버스정류장에서 평택항 22.7km
86코스	**경기둘레길** 평택항에서 이화리버스정류장 14.1km
87코스	**태산에 오르니 천하가 작구나!** 이화리버스정류장에서 궁평항정류장 18.1km
88코스	**삼고초려 양금택목** 궁평항정류장에서 전곡항 17.6km

17. 안산~시흥 구간(89~93코스) 77.9km

89코스	**대부해솔길** 전곡항에서 남동보건진료소 입구 18.6km
90코스	**운명을 사랑하라!** 남동보건진료소 입구에서 바다낚시터 입구 16.0km

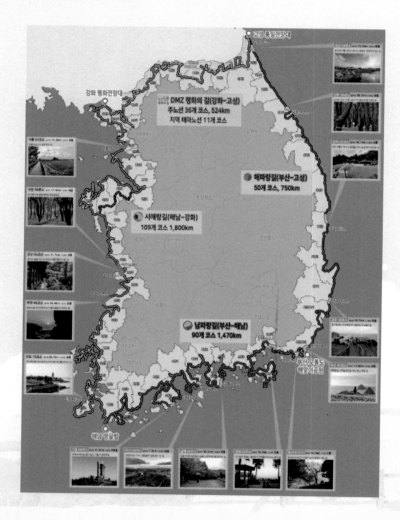

>>> 서해랑길 코스

서해랑길

종착점 **강화평화전망대**

강화
김포
인천
시흥
안산
화성
당진
서산
태안
홍성
보령
서천
군산
김제
부안
고창
영광
함평
신안
무안
목포
영암
진도 해남

시작점 **해남 땅끝탑**

강화 103코스 13.1km / 어려움 / 5시간
별악봉 능선 따라 서해와 북녘땅을 바라보며 서해랑길 대장정을 마무리하고 평화전망대에서 평화와 희망을 꿈꾸는 길

화성안산 88코스 17.6km / 보통 / 6시간
낙조로 유명한 궁평항과 천여 그루의 해송길, 해안따라 이어진 철책길, 바닷길이 열리는 백미리어촌체험마을 등 서해안의 다양함을 만나는 길

태안 70코스 19.2km / 보통 / 6시간 30분
태안반도로 불어오는 바람따라 항곳이 불어오는 솔향과 바람따라 머문 모래사구 만나는 이색적인 바닷길

부안 47코스 13.9km / 쉬움 / 4시간 30분
커거이 시간이 내려앉은 변산반도를 따라 꽃길, 노을길, 해변길, 해송길 등을 걷는 여행

신안 27코스 14.3km / 쉬움 / 5시간
멈춘 듯 흐르는 바다와 섬, 자연이 선사하는 느린 시간 속으로, 유네스코 세계유산 한국의 갯벌과 함께 하는 길

보령 62코스 15.9km / 쉬움 / 5시간
충청 바다를 지켜온 충청수영성, 보령 사람들 삶의 애환이 담긴 굴 따라 가는 길을 만나는 여행

목포 18코스 18km / 보통 / 6시간
목포의 멋과 맛, 개항도시에서 만나는 근대역사문화길, 바닷길, 숲길, 골목길, 기암괴석길 까지 다양함의 끝이 없는 여행길

해남 01코스 14.9km / 보통 / 5시간
한반도 최남단 땅끝에서 서쪽 바닷길 따라 서해랑길 대장정을 여는 코스

1 해남 구간
(1~5코스) 74.2km

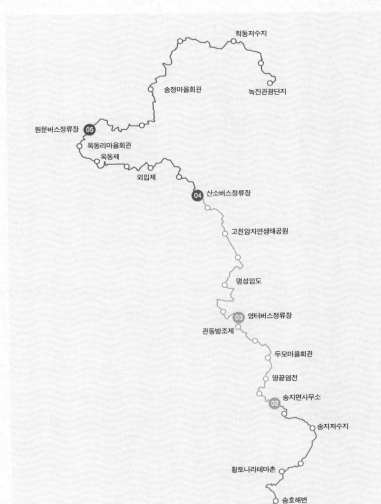

학동저수지

송정마을회관

녹진관광단지

원문버스정류장 **05**
옥동리마을회관
옥동제
외입제
04 산소버스정류장

고천암자연생태공원

명성임도

03 엉터버스정류장
관동방조제

두모마을회관

땅끝염전

02 송지면사무소

송지저수지

황토나라테마촌

송호해변

01
땅끝탑

1코스
땅끝의 찬가

송호리 땅끝탑에서 송지면사무소 14.9km

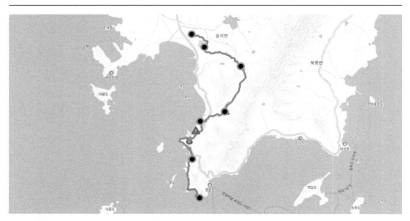

🐾 땅끝탑 ➤ 송호해변 ➤ 황토나라테마촌 ➤ 송지저수지 ➤ 송지면사무소

"박차고 떠날 준비가 되어 있는 사람만이 굳어지는 습관에서 벗어날 수 있다. 심장이여! 힘차게 이별을 고하고 새롭게 태어나라!"라고 헤르만 헤세가 외친다.

10월 24일 월요일 새벽 미명, 다시 길 위에 섰다. 여명이 밝아오는 땅끝마을, 땅끝희망공원을 지나고 땅끝항을 지나서 '땅끝해안 처음길'을 걸어간다. 희망이 물결치는 땅끝 푸른 바다에 은빛 파도가 밀려온다. 소금 바람에 익숙한 나그네가 땅끝탑으로 걸어간다. 바다는 유토피아를 꿈꾸는 고독한 나그네를 포근하게 안아주며 위로한다.

2014년 동해안 해파랑길, 2018년 DMZ국토대장정, 2020년 남해안 남파랑길에 이어서 이제 2022년 서해안 서해랑길을 시작한다. 시작이 반! 코리아둘레길을 완성하는 역사적인 낭만기행이다.

땅끝기점 땅끝탑, 더 이상 갈 곳 없는 땅끝에 서서 바다를 바라본다. 땅끝은 서 있는 것만으로도 의미 있는 한반도의 희망봉, 한반도 삼천리 금수강산의 시작, 새로운 항해의 시작, 새로운 도전의 시작이다. 땅끝탑은 백두대간을 타고 숨 가쁘게 달려와 한반도의 기가 모이고, 서해와 남해의 물이 만나 하나를 이루는 대륙의 시작과 끝을 알리는 곳, 순례자들의 발길이 부산 오륙도해맞이공원에서 시작하여 남파랑길을 마무리하는 곳, 서해랑길 종주의 소망을 담아 강화도 평화전망대로 나아가는 곳, 끝없이 펼쳐지는 다도해를 따라 새로운 바다를 찾아 나서는 곳이다. 갈두리 사자봉 아래 땅끝탑에서 땅끝의 찬가를 부른다.

북위 34도 17분 32초
한반도 맨 끝의 땅
백두에서 땅끝까지 땅끝에서 백두까지
국토 순례의 시작과 끝
남파랑길 90개 코스가 끝나고
서해랑길 109코스가 시작되는 곳
땅끝천년숲 옛길, 문화생태탐방로 땅끝길
동남서로 이어지는 육지의 길은
이곳 땅끝에서 시작되고 끝난다.

남쪽 바다 드넓은 대양의 시점
백일도, 흑일도, 보길도, 노화도를
한눈에 바라볼 수 있고
쾌청한 날이면
추자도와 한라산까지 바라볼 수 있는
수천 년 지켜온 땅끝에 서서
수만 년 이어갈 땅끝에 서서
방랑을 좋아하는 한 나그네가
땅끝의 찬가를 부른다.

떠오르고 흘러서 넘어가는
최남단 땅끝의 태양
그 숨이 다하는 그날까지
땅끝이여, 영원하라!
겨레여, 영원하라!
동방의 등불이여, 영원하라!

드디어 붉게 물든 하늘과 바다 사이로 태양이 솟아오른다. 땅끝탑에 서서 태양이 솟아오르는 동쪽 바다를 바라본다. 바다가 태양을 분만하는 환상적인 풍경이 연출된다. 어제 오후, 이곳 땅끝탑에 도착해서 아름다운 일몰을 마주했다. 노을이 붉게 물든 서쪽하늘, 석양이 서서히 바다로 내려앉는 환상적인 비경이 펼쳐졌다. 어제의 그 태양이 다시 떠오르고 있다. 어제의 태양은 오늘의 태양이 아니듯 어제는 오늘이 아니고 오늘은 내일이 아니다. 가장 소중한 인생의 날은 과거도 미래도 아니다. 착념삼일(着念三日)! 바로 어제와 오늘, 그리고 내일이다.

역사적인 순간, 드디어 땅끝탑에서 땅끝천년숲 옛길로 서해랑길 첫 한 걸음을 내디딘다. 천 리 길도 한 걸음부터라고 했는데, 1,800km 서해랑길이니 사천오백 리를 시작하는 첫 한 걸음이다. 안락지대를 벗어나 불편지대로 임하는 서해랑길, 모험의 길, 방랑의 길, 자유의 길, 편력의 길을 시작한다. 틀에 박힌 습관과 관념의 속박에서 벗어나 변화를 추구하는 동굴의 탈출, 일신우일신의 길이다.

태초에 길은 없었다. 내가 가는 길이 곧 길이 되었다. 내가 걷는 걸음걸음이 모두 길이 되었다. 도행지이성(道行之而成), 걸어가는 데서 길은 새롭게 완성된다. 길이 미리 존재하는 것이 아니라 길은 스스로 새롭게 만들어 가야 한다. 삶은 길이다. 내가 걸었던 길이 곧 내 인생이다. 삶은 길에서 시작되고 길에 연하여 길을 간다. 길은 끝나는 법이 없다. 끝은 또 다른 시작이다. 없던 길은 다녀서 만들어지는 법, 없던 희망도 가지는 순간에 생겨난다.

땅끝탑은 서해와 남해의 분기점으로 부산 오륙도해맞이공원에서 시작하는 남파랑길의 종점이면서 서해랑길이 시작되는 시점이다. 2010년 국토종주 도보여행을 할 때 마라도에서 이곳 땅끝탑을 거쳐 고성의 통일전망대까지 걸어가고, 2020년 남파랑길 종점으로 땅끝탑을 만나고 이제 대한민국 최장 거리 트레일인

서해랑길 시점으로 만나니, 땅끝탑은 그 의미가 특별하다.

서해랑길 해남 구간은 총 128.3km로 1~5코스를 걷고 진도에 들어갔다가 나와서 다시 13~15코스를 걸어 16코스 영암으로 연결된다. 한반도 최남단에서 서쪽 바닷길 따라 남도의 과거와 현재를 만나는 여행이다.

파란 하늘 파란 바다가 어우러지는 바람 한 점 없는 맑은 날씨다. 2020년 12월 30일, 눈보라를 헤치고 남파랑길을 마무리했던 그날의 벅찬 감동이 다시 밀려온다. 그리고 오늘은 새로운 길을 떠난다. 누구에게나 역사적인 날, 아주 특별한 역사적인 순간이 있다.

땅끝천년숲 옛길을 걸어간다. 옛길은 국토 순례 1번지로 땅끝에서 시작하여 땅끝길 16.5km, 미황사 역사길 20km, 다산초의 교류길 15.5km로 총길이 52km로 이루어져 있다. 갈두산 사자봉 정상의 땅끝전망대가 먼 길 떠나는 나그네에게 잘 가라고 인사를 한다.

땅끝해안산책로를 지나서 은빛 모래와 해송이 아름다운 해남의 대표적인 송호해변, 완만한 백사장과 울창한 해송이 풍치림을 이루는 송호해수욕장을 지나간다. 수령 200년이 넘는 해안방풍림이 1km가량 줄을 서서 나그네를 환호한다. 바닷가로 노송이 무성하고 고운 모래와 잔잔한 바다 물결이 마치 호수 같다고 하여 송호(松湖)해변이라 전한다.

'2021년 여름 축제' 모래성을 지나서 금강산도 식후경이라, 소문난 기사식당에서 푸짐한 아침 식사를 하고 다시 힘차게 나아간다. 앞으로는 아침밥을 거르는 날이 많을 줄을 이때는 미처 몰랐다.

한적한 시골길, 송종마을을 지나고 송지정수장을 지나간다. 도솔암 이정표를 따라 멀리 달마산(470m)이 보인다. 고려시대 이전에도 이미 중국에까지 그 명성이 알려질 정도로 유명한 달마산이다. 1.2km가 넘는 능선 길은 기암괴석이 아름다워 남도의 소금강이라 불리며 능선에서는 완도와 진도의 다도해가 조망되고 날씨가 좋은 날에는 한라산이 보인다. 달마산 중턱에 남도 명품길 달마고도 17.74km가 개설되었다.

달마고도의 시작점이자 종점인 아름다운 미황사에서 남파랑길 마지막 코스인 90코스가 시작된다. 미황사는 우리나라 육지의 사찰 가운데 가장 남쪽에 위치하며, 부도에 새겨진 해학적인 동물 문양과 대웅보전 안의 1,000명의 부처 그림이 유명하다. 한국불교가 인도에서 바다 건너왔다는 남방전래설이 전하는 곳이다.

보리달마(?~528)는 중국 남북조 시대에 인도에서 건너와 7년 만의 면벽수행 끝에 좌선을 통해 수행하는 새로운 불교, 곧 중국 선종을 창시했다. 사람의 마음은 원래 청정하다는 이치를 깨달아야 한다고 했으며, 그 선법을 혜가에게 전수했다. 달마대사의 〈관심론〉은 "마음은 모든 것의 근본으로, 모든 현상은 마음에서 일어난다. 그러므로 마음을 알면 만 가지 행으로 갖추어진다."로 시작한다. 삶에서 마음을 어떻게 쓸 것인지 가르침을 준다.

어느 날 혜가가 스승 달마에게 물었다.

"제 마음이 불안합니다. 가라앉혀 주십시오."

달마가 말했다.

"그 마음을 이리 가져오너라. 편안하게 해주마."

혜가가 궁리하다 말했다.

"찾아보았지만 못 찾았습니다."
"그럼 됐구나."

마음이 어디에서 와서 어디로 가는 지 서해랑길의 나그네가 본마음을 찾아간다. 소죽리경로회관을 지나서 '세월도 쉬어가는 곳'이라는 정자에서 잠시 발걸음을 멈췄다가 다시 땅끝성당을 지나간다. 오늘 하루만이라도 욕심의 그릇을 비우게 해달라는 기도를 하면서 걸어간다.

산티아고 순례길을 걸었던 대서양 바닷가 묵시아의 마리아성당이 스쳐 간다. 다시 순례자가 되어 지난날의 잘못을 뉘우치는 용서의 발걸음을 한 걸음 한 걸음 나아간다. 영혼이 몸 안에 깃들게 하려면 때로는 몸이 원하는 일을 해야 한다. 버리고 버려 비워진 몸과 영혼에 새로운 꿈과 희망의 싹을 가득 채워 심기를 소망하며 걸어간다.

10시 20분, 1코스 종점인 송지면사무소에 도착한다. 역사적인 순간이다. 면사무소 정자에 앉아서 아이스크림으로 1코스 마침을 자축하는데, 볼을 스쳐 가는 바람이 '미타쿠예 오야신(Mitakuye Oyasin)!', '세상 모든 것이 연결되어 있다!'고 하면서 지나간다. 그렇다! 서해랑길 머나먼 길에는 모두가 연결되어 있다. 이 세상 모든 것은 서로 연결되어 있다. 따로 떨어져 존재하는 것은 아무것도 없다. 지구 위의 모든 존재는 하늘과 땅으로, 그 사이의 허공으로 이어져 있다. 모든 것이 하나임을 아는 데서 모든 것을 사랑하는 마음이 나온다. 인디언 나바호족의 노래가 들려온다.

나는 땅끝까지 가 보았네.
물이 있는 곳까지도 가 보았네.
나는 하늘 끝까지 가 보았네.
산 끝까지도 가 보았네.
하지만 나와 연결되지 않은 것은
하나도 발견할 수 없었네.

2코스
자화상

송지면사무소에서 영터버스정류장 17.9km

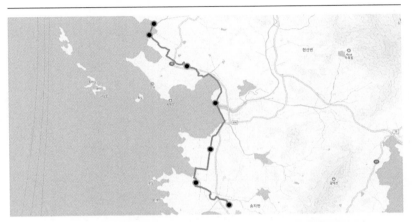

🐾 송지면사무소 ▸ 땅끝염전 ▸ 두모마을회관 ▸ 관동방조제 ▸ 영터버스정류장

10시 34분, 송지면사무소에서 2코스를 시작한다. 2코스는 땅끝해안 도로를 따라 쪽빛 바다를 바라보며 작은 어선이 드나드는 남도의 소박한 어촌마을 풍경과 산길, 들길, 마을 길을 걸어서 영터버스정류장에 이르는 구간이다.

시골길을 걸어간다. 서해랑길이 시작되는 해남군(海南郡)은 전라남도 남쪽에 있는 화원반도, 산이반도, 해남반도와 섬으로 이루어진 한반도의 남쪽 끝, 땅끝마을이 있는 지역이다. 〈동국여지승람〉에서는 우리나라 전도(全圖) 남쪽 기점을 이곳 땅끝 해남현에 잡고, 북으로는 함경북도 온성부에 이른다고 기록하고 있다. 최남선의 〈조선상식문답〉에서는 해남 땅끝에서 서울까지 천리, 서울에서 함경북도 온성까지를 이천 리로 잡아 우리나라를 삼천리금수강산이라 하였다.

하늘은 푸르고 구름은 한가롭다. 길가에 코스모스와 꽃들이 활짝 피어 웃으며 반겨준다. 가을 들판에는 추수가 끝나고 볏짚들이 널려있다. 참새들이 전깃줄에 앉아서 나그네를 향하여 일제히 인디언 나바호족의 노래를 합창한다.

모든 것이 아름답다.
내 앞의 모든 것이 아름답고,
내 뒤의 모든 것이 아름답다.
내 아래의 모든 것이 아름답고,
내 둘레의 모든 것이 아름답다.

한 사람의 인생에는 중요한 날이 둘 있다. 그중 하나는 이 세상에 태어난 날이고, 다른 하나는 세상과 연결된 자신의 삶의 의미를 발견한 날이다. 나 자신을 제대로 알고 이해할 때에만 세상 속에서 나를 나답게 살게 하는 삶의 의미를 찾을 수 있다. 나 홀로 서해랑길은 세상 속에 연결된 나를 찾아 떠나는 아름다운 사색 여행이다.

나를 찾아서 들판과 하천 사이의 농로를 따라 걸어간다. 흐르는 물가에는 고요한 은빛 갈대들이 시선을 끈다. 하얀 시멘트 위로 검은 그림자가 동행한다. 사람들은 묻는다.

"힘든 여정, 왜 떠나는가?"

좋은 질문이다. 하지만 더 좋은 질문이 있다.

"그대는 왜 안 떠나는가?"

떠나는 것은 자신에게 주는 최상의 선물이다. 멀지 않아 떠날 수 없다. 떠나도 아주 가까운 거리를 걸을 수 있을 것이다. 그리고 영원한 휴식을 취하게 될 것이다.

여행은 하늘과 구름, 태양과 달과 별과 나무와 풀잎과 바람과 수많은 만남을 가져다준다. 인생을 관조할 수 있는 기회를 준다. 마하트마 간디는 "가장 위대한 여행은 지구를 열 바퀴 도는 여행이 아니라 단 한 차례라도 자기 자신을 돌아보는 여행이다."라고 말했다. 여행은 일상에서 벗어난 비움의 시간이요 침묵의 시간이다. 그래서 여행은 자신을 객관화시켜 준다. 나무가 아니라 전 생애적 관점에서 숲을 보게 한다.

인생은 유한하다. 유한하기 때문에 할 수 있는 것은 한정적이다. 그래서 선택해야 한다. 사르트르는 "인생은 B와 D 사이의 C."라고 하지 않았던가. 탄생과 죽음, 그 사이의 선택, '나 홀로 서해랑길'은 탁월한 선택이다.

인생은 선택대로 만들어진다. 지금의 내 모습은 과거에 선택한 형상대로다. 지금의 선택 또한 미래의 모습을 만들 것이다. 미래의 일기를 써야 한다. 미래의 자화상을 그려야 한다. 이는 삶에 대한 주체 의식을 가졌다는 뜻이다. 자신의 삶에 대해 3년 후, 5년 후, 10년 후를 말할 수 없는 사람이라면 얼마나 암담한가.

산정천을 건너고 미학마을을 지나간다. 마을 담벼락에 쓰인 나태주 시인의 〈풀꽃〉이 발길을 잡는다.

"자세히 보아야 / 예쁘다. / 오래 보아야 / 사랑스럽다. / 너도 그렇다."

또 다른 곳에는 정호승 시인의 〈봄길〉이 다가온다.

"길이 끝나는 곳에서도 / 길이 있다. / 길이 끝나는 것에서도 길이 되는 사람이 있다. / 스스로 봄길이 되어 / 끝없이 걸어가는 사람이 있다."

걷기의 욕망이 억누를 수 없을 정도로 사로잡아 나선 서해랑길, 가을이 무르익는 한적한 시골길을 걸어간다. 우근리 경로당을 지나고 태양광 단지를 지나서 '땅끝염전'에 이른다. '두모패총 1.2km', '해남공재고택 3.7km' 이정표가 길을 안내한다. 마한 시대 대규모 고분 유적지인 안호리·석호리 유적지를 지나간다. 안호리에는 해남지역만의 독특한 돌무덤이 확인되었고, 석호리 고분군 하단부에는 주거지, 수혈 등 생활유구가 확인되었다. 이는 해안가에 선착장을 갖춘 해남반도의 고대 생활상을 연구하는 데 도움이 된다.

백포방조제에서 서해랑길과 공재 윤두서의 생가 갈림길이 나온다. 고산 윤선도가 사망하기 3년 전인 1668년에 해남 윤씨 가문에 또 한 명의 걸출한 예술가가 태어났다. 우리나라 미술사에서 최고의 걸작 중 하나로 꼽히는 〈자화상〉을 그린 선비화가 공재 윤두서(1668~1715)다. 윤두서의 〈자화상〉은 한국 회화 최초의 자화상으로 국보 제240호다. 독특한 구도와 보는 사람의 마음을 꿰뚫는 듯한 강렬한 눈빛과 멋들어지게 인상적인 수염 등에 우선 이끌리는 우리나라 미술사에서 최고의 인물화로 평가받는 교과서에 실린 작품이다.

윤선도에 뒤이은 윤두서의 등장으로 해남 윤씨 가문은 명실상부한 호남 제일의 명문가이자 우리나라를 대표하는 예술가 집안으로 자리 잡게 된다. 윤선도와 윤두서가 대를 이어 땅끝 해남에서 꽃 피운 예술혼은 위대하고 찬란하다.

어떤 사람이 공자의 제자 자로에게 "공자는 어떤 인물이오?"라고 물었다. 자로가 대답하지 못했다. 나중에 이 사실을 안 공자가 자로를 질책했다.

"너는 왜 대답을 하지 않았느냐? 발분하면 식사를 잊고, 즐길 때는 걱정을 잊어 늙는 것조차 모른다고……."

이 말은 공자가 스스로 그려 보인 자화상이다. '학문에 발분하면 먹는 것도 잊고, 학문을 즐길 때는 걱정거리도 잊는다. 늙어가면서도 앞날이 얼마 남았다는 것조차 잊고 사는 사람이다.'라는 뜻이니, 실로 공자다운 자화상이다. 노산 이은상의 시조 〈자화상〉이다.

너를 나라 하니 내가 너란 말인가.
네가 나라면 나는 그럼 어디 있나.
나 아닌 너를 데리고 나인 줄만 여겼다.

내가 참이라면 너는 분명 거짓 것이
네가 참이라면 내가 도로 거짓 것이
어느 게 참이요 거짓인지 분간하지 못하네.

내가 없었다면 너는 본시 없으련만
나는 없어져도 너는 혹시 남을런가.
저 뒷날 너를 나로만 속아볼 게 우습다.

나는 나인가? 내가 맞는가? 그림 속의 나는 그대로인데 현실의 나는 매일 변한다. 변치 않는 나와 늘 변하는 나 중에 어느 나가 진정한 나인가? 너나 그가 아닌 나가 늘 문제다. 내게서 내가 달아나지 않도록 나를 잘 간수하는 것이 급선무다. 나를 찾아가는 길, 아르키메데스가 목욕탕 욕조에서 부력의 원리를 발견하고 '유레카!', '나는 찾았다!'라고 외치듯 어느 한순간 '유레카!'라고 외칠 수 있기를 소망한다. 새로운 눈

으로 자신의 마음을 바라보면서 자화상을 그려가는 서해랑길을 걸어간다.

해남 연동의 고산윤선도유적지(유물전시관, 녹우당)에는 조선시대 국문학의 비조인 고산 윤선도 작품과 조선 후기 미술 혁신을 일으킨 공재 윤두서의 그림이 전시돼 있다. 우리나라 종가 중 가장 많은 유품이 남아 있고, 조선시대 고택인 녹우당과 돌담길, 600년 된 은행나무가 반겨준다.

덕음산 자락의 길지 기운을 받아서일까. 녹우당에서는 윤효정 이후 내리 10대에 걸쳐 과거급제자들을 배출했다. 임진왜란과 병자호란 당시 의병을 이끌고 나라를 지키는데 앞장선 윤구, 가사 문학의 선구자 윤선도, 사실적인 초상화와 풍속화 등으로 조선 중기 사실주의 회화를 개척한 윤두서 등이 대표적 인물이다.

녹우당은 윤두서 이후부터는 예술 명가로 부상하게 된다. 윤두서와 아들 윤덕희, 손자 윤용에 이르는 3대의 화풍은 이후 17세기에서 18세기까지 호남 문인 화단으로 우뚝 섰다. 이 녹우당 화풍은 진도 출신 소치 허련(1808~1893)에게 큰 영향을 미쳤다.

녹우당 뒤편에는 500여 년의 수령을 자랑하는 천연기념물로 지정된 비자나무 숲이 조성돼 있다. 초록빛 나뭇잎이 우거질 무렵 바람이 불면 '녹우(綠雨)'가 내리는 소리가 난다고 해서 붙여진 이름이다. 녹우당에는 다산 정약용이 그의 어머니와 함께 머물던 초당이 있었다. 정약용의 외증조부가 공재 윤두서인데, 친정을 그리워하는 손녀를 위해 윤두서가 초당을 지어주었다. 다산 정약용은 강진 유배 시절 이곳의 서책을 빌려보았기에 수많은 글을 기록할 수 있었다.

날씨가 점점 변하면서 바람이 세차게 불어온다. 중정리회관을 지나고 대지리회관, 사포리회관을 지나간다. 화산면 관동리와 평호리를 잇는 관동방조제 남쪽에 도착해서 780m 방조제 위를 걸어간다. 2014년 8월, 밀물 때 닫혀있어야 할 배수갑문이 수 시간 열려 있어 바닷물이 논으로 유입되어 염분으로 인한 농민들의 피해가 극심하였다.

하루의 방랑을 축하하듯이 바람이 거칠게 불어오고 파도가 하얀 이빨을 드러내며 출렁인다. 나그네가 '올 테면 와라!' 하면서 미소를 짓는다.

오후 2시 50분, 관동방조제 북쪽 2코스 종점 영터버스정류장에 도착했다. 하루에 두 코스씩 걸어서 연말 전에 마무리하는 계획대로 오늘 하루 32.8km를 걸었다. 택시를 타고 땅끝마을 숙소로 향한다. 서해랑길을 걷는 여행자를 태워본 적이 있다는 택시 기사와의 첫 만남, 서해랑길 종주를 마치는 날까지 택시와의 동행은 이렇게 시작되었다.

서해랑길 도보여행 첫째 날, 땅끝마을의 밤하늘에는 별들이 반짝이고 땅끝전망대의 조명이 찬란하게 비친다. 평화가 파도처럼 밀려온다. 내가 평화로우니 밤하늘에도 평화, 밤바다에도 평화, 땅끝에도 평화, 온 세상에 평화, 평화가 가득하다. 자신이 그려보는 나그네의 자화상이 평화롭게 다가온다.

3코스
해남 8경

영터버스정류장에서 산소버스정류장 14.9km

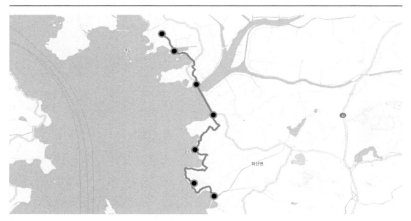

영터버스정류장 ▸ 명성임도 ▸ 고천암자연생태공원 ▸ 산소버스정류장

10월 25일 걷기 둘째 날, 새벽 여명이 밝아온다. 땅끝마을 '맴섬 일출'을 보기 위해 일찍 길을 나선다. 이른 시간에 벌써 사람들이 북새통을 이루고 있다. 맴섬 사이로 떠오르는 태양은 매년 10월과 4월에만 볼 수 있는 명장면이다. 이윽고 한 폭의 그림 같은 풍경이 펼쳐지고 사람들이 일제히 환호성을 지른다. 고요한 아침의 바다가 태양을 부화한다. 분만의 바다는 고요하고 적막하다. 인간의 분만과는 달리 바다의 분만은 고요하다.

8시 15분, 영터버스정류장에서 3코스를 시작한다. 3코스는 고천암자연생태공원을 지나서 황산면 한자리 산소버스정류장까지 걸어가는

14.7km 구간이다. 고천암자연생태공원의 울창한 갈대숲에서 비상하는 철새들의 풍경을 감상할 수 있는 길이다.

관동방조제 북단에서 관두산을 바라보며 걸어간다. 태양이 아침을 밝혀주고 신선한 공기가 폐부를 시원하게 한다. 하루라는 선물이 주어지고 그 신비의 하루가 길 위에 펼쳐진다. 마음 깊은 곳에서 감사가 솟구친다. 누가 감히 1,800km를 걸어서 완주하기 위해 길을 나서는 용기가 있겠는가. 건강이 있으면 시간이 없고 시간이 있으면 건강이 없다. 건강과 시간이 있으면 경제력이 없고, 셋 다 있다 한들 두려움을 이겨낼 용기가 없다. 용기는 새로운 세상을 열어준다.

슈바이처는 24세에 철학박사 학위를 받았다. 다음 해 신학박사 학위를 받았다. 그리고 유명한 파이프 오르간 연주자가 되었다. 어느 날 아프리카에 고통받는 사람이 많다는 뉴스를 읽었다. 그리고 의사가 되었다.

"나 아프리카에 갈래!"

이때 제일 심하게 반대하고 비난하는 무리가 있었다. 의사와 목사였다. 자기 자신은 하기 싫고 남이 유명해지는 게 싫었다. 슈바이처는 60년간 자기가 좋아하는 일을 하다가 세상을 떠났다. 하고 싶은 일을 하고 살아야 한다. 피터 드러커는 일류에 대해 말했다.

"일류의 사람, 상품에는 그만한 아우라가 있다. 그러한 자리에 오른 사람은 한 가지를 마스터한 달인이기 때문이다."

나는 일류인가? 무슨 일에 일류인가? 그렇다. '걷기에 대해 일류가 되기로 하자!' 삶은 무엇보다 자신과의 약속을 지키는 일에서부터 시작된다. 자신을 이기는 사람이 가장 용기가 있고 강한 사람이다. 세상에 현현하는 사람들은 모두 자신을 넘어선 사람이다.

자신이 목표를 세우면 다음에는 그 목표가 이끈다. 해파랑길을, 남파랑길을, 서해랑길을, DMZ 평화의 길을 걸어가는 목표, 코리아둘레길을 완주하겠다는 목표, 대한민국에서 가장 많이 걷는 도보여행가 중의 한 사람이 되겠다는 목표는 끊임없이 자신을 길 위로 이끌어낸다. 인생은 한 권의 책과 같다. 어리석은 사람은 책장을 대충 넘기지만 현명한 사람은 공들여 읽는다. 단 한 번밖에 읽지 못하는 것을 알기 때문이다. '걷기 일류!', 멋진 인생이다.

참치는 몸을 움직이지 않으면 질식해 죽는다. 그래서 일생 죽어라 헤엄을 쳐야 한다. 잠을 자는 것은 뇌뿐이다. 뇌는 휴식을 취하는데 온몸은 계속 움직이며 헤엄을 쳐야 한다. 쉬지 않고 헤엄을 치니까, 아가미로부터 산소가 계속 들어가서 참치의 살이 새빨갛게 되는 것이다.

이와는 반대로 넙치는 게으름뱅이여서 전혀 몸을 움직이지 않고 가만히 있다가 먹이가 나타나면 재빨리 입을 벌려 먹는다. 그러니까 넙치의 살은 흰색이다.

인간도 참치 형 인간과 넙치 형 인간의 두 종류가 있다. 몸을 움직이지 않으면 질식해 버리는 사람이 있는가 하면 움직이지 않고 가만히 있는 사람이 있다.

참치는 세계의 바다를 알고 있다. 넙치는 자기가 살고 있는 바다밖에는 알고 있지 못하다. 식물의 세계도 마찬가지다. 민들레는 참치 형이다. 솜털이 아주 먼 데까지도 날아간다. 그러나 제비꽃은 넙치 형이다.

언제나 밑을 내려다보면서 살고 있다.

참치 형 나그네가 관두산(176.1m) 임도를 따라 산으로 올라간다. 길게 앞서가는 그림자 벗을 삼아 걸어간다. 바라보는 푸른 하늘 푸른 바다에 동화되어 가슴마저 푸르러진다. 가을이 깊어가고 낙엽이 이리저리 흘러 다닌다. 몸과 마음이 춤을 추듯 걸어간다. 이 멋과 낭만을 누가 알겠는가. 한가하고 자유롭게 걸어가는 나그네길, 마음의 평화를 맛보고 하늘의 즐거움을 맛보며 걸어간다. 아아, 누가 알겠는가. 홀로 걷는 나그네의 이 평화, 이 즐거움을. 기쁨의 절정에서 고뇌의 끝을 보고 고뇌의 끝에서 기쁨의 절정을 누린다. 낙엽이 땅으로 지듯이 더러운 오욕이 마음 밖으로 휘날린다.

용이 살고 있어 불을 내뿜는다는 관두산의 전설을 생각하며 관두산 풍혈(風穴)을 지나간다. 풍혈은 여름철에는 찬 공기가 나오고 겨울에는 따뜻한 바람이 나오는 구멍이나 바위틈을 말하는데, 국지적인 특이환경을 형성한다. 우리나라에는 밀양의 얼음골을 비롯하여 대략 25개소의 풍혈이 존재한다. 1872년에 편찬된 〈호남읍지〉에 따르면 "관두산 아래에는 제주를 왕래하는 배가 머물고 정상에 봉수가 있으며, 그 아래로 굴이 있는데 찬바람이 일어 낙엽이 펄펄 날리며 그 깊이와 끝을 알 수 없다"라는 기록이 있다.

임도에서 바닷가로 내려와 뒤돌아 관두산을 바라보다가 다시 영동방조제를 걸어간다. 물새 한 마리가 멀리 바다를 응시하면서 깊은 생각에 잠긴 듯 가만히 서 있다. 길가 감나무에는 잘 익은 감이 달려 허기진 나그네를 유혹한다. 신독(愼獨)! 홀로 있을지라도 유혹을 이겨내야 한다. 다시 산길을 올라 명성-가좌 구간 임도를 걸어간다.

직선으로 뻗은 길고 긴 고천암방조제를 따라 걸어간다. 방조제의 길이는 1,874m, 높이 7.8m로 1967년에 완공되었다. 왼쪽은 푸른 바다가, 오른쪽은 누런 들판이 가슴을 확 트이게 한다. 도보여행의 맛이 서서히 깊어간다.

여행은 자신에게 주는 최고의 선물이다. 여행은 삶을 풍요롭게 하고 과거에서 미래로 가는 열쇠를 보여준다. 행운의 네잎클로버를 찾기 위해 행복의 세 잎 클로버를 짓밟는 어리석음을 범치 않게 하는, 망원경과 현미경으로 바라보는 보다 지혜로운 길을 가게 한다.

고천암호를 지나자 고천암 자연생태공원이 나타난다. 땅끝 해남의 관광 8경은 고천암의 고천후조(庫千候鳥)를 으뜸으로 하여 땅끝의 육단조범, 명량대첩지의 명량노도, 두륜산 일대의 두륜연사, 달마산의 달마도솔, 연동리 녹우당의 연봉녹우, 우항리의 우항괴룡, 오시아노관광단지의 주광낙조이다.

육단조범(陸端眺帆)은 땅끝전망대에서 바라보는 일출과 일몰의 아름다운 경관이다. 명량노도(鳴梁怒濤)는 소용돌이치는 울돌목에 스며있는 충무공 이순신의 호국정신을 일깨운다.

두륜연사는 백두대간 끝자락에 불쑥 솟아오른 두륜산의 8개의 봉우리가 연꽃처럼 대흥사를 껴안고 있다. 사계가 아름다운 난대림의 명품 숲 두륜산은 4km의 숲 터널을 이루고, 서산대사의 유언과 의발이 전해진 대흥사는 호국 불교문화의 중흥을 이룬 천년고찰로 표충사와 초의선사의 일지암이 있다.

대흥사는 신사, 한국의 산지 승원으로 유네스코 세계유산으로 등재된 천년고찰이다. 대흥사 일지암에서 기거하면서 우리의 차를 정립한 초의스님과 임진왜란 때 승병을 일으킨 서산대사를 모신 표충사(사액사

당)로 인해 대흥사는 차와 충을 상징하는 우리나라 대표사찰이다.

달마도솔은 일만 불상이 나타난다는 전설이 담겨 있는 신비스러운 달마산의 기암괴석과 하늘에 닿을 듯한 신비함을 느끼게 하는 풍광의 도솔암으로, 서해 낙조가 아름다운 천년고찰 미황사가 있다.

연봉녹우(連峯錄雨)는 철 따라 아름다운 녹색 비가 내리는 연동리 녹우당 600년 종택과 천연기념물 비자나무숲, 고산 윤선도와 공재 윤두서 등 후손들이 남긴 작품 약 5천여 점의 문화유산을 만날 수 있다.

우항괴룡(牛項怪龍)은 세계적 고생물 화석군으로 세계 최초로 공룡, 익룡, 새 발자국 화석, 세계 최대 익룡 발자국 화석 등을 볼 수 있다.

주광낙조(周光落照)는 해안 경관이 아름다운 154만 평의 오시아노 관광단지 및 주광리 일대의 해변 낙조를 말한다.

들판에서 이삭을 주워 먹던 가창오리의 때 이른 군무가 펼쳐진다. 철새들의 낙원인 고천암은 가창오리의 천국으로 50만 평의 광활한 우리나라 최대의 갈대군락지로 유명하다. 〈서편제〉 등 영화 촬영지로 이용되기도 하였다. 겨울이면 전 세계 가창오리의 95%가 고천암호로 몰려든다고 한다. 해남에 철새들이 찾아오는 이유는 간척지의 기온이 따뜻하고 호수가 새로운 서식처가 되며, 주변의 넓은 농토와 바다 개펄이 오염되지 않아 먹이가 풍부해서다. 중국~일본 간과 시베리아와 알래스카~호주와 뉴질랜드 간 이동 통로의 중간 기착지이다.

때마침 휴대폰에서 '철새는 날아가고' 엘 콘도 파사(El Condor Pasa)가 흘러나온다. 평소에도 매일처럼 전화하는 아우 윤상열 장로님이다.

달팽이가 되기보다는 참새가 되고 싶어요
맞아요 할 수만 있다면 정말 그렇게 되고 싶어요

지금은 멀리 날아 가버린 한 마리의 백조처럼
나도 어디론가 떠나가고 싶어요

'엘 콘도 파사'에 대한 사랑은 고등학교 시절부터였고 수없이 불렀던 애창곡이다. 페루 쿠스코를 지나서 잉카 마추픽추를 찾았던 10여 년 전 추억이 스쳐 간다. 히말라야 안나푸르나 트레킹 당시 일행 중 누군가에게 질문을 받았다.

"여행 다닌 곳 중에 어디가 제일 좋았어요?"

순간, 당황했지만 이렇게 대답했다.

"모든 곳이 다 좋았지만 가장 기억에 남는 곳, 가장 가슴이 벅찬 곳은 잉카 마추픽추였다. 가장 오랜 세월 동안 가보고 싶어 했던 곳이니까."

엘 콘도 파사는 잉카(페루)인들이 겪었던 아픔을 표현하는 곡으로서 한국의 민요인 파랑새와 비슷하다. 원곡은 가사가 없었다. 잉카인들은 위대한 영웅이 죽으면 콘도르가 된다고 믿었으며, 콘도르에게 빌어 고향으로 가고 싶다는 희망을 노래했다. 2004년 국가 문화유산으로 선포할 정도로 페루에서는 제2의 국가나 다름없다. 저항적 의식이 강한 노래로서 민중가요로 불리면서도 친정부, 반정부 가리지 않고 좋아한다. 300개 이상의 번안곡이 있는데, 가장 유명한 곡은 사이먼과 가펑클이 '엘 콘도 파사'라는 제목으로 1970년 발표한 노래다.

금번 서해랑길 도보여행은 처음부터 끝까지 아름다운 노을과 갯벌뿐만이 아니라 철새들과도 동행했던 시간이었다.

자연생태공원을 벗어나 단조로운 해안과 농촌 길을 따라서 걸어간다. 한자리방조제를 지나간다. 나그네의 정열이 길 위에서 흘러간다. 인생은 흘러가는 것이 아니고 이루어 가는 것, 하루하루를 보내는 것이 아니라 자신이 가진 무엇으로 채워가는 것이다. 하나의 스토리가 시간이 지나면 히스토리가 된다. 둥지만 지키는 텃새보다는 대륙을 횡단하며 오가는 철새의 생존본능으로 살아가는 길 위의 스토리는 훗날 인생의 히스토리가 되어 달콤한 추억을 맛보게 할 것이다.

프랑스나 스페인에는 "운명의 여신은 용감한 자를 돕는다."는 격언이 있다. 용감하게 나선 서해랑길, 모험이 없으면 얻는 것도 없다. 고통이 없으면 얻는 것도 없다. 'No pain No gain'이다. 모험의 길, 고통의 길, 서해랑길의 두 번째 코스를 힘차고 용감하게 걸어간다.

11시 1분, 3코스 종점인 산소버스정류장에 도착한다. 오늘은 한 개 코스만 걷고 숙소를 진도 녹진관광지의 이순신호텔로 옮겼다. 친절한 주인아주머니가 반찬과 고구마를 주어서 저녁 식사는 조촐하게 해결했다. 녹진관광지의 야경이 아름답게 펼쳐지고 새벽하늘에는 별들이 무수히 쏟아졌다. 북두칠성과 북극성이 유난히 밝았다. 1,100광년 전에 출발한 북극성의 빛이 드디어 나그네와 만났다. 나그네는 '바로 지금 이 순간이 축복받은 시간이고, 천국은 바로 여기'라고 생각하면서 꿈속으로 날아갔다.

4코스
깃발은 희망이다!

산소버스정류장에서 원문버스정류장 14.5km

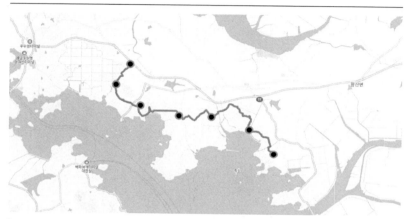

🐾 산소버스정류장 ▶ 외입제 ▶ 옥동제 ▶ 옥동리마을회관 ▶ 원문버스정류장

　10월 26일 새벽 미명, 첫째 날, 둘째 날에 이어서 걷기 셋째 날의 일출을 맞이하기 위해 망금산 진도타워에 올라갔다. 판옥선에서 호령하는 충무공 앞에 서서 거수경례를 한다. 온 세상이 고요하다. 소용돌이 치면서 흘러가는 울돌목과 바다 건너 해남의 전라우수영을 바라본다. 울돌목 건너 멀리 산 너머로 서서히 태양이 솟아오른다. 민족의 태양 충무공 이순신을 그리워하며 말없이 바라본다.

　7시 40분, 황산면 한자리 산소버스정류장에서 4코스를 시작한다. 4코스는 바다와 어우러진 고즈넉한 마을 길과 들길을 걸어서 문내면 용암리 원문버스정류장에 이르는 구간이다.

산소마을을 걸어간다. 신기하게도 집마다 모두 태극기가 걸려 있다. 왜일까? 코리아둘레길을 걷고 있는 나그네를 환영하는 것일까? 나라 사랑을 실천하는 표현일까? 애국심이 고개를 쳐든다. 대한민국 만만세! 그때 어느 집인지 개 짖는 소리가 들려온다. 개 한 마리가 짖으니 이웃집 개가 또 짓는다. 〈웃는 남자〉라는 작품에서 빅토르 위고는 떠돌이들에 대해 "행인은 공공의 적 1호다."라고 했다. 누구나 유목민을 대할 때는 극도로 신중해지는 법, 하물며 낯선 이들을 경계하는 견공들은 말해 무엇하랴. 이후 길 위에서 수많은 견공들에게 공공의 적이 되었다.

들판 길, 세찬 바람이 불어온다. 배낭에 꽂혀 있는 깃발이 바람에 펄럭이며 아우성을 친다. 남파랑길을 걸을 때와 마찬가지로 배낭에 깃발을 꽂고 출발했다. 태극기, 해파랑길, 남파랑길, 서해랑길, 평화누리길, 코리아둘레길을 뜻하는 여섯 개의 깃발이다. 깃발이 힘차게 펄럭인다. 깃발은 상징이고 희망이다. 용기이고 횃불이다.

플라시보 효과는 위약효과라고도 하는데, 아무런 효과가 없는 가짜 약이라도 효과가 있을 거라고 믿으면 진짜 효과가 나타나는 현상이다. 반대로 노시보 효과는 효과가 있는 약이라도 불신하면 그 효과를 볼 수 없는 현상이다. 둘 다 생각이 몸과 마음에 얼마나 강력한 영향을 미칠 수 있는지를 보여준다. 깃발은 희망이다. 희망은 새로운 것을 창조할 수 있다. 희망은 길을 가듯이 그냥 갖는 것이다. 희망은 길을 살피듯 스스로 찾고, 찾아도 없으면 만드는 것이다. 서해랑길 외로운 나그네 마음에 희망의 깃발이 힘차게 펄럭인다.

동쪽에서 서쪽으로 가는 나그네가 뜨는 해를 등에 짊어지고 앞서가는 그림자를 뒤따라 걸어간다. 나그네는 한낮에는 중천에 떠 있는 해를

59일간의 서해랑길 도보여행기 1 - 전라도 구간

이고 걸어가고, 하루를 마칠 때면 앞서가는 해를 좇아서 걸어간다. 해가 떠 있는 위치에 따라 그림자 형상은 계속해서 바뀌고 외로운 나그네는 해와 그림자를 벗 삼아 걸어간다.

새들이 무리를 지어 날아간다. 새는 하늘을 날 때만 새라고 한다. 물고기는 물속을 헤엄칠 때만, 낙타는 사막을 걸을 때만, 거미는 허공에 거미줄을 칠 때만, 두더지는 땅속에 굴을 팔 때만, 배는 바다를 항해할 때만, 차는 도로를 달릴 때만, 나그네는 물 흘러가듯 길에서 흘러갈 때만 가야 할 자신의 길을 간다.

파란 하늘 아래 드넓은 들판을 유랑자가 홀로 걸어간다. 바람이 불어오고 갈대들이 고개 숙여 정중히 인사를 한다. 참 아름다운 날이다.

'우항리공룡박물관 4.4km' 이정표가 길을 안내한다. 세계 최초로 공룡, 익룡, 새 발자국 화석이 동시에 발견된 화석지로 세계에서 가장 보존상태가 좋은 '별'마크 달린 공룡 발자국과 세계에서 가장 큰 익룡 발자국, 현생 오리의 조상인 물갈퀴 새 발자국을 살펴볼 수 있다. 공룡(恐龍, Dinosauria)이란 말은 '무서운(Deinos) 도마뱀(Saurous)'이라는 고대 그리스어에서 유래한다. 공룡은 육지에 살았던 동물 중에서 가장 길고, 가장 크며, 가장 무겁고, 가장 무서운 동물이었을 것이다. 공룡과 비슷한 동물로는 하늘에는 익룡, 바다에는 어룡과 수장룡이 살고 있었다.

공룡과 바퀴벌레 중 누가 더 강할까. 거대한 공룡은 사라졌지만 손가락만 한 바퀴벌레는 무서운 생존력으로 살아 있다. 강한 자가 살아남는 것이 아니라 살아남는 자가 강한 자다. 바퀴벌레는 지구상에 3,500종이나 되며, 3억 5천만 년 동안 지구를 집으로 생명을 이어가고 있다. 겨우 3백만 년밖에 안 된 인간 이전에 지구에 존재했다.

외줄기 고요한 산길로 외로운 나그네가 걸어가고 한 줄기 구름이 한 조각 차가운 바람에 날려 하늘을 흘러간다. 깊어가는 가을, 꽃이 지기로서니 바람을 탓하겠는가. 꽃 지는 가을이면 왠지 울고 싶다. 걸음걸음마다 먼 산이 다가서고 새소리에 놀라 낙엽이 떨어진다. 호수에는 철이 지나 생기를 잃은 연꽃 줄기와 가지들이 머리를 숙이고 처연한 모습으로 나그네에게 인사를 한다.

초월마을을 지나서 넓은 들판을 걸어가는데 어디선가 사람의 소리가 들려온다. 뒤돌아보니 멀리서 일을 하던 농부들이 손짓하는 모습이 보인다. 둘러보니 주변에 나 말고는 사람이 없다. 뒤돌아서 농로를 따라 나아간다. 다가오는 젊은 여인의 손에 생수 한 통과 음료수 두 개가 들려있다. 나그네에게 베푸는 온정의 손길이다. 예기치 않은 사태, 감동! 감동 그 자체다!

배낭에 깃발을 꽂고 걸어가는 모습이 서해랑길을 걷고 있는 여행자로 보였다는 것, 기회가 되면 자신도 꼭 한번 해보고 싶은 게 소원이란다. 나그네는 한 손에 태극기를 들고 여인은 한 손에 서해랑길 깃발을 들고 함께 기념사진을 찍는다. 노부부는 두 사람의 모습을 물끄러미 지켜본다. 길을 가다가 돌아보고 가다가 또 돌아본다. 그러다가 걸음을 멈추고 음료수를 마시면서 따스한 인간애를 마신다.

영혼이 가을 하늘처럼 맑은 사람, 영혼이 새벽 별처럼 빛나는 사람은 어떤 사람일까.

이런 여인일까. 나그네도 그런 사람이 되고 싶다. 마음속에 악한 기운이 전혀 없다면 지옥 한가운데서도 천국을 느낄 것이요, 마음속에 악한 기운으로 가득 차 있다면 천국 한가운데서도 지옥의 고통을 맛볼 것이다. 울창한 나뭇잎 사이로 둥지에만 있는 새는 아무도 바라보지 않 듯이, 떠나지 않는 사람은 아무도 바라보지 않는다. 세상에는 아직 착 한 사람들이 많다. 그렇기에 세상은 살만한 곳이다.

길은 세상의 학교요 몸으로 체득하는 책이다. 여행에서 만나는 사람 과 자연들, 모든 인연들은 세상을 가르쳐 보여주는 스승이다. 독만권서 (讀萬卷書) 행만리로(行萬里路) 교만인우(交萬人友), '만 권의 책을 읽고 만 리 길을 걸으며 만 명의 사람과 교제하라'는 경구는 여행의 소중함을 가르친다.

'세상 사람들아, 어디로 가느냐고 묻지 마라. 왜 가느냐고 묻지를 마 라. 이 순간 나는 그저 질주의 본능에 충실하고 있다.'고 외치며 걸어 간다.

위로는 푸른 하늘, 앞으로는 푸른 바다, 농로길 한쪽에는 넓은 대파 밭에 파란 대파가, 한쪽에는 넓은 배추밭에 해남 배추가 파랗게 어우러 져 조화를 이룬다. 드넓은 푸름 위에 태양이 맑은 햇살을 쏟아 준다. 사람의 마음은 무슨 색깔일까. 파란색일까, 빨간색일까. '꽃 중에 사람 꽃보다 더 곱고 아름다운 꽃이 어디 있겠는가.' 하면서 '짐승 가운데 사 람보다 더 더럽고 무서운 짐승이 어디 있겠는가.'라는 한승원의 시가 스쳐 간다.

해남의 월동 배추는 봄에 비닐하우스에서 재배한 하우스 배추보다 당도가 높고 맛도 아주 좋다. 겨울이라는 혹독한 시련기를 이겨낸 까 닭이다. 경북 안동에서 생산되는 한우 맛이 다른 지방의 쇠고기보다 맛이 있는 이유는 안동의 낮과 밤의 기온 차가 크기 때문이다. 즉 기온 차라는 시련이 있고, 그 시련을 견딘 소들의 육질이 더욱 좋은 맛을 품 고 있기 때문이다. 대관령 황태덕장에 걸려 있는 황태 또한 마찬가지다. 황태는 왜 그렇게 부드러운 육질과 고소한 맛을 지니게 되었을까. 그것은 혹독한 시련을 거치고 이겨냈기 때문이다. 생태를 바닷가에서 말리면 마른 장작처럼 딱딱한 북어가 되어 버린다. 하지만 황태는 부드럽다. 시련이 없으면 부드러움을 얻을 수 없다. 대나무가 휘어지지 않고 똑바로 자랄 수 있는 것은 줄기의 중간중간을 끊어주는 시련이라는 마디가 있기 때문이다.

모든 인생에는 역경이 따른다. 시련이 없는 인생은 없다. 위대한 일을 구하는 자는 반드시 가장 험난한 길을 택하고 남이 걷지 않은 길을 밟아야 한다. 거센 폭풍을 헤치고 나아가 태풍의 눈을 통과해야 한다. 나 홀로 가는 서해랑길, 시련의 길을 간다. 더욱 부드럽고, 더욱 고소한 삶의 맛을 풍기기 위해 자발적 시련의 길을 간다.
아아, 신선하고 아름다운 아침이다. 나그네의 마음에 기쁨이 샘솟는다.

영화 〈127시간〉은 모험가 아론 랠스턴의 '살아내기' 이야기다. 주인공은 혼자 암벽 등반을 하다가 손목이 걸리고 만다. 그때 니체의 말이 떠올랐다.

"삶은 고통이다. 우리는 그 고통에서 교훈을 얻는다."
"인생에서 실패란 추락하고도 일어나지 않는 것이다."

그리고 늑대 이야기가 번쩍 그의 머리를 때렸다.

"늑대는 덫에 걸리면 자기 발을 물어뜯어 생명을 건진다."

그의 주머니에는 작은 주머니칼이 있었다. 그는 이 칼로 팔을 잘라 목숨을 건졌다. 그를 살린 것은 니체의 말이 아니라 늑대의 행동이었다. 도전은 행동이고 최고의 철학이다. 백문이 불여일견이요 백견이 불여일각이며, 백각이 불여일행이다.

행동하는 유랑자가 홀로 서해랑길을 걸어간다. 시골 농가의 감나무에 달린 붉은 감들이 유혹한다. 옥매산(玉埋山)을 올라간다. 오르막은 좋다. 내리막은 더 좋다. 오르고 내리고, 내리고 오르면서 인생길을 걸어간다. 호황은 좋다. 불황은 더 좋다. 호사다마(好事多魔)다. 좋을 때도 있고 안 좋을 때도 있다. 일희일비하지 않는다.

옥매산은 조선시대에 옥(玉)을 생산하고, 전라우수영 관아나 군함을 만드는데 필요한 목재를 공급하는 국가의 봉산(封山)이었다. 또 울돌목 입구에 있어 명량대첩 당시 왜적의 동태를 감시하고, 강강술래를 하였다는 설화가 전한다.

일제강점기 1910년부터 장식용 석재가 채석되었고 1924년부터는 명반석을 채굴했다. 옥매산 등산로 곳곳에는 일제강점기 옥을 캐기 위해 강제노역으로 숨진 옥매광산 광부들의 넋을 위로하기 위해 쌓아놓은 돌탑들이 산재해 있다. 가슴 아픈 역사를 간직하고 있다.

드디어 멀리 진도타워가 시야에 나타난다. 진도의 진산인 첨찰산이 희미하게 보이기 시작한다. 순간, 갈대밭에 있던 꿩 한 마리가 파드득 소리를 내며 갑자기 하늘로 치솟는다. 네가 놀랐는가, 내가 놀랐는가. 네가 놀랐으니 나도 놀랐다. 닭이 알을 품을 때는 결코 다른 생각을 하지 않는다. 20여 일 동안 먹지도 않고 수탉에게 곁도 내어주지 않는다. 어미로서 오직 알을 부화할 생각만 한다. 꿩도 몰입을 하고 나그네도 몰입했으니, 둘 다 놀랐다.

바다와 어우러지는 고즈넉한 풍경의 문내면 원문리, 용문리 마을길, 들길을 따라 걸어간다.

10시 15분, 4코스 종점인 용암리 원문버스정류장에 도착했다.

5코스
호남이 없으면 나라가 없다!

원문버스정류장에서 녹진관광단지 12km

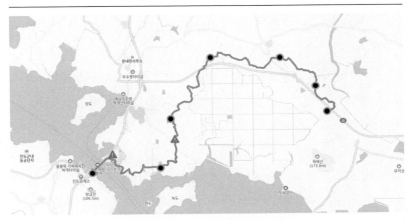

원문버스정류장 ❯ 송정마을회관 ❯ 학동저수지 ❯ 녹진관광단지

10시 15분, 원문버스정류장에서 5코스를 시작한다. 5코스는 들길을 걸어 명량대첩의 현장인 전라우수영과 울돌목을 지나서 녹진관광단지에 이르는 구간이다.

시작점에 5코스에 대한 안내판이 없고 전봇대에 '서해랑길 5코스 시작점' 표시가 붙어 있다. 완주했다는 인증서를 받으려면 안내판에 스탬프 인증을 해야 하는데, 하면서 길을 나선다. 도로를 건너니 수로와 배추밭이 환영을 한다. 해남은 배추와 고구마가 유명하다.

한적한 시골길, 가을이 깊어간다. 남아 있는 인생에 가을을 몇 번이나 더 만날 수 있을까. 올가을을 마음껏 누리고 사랑해야지. 머지않아

선들선들 가을바람은 물러가고 서리가 내리고 추위가 달려올 것이다. 모든 것은 순간이고 찰나이다.

멀리 망금산 정상의 진도타워를 바라보며 길을 간다. 구름 한 점 없는 파란 하늘, 신월마을을 지나가는 넓은 배추밭들이 신기하고 가뭄이 들어서 배추밭마다 스프링클러로 물을 뿌리고 있다. 물은 생명의 시작이다. 살아 있는 모든 존재는 물이 있어야 한다.

신원마을을 지나고 원동마을을 지나간다. 끝없는 농경지들이 펼쳐진다. 학동마을을 지나가는데 한적한 비탈에 예배당이 바다를 바라보고 있다. 해남의 바닷가를 걸으며 좀처럼 보지 못했던 예배당이다. 십자가가 눈길을 끈다. 고난의 십자가, 사랑의 십자가, 세상 사람들의 죄를 대속하기 위해 짊어진 예수의 십자가다. 누구나 자신의 십자가를 지고 살아간다. 그 십자가에는 신의 사랑이 있다. 십자가를 지고 골고다 언덕을 올라가는 예수처럼 자신의 십자가를 지고 묵묵히 십자가의 길을 걸어간다. 어디선가 다윗의 노래가 들려온다.

"여호와는 나의 목자시니 내게 부족함이 없으리로다. 그가 나를 푸른 풀밭에 누이시며 쉴만한 물가로 인도하시는 도다. 내 영혼을 소생시키시고 자기 이름을 위하여 의의 길로 인도하시는 도다."

- 시편 23:1~3

추수가 끝난 황량한 들판에 볏짚만이 하얗게 원형으로 서 있다. 황금 들녘에 열심히 벼를 베는 두 농부가 있었다. 한 사람은 쉼 없이 일하고, 한 사람은 논두렁에 앉아 쉬엄쉬엄 콧노래를 불러가며 일했다. 황혼이 되어 두 사람은 수확한 벼의 양을 비교해 보았다. 결과는 쉬어가며 일했던 농부의 수확량이 훨씬 많았다. 쉬지 않고 땀 흘려 일했던 농부가 따지듯 물었다.

"이럴 수가! 나는 한 번도 쉬지 않고 열심히 일했는데, 도대체 이게 뭐야?"

쉬어가며 일했던 농부가 웃으며 대답했다.

"나는 쉬면서 낫을 갈았거든."

링컨은 "나에게 나무를 베는데 6시간을 주면 도끼를 가는 데 처음 4시간을 쓰겠습니다."라고 말했다. 삶의 완충지대는 휴식, 휴식이다. 휴식(休息)은 사람(人)이 나무(木) 그늘에서 쉬면서 스스로(自)의 마음(心)을 살피는 것이다. 휴식은 삶의 쉼표다. 사람은 누구나 쉼표가 필요하다. 쉼표(,)는 줄임표(……)와 물음표(?), 느낌표(!)와 더불어 삶의 의미를 가져다준다. 인생의 낫을 갈기 위한 나그네가 서해랑길, 그 대장정을 걸어간다. 진도타워가 시원하게 시야에 들어온다.

명량대첩기념공원 산책로를 따라 산길을 올라간다. 명량대첩 해전사 기념전시관 입구까지 1.1km 구간이다. 전망대에서 울돌목과 진도대교, 벽파진과 명량대첩기념공원을 내려다본다. 울돌목 건너 진도타워와 울돌목을 가로지르는 케이블카가 펼쳐진다. 잘 단장된 길을 따라 내려가는 길, 혼자 올라오는 비구니가 길을 묻는다.

"이쪽으로 가도 길이 있습니까?"
"예, 전망대로 가는 길이 있습니다."

길을 모르고 길을 걷는 비구니의 뒷모습을 물끄러미 바라보다가 갑판 계단에 앉아서 울돌목에 발을 담그고 서 있는 충무공을 바라본다.

'물길을 살피시는 것일까?'

물길을 알았기에 승리할 수 있었던 명량대첩, 지형지세를 아는 것은 전쟁에서 승리의 기본이다. 133척 대 13척, 10대 1의 절대적 열세를 극복하고 역사적인 명량해전의 대승리를 이끌어냈던 충무공 이순신. 만약 이 해전의 승리가 없었다고 한다면, 일본 수군은 서해를 따라 북상하여 전라도를 장악한 육군과 합세하여 한양을 다시 점령하고 돌이킬 수 없는, 나라가 망할 화를 초래했을지도 모른다. 명량해전은 풍전등화와 같은 조선의 운명을 되살려낸 구국의 등불과 같은 것이었다. 역사는 촘촘한 거미줄처럼 얽혀있다. 그 역사는 아는 만큼 보이고 보는 만큼 알게 된다.

명량해전 직전에 말씀하셨던 '必死則生 必生則死(필사즉생 필생즉사)'라고 적힌 기념물이 충무공의 각오를 나타낸다. 죽을 각오로 명량대첩기념공원을 걸어간다. '여기 오길 잘했다!'라는 글이 반겨준다. '若無湖南 是無國家(약무호남 시무국가)'라고 새겨진 기념비 앞에서 걸음을 멈춘다.

"호남이 없으면 나라가 없다."

〈이충무공전서〉에는 "호남은 나라의 울타리이므로 만약 호남이 없으면 나라도 없을 것입니다. 호남을 지키기 위해 이제 한산도로 진을 옮겨 치고 바닷길을 가로막을 계획을 하였습니다."라고 기록되어 있다. 군수물자 기지가 되어준 전라도의 역할, 전라도 백성들과 수군들에 대한 이순신의 깊은 애정은 말할 필요도 없었다.

1593년 7월 13일, 행주대첩의 승전 소식을 들은 이순신은 7월 14일 거제현 한산도의 두을포로 진을 옮겼다. 두을포는 지금의 통영시 한산면 두억리이다. 한산도의 서쪽 해안, 오목한 포구이다. 포구 앞에 대혈도, 소혈도 두 섬이 있어 배를 감추기 좋고 파도를 막아주어서 내항은 늘 고요하다. 물밑 경사가 완만해서 배들이 들고나기가 힘들지 않다.

전라좌수영이 여수에 위치해 부산을 거점으로 활동하는 일본군을 제압하기에는 너무 멀다고 판단한 이순신은 진영을 한산도로 옮겨왔다. 이때 '若無湖南 是無國家'라며 한산도에 진을 치고 바닷길을 막을 계획을 세웠다는 내용의 편지를 보냈다. 수영을 옮기던 날 이순신은 몸이 많이 아팠다.

한산도는 부산, 김해, 진해, 창원 등지에 거점을 둔 일본군이 전라도로 침범하려면 반드시 거쳐야 하는 곳이라 바다를 지키는 최전선이라 할 수 있다. 더구나 한산대첩 때 일본군을 크게 섬멸한 곳이라 조선수군에게는 든든한 곳이기도 했다. 이순신은 이곳에서 1593년 7월부터 삼도수군통제사로 1597년 2월 서울로 압송되어 갈 때까지 3년 8개월을 보냈다.

'회령포의 결의'가 새겨진 조각상이 다가온다. 백의종군 중에 다시 삼도수군통제사에 임명되어 장흥 회령포에 도착한 이순신은 배설의 판옥선 12척을 바탕으로 출전을 앞두고 전라 우수사 김억추 등 관내 장수들과 더불어 최후의 결전을 맹세했다.

"나라의 위태로움이 여기에 이르렀으니 우리가 어찌 한 번의 죽음을 두려워하랴. 이제 모두 충의에 죽어 나라 지킨 영광을 얻자." 하며 비장한 결의를 했다. 그리고 이순신은 벽파진으로, 우수영으로 진군했고, 세계사에 길이 남을 명량대첩의 신화를 이루었다.

세계 해전 역사에 길이 기록될 13척의 신화인 명량대첩을 기념하기 위해 조성된 명량대첩탑에 올라 울돌목을 내려다보며 이순신의 명언들을 생각한다. 이순신은 첫 해전인 옥포해전에서 "가벼이 움직이지 말고 침착하고 태산같이 무겁게 행동하라(勿令妄動 靜重如山)."고 하였고, 명량해전에서 "한 사람이 길목을 잘 지키면 천 명의 적도 두렵게 할 수 있다(一夫當逕 足懼千夫)."고 했으며, 1598년 11월 18일 마지막 해전인 노량해전에서 "이 원수를 무찌른다면 지금 죽어도 여한이 없겠습니다(此讐若除 死卽無憾)."라고 기도한 후 11월 19일 아침, "지금 싸움이 한창 급하니 나의 죽음을 말하지 마라(戰方急 愼勿言我死)."라는 최후의 말씀을 남겼다. 울돌목의 빠른 물길에 이순신의 명언들이 흘러간다.

"바다에 맹서하니 어룡이 감동하고 산에 맹세하니 초목이 아는구나."
"이 원수를 모두 멸할 수만 있다면 죽음이라도 사양하지 않겠다."
"석 자 칼로 하늘에 맹세하니 산과 강물이 벌벌 떨고 한 번 휘둘러 쓸어버리니 피가 산과 강을 물들이다."
"두려움을 용기로 바꿔라."
"천행이다."
"승진해야 할 사람이 승진을 못 하고 순서를 바꿔 아래 사람을 올리는 일은 옳지 못합니다."
"벼슬길에 갓 나온 내가 어찌 권세 있는 집에 발을 디뎌놓고 출세하기를 도모하겠느냐."

"이 오동나무는 나라의 땅 위에 있으니 나라의 물건입니다."

"나와 율곡은 성이 같은 까닭에 만나 볼 만도 하지만 그가 이조판서로 있는 동안에는 만나는 것이 옳지 않습니다."

울돌목 물속에 허벅지까지 잠긴 채 묵묵히 홀로 물길을 보고 있는 이순신 옆을 지나간다. 울돌목은 서해와 남해가 만나는 곳, 물살이 너무 세서 바다가 '울면서 돌아가는 길목', '소리를 내어 우는 바다 길목'이라는 순우리말이다.

'신에게는 아직 12척의 배가 있습니다.', '미천한 신하가 아직은 살아있습니다.'라는 장계를 올린 후 장흥 회령포에서 수선한 배 한 척을 더해 13척으로 왜선 133척을 무찌른 기적의 울돌목, 울면서 돌아가는 울돌목의 성난 물줄기를 바라보며 성웅 이순신을 생각한다.

울돌목을 가로지르는 진도대교를 건너 해남에서 진도로 들어간다. 울돌목은 우리나라 삼면 바다의 해협 가운데 가장 물살이 센 곳이다. 두 번째로 센 곳이 강화해협이다. 몽골이 침략했을 때 무신정권의 집권자 최우가 고려의 고종과 개경의 백성을 이끌고 강화로 피난 가서 39년을 저항할 수 있었던 것은 '염하'라 불리는 강화해협의 거친 물살이 있었기 때문이었다. 세 번째로 물살이 센 곳이 진도를 끼고 바깥으로 돌아가는 맹골수도다. 세월호가 가라앉은 곳이다.

진도대교를 걸어서 건너가고 건너오는 여행자는 과연 얼마나 될까. 1984년 개통된 총길이 484m 진도대교 끝에 세워진 하얀 진돗개와 누런 진돗개 형상이 나그네를 반겨준다. 드디어 진도에 상륙했다.

오후 1시 21분, 진도군 군내면 녹진관광단지에서 5코스를 마무리한다. 휴게소에 주차해 있는 승용차를 타고 진도 의신면에 있는 대명 솔

비치로 향한다. 저녁 시간, 콘도 매장에서 포장해 온 주안상으로 나 홀로 건배사를 한다.

"서해랑길의 행복한 여정을 위하여!"

진도 앞바다의 밤하늘에 떠 있는 별들이 따뜻한 미소를 건넨다. 별빛의 폭우가 쏟아지는 아름다운 진도의 밤, 구성진 진도아리랑이 들려온다. 아리랑, 소리만 들어도 자꾸만 눈물이 나는 한의 노래다.

2 진도 구간 (6~12코스) 123.1km

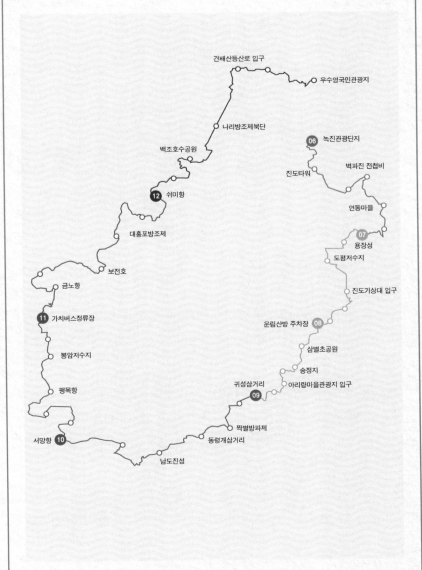

건배산등산로 입구

우수영국민관광지

나리방조제북단

백조호수공원

06 녹진관광단지

진도타워

벽파진 전첩비

12 쉬미항

언동마을

대흥포방조제

07 용장성

도평저수지

보전호

진도기상대 입구

금노항

운림산방 주차장 08

11 가치버스정류장

삼별초공원

봉암저수지

송정지

팽목항

귀성삼거리 아리랑마을관광지 입구

09

짝별방파제

서망항 10

동령개삼거리

남도진성

6코스

명량대첩

녹진관광단지에서 용장성 15.5km

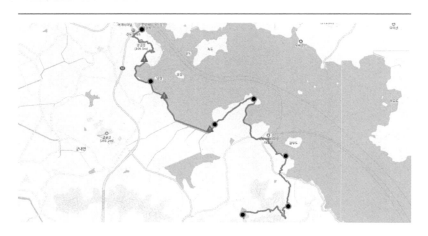

🐾 녹진관광단지 ➤ 진도타워 ➤ 벽파진전첩비 ➤ 연동마을 ➤ 용장성

10월 27일 8시 21분, 녹진관광단지에서 6코스 보배섬 진도 여행을 시작한다. 6코스는 진도타워와 벽파진전첩비를 지나서 군내면 용장성에 이르는 구간이다.

서해랑길 진도 구간은 6코스에서 12코스까지 122.8km 구간이다. 진도(珍島)는 대한민국에서 세 번째로 큰 섬으로 상조도와 하조도, 가사군도 등 45개의 유인도를 포함하여 256개의 섬으로 이루어졌다.

걷기 넷째 날 상쾌한 아침, 호국무공수훈자공적비를 지나서 망금산 진도타워로 향한다. 명량대첩 승전보가 울렸던 충무공의 얼이 서려 있는 길이다. 가파른 차도를 걸어 올라 배 모양을 연상케 하는 진도타워에 이른다. 명량대첩 승전광장의 랜드마크 진도타워는 관광객들이 많이 찾는 곳이다.

백제시대부터 바다 물목을 지키는 군대의 주둔지였던 망금산(115m)은 정유재란 당시 이순신이 왜군과의 격전에 대비해 적들의 이동상황을 살폈던 곳이다. 울돌목이 한눈에 들어오고, 울돌목 건너에는 해남 우수영과 해남 땅이 펼쳐진다. 강강술래터가 보이고, 강강술래 터에서 200m 거리에 있는 피섬이 보인다. 명량대첩 당시 수장된 일본 수군의 피가 스며들어 붉게 보인다고 하여 피섬으로 불린다. 충무공과 명량대첩을 기념하고 참전 전사자를 기록한 '이충무공전첩비'를 둘러본다. 노산 이은상이 지은 비문은 이렇게 시작한다.

"벽파진 푸른 바다여, 너는 영광스러운 역사를 가졌도다. 민족의 성웅 충무공이 가장 외롭고 어려운 고비에 빛나고 우뚝한 공을 세우신 곳이 여기더니라. (······)"

1597년 9월 16일, 울돌목에서는 한 편의 드라마와 같은 위대한 승리가 연출되었다. 충무공 이순신의 13척의 수군이 133척의 일본 수군을 물리친 것이다. 밀물과 썰물 때 바닷물이 급류로 변하는, 그래서 물이 우는 소리를 낸다는 울돌목에 배와 배가 부딪치고 칼과 칼이 부딪쳤다. 왜장 구루지마 미치후사가 죽었고, 수군 총사령과 도도 다카도라가 화살에 맞고 부상을 입었다. 이순신은 구루지마 미치후사의 수급을 장대에 걸었고, 대장을 잃은 왜군들은 뱃머리를 돌려 달아났다. 이것이 유명한 명량대첩이었다.

59일간의 서해랑길 도보여행기 1 - 전라도 구간

두 달 전인 7월 14일 칠천량해전으로 거제도에서 조선수군을 궤멸시킨 일본 수군은 남해에서 서해를 돌아 한양으로 진출하려 했는데 충무공 이순신에게 격파당한 것이었다. 이 대승의 숨은 주역은 어선과 식량을 스스로 갖고 나와 충무공의 수군을 도와 싸운 전라도 백성들이 있었다. 전첩비에는 그들의 이야기가 있다.

강강술래터 가는 길을 따라 내려간다. 울돌목 무궁화동산을 지나서 해안가에 이른다. 진도갯벌습지보호지역 안내판이 서 있다. 국토해양부 습지보호지역 제2호다. 진도갯벌의 수려한 주변 경관과 생물의 다양성이 인정되고, 인근에 겨울 철새의 도래지가 있으며, 청정 환경을 유지하고 있어 갯벌의 훼손 방지와 지속 가능한 이용을 도모하기 위해 지정했다고 쓰여 있다.

갯벌과 바다를 바라보며 명량대첩로를 따라 걸어간다. 한적하고 고요한 아침, 뒤돌아보니 진도타워가 잘 다녀오라고 인사를 한다.

앞에서 부부가 정겹게 얘기를 나누면서 걸어간다. 어제 추월했던 사람들이다. 인사를 하고 오늘도 추월한다. 충무공전첩비 입구에서 산길로 올라간다. '이충무공벽파진전첩비'가 나타난다. 비문 내용의 일부이다.

"민족의 성웅 이순신이 옥에서 풀려나와 삼도수군통제사의 무거운 짐을 다시 지고서 병든 몸을 이끌고 남은 배 12척을 겨우 거두어 일찍 진도군수로 임명되었던 진도 땅 벽파진에 이르니 때는 공이 53세 되던 정유년(1597년) 8월 29일, 이때 조정에서는 공에게 육전을 명했으나 그대로 여기 이 바다를 지키셨나니 예서 머무신 16일 동안 사흘은 비 내리고 나흘은 바람 불고 맏아들 회와 함께 배 위에 앉아 눈물도 지으셨고 9월 초7일 적선 18척이 들어옴을 물리쳤으며 초9일에도 적선 2척이 감포도까지 들어와 우리를 엿살피다 쫓겨 갔는데 공이 다시 생각한 바 있어 15일에 진을 옮기자 바로 그다음 날 큰 싸움이 터져 12척 작은 배로서 330척의 배를 모조리 무찔렀고, 그날 진도 백성들은 모두 달려 나와 군사들에게 옷과 양식을 나누었으며……"

벽파진은 정유재란 때 충무공 이순신이 16일 동안 바닷목을 지킨 곳이다. 이순신은 벽파진에서 일본 함선을 기다렸다. 이순신은 일본 함선이 울돌목을 지나지 않고, 맹골수도를 타고 서해로 올라가는 것을 두려워했기에 벽파진에 진을 치면서 일본군이 자신을 향해 오기를 기다렸다. 어란진에 모여든 수백 척 함선의 일본군은 이순신이 명량 앞을 가로막고 무슨 꿍꿍이를 부리는지 의심스러웠지만 이제 이순신을 잡을 절호의 기회가 왔다고 판단했다.

이순신은 벽파진의 판옥선 13척을 명량을 거슬러 해남 우수영 본영으로 불러들이고 일본 함대가 올라오기를 기다렸다. 1597년 명량해전 당시의 〈난중일기〉의 기록이다.

9월 8일 맑음.
여러 장수들을 불러 대책을 논의했다. 전라 우수사 김억추는 겨우 만호에만 적합하고 곤임(장수)을 맡길 수 없는데, 좌의정 김응남이 서로 친밀한 사이라고 해서 함부로 임명하여 보냈다. 이러고서야 조정에 사람이 있다고 할 수 있겠는가. 다만 때를 못 만난 것을 한탄할 뿐이다.

9월 11일 흐리고 비 올 징후가 있었다.

홀로 배 위에 앉았으니 어머님 그리운 생각에 눈물이 흘렀다. 천지 사이에 어찌 나 같은 사람이 또 있겠는가. 아들 회는 내 심정을 알고 심히 불편해하였다.

9월 12일 종일 비가 뿌렸다.

배 뜸 아래에서 종일 심회를 스스로 걷잡을 수가 없었다.

9월 13일 맑았지만 북풍이 세게 불어서 배가 안정할 수 없었다.

꿈이 예사롭지 않으니 임진년 대첩할 때의 꿈과 거의 같았다. 무슨 징조인지 알 수 없었다.

9월 14일 맑음. 북풍이 세게 불었다.

벽파정 맞은편에서 연기가 오르기에 배를 보내어 싣고 오니 바로 임준영이었다. 그가 정탐하고 와서 보고하기를, "적선 이백여 척 가운데 쉰다섯 척이 먼저 어란 앞바다에 들어왔다."고 하였다. (……) "왜놈들이 모여서 의논하는데, '조선수군 여남은 척이 우리 배를 추격하여 혹은 사살하고 혹은 배를 불태웠으니 통분할 일이다. 각처의 배를 불러 모아 합세해서 조선수군을 섬멸해야 한다. 그 후 곧장 서울로 올라가자'고 했다."는 것이다. 이 말은 비록 모두 믿을 수는 없으나 그럴 수 없는 것도 아니어서 곧바로 전령선을 보내 피난민들을 타일러 급히 육지로 올라가도록 하였다.

9월 15일 맑음.

조수(潮水)를 타고 여러 장수들을 거느리고 우수영 앞바다로 진을 옮겼다. 벽파정 뒤에 명량이 있는데 수가 적은 수군으로써 명량을 등지고 진을 칠 수는 없었기 때문이다. 여러 장수들을 불러 모아 약속하되, "병법에 이르기를 '반드시 죽고자 하면 살고 반드시 살려고 하면 죽는다(必死則生 必生則死).'고 하였고, 또 '한 사람이 길목을 지키면 천 명도 두렵게 할 수 있다(一夫當逕 足懼千夫).'고 했는데, 이는 오늘의 우리를 두고 이른 말이다. 너희 여러 장수들이 조금이라도 명령을 어기는 일이 있다면 즉시 군율을 적용하여 조금도 용서하지 않을 것이다."라고 하고 재삼 엄중히 약속했다. 이날 밤 꿈에 신인(神人)이 나타나 가르쳐 주기를 "이렇게 하면 크게 이기고, 이렇게 하면 지게 된다."고 하였다.

그리고 〈난중일기〉 기록 중 가장 긴 명량해전이 벌어진 하루다.

9월 16일 맑음.
이른 아침에 별망군(別望軍)이 와서 보고하기를, "적선들이 헤아릴 수 없을 정도로 많이 명량을 거쳐 곧장 진지를 향해 온다."고 했다. 곧바로 여러 배에 명령하여 닻을 올리고 바다로 나가니, 적선 130여 척이 우리 배들을 에워쌌다. 여러 장수들은 스스로 적은 군사로 많은 적과 싸우는 형세임을 알고 회피할 꾀만 내고 있었다. 우수사 김억추가 탄 배는 이미 두 마장 밖에 있었다. 나는 노를 급히 저어 앞으로 돌진하며 지자, 현자 등의 각종 총통을 마구 쏘아대니, 탄환이 나가는 것이 바람과 우레처럼 맹렬하였다. 군관들은 배 위에 빽빽이 들어서서 화살을 빗발치듯 어지러이 쏘아대니, 적의 무리가 저항하지 못하고 나왔다 물러갔다 했다. 그러나 적에게 몇 겹으로 둘러싸여 형세가 장차 어찌 될지 헤아릴 수 없으니, 온 배 안에 있는 사람들은 서로 돌아보며 얼굴빛이 질려 있었다.

나는 부드럽게 타이르기를, "적선이 비록 많다 해도 우리 배를 침범하지 못할 것이니 조금도 마음 흔들리지 말고 더욱 심력을 다해 적을 쏘아라."라고 하였다. 여러 장수의 배를 돌아보니 먼바다로 물러가 있고, 배를 돌려 군령을 내리려 하니 적들이 물러간 것을 틈타 더 대들 것 같아서 나가지도 물러나지도 못할 형편이었다.

호각을 불게 하고 중군에게 명령하는 깃발을 세우고 또 초요기를 세웠더니, 중군장 미조항 첨사 김응함의 배가 차츰 내 배에 가까이 왔는데, 거제 현령 안위의 배가 먼저 이르렀다. 나는 배 위에서 직접 안위를 불러 말하기를, "안위야, 군법에 죽고 싶으냐? 네가 군법에 죽고 싶으냐? 도망간다고 어디 가서 살 것이냐?"고 말하였다. 그러자 안위도 황급히 적선 속으로 돌입했다. 또 김응함을 불러서 말하기를, "너는 중군장이 되어서 멀리 피하고 대장을 구하지 않으니, 그 죄를 어찌 면할 것이냐? 당장 처형하고 싶지만 적의 형세가 또한 급하므로 우선 공을 세우게 해 주마."라고 하였다. 그리하여 두 배가 먼저 교전하고 있을 때 적장이 탄 배가 그 휘하의 배 두 척에 지령하니, 한꺼번에 안위의 배에 개미처럼 달라붙어서 기어가며 다투어 올라갔다. 이에 안위와 그 배에 탄 군사들이 각기 죽을 힘을 다해서 혹 몽둥이를 들거나 혹 긴 창을 잡거나 혹 수마석(반들거린 돌) 덩어리로 무수히 난격하였다.

배 위의 군사들이 거의 기운이 다하자 나는 뱃머리를 돌려 곧장 쳐들어가서 빗발치듯 마구 쏘아 댔다. 적선 세 척이 거의 뒤집혔을 때 녹도 만호 송여종, 평산포 대장 정응두의 배가 잇달아 와서 협력하여 적을 쏘아 죽이니 한 놈도 살아남지 못했다.

항복한 왜인 준사는 안골에 있는 적진에서 투항해 온 자인데, 내 배

위에 있다가 바다를 굽어보며 말하기를, "무늬 놓은 붉은 비단옷 입은 자가 바로 안골진에 있던 적장 마다시(馬多時)입니다."라고 말했다. 내가 무상 김돌손을 시켜 갈구리로 낚아 뱃머리로 올리게 하니, 준사가 날뛰면서 "이 자가 마다시입니다."라고 말하였다. 그래서 바로 시체를 토막 내라고 명령하니, 적의 기세가 크게 꺾였다.

우리의 여러 배들은 적이 침범하지 못할 것을 알고 일시에 북을 울리고 함성을 지르며 일제히 나아가 각기 지자, 현자총통을 쏘니 소리가 산천을 흔들었고, 화살을 빗발치듯 쏘아 대어 적선 서른한 척을 쳐부수자 적선들은 후퇴하여 다시는 가까이 오지 못했다. 우리의 수군이 바다에 정박하고 싶었지만 물살이 매우 험하고 바람도 역풍으로 불며 형세 또한 외롭고 위태로워 당사도로 옮겨 정박하고 밤을 지냈다. 이번 일은 실로 천행(天幸)이었다.

이순신은 두려움을 용기로 바꿔 승리한 명량해전의 기적을 '천행(天幸)'이라고 했다. "신에게는 아직도 12척의 전선이 있사오니(今臣戰船 尙有十二) 죽을힘을 내어 맞아 싸우면 이길 수 있습니다. 지금 만약 수군을 모두 폐한다면 이는 적들이 다행히 여기는 바로서, 말미암아 호서를 거쳐 한강에 다다를 것이니 소신이 두려워하는 바입니다. 전선이 비록 적으나, 미천한 신은 아직 죽지 아니하였으니, 적들이 감히 우리를 업신여기지 못할 것입니다."라고 말한 이순신의 장담이 현실이 되는 순간이었다. 명량해전의 승리는 대단히 중요했다. 빼앗긴 제해권을 되찾는 계기가 되었기 때문이다. 이로써 일본군은 임진년처럼 다시 서해를 통해 한양으로 올라가는 바다를 통한 식량 보급로를 빼앗겼다. 또한 일본군의 기본 전략인 수륙병진작전도 폐기되어야 했다.

벽파정에 올라선다. 벽파정은 1207년(고려 희종3) 진도의 관문인 벽파 나루 언덕에 세워져 1465년(세조 11) 중건하였으나 허물어져 옛 자취만 남아 있다. 벽파정은 내왕하는 관리와 사신들을 맞이하고 위로하던 곳 으로 정객과 문인들이 아름다운 경승과 감회를 읊어 많은 시구를 남긴 명소이다.

벽파정에서 내려와 벽파진을 뒤로 하고 길을 간다. '남도 이순신길 조 선수군재건로'다. 벽파진은 조선수군재건로의 종점이다. 백의종군하던 충무공 이순신이 삼도수군통제사로 재임명되어 군사, 무기, 군량, 병선 을 모아 명량대첩지로 이동한 구국의 길을 '조선수군재건로'라 부른다.

8월 3일에 삼도수군통제사로 재임명된 이순신은 부족한 무기, 군량 을 확보하며 일본군과의 일대 접전을 준비 중이었다. 조선수군이 거제 도 칠천량해전에서 타격을 입은 이후 이순신은 삼도수군통제사 재임명 교지를 받았다. 교지를 받은 이순신은 전라도 쪽으로 서진하였다. 육로 를 이용하여 구례와 곡성, 옥과를 거쳐 순천 낙안, 보성 열선루를 거쳐 장흥 회령포에 도착하였다. 회령포에 이르러 칠천량해전에서 도망친 경 상우수사 배설로부터 12척의 판옥선을 확보한 이순신은 조선수군 재 건을 위하여 온 힘을 다하였다.

1597년 8월 29일, 이순신은 진도 벽파진에 조선수군의 진지를 구축 했다. 이곳이 일본군의 정보를 수집할 수 있을 뿐만 아니라 장기적인 전쟁에 대비하기 위한 최적의 장소로 여겨졌기 때문이다.

'조선수군 재건로 8경' 그림은 구례에서 장정과 병사를 모으고, 곡성 에서 군관들과 수군 재건을 논하고, 순천에서 무기와 화살을 구하고, 보성에서 식량을 선적하고, 장흥에서 해상 출전을 결의하고, 강진에서 해상기동추격전을 벌이고, 해남과 벽파진 바다에서 아침 일찍부터 저 녁 늦게까지 우수영 바다에서 명량대첩을 이루는 것으로 완성된다.

    2020년 남파랑길을 종주하고 〈충무공과 함께 걷는 남파랑길 이야기〉를 출간했다. 부산에서 해남까지 남파랑길은 충무공 이순신의 숨결이 스며있는 길이었고, 충무공과 함께 걸었던 그 길은 너무나 행복했다. 그리고 이제 다시 명량에서, 벽파진에서 이순신을 만났다.

    이제 '삼별초 호국역사탐방길'을 걸어간다. 벽파진은 고려 말에 삼별초군이 들어온 유적지이기도 하다. 강화도를 떠나 벽파진에 상륙한 삼별초들이 지나갔던 한적한 길, 선황산 임도를 따라 올라간다. 군지기미를 지나고 능선의 성황당 산성터를 지나서 용장성으로 내려간다. 용장산성 왕궁터가 가까워지고 배중손 장군의 동상이 나타난다. 〈고려사〉를 편찬한 역사가들에 의하여 주동자인 배중손을 반역전(反逆傳)에 넣

고 '삼별초의 난'으로 기록했으나, 1977년 이후 삼별초 호국정신이 재평가되면서 '삼별초의 항쟁'으로 기록되었다. 외세의 침략에 굴복하여 속국이 되지 않기 위한 삼별초의 봉기를 반란으로 볼 수 없는 것이다.

오후 12시 14분, 6코스 종점인 용장성에 도착했다. 배중손의 삼별초가 몽골의 침략에 맞서 항쟁하던 '용장성'과 '용장성홍보관'을 둘러보고 정자에 앉아서 먼 하늘을 바라본다.

7코스
진도인의 기상 여기서 발원되다!

용장성에서 운림산방주차장 12.4km

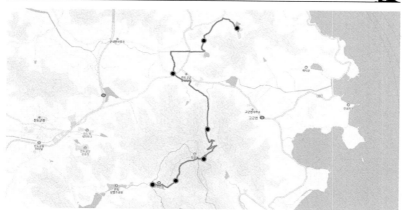

🧭 용장성 › 도평저수지 › 진도기상대입구 › 운림산방주차장

12시 17분, 용장성에서 7코스를 시작한다. 100km를 통과하는 7코스
는 첨찰산(尖察山)의 진도기상대 입구를 지나서 전통 남화의 성지 운림
산방에 이르는 구간이다.

삼별초의 혼이 깃든 인적이 드문 용장리 산길을 걸어간다. 7코스 시
작점에서는 코스 안내판이 엉뚱한 곳에 있어서 찾느라 지체했다.

삼별초는 1270년 6월 3일 강화도에서 자주 깃발을 들고, 1,000여 척
의 함선에 재물과 많은 백성을 싣고 진도로 향했다. 그로부터 2달 후인
8월 19일에 진도 벽파진을 통해 용장성에 거점을 확보했다. 용장산성
은 용장리 뒷산 서남쪽에 위치한 토성이며, 용장 왕궁터는 개성 송악

산 만월대 왕궁터와 같은 9단(段)의 석축기군과 건물지가 남아 있다.

삼별초는 1271년 일본에 보낸 외교문서에서 삼별초 진도 정부가 자주적 정통 '진도에 또 하나 고려'라고 대내외에 알렸다. 외세에 맞서 끈질기게 저항하던 삼별초는 1271년 김방경과 혼도가 지휘하는 여몽연합군에 의해 용장산성이 함락되고 배중손은 전사했다. 이때 김통정이 제주도 항파두리로 옮겨가서 대몽항쟁을 하다가 1273년 4월, 항파두리가 함락되고 김통정은 붉은오름에서 부하 70여 명과 최후의 결전을 치른 뒤 스스로 목숨을 끊었다.

삼별초가 진도를 거점으로 택한 이유는 개경에 영향력을 행사할 수 있는 독자적 세력 기반을 구축하기에 적합한 거리이고, 강화도에 집중되어 있는 선박을 이용해 남하하기 좋다는 점과 몽골군이 두려워하는 해중도서라는 점, 진도는 땅이 기름지고 농수산물이 풍부하여 식량의 자급자족이 가능하다는 점 등으로 군내면 용장사를 중심으로 용장리 일대에 삼별초의 중요시설을 집결시켰다. 이 대목을 〈고려사〉는 "1270년(원종 11) 8월 19일에 진도에 입거, 도성으로써 용장성을 쌓고 궁실 등을 조영했다."라고 적고 있다.

도평리 도평저수지를 지나간다. 멀리 첨찰산이 점점 가까이 다가온다. 한적한 시골길, 양지바른 곳에 앉아 놀고 있던 고양이 세 마리가 나그네를 바라보며 묻는다.

"어디 가?"
"서해랑길 걸어가지!"
"왜?"
"그냥."

"그냥?"

"응."

고양이들이 실없다는 듯 고개를 돌린다. 추수가 끝난 황량한 들판을 지나서 야산을 넘어간다. 발걸음이 가볍고 즐겁다. 니체는 "작은 일에도 최대한 크게 기뻐하라. 즐거워하면 기분이 좋아지고 면역도 강화된다. 마치 어린아이가 된 듯 싱글벙글 웃으면서 지내라."고 했다. 니체가 말한 인간 정신 3단계는 낙타, 사자, 어린아이다. 니체는 어린아이들에게서 가장 이상적인 인간의 모습을 보았다. 아이들의 순수한 호기심 때문이었다. 그래서 오직 어린아이처럼 즐겁게 미래를 만들어가라고 했다. 아이들에게는 세상 모든 것이 재미있는 장난감으로 보인다. 나그네가 아이처럼 즐겁게 걸어간다.

고군면 고성리에 들어선다. 제법 큰 면 소재지로 점심을 먹을 수 있다는 기쁨이 밀려온다. 길 떠난 나그네가 김치찌개에 막걸리 한 통을 곁들여 식사하고 나니 세상 부러울 게 없다. 한잔 술은 여행길의 흥취를 돋운다. 징검다리도 넓게 보여 두려움 없이 건널 수 있게 하고, 어두운 산길도 공포심을 이겨낼 수 있게 한다. 험한 인생길에 망각과 위로, 자신감과 열정을 준다.

여행길을 떠난 퇴계 이황이 제자의 집을 찾아 산길을 가는데 길이 몹시 험했다. 말고삐를 잔뜩 잡고 조심하는 마음을 놓지 않았다. 돌아올 때는 술이 거나하게 취해서 갈 때의 그 험하던 길을 아주 잊어버리고 마치 탄탄한 큰길을 가듯 했다. 그리고 "마음을 잡고 놓음이란 참으로 무서운 일이 아닐 수 없다."라고 했다. 20세기 영국 시의 거장 예이츠는 '음주가'를 부르며 실눈 뜨고 봐야 하는 이 세상을 노래한다.

사랑은 눈으로 들어오고 / 술은 입으로 들어오네.
우리가 늙어서 죽기 전에 / 알게 될 진실은 이것뿐
잔 들어 입에 가져가며 / 그대 보고 한숨짓네.

두 눈을 크게 뜨고 아름다운 이 세상을 마음껏 호흡하며 걸어간다. 유랑하는 공자처럼 현실의 디스토피아로부터 이상세계의 유토피아를 찾아 걸어간다. 천국에 가는 길은 아무 데서나 똑같은 거리, 유토피아든 현실의 천국이든 모두 가슴속에 있는 작은 상자인 마음에 들어있다. 모두들 자기의 눈으로 세상을 본다. 인생의 성공과 행복은 모두 자기만족, 안분지족, 수분지족이다.

자연 속의 휴식처 죽제산 삼림욕장 산길을 올라간다. 자연의 품에서 모든 것을 내려놓고 걸어간다. 자연은 말이 없다. 그냥 그런 그대로 보여준다. 자연과 하나될 수 있는 방법은 자연을 있는 그대로 느끼는 것이다. 하늘과 땅의 에너지인 자연은 침묵한다. 자연과 교류하려면 침묵해야 한다. 침묵을 통해서 자연과 교류할 수 있다. 자연은 조건 없는 사랑이다. 자연의 품에 안겨 자연을 가득 담으며 자연인의 길, 자유인의 길을 간다.

진도기상대가 점점 가까워진다. 맑고 푸른 하늘, 녹음이 우거진 산에 간간이 단풍이 물든 아름다운 산행이다. 만추의 계절이다. 하루하루 가을이 깊어지고 있다. 나 홀로 걸어가는 산길에서 만추를 즐긴다.

'진도기상레이더관측소 400m' 이정표가 나타난다. 드디어 능선, 고갯마루에 도착했다. 서해랑길은 그냥 직진으로 고개를 넘어가는데, 왼쪽으로는 '진도기상레이더관측소 100m', 오른쪽으로는 '첨찰산 정상 0.2km'다. 어디로 갈까, 생각도 잠시, 첨찰산 정상으로 올라간다. "코스를 이탈하였습니다!"라는 안내가 휴대폰의 두루누비 앱에서 계속해서 흘러나온다.

돌로 쌓은 첨찰산(485.5m) 정상에 도착했다. 진도가 환하게 펼쳐진다. 첨찰산(尖察山) 정상석 뒷면에 '珍島人의 氣像 여기서 發源되다'고 쓰여 있다. '한국인의 기상 여기서 발원되다'라고 쓰여 진 지리산 천왕봉 정상석이 스쳐 간다. 건너편 봉우리에는 진도기상대가 하얀 모자를 쓰고 있다. 사방팔방 진도를 둘러보면서 태극기와 서해랑길 깃발을 들고 흔들어본다. 바람을 타고 하늘에서 진도아리랑이 들려온다.

아리 아리랑 서리 아리랑 아라리가 났네
아리랑 응~응~응~ 아라리가 났네

하산길, 진도아리랑을 부르며 내려와 '珍島아리랑碑'를 지나간다.

오후 4시 20분, 운림산방에 도착, 7코스를 마무리한다. 운림산방으로 들어선다. 운림산방(雲林山房)은 소치 허련(1808~1893)이 말년에 은거한 곳으로 '운림각'이라고도 한다. 운림산방 내에 세워진 소치기념관에서는 소치 허련, 미산 허형, 남농 허건 등 3대의 작품을 한꺼번에 볼 수 있다. 운림산방은 5대에 걸쳐 전통 남화를 이어준 한국 남화의 본거지이기도 하다.

소치는 어릴 적 해남의 윤선도 고택에 초동으로 들어가 살면서 그림과 인연을 맺었다. 윤선도의 고택에는 윤두서의 그림과 화첩이 있어 전통 화풍을 익힐 수 있었다. 이후 어린 소치는 윤선도 고택에서 가까운 대흥사 일지암의 초의선사의 다동(茶童)이 되어 암자의 자잘한 일을 하면서 초의선사에게 그림을 배웠다. 소치는 그림을 배우기 위해 시서화

(詩書畵)에 능했던 초의가 시키는 대로 봄이 되면 하루 종일 산으로 가서 야생 찻잎을 땄고, 초의가 그 찻잎을 덖어 내놓으면 그것을 비비고 말렸다. 초의는 소치의 재주를 인정하여 한양의 추사에게 소개했다.

헌종 5년(1839) 31세가 되어 추사의 문하에서 본격적으로 그림을 배운 소치는 원나라 말기 산수화의 대가인 대치(大痴) 황공망의 화풍을 익힌 후 자신의 호를 소치(小痴)라고 하였는데, 이때 추사는 "압록강 동쪽으로 소치를 따를 만한 화가가 없다."거나 "소치의 그림이 내 것보다 낫다."고 평했다.

궁중 화가가 된 소치는 벼슬도 지중추부사(정2품)가 되었고, 시서화에 뛰어난 삼절(三絶)로 칭송을 받았다. 소치는 다산의 아들 학연, 홍선대원군 등과 교류했다. 스승 추사가 제주도로 유배를 가 있는 9년 동안 소치는 초의가 만든 차를 가지고 세 번씩이나 위험을 무릅쓰고 바다를 건너갔다. 허련은 유배지 스승의 적소에 머물며 스승의 수발을 들고 그림과 시, 글씨를 배웠다. 처음 4개월을 머문 허련은 두 번째는 10개월을 머물렀고, 1847년 봄에 다시 제주를 찾은 허련은 스승에게 글씨와 그림을 많이 요구했다. 추사는 글씨 빚, 그림 빚을 갚는 심정으로 거절하지 않았다. 이때 초의에게 보낸 편지글이다.

"날마다 허련에게 시달림을 받아 이 병든 눈과 이 병든 팔을 애써 견디어 가며 만들어 놓은 병과 첩이 상자에 차고 바구니에 넘치는데, 이는 다 그림 빚을 나로 하여금 이와 같이 대신 갚게 하니 도리어 한 번 웃을 뿐이외다."

초의에게 진정한 다우(茶友)는 말띠 동갑내기 추사 김정희였다. 제주

유배지에서 초의에게 차를 보내주지 않는다고 윽박지르는 편지에서는 절로 웃음이 난다.

"어느 겨를에 햇차를 천리마의 꼬리에 달아서 다다르게 할 텐가. (중략) 만약 그대의 게으름 탓이라면 마조의 고함과 덕산의 방망이로 그 버릇을 응징하여 그 근원을 징계할 터이니 깊이깊이 삼가게나."

추사는 초의의 차를 기다리며 애타게 엄포를 놓았다. 추사는 55세부터 63세까지 인생의 완숙한 황금 같은 세월을 제주도 유배지에서 보냈다. 그러나 그 세월은 절망 속에서도 자기완성의 시기였고, 시련과 고통 속에 피어난 자기 연단의 시기였다. '가슴 속에 일만 권의 책이 있어야 그것이 흘러넘쳐 글이 되고 그림이 된다.'고 하는 추사 김정희는 유배지에서 독특한 경지의 추사체를 완성했다. 추사체는 명문가에서 태어나 남부러울 것 없이 살았던 추사가 모든 것을 가졌다가 모든 것을 잃은 후에 얻은 최고의 경지였다.

소치를 총애했던 헌종이 소치의 간곡한 부탁으로 추사를 유배에서 풀어주었다. 1856년 추사가 죽고 나자, 소치는 다음 해 한양을 떠나 고향 진도로 돌아와 운림산방을 짓고 은거했다. 추사와 소치, 그들의 매개가 된 초의가 우리 차를 찬양한 〈동다송〉 중에서 가장 아름다운 한 주절을 읊으며 나그네는 숙소인 솔비치로 달려간다.

찻물 끓는 대숲 소리 솔바람 소리 쏠쏠하고 청량하니
맑고 찬 기운 뼈에 스며 마음을 깨워주네
흰 구름 밝은 달 청해 두 손님 되니
도인의 찻자리 빼어난 경지라네.

8코스
진도아리랑

운림산방주차장에서 귀성삼거리 22.8km

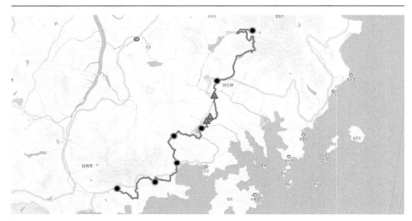

📍 운림산방주차장 ❯ 삼별초공원 ❯ 송정지 ❯ 아리랑마을관광지입구 ❯ 귀성삼거리

10월 28일 금요일 이른 아침, 고군면 금계리 '삐에르 랑디 방문기념비'
에 도착한다. 1975년 진돗개 연구차 진도에 왔다가 바닷길이 열리는 현
상을 목격하고 "한국판 모세의 기적"이라고 프랑스 신문에 소개하여 진
도가 세계적인 관광지로 주목받는 계기를 제공한 주한 프랑스 대사 삐
에르 랑디의 업적을 기리기 위하여 세운 비다.

매년 3, 4월이면 진도 신비의 바닷길 축제가 열린다. 세계적으로 널
리 알려진 진도 신비의 바닷길은 고군면 회동리와 의신면 모도 사이
약 2.8km의 바다가 조수간만의 차이로 인해 바다 밑이 40여 미터의 폭
으로 물 위로 드러나 바닷길이 열린다는데 신비로움이 있다.

8시 50분, 운림산방 주차장에 도착했다. 한 남자가 다가오면서 말을 건다.

"서해랑길 걸으세요?"
"그렇습니다."
"걷는다고, 걷는다고 결심하면서도 실행하지 못하고 있는데, 너무 부럽습니다."
"걸으세요. 너무 행복합니다."

함께 사진을 찍고 싶다고 해서 모델이 되어준 후 운림산방을 출발하여 시골 마을을 걸어간다. 8코스는 임회면 아리랑길 국립남도국악원 귀성삼거리까지 가는 진도의 아름다운 자연경관과 남도의 민속, 문화, 예술의 혼이 남아 있는 구간이다.

삼별초공원을 지나간다. 13세기 자주국방의 기치를 높이 들고 몽골과 맞서 싸웠던 삼별초를 주제로 조성된 국내 최초의 공원이다. 삼별초의 기상이 영혼을 일깨우는 상쾌한 아침 공기가 되어 가슴으로 밀려든다. 이른 아침의 공기는 아침 밥보다도 더 맛있다. 평소에도 여명이 밝아오면 매일 10km를 걷고 달리면서 신선한 아침을 맞이하는 습관이 있다. 햇살이 포근하게 다가오고 감사의 물결이 밀려온다. 하루하루 살아간다는 것은 날마다 새로운 날을 맞이하는 것, 오늘은 어제의 연장이 아니라 새로운 세상의 첫날이다. 오늘의 태양은 어제의 태양이 아니라 새로운 태양이다.
임도를 따라 산길을 걸어간다. 인생은 자고 쉬는 데 있는 게 아니라 한 걸음 한 걸음 걸어가는 그 걸음 속에 있다. 탐험가들은 새로운 세계를 찾으러 떠나고 길가에 피는 민들레는 밟혀도 꽃을 피운다. 낙엽이 쌓여 소리를 낸다. 낙엽이 가는 길은 어디일까. 가을은 슬픈 이별이 있기 때문에 더욱 아름다운 계절이다. 생명력 넘치는 짙푸른 신록이 서서히 단풍으로 변해가는 계절, "죽음은 종말이 아니라 성숙의 결정(結晶)이다."라는 어느 시인의 말처럼 성숙은 어차피 슬픔을 수반한다.

표고버섯으로 산업훈장을 받은 사람이 재배하는 표고버섯단지를 지나간다. 땀이 흘러내린다. 땀을 흘리고 나면 시원한 배설의 기쁨을 느낀다.

망금산, 첨찰산에 이어서 계속되는 산길이다. 질풍지경초(疾風知勁草)라, 세찬 바람이 불어닥쳐야 강한 풀을 알 수 있다. 인간도 그와 같아서 시련과 역경 속에서 그 인간의 진가를 알 수 있다. 험난하고 각박하지만 세상은 살만한 곳이다. 가장 용감한 사람은 자신을 위해 생각하고 그것을 큰 소리로 외치는 사람이다. 산길을 간다. 오르고 내리고 다시 또 오르고. 산은 내가 되고 나는 산이 되어 산과 내가 하나 되니 선인(仙人)! 신선의 경지에 이른다. 쉬운 산은 없다. 심장이 터질 듯 땀 흘려 올라가면 내리막길의 기쁨이 있다. '인간은 초인과 짐승의 밧줄'이라고 니체는 말하지 않았던가. 인간적인, 너무나 인간적인 인간이 되기 위해 산길을 간다. 인생은 아름다운 놀이터다. 그 어떤 상황이든 모두가 놀이터다.

커다란 바위에 반가운 '서해랑길' 표찰이 붙어 있다. 노랗게 물든 단풍나무에 걸린 서해랑길 리본이 다가온다. 산에서 내려오니 정자가 쉬어가라 하고 코스모스가 반긴다. 의신면 옥대리를 지나고 돈대리에 들어서서 '앞서가는 돈지마을' 표석이 반기는 백구문화센터로 나아간다.

'돌아온백구기념비'와 '돌아온백구상' 할머니와 백구가 다정하게 포즈를 취한다. 비문의 내용이다.

"1988년 진도군 의신면 돈지리 박복단 할머니의 집에서 태어나 다섯 살이 되던 1993년 3월 대전으로 팔려 갔으나, 할머니와 손자 손녀의 따사로운 정을 잊지 못하여 목에 메인 줄을 끊고 도망쳐 300여km의 거리를 주인을 찾아 헤매다 1993년 10월 한밤중에 옛 주인인 할머니의 품으로 돌아왔다. 백구는 할머니의 사랑과 보살핌 속에 행복하게 지내다가 2000년 2월 열세 살의 나이로 눈을 감았다."

한번 주인이면 평생 주인으로 모시는 진돗개 백구, 진돗개의 충성심과 귀소본능을 보여준다. 진돗개는 천연기념물 제53호(세계명견 334호)다. 개만도 못한 인간을 질타하는 김삿갓의 시 '개'다

성품이 충직해서 주인을 잘 섬겨
가라면 가고 오라면 와.
꼬리를 치고 뛰어올라 사랑을 받다가도
도리어 욕을 먹곤 머리를 수그린다.
도적을 지키는 그 직책 무거워
공적을 후세에 전하는 의총(義塚)의 이름이 높아
옛날부터 공 있는 개 시체에
유개를 덮었나니
이로써 볼진대 일 안 하고 먹는 자는
개만도 못하구나.

동물 가운데 동종(同種) 간의 살육을 가장 손쉽게, 또 처절하게 해내는 것이 인간이다. 인간은 욕망하는 기계다. 우주의 영광이면서 세속의 쓰레기이다. 꽃 중에 가장 아름답고 예쁜 사람 꽃이지만 짐승 중에 가장 더럽고 무서운 짐승이기도 하다. 요즘 개들끼리 유행하는 말이 있다.

"예끼, 사람만도 못한 것들!"

사람을 만나고 싶다. 새벽이슬처럼 눈매가 깨어있는, 영혼이 깨어있는 그런 사람을 만나고 싶다. 그런 영혼을 만나고 싶다. 내가 그런 사람이 되고 싶다.

백구문화센터에서 나와 들판을 걸어간다. '삼별초 궁녀 둠벙'을 지나간다. 낙화암처럼 여인들의 절개가 돋보이는 역사의 현장이다. 삼별초가 왕으로 추대했던 승화후 왕온(溫)은 지금의 의신면 침계리에 있는 왕무덤재에서 붙잡혀 논수골에서 죽임을 당했다. 전투 가운데 피난 중이던 삼별초의 궁녀들은 창포리에서 만길리로 넘어가는 만길재를 넘다 몽골군에 붙잡혀 몸을 더럽히느니 차라리 죽음을 택하고자 언덕을 따라 내려가 여기 둠벙에 몸을 던져 목숨을 끊었다. 뒤에 비가 오는 날이면 이곳 둠벙에서 여인네의 울음소리가 슬피 들려오고 20여 년 전까지만 해도 밤에는 이곳을 지나는 이가 없었다. 당시 이곳 둠벙의 수심은 매우 깊어서 절굿대를 넣으면 우수영 또는 금갑 앞바다로 나온다는 전설이 있었다.

8코스는 24km, 그 중간인 12km를 걸어왔다는 이정표가 길을 안내한다. 공식적으로는 22.8km, 109개 구간 중 네 번째로 긴 코스이다.

한적한 농촌 풍경, 진도 대파밭을 지나서 죽림마을 갯샘에 이른다. 갯샘은 해안가에서 솟아나는 샘물로 썰물 때에는 위에 고인 바닷물이 빠질 때까지 기다려야 마실 수 있다. 바다와 만나는 기쁨도 잠시 죽림어촌체험마을을 마을을 지나 산길로 올라선다. '여귀산 돌탑길'이다. 시와 그림, 돌탑들이 모여서 나그네의 발걸음을 붙잡는다. 돌에 쓰인 시다.

지는 해가 / 소나무 가지 사이에 걸려 / 빠지지 않는다. 나무들 뜨거워 / 온몸 비틀지만 / 해는 꿈쩍도 않는다. / 붉은 알을 낳는 해 / 나무들 뿌리째 흔들어 태우고 / 하늘은 온통 하혈이다.

아름다운 바다 풍경이 한눈에 내려다보인다. 여산돌탑길에서 길은 다시 임도를 따라가다가 하산한다. 멀리 국립남도국악원이 나타난다. 2004년에 개원한 '국립남도국악원'은 국악의 공연과 연수를 통해 생활 국악의 보급과 확산, 남도 예술의 보존과 전승, 재창조를 위한 사업을 추진하고 있다. 진도아리랑 체험관, 공원, 진도민속마을 등으로 구성된 봄꽃 명소로 이름이 난 진도아리랑마을에서 진도아리랑이 흘러나온다.

갈매기넌 어디 가고 물드넌 줄얼 몰루고
사공언 어디 가고 배뜨넌 줄얼 몰루네
오늘 갈지 넬 갈지 모루넌 시상
내가 싱긴 호박연줄 단장 넘어가네

알그락 짤그닥 짜넌 베넌
언제나 다 짜고 친정에럴 갈이거나

청천안 하눌에넌 잔별도 많고
요내야 가심 속에넌 수심도 많다.

야답세 두 번 걸이 열두 폭 치매
신작로 다 씨고 임마중얼 가네
놀다 가세 놀다나 가세
저 달이 떴다 지도록 놀다나 가세

진도는 소리골이다. 진도아리랑을 비롯하여 강강술래, 들노래, 닻배노래, 육자배기 씻김굿, 다시래기 등 수많은 춤과 노래가 전해오면서 섬 전체가 노래를 한다. 오죽하면' 진도에 가서 소리 자랑 하지 말라'는 말이 전해올까. 특히 '진도아리랑'은 1990년대 초반 나온 영화 '서편제'에서 '송화(오정혜 분)'가 부르면서 전 국민에게 널리 알려졌다. 송가인 가수가 결코 우연히 나온 것이 아니다.

그러면 아리랑은 과연 무슨 의미일까. 삶의 슬픔과 애환으로 첩첩된 '한'을 '흥'으로 승화해 온 우리 가락들. 뜻조차 제대로 알 수 없는 후렴구 '아리랑'이 핏속에 스며있기 때문일까. 생각만 해도 눈물이 날 것 같은 아리랑, 귓가에 아리랑이 맴돈다.

'나를 버리고 가시는 님은'

오후 2시 20분, 8코스 종점인 귀성삼거리에도 아리랑이 울려 퍼진다.

9코스
생일

귀성삼거리에서 서망항 12km

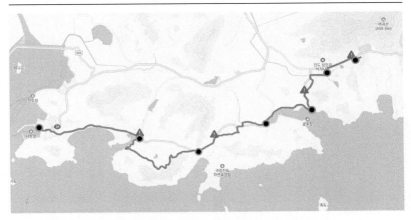

🐾 귀성삼거리 ❯ 짝별방파제 ❯ 동령개삼거리 ❯ 남도진성 ❯ 서망항

10월 29일 토요일 9시 40분, 국립남도국악원 앞 귀성삼거리에서 9코스를 시작한다. 9코스는 임회면 서망항까지 서남해안의 수려한 경관과 다양한 생태가 살아있는 옛길과 바다를 끼고 구불구불, 오르락내리락 오솔길을 걷는 구간이다.

걷기 6일째, 파란 가을하늘, 귀성 마을 앞바다를 내려다보고 진도대로를 따라 걸어가다가 나절로 미술관 입구를 지나간다. 싱그러운 태양이 그림자를 동행으로 선물을 준다. 그림자에게 말을 건넨다.

"그림자, 축복받은 또 하루의 삶이 시작됐다. 오늘은 내 생일이다. 너

의 생일이기도 하지. 축하해!"

개용제를 지나간다. 들판에 수많은 까마귀 떼가 모여 장관을 이루고 있다. 효성 깊은 까마귀들이 까악 까악, 생일에 부모님을 잊지 말라면서 축하해 준다. 오늘은 이 세상에 태어난 날, 엄마가 보고 싶다. 낳아주고 길러주신 엄마가 보고 싶다.

"야야, 이제는 공부 그만하고 아~들 하고 싶은 일 하며 재미있게 살아라!" 하시던 엄마의 말씀이 스쳐 간다. 2년 전 생일에는 거제도에서 남파랑길을 걷고 있었다. 그날도 비가 왔다. 하늘이 축하의 샴페인을 터트려 부슬부슬 비가 왔다. 오늘은 진도에서 생일을 맞았다. 생일날, '미역국은 먹었냐'고 여기저기에서 전화가 온다. 미역국은 산후조리로 엄마가 먹어야 하는데, 엄마 대신 먹으면서 엄마를 기억해야 한다. 손가락이 열 개, 발가락이 열 개인 이유는?

열 개의 손가락과 발가락은 아기가 엄마 뱃속에서 언제 세상에 나갈

지 한 달, 두 달 … 열 달 동안 헤아리다가 생겨났다고 하던가. 육체는
모두가 엄마에게서 빌린 것, 언젠가는 돌려드려야 한다. 아아, 엄마가
보고 싶다.

내 존재 이유였던 엄마,
십 년 전 세상을 떠나신
엄마가 보고 싶다.
엄마!
바다를 나는 저 새는 어디에서 자는지요?
바위에서 자는지 모래밭에서 자는지 알 수 없어요.
엄마!
들판을 나는 저 새는 어디에서 자는지요?
들판에서 자는지 숲에서 자는지 알 수 없어요.
엄마!
숲에서 노래하는 저 새는 어디에서 자는지요?
이곳 저곳 다니면서 자는지 집이 있는지 알 수 없어요.
엄마!
해와 달은 어디에서 자는지, 흘러가는 구름과 바람은 어디서 자는지,
출렁이는 바닷물과 강물은 어디서 자는지 알 수 없어요.
엄마!
사천오백 리 머나먼 길 걸어가는 사랑하는 당신의 아들은
오늘은 어디에서 자야 하는지 알 수 없어요.
엄마!
하지만 아들은 걱정하지 않아요.
자야 할 그곳이 어디일지라도 날마다 엄마가 안아주시기에

아들은 지친 몸을 이끌고 단잠을 이룹니다.

엄마!

사랑합니다. 아들은 오늘도 엄마의 품에서 행복한 나그네입니다.

언젠가 '그만 어서 오너라!' 하시면

그때는 엄마 계신 그곳으로 달려가

엄마의 아들로영원히, 영원토록 함께 하렵니다.

엄마와 어머니는 어떻게 다를까. 이어령 교수의 글에 따르면 엄마는 내가 엄마보다 작았을 때 부르고, 어머니는 내가 어머니보다 컸을 때 부른다고 한다. 하지만 나는 엄마 생전에 단 한 번도 어머니라고 불러 본 적이 없다. 그것은 아마도 엄마 앞에서는 언제나 포근히 안긴 아기이고 싶은 심정이리라.

이 땅에 태어난 날로부터 만 63년의 인생, 지금 무엇을 더 바랄까. 불면의 밤, 괴로웠던 그 시절, 세상과 맞짱을 뜨면서 울부짖던 그 시절은 지나가고, 새벽에 눈을 뜨면 감사기도를 한다. 호흡하고 있음에, 새로운 하루를 맞이함에, 욕심 없이 하루를 맞이할 수 있음에 감사하고 기도한다. 소원이라면 나 자신도, 나와 추억을 함께 하는 사람들도, 한 하늘 아래 살아가는 모든 사람이 평온하게 하루하루를 맞이하고 행복 가득한 삶을 살아가기를 바라는 것, 한 걸음, 한 걸음에 소망을 담아서 걸어간다.

눈 깜빡할 사이에 지나간 인생길을 마주하며 진도미르길을 걸어간다. 미르는 용의 순우리말, 해변을 걷는 오솔길이 마치 용이 승천을 준비하고 있는 형상이라 붙은 이름이다. 용처럼 구불구불한 서해랑길, 용처럼 구불구불한 인생길, 나그네가 되어 자유인이 되어 용이 하늘 높이 나르샤 인생길과 서해랑길을 신명 나게 걸어간다. 마을 앞 바닷가에 갈매기들이 여기저기 둘러앉아 한가롭게 놀고 있다. 바다가 햇빛에 반짝인다. 나그네의 인생도 덩달아 반짝인다.

갈매기와 까마귀, 오늘은 서해랑길 걸으면서 가장 많은 갈매기와 까마귀를 만나는 날이다. 반포효조(反哺孝鳥), 까마귀는 어미 새가 늙고 병들면 먹여주던 일을 되갚는 효성스러운 새다. 나무는 가만히 있으려 하나 바람이 그치지 아니하고 효도를 하려 하나 부모님은 기다려주지 아니한다. 어릴 적 아버지께서 술만 드시면 읊으시던 송강 정철의 〈훈민가〉다.

어버이 살아신 제 섬길 일란 다하여라
지나간 후면 애닯다 엇지하리
평생에 고쳐 못할 일이 이뿐인가 하노라

길가에 코스모스가 만발했다. 굴포식당을 지나서 윤 고산둑에 이른다. 높이 3m, 길이 380m인 우리나라 민간 간척 1호인 이 둑은 굴포·남선·백동·신도 4개 마을의 농사를 위해 지은 고산 윤선도의 작품이다. 4개 마을 주민들은 그때부터 지금까지 매년 정월 대보름이면 고산 사당에서 윤선도에게 감사드리고 풍년과 풍어를 기원하면서 고산감사제를 지내오고 있다. 굴포리는 고산 윤선도의 처가 마을이다.

'고산둑 윤고산사당' 사당으로 들어간다. 사당 한 편에 '어부사시사'와 '오우가'가 새겨진 비가 있다.

내 벗이 몇 인가 하니 수석과 송죽이라
동산에 달 오르니 그 더욱 반갑구나

두어라 이 다섯 밖에 또 더하여 무엇하리.

고산 사당에서 나와 윤 고산둑 위로 걸어간다. 고산둑으로 인해 농지가 된 넓은 들판이 펼쳐진다. 둑에서 내려와 굴포삼거리에서 서망항으로 향한다. 마치 설악산을 연상케 하는 울긋불긋 단풍으로 물든 아름다운 바위산이 점점 다가온다. 밭에서 일하고 있는 초로의 무심한 표정의 농부에게 인사를 한다.

"산이 너무 멋있어요!"
"어릴 적 놀이터였어요. 저 산 뒤편으로 올라가서 바위 꼭대기까지 올라갔지요. 설악산 단풍놀이 갈 필요가 없답니다."

고향마을의 산 자랑에 얼굴색이 확 바뀌면서 농부가 환히 웃으며 답한다. 보고 또 보고 뒤돌아보면서 걸어가다가 어느덧 산림청 국립진도휴양림으로 올라간다. 진도대로를 따라서 동령개 소공원을 지나간다. 나무와 시와 그림이 새겨진 돌들이 조화를 이루며 나그네를 맞이한다. 저 멀리 푸른 바다가 펼쳐진다. 산과 바다를 누비는 나그네의 아름다운 인생이다. 춘원 이광수의 시가 스쳐간다.

바다도 좋아하고 靑山도 좋다거늘
바다와 청산이 한곳에 뫼단말가
하물며 청풍명월이 있으니
여기곳 선경(仙境)인가 하노라.

여행은 삶에서 자기 자신에게 주는 최고의 선물이다.

삶에서 주인공은 항상 자신이다. 사람들은 삶에서 무엇을 할 수 있는지 다시 한번 생각하고 경험하기 위해서 여행을 떠난다. 낯선 곳을 여행하는 동안 낯선 곳을 경험하는 데 그치지 않고 자신에 관해 많은 것을 알아간다. 여행을 할 때마다 마치 삶 전체가 예측할 수 없는 모험의 세계로 빠져들어 가는 것 같은 기분이다. 여행을 떠날 각오가 되어 있는 자만이 자기를 묶고 있는 속박에서 벗어날 수 있다.

"우리가 죽음을 통해 배우는 것은 죽음이 아니라 삶."이라는 톨스토이의 말처럼 여행을 통해 배우는 것은 여행을 넘어 삶의 터전을 단단하게 가꿔 나가는 것이다.

오늘은 세상에 태어나 첫날을 시작한 날이자 남은 인생의 첫날, 오늘은 남은 인생의 가장 젊은 날, 오늘은 살아온 날의 마지막 날이고 가장 늙은 날이다. 인생의 봄이 가고 여름이 갔다. 인생의 가을에서 겨울을 바라본다. 겸손히 관조하며 인생의 깊이를 더하는 사색을 한다. 봄, 여름에는 재기할 수 있는 시간이 있다. 실패를 두려워하지 않고 도전하고, 설령 실패한다 해도 그 실패는 더 큰 성공의 밑거름이 된다. 하지만 추수할 시기에 좌절하고 방황하는 것은 고통을 한층 더하게 한다.

'나는 몇 살까지 살기를 선택하겠는가?'를 생각하면서 살아간다. 생각하고 살지 않으면 사는 대로 생각하게 된다. 전반기에는 성공을 위해 살았다면 후반기에는 무엇을 위해 살겠다는 목표를 가지고 살아간다. 후반기에 추구할 가치는 인생의 완성이다. 전반기는 걸어가는 길이 대체로 명확했다. 성공과 출세였다. 하지만 후반기는 명확한 대로(大路)가 나 있지 않다. 수명이 60~70세일 때는 이것은 문제가 아니었다. 100세 시대에는 전혀 이야기가 다르다. 나그네가 인생길에서 길을 찾는다.

120세의 나이가 / 내 인생에 24시간이라면

지금 내 시간은 / 정오가 조금 지난 12시 30분

인생 후반전 / 나는 어디로 가야 하나

속도보다는 방향 / 성공보다는 보람

11시간 30분 / 남은 내 인생의 시간

나는 시간의 부자 / 즐거운 인생길

선행학습으로 / 길에서 길을 찾아가는

나는 나그네

천등산 아래 임도를 따라서 걸어간다. 남동 앞바다가 펼쳐지고 국립공원 산림유전자원보호구역을 통과한다. 소나무 숲 사이로 남도진성이 다가온다. 조선 초기 왜구 침입에 대비해 축성한 석성인 남도진성을 둘러본다. 산 아래 자리 잡은 평화로운 남도한옥마을을 지나간다. 푸른 파밭과 푸른 바다, 푸른 하늘이 조화를 이룬다. 진도대로 오르막길을 걸어가니 저 멀리서 서망항이 다가온다. 서망항은 진도 서남단에 위치한 어업 전진기지로 전국 꽃게 생산량의 30%를 차지한다.

12시 정각, 9코스 종점 국가어항 서망항에 도착한다.

10코스
아아, 세월호!

서망항에서 가치버스정류장 15.9km

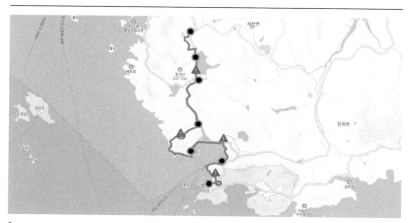

서망항 ▶ 팽목항 ▶ 봉암저수지 ▶ 가치버스정류장

오후 1시 30분, 점심을 먹고 서망항에서 10코스를 시작한다. 10코스는 세월호의 아픔이 있는 진도항(팽목항)을 지나고 봉암저수지를 지나서 가치버스정류장에 이른 구간이다.

조용한 서망항에 배들이 정박해 있다. 항구는 배가 있어야 항구다. 그런데 배는 항구에 있기 위해 존재하는 것이 아니다. 항구에 있는 배는 안전하지만 그것이 배를 만든 이유는 아니다. 항구를 떠나지 않는 배는 배가 아니다. 사람은 누구나 인생이라는 항해를 시작했으니 배를 타고 바다 멀리 나아가야 한다. 나그네는 인생길, 서해랑길을 갈 때 나그네라 한다.

'최고의 꽃게 산지 서망항' 꽃게 형상을 뒤로 하고 도로를 따라 걸어간다. 하늘은 푸르고 바람 한 점 없이 맑은 날이다. 파란 하늘, 파란 바다가 펼쳐지는 서망해변, 파도가 살며시 밀려왔다가 물러간다. 평화로운 풍경이다.

삶이란 무엇인가?
어떻게 사는 게 잘 사는 것인가?
나는 진정 인간답게 살고 있는가?
나는 왜 이 길을 걷고 있는가?
무엇을 위해 살아야 하는가?
나는 무슨 꽃을 피웠으며 피우고 있는가. 또 꽃피울 것인가?

사람으로 태어나서 사람의 길을 가는 나그네가 어디로 가야 할지를 자신에게 묻는다. 나 홀로 여행은 자신이 어떤 사람인지를 알게 한다. 이미 타인이 규정해 놓았거나 기대하는 모습이 아닌 선입견도 없고, 칭송도 없는 벌거벗은 상태의 자신의 모습을 온전히 볼 수 있다. 과일 속에 씨앗이 있듯이 해답은 물음에 있다. 서해랑길에서 묻고 또 답한다.

옛사람들은 생일에 무엇을 했을까. 풍전등화의 위기에서 나라를 구한 충무공 이순신은 과연 전쟁의 바다에서 생일을 어떻게 보냈을까. 이순신의 생일은 1545년 3월 8일(음력), 그날의 〈난중일기〉의 기록들이다.

"1592년 3월 8일 비가 계속 내렸다."

이순신은 자신의 생일에 대해 아무 말이 없다. 다만 '비가 계속 내렸다.'고 간단히 날씨만 기록했다. 이때 이순신은 여수 전라좌수영에 있었다. 1593년 생일날은 전투를 막 끝내고 잠시 쉬던 날이었다.

"1593년 3월 8일 맑음. 한산도로 돌아와 아침밥을 먹은 뒤 광양현감 (어영담), 낙안군수(신호), 방답첨사(이순신) 등이 왔다. 방답첨사와 광양현감은 술과 음식을 많이 준비해 왔고, 우수사(이억기)도 왔다. 어란포만호(정담수)도 소고기 음식 몇 가지를 보내왔다. 저녁에 비가 왔다."

"1594년 3월 8일 맑음. 병세는 별다른 차이가 없었다. 기운이 더욱 축이 나서 종일 고통스러웠다."

1595년 3월 8일 생일에는 식사 후에 대청에 나가 우수사(이억기) 등과 함께 모여 이야기했다고만 기록되어 있고, 1596년에는 장수들과 생일 분위기를 즐겼다.

"1596년 3월 8일 맑음. 아침에 안골포만호가 큰 사슴 한 마리를 보내오고 가리포첨사도 보내왔다. 식후에 나가 출근하니, 전라우수사, 경상우수사, 경상좌수사, 가리포첨사, 방답첨사, 평산포만호, 어도만호, 전라우후후, 경상우후후, 강진현감 등이 와서 함께 하였고, 종일 술에 몹시 취하고서 헤어졌다. 저녁에 비가 잠시 왔다."

1597년 정유년 〈난중일기〉는 '4월 1일 맑음. 감옥 문을 나왔다'로 시작한다. 그 이전의 일기는 없다. 이순신은 생일날 의금부 감옥에 갇혀 있다가 4월 1일 풀려난 것이다.

1598년 무술년 3월의 〈난중일기〉는 존재하지 않는다. 생일에 대한 기록도 물론 없다. 그리고 이순신은 11월 17일 마지막 일기를 남기고 11월 18일 출전하여 11월 19일 아침 관음포에서 전사했다.

힌두교나 불교의 가르침처럼 생명이 윤회한다면 금생의 생일은 전생의 제삿날이요, 금생의 제삿날은 후생의 생일이다. 카르마(업보)와 윤회를 생각하면서 길을 간다.

방파제에 세월호 사고의 상징 하얀 리본이 그려진 빨간 등대가 다가온다. 등대까지 나아갔다가 돌아 나오며 세월호의 아픔을 돌아본다. 팽목기억관을 둘러본다. 눈시울이 붉어진다.

진도항여객선터미널을 지나간다. '팽목항'을 '진도항'으로 이름을 바꾸었다. 진도와 인근 섬을 이어주는 여객선 전용 항구다. 진도군에는 256개의 섬이 있는데 사람이 사는 유인도는 45곳이고 211곳은 무인도이다. 진도항에는 진도와 제주를 잇는 90분간의 최단 시간 초고속카페리 취항으로 진도 관광의 새로운 패러다임이 열리고 있다. '90분의 기적! 진도와 제주를 잇다'란 슬로건을 내걸고 섬 관광 활성화와 교통권 확대를 위해 산타모니카호가 하루 2회, 최고 속도 시속 80km로 달린다.

팽목마을에 들어서서 '기억과 성찰의 도보여행길 팽목바람길'을 걸어간다. 진구지수문에서 마사수문으로 나아간다. 앞에 한 사람이 걸어간다. 가까이 다가가 인사를 나누려는데 길에서 벗어난다. 일직선으로 길게 뻗은 팽목방조제를 따라 나 홀로 걸어간다. 진도항을 바라보고 바다에 떠 있는 마구도를 조망한다. 진도항과 마주한 마사선착장에 도착했다. 마사선착장은 마사마을 어민들이 바다에서 일을 할 때 이용하는 선착장이다. 마사마을은 하늘에서 내려다보면 말이 달리는 모양을 하

고 있으며, 선착장 왼쪽의 작은 섬은 말의 입에 해당하여 마구도라 부른다.

바다 건너편에 있는 진도항을 바라보다가 팽목바람길을 따라 해안숲길을 올라간다. 바다를 보면서 비탈길을 걸어간다. 마사선착장에서 0.8km를 걸어서 다순기미소망탑에 도착했다. '여기서 세월호 참사 현장까지는 28km' 이정표 앞에서 그날의 먼바다를 바라본다.

정위전해(精衛塡海), '정위새가 바다를 메운다.'는 말이 있다. '바다에 빠져 죽은 넋이 '정위'라는 새로 변해 초목을 물어다가 바다를 메꾼다.'는 스토리다.

아아, 세월호! 죽은 이들의 넋이 맹골수도를 메워서 다시는 이런 비극이 일어나지 않기를 기원한다.

삼황오제의 하나인 신농씨(염제)는 약초를 발견하고 농경을 인류에게 가르쳤다. 그에게 딸이 하나 있었는데, 항상 바다에서 헤엄치며 물놀이를 좋아했다. 그러던 어느 날 너무 멀리 나가서 빠져 죽고 말았다. 그녀의 영혼은 작은 새로 변하였다. 이 작은 새는 매일 서산으로 날아가 나뭇가지나 돌들을 물어와 바다에 빠트렸다. 매일매일 하루도 쉬지 않고 반복하였다. 자기를 삼켜버린 바다를 메우기 위해서였다. 그 울음소리가 "정위! 정위!"하고 들렸기 때문에 사람들은 이 새를 정위새라 불렀다.

정위전해는 우공이산(愚公移山)과 비슷한 의미로 원래 '무모한 일을 기도하여 헛수고로 끝난다.'라는 말로 쓰였으나 오늘날에는 천연의 장애에 무릎 꿇지 않고 그를 이겨내는 사람의 의지를 표현한다.

세월호의 어린 넋들은 이 바다를 바라보며 무슨 생각을 하고 있을까. 바다를 원망하고 있을까. 자신들을 죽음으로 내몬 어른들을 원망하고 있을까. 자신들의 죽음을 정치적으로 이용하는 어른들을 원망하고 있을까. 아마도 자신들의 죽음이 헛되이 되지 않기를 바라는 마음으로 오늘도 "정위! 정위!" 하며 슬피 울고 있지 않을까.

바다 멀리 세월호 현장을 향해 말없이 서 있다가 다시 길을 나선다. 잔등너머길로 올라서서 푸른 바다를 바라보며 산길을 걸어간다. 마사마을에 도착한다.

오늘은 생일, 살아있다는 것, 걸어가고 있다는 것에 감사하고 또 감사한다. 인생에 세 가지 축복은 탄생과 죽음, 그 사이의 만남이다. 인간으로 태어났다는 것, 영원히 살지 않고 언젠가는 죽는다는 것, 그 사이의 만남이다. 자연과의 만남, 사랑하는 사람들과의 만남, 수많은 소중한 만남, 언젠가는 헤어져야 하기에 만남은 더욱 아름답다. 죽음은 생로병사의 기승전결이다. 영원히 살 수 없기에 더욱 아름다운 삶이다. 언젠가는 떠나야 할 인생, 아름다운 죽음, 아름다운 마무리를 해야 한다. 잘 죽으려면 잘 살아야 한다. 최고의 웰다잉은 웰빙이다.

산과 바다, 들과 숲을 누비며 오늘도 이 마을 저 마을로 걸어간다.
모든 사물들이 박자 맞춰 율동하며 나그네를 스쳐 간다.
슬프다. 한 번 가면 다시 못 올 이 가을의 향연이여!
가을 산 가을 숲에서 나의 노래를 부른다.
내 노래는 가을 하늘과 바람에게 인사를 하고
나무와 풀들과 새들에게 인사를 한다.
나그네가 길을 간다.
해가 서쪽으로, 서쪽으로 앞서간다.

　인근에 있는 세방낙조 전망대는 전국 최고의 일몰을 자랑한다. 다도
해 섬 사이로 떨어지는 세방낙조는 중앙기상대가 한반도 최남단 '제일
의 낙조전망지'로 선정했을 정도로 환상적이다. 세방낙조의 석양은 지
는 내내 한순간도 지루할 틈을 주지 않는다. 오색낙조라는 이름에 걸
맞게 다채로운 빛깔의 석양을 볼 수 있다. 바다 위로는 사자 갈기 같기
도, 손가락 같기도 한 섬들이 그림자를 합쳤다 풀었다 하면서 묘한 그
림을 만들어낸다. 8월 중순부터 12월 말까지는 특별한 기상 이변이 없
으면 거의 매일 낙조를 감상할 수 있다. 인근 앵무리에는 진도가 낳은
인기 트로트 가수 송가인의 생가를 비롯하여 송가인길, 그리고 송가인
공원이 조성되어 있다.

들에서 일을 마친 농부 부부가 손수레를 끌고 걸어간다. 옆을 지나는데 농부 아저씨가 손수레에서 감 세 개를 꺼내 쥔 손을 말없이 내민다. 밭에 있는 감나무에서 조금 전에 딴 감이리라. 마음이 뭉클하게 전해진다. 걸어가면서 감을 옷에 문질러서 한 입 먹으니 시장하고 지친 탓도 있겠지만 정말 꿀맛이다. 돌아서서 농부 부부가 걸어오는 모습을 바라본다. 한 폭의 그림 같은 장면이다.

그때 예쁘게 정장을 차려입은 여인이 앞에서 걸어온다. 저런 차림으로 이런 들판 길을? 호기심이 발동할 찰나, 여인이 먼저 말을 걸어온다.

"제 남편도 서해랑길 걷고 있는데, 혹시 혼자 걸어오는 사람 못 보셨어요?"

"아, 그러세요. 제가 추월했는데, 금방 오실 거예요."

오후 5시 정각, 나 홀로 나그네가 터벅터벅 들판을 지나고 마을 길을 지나서 10코스 종점 가치마을 버스 정류장에 도착한다. 택시를 불러 타고 승용차를 가지고 어두운 진도의 도로를 달려 진도 읍내로 가서 '생고기 맛집'에서 술잔을 기울이며 생일을 자축한다.

오늘 / 남은 생애의 첫날 / 나는 새롭게 다짐하리.// 또 하루 / 시작할 때마다 / 생명 있음에 감사하고// 또 하루 / 다가올 때마다 / 사랑하며 살리라고// 오늘 / 어제에게 미소 짓고 / 내일에게 인사하리.// 오늘 / 깨어나 잠들 때까지 / 두 팔로 감싸 안으리.// 아아, 인생은 아름다워라!

11코스
초록빛 낙원길 놀다 가시게!

가치버스정류장에서 쉬미항 22km

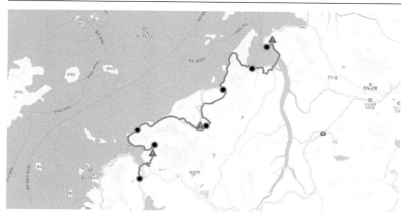

🐾 가치버스정류장 ▸ 금노항 ▸ 보전호 ▸ 대흥포방조제 ▸ 쉬미항

10월 30일 일요일 7시, 가치버스정류장에서 11코스를 시작한다. 11코스는 진도읍 서부해안로를 따라 다도해의 아름다운 섬들과 청정해역에서 품어내는 맑은 공기를 마시며 쉬미항까지 걷는 구간이다.

여명이 밝아오고 사물들이 다가와 인사를 한다. 들판도 나무도 풀잎도 바위도 자신의 모습을 그대로 드러낸다. 만물이 빛나는 상큼한 아침, 아침 해의 정기를 받으면서 걸어간다. 여행 중 가장 신명 나는 때는 항상 아침이다. 전날의 피로는 어디 가고 항상 새로운 기운이 솟구친다. 여행의 기쁨, 신선한 아침의 기운을 만끽하는 나그네의 입에서 노래가 절로 나온다.

"아침 해가 솟을 때 만물 신선하여라, 나도 세상 지낼 때 햇빛 되게 하소서."

아침형 인간은 자연의 리듬과 함께 사는 사람이다. 인류는 수백만 년 동안 해가 지면 자고 해가 뜨면 일어나는 자연 순응형 삶을 살아왔다. 대자연의 여명과 더불어 하루를 시작하는 아침형 인간은 하루를 계획하고 시간을 지배하는 사람이다. 아침을 지배할 줄 아는 사람은 하루를 지배할 수 있고, 하루를 지배하는 사람은 자신의 인생을 다스리고 경영할 수 있다. 아침형 인간의 얼굴에는 나이와 상관없이 아침 햇살 같은 맑은 에너지가 느껴진다. 아침의 격언들이 스쳐 간다.

"일찍 일어나는 새가 벌레를 잡는다."
"아침의 새는 멀리 날아간다."
"아침은 밤보다 현명하다."
"일찍 일어나는 사람이 멀리 간다."

아침형 인간은 인생을 두 배로 살면서 진정한 건강과 행복을 누리는 사람이다. 아침 운동은 하루의 워밍업, 아침이 없는 사람에게는 건강도 성공도 없다. 성공하는 사람들은 모두 아침에 깨어 있었다. 다산 정약용은 말했다.

"동트기 전에 일어나라. 기록하기를 좋아해라."

한적한 시골 농로를 따라 걸어간다. 어제 만났던 부부가 앞서 걸어간다. 여성의 걸음걸이가 0자 형, 약간 특이하다. 걷는 자세를 보면 그 사

람의 건강 상태를 알 수 있다. 건강이 좋지 않거나 몸이 약한 사람은 대부분 팔(八) 자로 걷는다. 양반걸음이라 불리는 팔자걸음은 에너지가 술술 새는 걸음걸이다. 발끝을 벌린 상태로 걷게 되므로 자연히 발뒤꿈치에 무게 중심이 실리고 허리에 힘이 들어가게 된다. 이렇게 오래 걷다 보면 다리에 통증이 느껴지고 심할 경우 쥐가 나기도 한다. 나아가 고관절이 틀어지고 디스크나 요통으로 근육이나 뼈에 무리를 가져와 몸의 형태가 변형된다.

기력이 충만한 사람은 양 발끝을 11자로 모아 일직선으로 양 무릎을 서로 스치듯 걷는다. 발끝을 모아주고 꼬리뼈를 말면 다리와 아랫배 단전에 힘이 들어가고 등이 곧게 펴진다. 척추가 바르게 서면 기혈 순환이 원활하게 이루어져 소화, 배설 능력이 좋아지는 것은 물론 머리가 맑아지고 두뇌 회전이 빨라진다. 척추는 위로는 하늘을 받치고 아래로는 땅을 받치고 있다. 척추가 중심을 잡아주면 기운이 바르게 분배되고 목, 허리, 다리 등 온몸이 편안하다.

세상 사는 이치도 내가 중심을 바로잡고 섰을 때 주변에 휘둘리지 않고 전체를 바라볼 수 있다. 몸을 바로 세우면 정신도 바로 선다. 몸의 중심을 잡는 사람이 자신의 삶의 중심을 잡고 세상의 중심을 잡는다.

"안녕하세요. 오늘은 두 분이 같이 걸어가시네요."

인사를 나누고 사진 찍어달라는 부탁을 들어준다. 이리저리 많은 주문을 웃으면서 들어주고 앞서서 걸어간다. 태양이 산 너머에서 떠오른다. 찬란한 아침의 태양이 빛을 내뿜으며 솟아오른다. 나그네가 태양을 향해 소리친다.

"나는 행성이 아니라 스스로 빛을 내는 항성이 될 것이다! 자신을 풍요롭게 해줄 누군가를 찾지 않고, 스스로 풍요한 사람이 되도록 노력할 것이다!"

여행의 묘미가 점점 깊어진다. 어리석은 사람은 방황하고 현명한 사람은 여행한다. 힘들고 아프다면 아직 행복이 무엇인지를 모르고 있다는 것, 그렇다면 여행을 떠나야 한다. 불행의 가장 큰 이유는 잘못된 우선순위에 있다. 다른 사람의 기대보다 자신의 자유의지를 더욱 소중히 여겨야 한다. 내가 무엇을 원하는지, 자신이 행복해지는 길을 스스로 찾아야 한다. 원하는 삶과 사랑, 일의 의미를 깨달아야 한다. 더 이상 세상에 휘둘리지 않고 자신이 원하는 삶이 무엇인가 알기 위해서는 길을 나서야 한다. 여행을 하면서 현실에서 한 발짝 떨어지면 삶이 한눈에 보인다. 불필요한 요구와 의무에 충실하기 위해 자신에게 소홀했다는 것을 알게 된다.

진도낙원해안로를 걸어간다. 초록색 배경에 '그림 같은 동산 위의 초록빛 낙원길'이란 글씨와 진돗개 형상이 그려져 있다. 낙원으로 가는 길이다.

옛날 옛적에 살 만한 곳, 낙원을 찾아 나섰던 사람들은 어느 때건 있었다. 산으로 들어가 신선이 되었다는 최치원이 그랬고, 청학동을 찾아나섰던 고려 때의 문인 이인로 역시 그랬다. 남사고가 지정했던 십승지지를 비롯하여 제주도에 있다는 이어도, 갑산 땅에 있다는 태평동, 상주의 우복동, 평안도 성천의 회산선계, 속초 영랑호의 화룡굴이라는 별세계 등 나라 안에는 여러 곳의 이상향이 있었다. 그러나 수많은 사람들이 유토피아를 꿈꾸었지만 그 유토피아는 아무도 발견하지 못했다.

토머스 모어의 소설 〈유토피아〉에서 유래한 이상향, 즉 유토피아란 '없다' 또는 '좋다'는 뜻도 되고, '어디에도 없는 나라', '좋은 곳'이라는 뜻도 지닌다. 그래서 어디에도 없지만 좋은 나라, '낙원'이 우리가 꿈꾸는 이상향이다.

'초록빛 낙원길 놀다 가시개!'라며 발 형상의 그림이 시멘트 바닥에 그려져 있다. 인간은 호모 루덴스, 곧 놀이하는 인간이다.

"그래 놀다 가자!"
"서해랑길에서 한 판 잘 놀아보자!"
"나는 오늘도 길에서 꼭 행복할 거야!"

서해랑길이 어린아이처럼 흥미진진한 모험의 세계로 점점 깊이 빠져들어 간다. '초록빛 낙원길 사진 찍고 가시개!'라면서 다시 시선을 붙잡는다. 여행과 장소의 변화는 마음에 활력을 선사한다. 글씨들이 장면을 바꾸며 다가온다.

"행복하자!"
"아따 반가운그."
"쪼깐 쉬다가소."
"보고자퍼 죽겠당께."
"여기까지 오느라 욕봤소."

전라도 사투리가 구수하게 다가온다. 갈매기들이 날아가며 노래를 부른다. 진도 갈매기가 진도 말로 '진도 갈매기'를 노래한다.

"진도 갈매기 진도 갈매기 너는 벌써 나를 잊~었~나~"

부산갈매기는 부산 말을 하고
경상도 갈매기는 경상도 말을 하고
전라도 갈매기는 전라도 말을 할까.
독도 갈매기는 독도 말을 하고
백령도 갈매기는 백령도 말을 하고
마라도 갈매기는 마라도 말을 할까.
가거도 갈매기는 가거도 말을 할까.
끼륵끼륵 까악까악, 구구구구
갈매기가 갈매기 말로 노래를 한다.
진도 갈매기가 진도 말로 노래한다.
자신의 언어로 갈매기의 노래를 부른다.

오스카 와일드는 "우리는 모두 시궁창에 살지만, 몇몇은 별을 바라본다."고 말했다. 도하청장(淘河青莊)이라는 새가 있다. 박지원의 〈담연정기〉에 나온다. 도하는 사다새다. 펠리컨의 종류다. 도(淘)는 일렁인다는 뜻이니, 도하는 진흙과 뻘을 부리로 헤집고 풀들을 뒤적이며 쉴 새 없이 물고기를 찾아다닌다. 덕분에 깃털과 발톱은 물론 부리까지 진흙과 온갖 더러운 것들을 뒤집어쓴다. 허둥지둥 잠시도 가만히 있지 않고 부지런히 먹이를 찾아 헤매어 다니지만 종일 고기 한 마리 못 잡고 늘 굶주린다.

청장은 해오라기의 별명이다. 신천옹(信天翁)으로 불린다. 청장은 맑고 깨끗한 물가에 날개를 접은 채 붙박이로 서 있다. 한 번 자리를 잡으면 좀체 옮기는 법이 없다. 바람결에 들려오는 희미한 노랫가락에 귀를 기울이듯 아련한 표정으로 수문장처럼 서 있다. 물고기가 멋모르고 앞을 지나가면 문득 생각난다는 듯이 고개를 숙여 날름 잡아먹는다.

도하는 죽을 고생을 해도 늘 허기를 면치 못한다. 청장은 한가로우면서도 굶주리는 법이 없다.

박지원에게 이 설명을 들은 간서치[1] 이덕무는 청장이란 새가 무척이나 마음에 들어 청음관(靑飮館)이라 쓰던 자신의 당호를 당장 청장관(靑莊館)으로 고쳤다. 그리고 신천옹(信天翁), 하늘을 믿고 작위 하지 않는 청장과 같은 삶을 살겠다고 다짐했다. 아등바등 욕심만 부리면 먹을 것도 못 얻고 제 몸만 더럽힌다. 없어도 그만, 조금이면 만족한다. 똑똑한 바보들이 아름다운 세상을 만든다. 돈 많은 사람이 다 똑똑한 건 아닌 것처럼, 똑똑한 사람들이 다 돈만 좇는 건 아니다. 돈 '전(錢)'자에는 창 '과(戈)'자가 위에도 붙었고 아래에도 붙어 있다. 두 개의 창이 재물을 다투니, 돈이란 참으로 사람을 죽이는 물건이라는 뜻이다. 천할 '천(賤)' 자에도 창이 아래위로 부딪친다. '돈 전(錢)'과 '천할 천(賤)'에 모두 이 뜻이 들어있다. 인생은 돈을 좇기보다 꿈과 열정을 찾을 때 행복하고 그곳이 낙원이다.

인류의 조상 아담과 이브의 거처였던 에덴동산은 아담과 이브의 원죄로 말미암아 잃어버린 실낙원이 되었다. 하지만 광야에서 사탄과 대결하여 메시아인 예수가 이김으로써 〈복락원〉, 그 낙원을 되찾았다. 낙원은 어디에 있는가. 천국은 어디에 있고 극락은 어디에 있는가. 낙원

---

1) 책만 읽는 바보

으로 가는 길, 나그네는 초록빛 낙원길을 걷고 있다.

시원한 바닷바람이 불어온다. 파도가 밀려왔다가는 다시 밀려간다. 바다는 바다다. 해불양수(海不讓水), 바다는 물을 사양하지 않는다. 모든 물을 받아들이는 저 바다는 얼마나 갖고 싶기에 가슴이 저리 넓을까. 바다는 얼마나 할 말이 많기에 저토록 끝없이 출렁일까. 바다는 얼마나 원통하기에 저렇게 소리 내어 울부짖을까. 바다는 수억만 년을 살고도 얼마나 오래 살고 싶기에 아직도 저토록 푸른가. 가슴에 바다를 품은 나그네가 진도보전참전복양식단지를 지나서 대흥포방파제를 걸어간다.

11시 30분, 드디어 쉬미항에 도착하여 11코스를 마무리한다. 음식점이 반겨준다. 이렇게 반가울 수가. 한 끼 또 먹을 수 있다는 사실이 너무나 감사하고 행복하다.

12코스
여기 오길 참 잘했다!

쉬미항에서 우수영국민관광지 22.2km

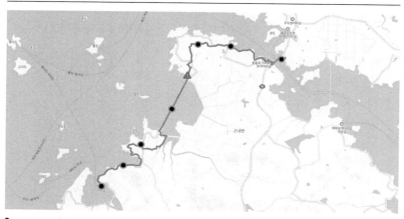

🐾 쉬미항 ▶ 백조호수공원 ▶ 나리방조제북단 ▶ 건배산등산로입구 ▶ 우수영국민관광지

12시 정각, 쉬미항에서 12코스를 시작한다. 12코스는 서해의 낙조와 서남해안 유일의 백조도래지가 있는 군내호와 나리방조제를 지나고 건배산 등산로를 걸어서 해남군 문내면 학동리 우수영국민관광지에 이르는 구간이다.

'속삭이는 바다'에서 한식뷔페로 식욕을 가득 채웠다. 중국의 편작은 최고의 건강 비책으로 '두한족열복불만(頭寒足熱腹不滿)'이라, '머리는 차갑고 발은 뜨겁게, 배는 채우지 말라' 했건만 '먹을 수 있을 때 먹으라!'는 여행자의 수칙에 따라 모처럼 행복한 점심 식사를 했다. 행복은 자족하는 데에 있는 것, 행복한 사람은 가진 것을 사랑하고 불행한 사람은 가지지 않은 것을 사랑한다. 생의 소박한 기쁨을 잃지 않는 것이 바로 행복의 조건이다. 행복은 마음에 있다. 마음 밭에 감사의 씨앗을 뿌리면 감사의 나무가 자라고, 그 나무에는 행복의 꽃이 피고 행복의 열매가 열린다.

진도항(팽목항)에 이어 진도에서 두 번째 큰 쉬미항의 여객선터미널과 진도관광유람선 선착장을 둘러보고, 다시 803번 지방도로 해안을 따라 걸어간다. 이번에는 '눈부신 진도 바다 위의 푸른빛 낙원해안로'에 낙원이 펼쳐진다.

낙원(樂園)에는 아름다운 초목이 무성하고 나뭇가지에는 보석보다 귀한 온갖 맛 좋고 귀한 과일이 달려 있다. 맑은 물이 항상 땅에서 샘솟고, 온갖 동물과 새가 평화롭게 같이 산다. 개신교의 낙원은 사후 세계의 하나로, 천국과는 다른 개념이다. 낙원에 가 있는 사람은 부활한 뒤에 천국에서 살게 되므로, 낙원과 천국은 서로 다르다. 천국에서 살 자격이 있는 이들이 육체의 부활 이전에 가는 곳이 낙원이다. 즉, 낙원은 종말이 되기 전에 예수를 믿어 구원받은 다음에 죽은 사람이, 종말에 천국이 열리기 전까지 머무는 임시 대기실이다. 하지만 가톨릭에서는 낙원은 천국과 동의어로 쓰고 있다. 구약성서의 선지자 이사야가 '낙원'을 노래한다.

그때에 이리가 어린 양과 함께 살며
표범이 어린 염소와 함께 누우며
송아지와 어린 사자와 살진 짐승이 함께 있어
어린아이에게 끌리며
암소와 곰이 함께 먹으며

그것들의 새끼가 함께 엎드리며

사자가 소처럼 풀을 먹을 것이며

젖 먹는 아이가 독사의 구멍에 장난하며

젖 뗀 어린아이가 독사의 굴에 손을 넣을 것이라

- 이사야 11장 6~8

이슬람교에서 낙원은 잔나(Janna, 정원)라고 부르는데, 코란에 의하면 세계의 종말과 최후 심판의 결과, 선택된 자만이 들어갈 수 있다. 그 낙원은 영원히 마르지 않는 샘과 시냇물, 우유, 미주(美酒), 벌꿀이 넘치는 강이 있고, 과일이 익는 하늘의 천녀가 반겨주는 이상향이라고 한다.

불교에서는 낙원을 정토로 지칭하며 불교의 이상사회를 말한다. 이곳은 자연적 환경과 물질적 풍요를 누릴 뿐만 아니라, 누구나 자비와 지혜로 충만한 삶을 사는 사회라고 전해진다. 세속인이 살고 있는 사바 세계인 예토(穢土)와 대비되는 곳으로 부정잡예(不淨雜穢)가 사라진 청정한 불국토이다. 대표적인 정토는 아미타불의 서방 극락정토이고 아울러 이러한 정토에 태어나겠다는 신앙이 정토 신앙이다.

낙원로에 펼쳐진 조형물의 다양한 글들이 나그네의 흥을 돋우고 길섶의 의자에는 진돗개를 상징하는 강아지가 멍멍 짖는 모습이 그려져 있어 미소를 짓게 한다.

'파도를 지켜보며 함께 흘러가 보자!'

'가끔은 달아나는 것도 필요해!'

'푸른 빛 낙원길 놀다 가시개!'

'우리는 지금 행복 여행 중'

'여기 오길 참 잘했다!'

'함께 하는 이 순간이 가장 좋다!'

푸른 하늘 아래 펼쳐진 푸른 바다, 푸른 빛 낙원길에서 다가오는 행복감이 충일하다. '전망 좋은 곳'이라는 코스모스가 만발한 정자에서 바다를 바라본다. 상태도, 하태도, 장산도, 율도 등 섬들이 한눈에 들어온다. 바람개비 옆에 '바람이 머무는 곳' 등대의 외로운 형상이 눈길을 끈다.

길을 떠난 나그네는 근원적으로 외로운 존재다. 로댕의 비서였던 마리아 릴케는 "로댕은 명성을 얻기 전에 고독했다. 명성을 얻은 다음에 그는 더욱 고독했다. 왜냐하면 명성은 바로 그의 주변에 밀어닥친 오해(誤解)의 총계에 불과했기 때문이다."라고 말했다.

로댕은 감수성이 강했던 청년 시절에 단테의 〈신곡〉을 무척 탐독했다. 〈생각하는 사람〉이 조각된 〈지옥의 문〉도 이 〈신곡〉의 감명을 결정시킨 것이다. 만년에 로댕을 찾아간 영국 작가 오스카 와일드가 로댕에게 살아온 일생을 어떻게 생각하느냐고 묻자, "나는 작품을 통해 내 인생의 모든 정열과 행복을 모조리 약탈당했다."고 말했다. 명성에 대해 묻자, "그것은 마음에 들지 않는 작품을 강요했다는 것 외에 아무것도 아니었다." 했고, 〈생각하는 사람〉을 보면 아직도 뭔가 못다 생각한 것 같은데……" 하니까, "맞다. 그것 때문에 죽을 수가 없다."고 했다 한다. 로댕의 그 못다 한 생각은 무엇일까. '내 팬티는 어디에?'라는 유머가 스쳐 간다.

"나는 생각한다. 고로 존재한다."는 데카르트의 말처럼 "나는 걷는다. 고로 나는 존재한다."고 나그네는 말한다. 길 위에서 생각으로 존재하는 나그네가 청룡어촌체험마을을 지나고 백조호수공원에 도착한다. 천연기념물 101호 진도 고니류 도래지다. 고니는 진도군 군내면 해안 일대와 다도해 해안에서 12월과 2월 사이에 월동한다. 진도 고니류 도래지는 우리나라 서남해 해상에서 고니 집단이 겨울을 지낼 수 있는 유일한 지역으로 그 환경을 보호하기 위해 1962년 천연기념물 101호로 지정하여 보호하고 있다.

한 쌍의 백조 동상을 지나서 군내호의 나리방조제 남쪽 수문을 지나간다. 나리방조제는 군내면 나리의 북서쪽 끝의 바다를 막아 쌓은 방조제로 길이가 3.5km이다. 이로 인해 바다에서 담수호로 변신한 군내호는 백조의 서식지가 되었다. 길고 긴 방조제 위를 걸어간다. 멀리 도암산, 금골산, 바위섬이 보인다. 멀리 진도타워가 나타난다. 드디어 나리방조제를 지나서 건배산 범바위둘레길을 올라간다. 산 능선 의자에 누워 한가로이 하늘을 바라보며 범바위의 전설을 듣는다.

옛날 옛적에 외딴섬 바닷가에 할머니가 백구와 외롭게 살고 있었는데, 어느 날 백구는 강아지 다섯 마리를 낳았다. 언제부터인가 뒷산에 호랑이가 나타나 밤마다 새끼를 한 마리씩 잡아먹었고, 강아지를 모두 잡아먹은 호랑이는 할머니를 잡아먹으려 했다. 이때 백구는 할머니를 살리기 위해 호랑이를 유인해 북쪽으로 달아났다. 그러나 이를 어쩔까? 백구 앞에는 깎아지른 듯한 낭떠러지가 있고 아래에는 커다란 파도가 일렁이고 있었다. 벼랑 끝에선 백구는 하늘을 향해 울부짖었다. 하지만 호랑이는 백구에게 점점 다가서고 있었는데, 이를 본 할머니 또한 하늘의 신께 간절히 기도를 올렸다. 순간, 호랑이는 바다를 향해 포효하는 모습으로 그대로 돌이 되고 백구도 돌이 되었다.

그리고 세월이 흘러 서해랑길의 나그네는 그 호랑이 머리에 올라서서 서해를 내려다보고 있다. 얼마나 아름다운 세상인가. 인생은 누리는 자의 것, 사노라면 가끔은 목이 메는 일이 생길지라도 소풍 같은 삶을 꿈꾸며 살아야 한다. 비록 프라이가 되거나 삶은 계란이 될지라도 계란으로 태어났으면 빵처럼 부푼 꿈을 꿔야 한다. 세상살이는 마음먹기에 달린 것, 이렇게 살아있다는 것, 먹을 수 있다는 것, 지금 이 순간 살아서 오늘처럼 걸을 수 있다는 자체가 얼마나 커다란 축복인가. 초원으로 산으로 바다로 자유로이 나들이를 떠날 수 있는 청복을 누릴 자가 얼마나 있겠는가. 다산의 말처럼 부귀영화를 누리며 떵떵거리면서 사는 열복(熱福)보다는 찾는 이가 드문 청복(淸福)이 더욱 아름다운지고.

다시 산길을 올라간다. 건배산 등산로를 따라 능선에 도착하니 군내호와 서해가 내려다보인다. 진도타워와 진도대교, 울돌목 바다 위에서 하늘을 날고 있는 명량케이블카가 보인다. 산에서 내려와 도로를 걸어간다. 태양은 서서히 서쪽 하늘로 내려앉고 그림자는 길게 키다리 아저씨가 되어간다. 지친 그림자와 함께 나그네는 지구별 여행자가 되어 걸어간다.

지구는 인류가 살아가는 아름다운 별이다. 지구는 365일 태양을 떠나서 존재할 수 없다. 태양이 없으면 지구 안의 생명체도 존재할 수 없다. 태양은 단지 아침에 뜨는 별이라고 하지만, 단지 혼자 이 세상을 밝히는 별이고, 대자연에 생명을 불어넣는 숭배받을 만한 위대한 존재다. 지구는 24시간 스스로 돌아간다. 시속 약 1,667km로 자전한다. 1초에 약 463m를 돌고 있으니 때로는 세상사가 어지럽다. 또한 지구는 공전하며 태양의 주위를 돈다. 시속 약 108,000km로 회전한다. 1초에 약 30km를 돌고 있는 것이다. 지구가 자신을 한 바퀴 돌리면 새로운 하루가 오고, 태양을 한 바퀴 돌면 새로운 한 해가 온다. 그러면 인생에는

하루의 아침이, 한낮이, 저녁이, 밤이 오고, 한 해의 사계절, 곧 봄이, 여름이, 가을이, 겨울이 온다.

숙소인 이순신호텔을 지나서 중화요리 식당에 들어가서 짬뽕밥으로 허기를 해결하고 다시 녹진관광지로 발걸음을 옮긴다. 이충무공승전공원에서 포효하고 있는 충무공 이순신 동상 앞에 섰을 때는 이미 날이 어두워지고 조명등에는 불이 형형색색 환히 켜진다. 진도대교를 뒤로 하고 웃고 있는 송가인등신대에게 미소로 화답한다. 행복감에 젖어서 느릿느릿 걸어간다. 괴테는 "네 발밑을 파라. 거기에서 맑은 샘물이 솟으리라."고 한다. 매일의 일상생활에서 기쁨을 찾고 즐거운 마음으로 살아야 한다. 발밑의 샘물을 파면서 죽는 날까지 즐겁게 살아야 한다.

환상적인 야경이 서서히 펼쳐지는 녹진관광지와 진도대교를 걸어서 12코스 종점 해남우수영에 도착하니 명량케이블카도 허공에서 잠이 들었다. 오늘은 44.2km를 걸은 날, 충무공 이순신의 동상이 보이는 이순신호텔의 밤이 깊어 간다. 밤하늘에서 이순신의 목소리가 들려온다.

誓海魚龍動(서해어룡동) 盟山草木知(맹산초목지)
바다에 한 맹세, 물고기와 용이 감동하고
산에 한 맹세, 풀과 나무조차 알아준다.

讐裏如盡滅(수이여진멸) 誰死不爲辭(수사불위사)
이 원수 모조리 무찌를 수만 있다면
비록 죽음일지라도 사양하지 않겠노라.

3 해남~영암 구간 (13~17코스) 75.3km

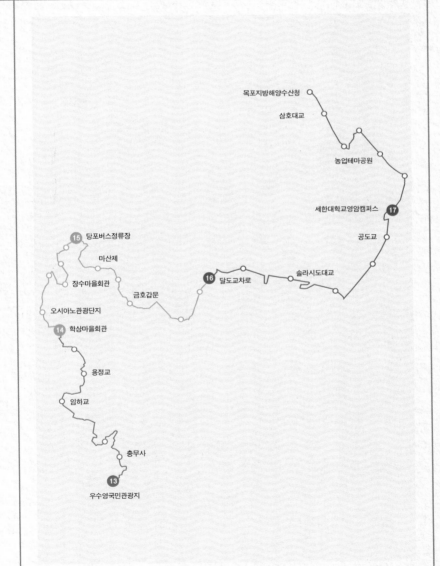

목포지방해양수산청

삼호대교

농업테마공원

세한대학교영암캠퍼스

17

공도교

15 당포버스정류장

마산제

솔라시도대교

장수마을회관

금호갑문

16 달도교차로

오시아노관광단지

14 학상마을회관

용정교

임하교

충무사

13

우수영국민관광지

13코스
무소유의 길

우수영국민광광지에서 학상마을회관 16.3km

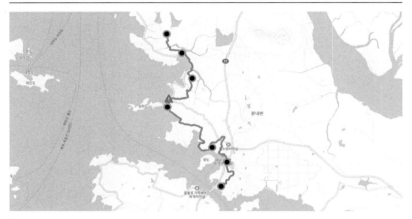

우수영국민관광지 ▶ 충무사 ▶ 임하교 ▶ 용정교 ▶ 학상마을회관

　10월 31일 8시 10분, 우수영국민관광지에서 13코스를 시작한다. 13코스는 우수영국민관광지에서 시작하여 청룡산을 지나고 우수영문화마을에서 법정스님을 만나고 명량대첩비가 있는 충무사를 지나서 화원면 개초길 학상마을 회관에 이르는 구간이다.

　걷기 8일째인 10월의 마지막 날, 오늘은 200km를 통과한다. 어제의 피로는 씻긴 듯 사라져 버린 신선한 아침, 8시에 문을 여는 진도휴게소의 대파해장국집에서 세 번째 오늘도 아침 식사를 하고 출발지로 달려간다.

　우수영국민관광지 강강술래기념비와 강강술래전수관을 지나간다.

명량대첩 당시 일본군을 속이기 위해 주민들이 강강술래를 추었다는 일화가 전하는 곳으로, 강강술래의 유래와 의미, 역사가 전하는 곳이다. 울돌목 수국정원으로 나아가서 충무마을을 지나고 폐허만 남아 있는 충무사를 지나서 '영원한 사랑' 충무사 연리지를 바라본다. 연리지는 두 몸이 한 몸이 된다고 하여 남녀 간의 애틋하고 영원한 사랑과 흔히 비유되곤 하는 사랑 나무다. 나뭇가지가 서로 이어지면 연리지(連理枝), 줄기가 이어지면 연리목(連理木), 뿌리가 이어지면 연리근(連理根)이다. 당나라의 백거이가 현종과 양귀비의 애틋한 사랑을 '장한가'로 노래한다.

在天願作比翼鳥(재천원작비익조) 在地願爲連理枝(재지원위연리지)
하늘에서 나면 비익조가 되고 땅에서 태어난다면 연리지가 되리
天長地久有時盡(천장지구유시진) 此恨綿綿无絶期(차한면면무절기)
비록 하늘과 땅이 다한다 해도 우리의 맺힌 한이 끊어질 날 있을까.

시인 백거이는 두 사람의 영원한 사랑을 비익조와 연리지에 비유했건만 안녹산의 난이 일어나자 현종은 양귀비에게 자결하도록 했으니, 그들의 사랑은 결코 영원하지 않았다. 홍콩영화로도 유명한 '천장지구(天長地久)'는 〈도덕경〉의 "하늘은 영원하고 땅은 장구하다. 하늘과 땅이 오래도록 변하지 않을 수 있는 까닭은 그 스스로 낳지 않기 때문이다."라는 구절에서 나온다. 하늘과 땅은 다른 존재, 서로에게 해를 끼치지 않고 그 스스로 생존하고 생동한다. 자생하기 때문에 다른 존재와 갈등이나 마찰을 일으킬 일이 없고 그 자체의 기운도 소모하지 않을 수 있다. 그렇기에 하늘과 땅은 영원하고 불변한다는 말이다. 그래서 흔히 영원한 사랑에 비유한다.

갈래갈래 갈린 길을 따라 우수영문화마을로 발걸음을 옮긴다. 명량대첩의 신화가 있는 불멸의 땅이다. 우수영항에서 발걸음을 멈춘다. 명량대첩 당시 조선수군이 출정했던 곳, 조선시대 전라우수사의 본영이 있던 곳이다. 지금은 작은 항구로 이곳에서 배를 타면 제주도를 갈 수 있다. 당시 전라우수사 이억기(1561~1597)는 왕족 출신으로 녹둔도에서부터 임진왜란에 이르기까지 이순신을 도와준 대표적 인물이었다. 이순신이 백의종군하던 때 이억기는 원균과 함께 칠천량해전에서 전사했다.

거북선 모양의 유람선 '울돌목거북선'을 지나고 해남우수영여객선임시터미널을 지나서 법정스님마을도서관에 이른다. 출가수행자로 무소유를 몸소 실천한 법정스님의 정신을 기리는 도서관으로 '법정스님생가터'에 건립되어 더욱 뜻이 깊다. 도서관 앞 공터에 새겨진 스님의 글귀이다.

빈 마음,
그것을 무심이라고 한다.
빈 마음이 곧 우리들의 본마음이다.
무언가 채워져 있으면 본마음이 아니다.
텅 비우고 있어야 거기에 울림이 있다.
울림이 있어야
삶이 신선하고 활기 있는 것이다.

도서관에는 생전에 스님이 집필한 저서들이 전시되어 있다. 무소유(1976), 새들이 떠나간 숲은 적막하다(1996년), 산에는 꽃이 피네(1998), 오두막 편지(1999), 홀로 사는 즐거움(2004), 살아있는 것은 다 행복하라

(2006), 맑고 향기롭게(2006), 아름다운 마무리(2008) 등등이 진열되어 있다. 모두 다 감명 깊게 읽었던 책들이다.

2007년 1월 2일 새해 벽두, 내 인생의 특별한 도보여행을 출발했다. 용인(회사)에서 안동 청산(고향)으로 걸어가는 '청산으로 가는 길' 8박 9일간의 260km 여정이었다. 이때 배낭에는 법정스님의 '살아있는 것은 다 행복하라'는 책이 있었고, 밤이면 책을 읽고, 낮에는 걸어가면서 살아있는 모든 존재, 나아가 생명이 없는 존재들까지도 행복하라고 기원했던 추억이 있다.

법정스님과의 인연은 2010년 마라도에서 고성통일전망대까지 국토종주 도보여행 당시, 순천 송광사 앞을 지나갈 때 스님께서 입적하셨다. 이후 도보여행이 끝난 후 송광사에 계시는 스님의 영정 앞에 절을 드렸다. 숱한 세월이 지나고 법정스님과의 감회가 새롭게 다가온다.

"입에 말이 적고 마음에 일이 적고 뱃속에 밥이 적어야 한다. 이 세 가지 적은 것이 있으면 신선도 될 수 있다."

"무소유란 아무것도 갖지 않는다는 것이 아니라 불필요한 것을 갖지 않는다는 뜻이다. 우리가 선택한 맑은 가난은 부보다 훨씬 값지고 고귀한 것이다."

"행복의 척도는 필요한 것을 얼마나 많이 갖고 있는가에 있지 않다. 불필요한 것으로부터 얼마나 벗어나 있는가에 있다. 무소유란 아무것도 갖지 않는다는 것이 아니다. 궁색한 빈털터리가 되는 것이 아니다. 무소유란 아무것도 갖지 않는 것이 아니라 불필요한 것을 갖지 않는다는 것이다."

비우고 또 비우고, 또 비우고 비우는 무소유의 길을 걸어간다. 청빈한 삶을 실천한 법정스님의 '무소유'를 생각하며 생가터에서 나와 우수영문화마을을 지나간다. 우수영초등학교의 윤시원 학생이 지은 시 〈강아지야〉가 웃음을 자아낸다.

강아지야 왜? 멍멍 짖니?
나그네가 저녁에 지나가다가
길 잃어버릴까 봐 그래?
착하다고 소문나서
길 가다가 동네 아줌마가
생선 주시고 칭찬받겠네.
좋겠다.

'1597년 갤러리'를 지나고 우수영안길을 걸어서 명량대첩비 앞에 섰다. 명량해전을 승리로 이끈 이순신 장군의 공적을 기리기 위하여 돌로 만든 비이다. 비문에는 선조 30년(1597) 이순신이 진도 벽파정에 진을 설치하고 우수영과 진도 사이 바다의 빠른 물살을 이용하여 12척의 배로 133척의 왜적함대를 무찌른 상황이 자세히 적혀 있다. 비문은 1868년 예조판서 이민서가 짓고, 판돈령부사 이정영이 해서체로 글씨를 썼으며, 홍문관 대제학 서포 김만중이 '통제사 충무 이공 명량대첩비'라고 비의 이름 12자를 썼다.

충무사(忠武祠)로 올라간다. 충무사는 충무공 이순신의 영정을 모시고 매년 4월 28일 탄신을 맞아 제례를 지내는 신성한 사당이다. 사당의 충무공의 영정 앞에서 머리를 숙인다. 두 눈에 푸르른 울돌목의 바닷

물이 고여 온다. 두 팔로 뜨겁게, 뜨겁게 껴안고 싶다.

2020년 11월 6일부터 52일간 부산에서부터 해남에 이르기까지 이순신과 함께 남파랑길을 걸었고, 종주 후에는 충무공의 유적지를 구석구석 답사하고, 〈난중일기〉와 유성룡의 〈징비록〉 등 많은 참고문헌을 공부하고 연구하여 2022년 〈충무공과 함께 걷는 남파랑길 이야기〉를 출간하였으니, 충무공 이순신은 우리 민족의 성웅이요 수호신이면서 나의 개인적인 우상이기도 하다. 현충사에서 주관하는 〈2022년 이순신 장군 난중일기 독후감 및 유적답사기〉에 글을 보내 〈참리더상〉을 받고 현충사 〈이충무공 탄신제〉에 초청받는 영광을 누리기도 했다.

강강술래를 기념하고 시연하기 위한 강강술래마당을 지나서 강강술래길 우수영오일장 장터를 지나간다. 해남의 3대 오일장으로 4일과 9일, 14일과 19일, 24일과 29일이 장날이다. 평상시에도 200여 명의 상인들이 들어서고 수많은 사람이 찾아 발 디딜 틈이 없을 정도로 활기를 띤다지만 오늘은 한산하다. 1일과 6일이 장날이었던 어릴 적 안동 시골 장터와 장꾼들에게 국밥과 막걸리를 팔고 있는 엄마의 모습이 스쳐 간다.

전라우수영 성지를 지나간다. 해남우수영은 조선시대 전라우도에 설치했던 수군의 본영이다. 고려시대 전라도 지역의 수영은 1377년 지금의 군산에 설치되었다. 그러나 전라도 남쪽 지역에 왜구의 침입이 빈번해지면서 지금의 함평, 목포 지역으로 이전하다가 1440년(세종 22) 현재 위치인 해남으로 옮겨왔다. 1479년(성종 10) 여수에 전라좌수영이 들어서면서 전라우수영으로 바뀌었고, 나주·영암·목포·진도·무안·함평·해남의 7개 고을과 수군진 20여 곳을 관할하게 되었다.

전라우수영은 관할구역은 물론 병선, 수군 등의 규모도 좌수영의 약 3배에 이르렀다. 정유재란 당시에는 명량대첩의 배후기지로 중요한 역할을 하였다. 그러나 전쟁 이후 왜구에 의해 수영이 초토화되었고, 이후 1632년부터 1669년까지 수영 내의 여러 건물이 재건되고 중창되었다. 1895년(고종 32) 폐영 되었다. 전라우수영은 유일하게 옛 모습이 남아 있는 수영이다. 성안에는 태평정이라는 정자도 있는데, 삼도수군통제사 이순신 장군이 1596년 우수영에 머무를 때 거처로 삼았던 곳이다. 임진왜란이 일어날 당시 전라좌수사는 이순신, 전라우수사는 이억기였다.

망해루(望海樓)로 올라간다. 명량해협이 내려다보이는 망해산 정상에 위치한 망해루는 전라우수영의 망루이다. 서남단 섬들과 울돌목을 비롯한 전라우수영이 한눈에 내려다보인다. 시원한 바람이 불어오는 망해루에서 내려와 한적한 바닷가를 걸어간다. 벌거벗은 나체를 드러낸 드넓은 갯벌에서 생명의 소리가 들려온다. 갯벌에 불어오는 바람에 〈바람길〉 노래가 흘러간다.

"길을 걷는다. 끝이 없는 길 걷다가 울다가 서러워서 웃는다. 스치듯 지나가는 바람에 기억보다 더 애일 듯 시리운 텅 빈 내 가슴 (……) 끝이 없는 이 길 걷다가 울다가 서러워서 웃는다."

무소유의 길을 홀로 걷는 나그네가 이 땅끝에서 목청껏 소리쳐 노래하고 싶다. 가슴 속에 묻어둔 숱한 이야기들을 길 위에 펼치고 싶다. 한적한 해안길, 마을 길을 걷고 또 걸어간다. 예락마을 회관을 지나고 중도리마을회관을 지나간다.

12시 30분, 13코스 종점인 화원면 산호리 학상마을회관에 도착했다.

14코스
내 인생의 마일스톤

학상마을회관에서 당포버스정류장 18.2km

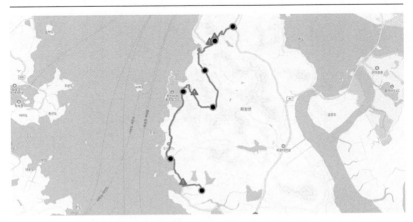

🐾 학상마을회관 ▸ 오시아노관광단지 ▸ 장수마을회관 ▸ 당포버스정류장

12시 37분, 14코스를 시작한다. 14코스는 학상마을 회관을 출발하여 아름다운 해변인 오시아노 관광지를 지나서 농촌 길을 걸어 당포버스 정류장에 이르는 구간이다.

한적한 시골길, 들판을 가로질러 농로를 따라가는 나그네가 독백을 한다.

'아아, 날씨 한 번 참 좋다. 맑고 푸른 하늘, 나 혼자만의 여행, 혼행을 즐긴다. 홀로라는 것은 진정 자유로운 것, 아무에게도 걸림이 없이 진정한 자유인이 되는 것이다. 그물에 걸리지 않는 바람처럼 소리에 놀

라지 않는 사자처럼 흙탕물에 더럽히지 않는 연꽃처럼 무소의 뿔처럼 혼자서 간다.'

홀로는 자신에게 집중하는 것, 옷보다 살갗이 더 가깝고 속옷은 외투보다 가깝다는 격언처럼 타인보다는 내 행운을 먼저 빈다. 홀로 걷는 길, 내 안에서 의미를 찾는다. 의미는 항상 사소한 데에 숨어 있다.

세상에서 가장 아름다운 마을의 설계도를 완성한 젊은 건축가가 늙은 목수를 찾아가서 자랑스럽게 설계도를 내밀었다. 한참을 보던 늙은 목수가 조용히 말했다.

"이건 기쁨과 행복의 마을이 아니라 슬픔과 불행의 마을이로군."
"그럴 리가요?"

"모든 것이 완벽한 설계도지만 간과한 게 있네. 그림자. 그림자가 어떻게 지는지는 전혀 고려하지 않았군. 햇빛을 받지 못하는 마을은 어두침침한 회색 마을이 되고 말아. 그림자를 얕봐서는 안 되네. 그건 결코 사소한 것이 아니니까."

그림자를 벗 삼아 길을 간다. 내게 가장 가까운 존재는 나 자신, 그리고 다음은 그림자. 보이지 않는 그림자, 감정에 따라 수시로 형태를 바꾸는 그림자다. 빛이 있으면 그림자가 있다. 빛이 밝으면 그림자도 깊다. 선이 있으면 악이 뒤따른다. 선과 악은 빛과 그림자처럼 서로 따라다닌다. 길상녀(吉相女)와 흑암녀(黑闇女)는 항상 함께 다닌다. 행운이 있으면 불운이 뒤따른다. 좋다고 너무 좋아하지 말고 슬프다고 너무 슬퍼하지 말 일이다. 인생지사 새옹지마다. 일생을 두고 자기와 동행한 그림자를 두고 김삿갓이 노래한다.

한 사람이 걷는 듯 / 두 사람이 걷는 듯 / 붙어 다니는 모양이 / 괴상도 하다.// 구름 따라 사라지매 / 귀신인가 의심되고 / 달 아래 나타나니 / 친한 형제 같다.// 한날한시에 나서 / 평생을 같이하나 / 소리도 없고 냄새도 없어 / 그저 묵묵히 따를 뿐// 그래 내 너와 함께 / 마주 대해 서려면 / 몸을 천지에 세운 후 / 오직 청명한 날을 기다린다.

해남 해안도로를 따라 오시아노 관광단지로 나아간다. 풀 한 포기와 나무 한 그루 향기에 취해, 정상을 향해, 하늘을 향해 한 걸음 한 걸음 뚜벅 뚜벅 걸어간다. 오시아노(Oceano)는 '해양'을 뜻하는 이탈리아어다. 한국관광공사는 이곳을 제주 중문, 경주 보문에 이어 국내 3대 관광단지로 조성 중이다.

시원하게 뚫린 도로를 따라 걸어간다. 로마인들은 항상 "모든 길은 로마로 통한다!"고 큰소리를 쳤다. 로마는 열심히 길을 뚫어 군대를 이동시켜 유럽 영토를 대부분 차지했다. 길이 많아지고 포장도로 덕분에 로마는 적진 한가운데 요새를 짓고 전쟁을 할 수 있게 돼 전 유럽을 제패하고 중동과 북아프리카를 지배할 수 있게 되었다. 이어 각 식민지에서 바치는 금은보화들을 수레에 가득 싣고 고속도로를 통해 신속하게 본국으로 날라 로마는 나날이 부유해졌다.

로마인들은 거의 평생을 길에서 보냈고, 자연스럽게 인생을 길에 비유하게 되었다. 아시아, 아프리카, 유럽을 가로지르는 끝없는 길을 가다 보면 로마인들은 자기가 어디쯤 왔는지 알아야 할 필요가 있었다. 그래서 발걸음을 천 보에 한 번씩 숫자를 표시한 돌을 세워 자기가 얼마나 왔고 목적지까지 얼마나 더 가야 하는지 알도록 했다. 1천이 라틴어로 마일이기 때문에 천 보, 즉 1마일마다 하나씩 세워진 이 돌, '스톤'을 천 보석, 즉 '마일스톤'이라고 불렀다.

고대 로마의 시인 호라티우스는 "자기만의 성공 기준이 없으면 끊임없이 남들 인생의 좋은 면과 자기 인생의 나쁜 면을 비교하기 때문에 평생 만족과 행복을 모른다."고 했다. 로마인들은 먼 길을 갈 때 자기가 얼마나 왔는지 알려주는 마일스톤이 인생의 길인 커리어에도 반드시 필요하다고 믿었다. 자신에게 가장 중요한 것이 여유 시간일 수도 있고 항상 배우고 싶은 운동일 수도 있는데, 이런 부분에서 어느 정도 성과를 이룰 때마다 내 인생이 발전하고 있다는 확신이 들어 옆길로 새지 않고 자신이 원하는 길로 갈 수 있는 것이다. 이렇게 자기만의 마일스톤을 가진 사람은 남이 가는 길과 내 길을 비교할 필요가 없고, 스스로의 분명한 성공 기준을 달성해 나가면서 인생을 즐길 수 있다는 것이 로마인들의 생각이었다.

　　단테는 "사람들이 쑥덕거리게 놔두고 나를 따르라. 바람이 불어도 산꼭대기에 무너지지 않고 서 있는 탑처럼 굳건하게 서라."고 했으니, 이렇게 성공의 기준을 스스로 만드는 사람은 주위 사람들에게 아랑곳하지 않고 자기만의 길을 묵묵히 갈 수 있다. 자기가 가는 길과 남이 가는 길이 다르다는 것을 인정하면 자기만의 마일스톤과 남의 마일스톤도 달라야 한다는 것을 인정하게 된다. 무엇보다 자기만의 길을 자신 있게 뚜벅뚜벅 나가려면 자기의 마일스톤이 무엇인지 알아야 한다.

　　행복한 나그네가 인생의 마일스톤을 따라 걸어간다. 맑은 공기를 마시며 먼바다를 바라본다. 하얀 포말을 그리는 빛의 바다가 파도를 일으키며 묻는다.

　　"그대는 왜 여기에 있는가?"
　　"그대는 여기에서 무엇을 하는가?"

"그대는 어디로 가는가?"

나그네는 대답한다.

"나는 바람이요! 마일스톤의 굴레에서 벗어난 자유로운 바람이요!"

바람의 사나이가 마일스톤 너머로 걸어간다. 일체의 구속에서 벗어난 자유로운 영혼을 꿈꾸며 늘 그렇듯 오늘도 행복한 하루의 길을 걸어간다. 붉은 마가목 열매들이 주렁주렁 매달려 나그네를 유혹한다. 10월의 마지막 날, 남은 인생의 첫날, 새롭게 태어난 날, 흥에 겨운 나그네가 노래를 한다.

탄생은 더 없는 축복
우주에 있는 수많은 존재 중에
맹귀우목의 확률
인간으로 태어나서 살 수 있다는 것

만남은 더 없는 축복
탄생과 죽음 사이에서 만나는 숱한 인연들
희노애락애오욕의 종합선물 세트를 맛보며
함께 소풍 가는 길

죽음은 더 없는 축복
주어진 시간이 영원하지 않다는 것을 알기에
그 소중한 시간을 잘 쓰기 위해 노력하니

죽음과 삶은 하나
시작과 끝이 만나는 완성

10월의 마지막 날을 노래하며 인적 없는 오시아노 관광지를 춤추며 걸어간다. 인디언 후치놈족은 10월을 '산이 불타는 달'이라 했고, 수우족은 '잎이 떨어지는 달'이라고 했다. 산이 불타고 낙엽이 뿌리를 찾아 제 갈 길을 가는 10월의 마지막 날, 나그네는 낯선 바닷가에서 살아있다는 사실에 감사하며 눈부신 하늘과 바다를 바라본다. 캠핑족들을 위한 캠핑장을 지나간다. 오시아노 관광단지가 풍기는 이국적인 분위기가 좋아서 캠핑족들이 즐겨 찾는다.

오시아노는 오션(Ocean), 곧 대양(大洋)이다. 지구의 70.8%는 바다, 육지는 29.2%다. 큰 바다에는 '양(洋)' 자를 붙이고, 그보다 작은 바다에는 '해(海)' 자를 붙인다. 나무의 줄기는 양이고 가지는 해인 것이다. 대륙을 둘러싸고 있는 바다는 하나로 연결되어 있으나 여러 대양으로 나눈다. 국제수로기구는 전체 바다를 태평양, 대서양, 인도양, 남극해(남빙양), 북극해(북빙양)의 5개 대양으로 나눈다. 오대양 중 가장 큰 것은 태평양으로서 전체 해양의 1/2 면적을 차지하고 있다. 그중 태평양, 대서양, 인도양을 3대양이라 부르며, 3대양의 면적은 전체 해양의 90%에 달한다.

해불양수(海不讓水), 바다는 모든 물을 받아들여서 그 이름도 바다가 되었다. 그런 바다는 어떻게 태어났을까? 45억 년 전 지구의 대기는 온통 이산화탄소였다. 이때 지구 속은 무거운 물질이 가벼운 물질을 누르면서 대폭발이 일어났다. 지구는 대폭발하면서 가스와 수증기, 용암을 마구 내뿜었다. 열을 뿜어낸 지구는 한참 뒤에 온도가 내려갔고, 위로 올라간 수증기도 식어 염산과 섞여 비가 되었다. 염산 비는 지구 표면의 용암 등을 녹이고, 칼슘과 나트륨을 포함하는 바닷물이 되었다. 비는 수천 년 동안 계속 내려서 지금의 바다 모습을 갖추게 되었다. 이렇게 식어서 무거워진 수증기는 비가 되어 다시 지구로 내려왔지만 가벼운 수증기는 가스와 어울려 지구를 둘러싼 대기권이 되었다.

최초의 생명체는 바다에서 태어났다. 화산활동과 번개의 방전에너지는 바다의 염산에 변화를 주었다. 여기에 태양의 자외선이 작용하여 아미노산과 당분 따위가 생겨났고, 이것들은 태양에너지에 의해 단백질과 핵산으로 변했다. 즉 생명의 근원이 생겨난 것이다. 그리고 단세포 생물이 태어나고 오랜 세월이 흐르는 동안 단세포 생물은 식물과 동물로 갈라졌고, 다시 다세포 생물로 진화했다. 그 기간은 무려 수십억 년이나 걸렸다. 결국 생물은 바다에서 처음 태어났다. 그래서 바다는 모든 생명의 어머니다.

오시아노 해변에서 벗어나 다시 농촌 길을 걸어간다. 한 걸음 한 걸음, 서해랑길 종점 강화도 평화전망대가 가까워진다. 사천오백 리 길도 한 걸음부터, 마부작침(磨斧作針)이다. 낙숫물이 바위를 뚫는다. 작은 물방울이 모여 소나기가 된다. 작은 나뭇가지가 모여 새의 둥지가 된다. 한 알 한 알 쪼아 먹으며 닭이 배를 채운다. 장수마을회관을 지나서 임도를 따라 올라갔다가 내려온다. 내 인생의 마일스톤을 따라가는 길, 나그네가 탄성을 지른다.

"아아, 행복하다!"

오후 4시 37분, 드디어 14코스 종점 당포버스정류장에 도착했다.

15코스
홀로 걷는 길

당포버스정류장에서 달도교차로 13.6km

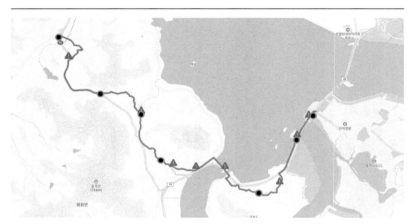

🐾 당포버스정류장 ❯ 마산제 ❯ 금호갑문 ❯ 달도교차로

11월 1일 화요일 아침 8시, 당포버스정류장에서 15코스를 출발한다. 당초 15코스는 당포버스정류장에서 달도교차로를 지나고 해남광장휴게소를 지나서 삼호중공업 정문까지 가는 코스였으나, 해남·영암대교 개통으로 마산제를 지나고 금호갑문을 지나서 종점이 달도교차로로 축소 변경되었다.

11월의 첫날 구름 한 점 없는 파란 하늘, 상쾌한 공기가 행복의 문을 열어준다. 새뮤얼슨은 "인간의 행복은 소유와 비례하고 욕망과 반비례한다."고 했다. 행복으로 가는 두 갈래 길이 있으니 욕망을 적게 하거나 소유를 늘리는 길이다. 원하는 것을 소유할 수 있다면 커다란 행복이다. 그보다 더 큰 행복은 갖고 있지 않은 것을 원하지 않는 것이다. 천상에서 시중을 들어도 지옥에서 두목보다 행복한 것은 언제나 지족(知足), 자족(自足), 상족(常足)하는 것이다. 소박한 삶을 실천한 월든 호숫가의 시인 헨리 데이빗 소로우(1817~1862)는 말한다.

"왜 우리는 성공하려고 그처럼 필사적으로 서두르며, 그처럼 무모하게 일을 추진하는 것일까? 어떤 사람이 자기의 또래와 보조를 맞추지 않는다면, 그것은 아마 그가 그들과는 다른 고수의 북소리를 듣고 있기 때문일 것이다. 그 사람으로 하여금 자신의 음악에 맞추어 걸어가도록 내버려 두라. 그 북소리의 음률이 어떠하든, 또 그 소리가 얼마나 멀리서 들리든 말이다. 그가 꼭 사과나무나 떡갈나무와 같은 속도로 성숙해야 한다는 법칙은 없다. 그가 남과 보조를 맞추기 위해 자신의 봄을 여름으로 바꾸어야 한단 말인가."

들판 정면의 산 너머에서 안개를 헤치고 태양이 밝게 다가온다. 동쪽에서 떠오르는 태양을 기다리고 반기면서 대자연의 숨결을 마시며 산에서 들에서 바다에서 아침의 정기를 호흡하는 영혼들은 이 땅 위의 평안과 즐거움을 누린다.

한적한 시골 월하마을, 오늘도 길 위에서 축복받은 하루의 삶을 걸어간다. 누런 소 한 마리가 아침부터 어디를 그렇게 가느냐는 듯 물끄러미 쳐다본다. 옛사람들은 가족을 식구(食口)라 하듯이 생구(生口)라 하여 한 핏줄은 아니지만 한집에서 밥 먹고 사는 종, 곧 노비를 그렇게 불렀다. 그런데 소는 사람 아닌 짐승으로서 유일하게 생구에 속해 사람과 똑같은 대접을 받았으며, 노비를 사고파는 인신매매에 그 단가는 소 한 마리 값이 상식이었다. 20대 전후의 건장한 사내종은 황소 한 마리 값이요, 건장한 계집종은 암소 한 마리 값으로 흥정됐다.

외로운 나그네가 호시우행(虎視牛行), 호랑이의 눈빛, 소걸음으로 우보천리(牛步千里)를 넘어 우보사천오백 리를 걸어간다. 우보(又步)는 '걷고 또 걷는다'는 의미다. 〈당서〉의 '작은 산을 넘고 큰 강을 두 번 건너며, 걷고 또 걸어서 칠백 리에 이르렀다.'라는 구절에서 유래되었다. 우보(禹步), 즉 '우의 발걸음'이라는 말도 있다. 중국 최초의 전설의 왕조 하나라의 시조는 우(禹)임금이다. 요임금의 사위로 왕위를 물려받은 순임금은 황하의 치수사업으로 공적을 인정받고 덕망이 높았던 우를 후계자로 삼았다. 공자가 성현이라 칭한 '요순우탕문무주공'의 한 사람이다.

우는 13년 동안 세 번 자신의 집 앞을 지나갔지만 한 번도 집에 들른 적이 없었다. 첫 번째 집 앞을 지날 때, 결혼한 지 나흘 만에 집을 떠났는데 그동안 임신한 아내가 아기를 낳기 위해 몸부림치는 신음 소리와 갓난아기의 울음소리를 들었다. 두 번째 집 앞을 지날 때, 아들이 아내

품에 안겨 그에게 손짓하며 부르고 있었지만 그는 손으로 응답하고 그냥 지나갔다. 세 번째 집 앞을 지날 때, 아들이 달려와 그를 끌고 집으로 들어가려 했지만, 그는 치수가 아직 완전히 끝나지 않아 집에 들어갈 시간이 없다고 하면서 그냥 지나갔다.

세상에는 공론가와 실천가가 있다. 세상을 변화시키는 자는 공론가가 아니라 몸소 행동으로 옮기는 실천가다. 즐풍목우(櫛風沐雨)는 우가 치수 사업을 하며 고생하던 일에서 생겨난 고사다. '머리는 바람에 빗질이 되고 몸은 비에 젖어 씻긴다'라니, 제 몸 돌볼 틈 없이 바쁘게 산 인생, 주어진 상황에 굴복하지 않고 긴 세월 객지를 떠돌고 온갖 고생을 다 하고 일에 골몰했다는 뜻이다. 사마천은 〈사기〉에서 우의 공적을 소개했다.

"우가 몸을 돌보지 않고 애태우며 중국 천지를 13년 동안 헤매며 이룩한 그 굽힘 없는 치수 활동은 그대로 그의 인간됨을 말해주는 것이다. 그가 자기 집 문 앞을 지나갈 때 처자의 울음소리를 듣고도 그대로 지나쳐 동분서주 발길을 옮겼던 것이다. 마침내는 허벅지의 살이 빠지고 정강이의 털도 빠졌으며 등은 낙타처럼 굽어 절룩거리면서 걸었다. 후에 이런 걸음걸이를 우보(禹步), 즉 우의 발걸음이라 부르게 되었다."

〈여씨춘추〉에 흐르는 물은 썩지 않고 문의 지도리는 녹슬지 않는다고 했다. 두 발로 걷고 또 걷는 것은 흐르는 물과 같다. 쉴 새 없이 흐르는 물은 썩을 틈이 없다. 쉴 새 없이 걷는 것은 마치 파도의 움직임과도 같다. 파도는 멈추지 않는다. 물러나는 것처럼 보이다가도 이내 세찬 기세로 달려든다. 우보는 흐르는 물이 썩지 않듯이 끝없이 일하고 탐구하고 도전한다는 의미다.

나그네는 서해랑길 우보 사천오백 리 길을 나섰다. 나그네가 걷는 것은 이 보 전진을 위한 일 보 후퇴다. 시간의 낭비가 아니라 재충전이다. 척확지굴 이구신야(尺蠖之屈 以求信也)다. 자벌레가 몸을 구부리는 것은 다시 펴기 위함이요, 용과 뱀이 겨울에 땅속에 칩거하는 것은 봄을 위해 몸을 보존하는 것이다. 척확은 자벌레를 가리킨다. 자벌레는 송충이와 비슷하게 생긴 벌레다. 큰 뜻을 품은 자가 미래의 도약을 위해 굴욕이나 어려움을 참으며 잠시 몸을 웅크리는 것을 비유한다. 홀로 걷는 나그네가 걷기의 특권을 노래한다.

걷기는 살아있는 존재의 특권 / 새들의 흥겨운 노랫소리 들려오는 숲속을 걷고 / 광활한 바다를 바라보며 / 바람과 파도를 벗 삼아 걸을 수 있는 사람 / 그는 분명 축복받은 존재다.// 걷기는 숭고한 예술의 특권 / 비록 고통스러울지라도 / 나무를 깎아 영혼의 소리를 울리는 피리처럼 / 실천에 옮기는 사람 / 그는 분명 은총 받은 존재다.// 걸었던 길의 거리는 인생의 거리 / 해가 지면 걸음을 멈추는 것도 / 살아가는 지혜로운 방법 / 흘러가는 구름처럼 홀로 걷는 길 / 자신을 찾아 떠다니는 지상의 유랑자 / 그는 진정 걷기의 특권을 향유하는 자.

홀로 걷는 길, 나그네는 항상 홀로 걸었다. 홀로는 외로운 길, 하지만 혼자 걸을 수 있는 것은 축복이었다. 홀로 걷는 길은 자신과 대화하는 것, 그 누구도 자신과의 대화를 방해할 수 없다. 걸으면서 세상을 향해 나아갈 때 세상은 나를 향해 다가왔다.

아침부터 '꽃 사이에서 한 병의 술을 친구도 없이 혼자 마시고 있네.'

라는 이백의 월하독작을 속삭이며 한적한 월하마을 시골길을 걸어간다. '달은 원래 술을 마실 줄 모르고 그림자는 어지러이 내 몸만 따라다니네.'라고 하였건만 달 대신에 해를 앞세우고 뒤따르는 그림자를 동행으로 한 걸음 한 걸음 오르막을 올라간다. 길가에 홀로 서 있는 노거수가 우람한 풍채로 그늘을 만들어주고 나뭇잎 사이로 햇빛이 강렬하게 비쳐서 신비롭다.

마산리 마천마을로 들어선다. 정자 옆에 '신한국의 표상 사랑의 마천마을'이라는 대형 표석이 세워져 있다. 마을 표석 옆에는 위령비와 서정시인 박성룡의 고향임을 알리는 안내문이 보인다. 마산저수지를 지나니 한옥 민박인 '자연과 사람들'이란 간판과 도자기, 수석 등 조형물이 이색적으로 신선하게 다가온다. 별암선착장에 도착하자 낚시꾼들이 바쁘게 움직인다.

금호1호(별암)방조제를 지나간다. 금호방조제는 영암군 삼호읍과 해남군 화원면을 연결하는 방조제로 길이 4.3km이다. 별암선착장에서 금호도로 이어지는 제1방조제와 금호도에서 달도로 이어지는 제2방조제가 있다. 해남군 산이면 금호도는 원래는 섬이었으나 화원반도와 해남반도를 거대한 금호방조제로 바다를 막아 호수로 만들어서 육지가 되었다. 방조제로 인하여 교통의 편리함으로 지역발전에 큰 전기를 마련하였으나 득보다 실이 더 많다고 한다. 사라져 버린 갯벌의 가치와 개발의 문제점이 환경에 미치는 부정적인 영향이 더 크다는 것이다.

한번 훼손한 자연은 되돌리기 어렵다. 자연은 신의 예술이고 은총이며 계시이다. 흰 구름과 봄바람은 신의 몸짓이고, 천둥과 번개는 신의

음성이다. 자연에 대한 경외심을 가지는 것은 인생을 경건하게 살아가는 밑거름이 된다. 자연이 분노하면 재앙을 가져온다. 인간은 자연의 한 조각일 뿐이다. 자연은 후손에게 물려줄 유산이며 정복의 대상이 아니라 순응의 대상이다.

뒤돌아보니 지령산(294m)이 우뚝 솟아 위용을 자랑한다. 1996년 준공된 영암과 해남을 잇는 방조제를 기념하기 위해 만든 '영암금호방조제준공탑' 앞에서 잠시 숨을 고른다. 한적한 시골길을 걸어서 금호저수지 앞 산이서초등학교 금호분교(폐교)를 지나고 금호보건소와 언덕 위에 잘 꾸며진 금호교회를 지나간다. 신은 교회 안에만 있는가. 아니다. 신은 무소부재하신 분이다. 산에서도 들에서도 사망의 음침한 골짜기에서도 서해랑길에서도 언제나 함께하신다.

11월의 첫날, 더없이 쾌청한 날씨다. 인디언들은 외부 세계를 바라봄과 동시에 내면을 응시하는 눈을 잃지 않았다. 인디언들은 달력을 만들 때 그들 주위에 있는 풍경의 변화나 마음의 움직임을 주제로 달의 명칭을 정했다. 각각의 달들은 단순한 숫자로 표현할 수 없는 생생히 살아 움직이는 대지의 혼 그 자체였다.

인디언 체로키족은 11월을 '산책하기에 알맞은 달', 위쉬람족은 '아침에 눈 쌓인 산을 바라보는 달'이라 하고, 1월을 '마음 깊은 곳에서 머무는 달'이라고 부르거나 12월을 '무소유의 달'이라고 부른 것이 그것이다. 크리크족은 12월을 '침묵하는 달', 아파치족은 '큰 겨울의 달'이라고 했다. 그들은 한 해를 정확히 열두 달로 나누지는 않았다. 대략 열세 개의 달로 이루어졌다. 다른 부족들과는 달리 스물네 달로 나눈 부족도 있었다.

인디언들이 기우제를 지내면 반드시 비가 왔다. 비가 올 때까지 기우제를 지내기 때문이다. 말을 타고 광야를 달리던 인디언이 멈춰 서서 뒤를 돌아본다. 자신의 영혼이 따라올 때까지 기다리기 위해서다. 서해랑길의 나그네는 천천히, 천천히 자신의 영혼과 함께 걸어간다. 금호 2호방조제를 걸어간다. 배수갑문을 지나서 달도로 들어서니 영암 해남에 조성 중인 기업도시를 뜻하는 'SOLASEADO'(솔라시도)라는 하얀 영문 입체글자가 세워져 있다.

드디어 15코스 종점에 도착했다.

16코스
영암아리랑

달도교차로에서 세한대학교 영암캠퍼스 16.2km

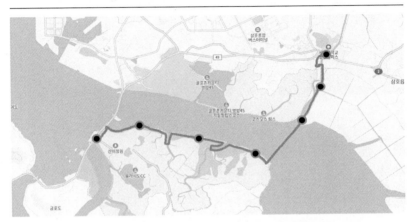

🐾 달도교차로 ➤ 해남·영암대교남단 ➤ 공도교 ➤ 세한대학교 영암캠퍼스

　해남군 산이면 구성리 달도교차로에서 16코스를 시작한다. 16코스는 영암호 주변을 걸어 영암호를 가로지르는 솔라시도대교를 건너 세한대학교 영암캠퍼스 입구까지 가는 구간이다. 당초 영암금호1호방조제를 지나 대불국가산업단지를 거쳐 삼호대교에 이르는 코스를 걸었으나 2022년 말 솔라시도대교 개통으로 종점이 변경되어 이듬해 다시 걸었다.

　영암 구간은 16~17구간 27.2km이다. 영암과 목포는 영산강 하구를 사이에 두고 서로 다른 모습으로 발전해 왔다. 영산강 남쪽 기름진 땅을 보유한 영암은 일찍부터 농업문화가 발달하였으며 일본으로 백제문화를 전해주었다.

　한적한 농로를 걸어가다가 철새도래지 영암호를 따라 걸어간다. 여기
저기에서 철새들이 환영을 한다. 드넓은 영암호는 영암·금호방조제가
준공되면서 만들어진 대규모 호수이다. 방조제 제방 2km 남짓 구간에
는 수백여 명의 사람들이 일렬로 줄을 서서 낚싯대를 드리우는 진풍경
이 연출된다. 방조제를 사이에 두고 담수와 해수가 갈려 담수어와 해
수어의 낚시를 동시에 즐길 수 있다. 이곳은 제방에 앉아서 갈치를 잡
을 수 있는 전국 유일의 '갈치낚시터'이다. 갈치는 야행성이어서 해 질
무렵부터 다음 날 아침 해 뜰 무렵까지 입질이 활발하다.

　걷기 삼매경에 빠진 나그네가 낚시 삼매경에 빠진 강태공의 맛을 어
찌 알겠는가. 각자가 자기의 삶, 자기의 길을 가는 것, 떠돌이 나그네는
나그네의 길을 간다. 아메리카 인디언 야키족 치료사 돈 후앙이 노래
한다.

　마음이 담긴 길을 걸으라.
　모든 길은 단지 수많은 길 중의 하나에 불과하다

그러므로 그대가 걷고 있는 그 길이
단지 하나의 길에 불과하다는 사실을
언제나 기억하고 있어야 한다.

그대가 걷고 있는 그 길을 자세히 살펴보라.
필요하다면 몇 번이고 살펴봐야 한다.
만일 그 길에 그대의 마음이 담겨 있다면
그 길은 좋은 길이고,

만일 그 길에 그대의 마음이 담겨 있지 않다면
그대는 기꺼이 그 길을 떠나야 하리라.
마음이 담겨 있지 않은 길을 버리는 것은
그대 자신에게나 타인에게나
결코 무례한 일이 아니니까

마음이 담긴 나그넷길을 걸어간다. '다리에 힘이 빠지면 그때 낚시를 하겠다!'고 어느 날 호언장담했던가. 언젠가는 강태공의 길을 가는 변화가 있으리라. 모든 것은 변한다. 오직 변하지 않는 것이 있다면 모든 것은 변한다는 것이다. 변화는 그냥 오는 것이 아니다. 의식적으로 깨어있는 사람에게만 온다. 새벽은 새벽에 눈을 뜬 사람만이 볼 수 있다. 새벽이 와도 눈을 뜨지 않으면 여전히 깜깜한 밤이다.

어떤 독수리 마을이 있었다. 그 마을의 독수리들은 대략 40년을 살다 죽었다. 전설에 따르면 70년까지 살 수 있는 방법이 있었다. 하지만 그 방법은 너무나 고통스러웠기 때문에 마을의 어떤 독수리도 시도해 볼 생각조차 안 했다.

그 마을에 호기심이 많고 용감한 독수리가 있었다. 그는 높이, 아주 멀리까지 날기를 좋아했다. 그 독수리가 40세가 가까워졌다. 발톱은 노화하여 사냥감을 효과적으로 낚아채기 힘들었다. 부리는 날이 갈수록 약해지고 무디어졌다. 깃털도 두껍게 자라 날개가 매우 무거워져서 멋진 비상이 힘들었다. 독수리는 어느 날 생각했다.

'어차피 곧 죽는다! 70년까지 사는 그 방법이 고통스럽다 해도 시도나 한번 하고 죽자!'

그는 전설이 알려준 대로 힘을 내어 마을의 가장 높은 산으로 날아올라 둥지를 틀었다. 먼저 부리로 바위를 쪼아 부리가 깨지고 빠지게 만들었다. 그러자 서서히 새로운 부리가 돋아났다. 그 후 새로 돋은 부리로 발톱을 하나하나 뽑아냈다. 새 발톱이 돋아나자 이번에는 날개의 깃털을 하나하나 뽑아냈다. 그렇게 몇 개월에 걸친 고통스러운 과정을 통과하자 마침내 새 깃털이 돋아났다.

그 용감한 독수리는 완전히 새로운 모습으로 변신하여 크고 아름다운 날개를 펴고 다시 마을로 내려왔다. 그리고 30년을 더 살면서 마을의 다른 독수리들에게 자기처럼 새롭게 태어나는 법을 가르쳤다.

환골탈태하는 진정한 변화는 선택과 헌신 없이, 그리고 그 헌신을 지키려는 노력과 실천 없이 그냥 오는 것이 아니다. 자신의 한계를 극복하고 현재의 자기 자신을 넘어서 새롭게 태어나려는 독수리의 용기 이야기는 비록 허구일지라도 멋진 삶을 향한 갈망을 일깨워준다.

살아가는 데도 길을 가는 데도 용기가 필요하다. 얼마나 많은 용기를 가지고 있느냐에 따라 얼마나 많이 떠날 수 있는지 움츠리는지 알 수 있다. 홀로 새로운 길을 걸어가기 위해서는 새로운 용기가 필요하다. 홀로 여행을 하다 보면 익숙한 일상에서보다 외부로부터 공격을 받고 마음의 상처를 입는 경우가 더 많이 생긴다. 이때 스스로를 안아주고 달래줄 용기가 필요하다. 낯선 곳에 홀로 떨어져서 자신에게 용기를 불어넣어 주다 보면 일상생활에서는 더욱 자신에게 잘 용기를 불어넣어 줄 수 있다. 삶 속에서 용기가 필요할 때는 언제일까? 새로운 일을 감행할 때 누구나 용기가 필요하다.

인적 없는 푸른 영암호를 따라 홀로 가는 길을 간다. 영암호는 먹이가 풍부한 갯벌과 넓은 수면, 따뜻한 기온으로 철새들의 이동 통로이자 중간 기착지로서 100여 종 30만 마리 이상의 철새들이 방문하고 있다. 호수에서 새들이 놀고 있다. 철새들이 창공을 날아간다. 멀리 안데스산맥 마추픽추에서 콘도르가 힘차게 날아간다. 10여 전에 다녀온 마추픽추의 추억이 스쳐 가고 '엘 콘도 파사'가 들려온다.

오 위대한 안데스의 콘도르여
날 고향 안데스로 데려가 주오.
콘도르여 콘도르여
돌아가서 내 사랑하는 잉카 형제들과 사는 것이
내가 가장 원하는 것이라오.

영암호를 따라 걷는 길, 멀리서 솔라시도대교가 다가온다. 영암과 해남을 아울러 조성한 관광레저형 기업도시를 솔라시도라고 부르는데, 이 도시에 진입하는 도로가 만들어지면서 영암과 해남을 잇는 솔라시도대교가 생겨 목포에서 해남까지 거리가 30분으로 단축되었다. 솔라시도대교는 2층으로 된 입체적인 대교다. 차가 다니는 도로로 보행자가 걷게 만든 것이 아니라 다리 아래에 따로 보행자 전용도로가 있어 서해를 조망하며 걷기에도 좋다.

고요하다. 세상이 침묵하고 나그네도 침묵한다. 모든 것이 정지해 있는 듯하다. 단지 발걸음 소리만이 들려온다. 사방팔방 아무리 둘러봐도 사람도 차도 없다. 바람마저 없고 구름은 한가로이 흘러간다. 이 넓은 세상이 모두 나만의 것이다. 평화가 용솟음치며 다가온다. 마음껏 기쁨의 나래를 펼치면서 걸어간다. 서해랑길 유람이 천국으로 가는 길이 된다.

몹시 가난하고 쪼들린 한 선비가 밤이면 향을 피우고 하늘에 기도를 올리되 날이 갈수록 성의를 다했다. 하루는 저녁에 갑자기 공중에서 소리가 들렸다. "상제께서 너의 성의를 아시고 나로 하여금 너의 소원을 물어오게 하셨다." 선비가 답하기를, "제가 하고자 하는 바는 매우 작은 것이요, 감히 과도하게 바라는 것이 아닙니다. 저는 의식이나 조금 넉넉하여 산수 사이에 유유자적하다가 죽으면 만족하겠습니다."라고 했다. 그의 말을 들은 사자가 공중에서 크게 웃으면서, "그것은 천상계 신선들이 즐기는 낙인데 어찌 쉽게 얻을 수 있겠는가? 만일 부귀를 구한다면 가능할 것이다."라고 대답했다. 허균의 〈한중록〉에 나오는 이야기다.

천상계 신선의 영역이라는 산수 유람을 간다. 홀로 걷는 나그네가 신선이 되어 솔라시도대교를 건너 영암 지역의 최대 태양광발전소를 지나고 나자 영산호와 영암호를 잇는 하천이 나온다. 공도1교와 공도2교를 건너 하천가를 따라 걸어간다.

드디어 해남을 지나서 영암에 들어섰다. 영암군(靈巖郡)은 삼한시대

마한의 세력 안에 있다가 삼국시대에는 백제의 영역에 속하였으며, 백제의 대외 무역항이 있었다. 영암은 월출산 밑자락에 자리한다. 월출산은 수많은 기암괴석이 어우러진 모습이 하나의 거대한 수석처럼 보이기도 하고 한 폭의 아름다운 산수화 같기도 하지만, 나무나 풀 한 포기제대로 키울 수 없는 악한 산으로 보이기도 한다. 김극기는 월출산을 다음과 같이 예찬하였다.

월출산의 많은 기이한 모습을 실컷 들었거니
그늘지며 개고 추위와 더위가 서로 알맞도다.
푸른 낭떠러지와 자색의 골짜기에는 만 떨기가 솟고
첩첩한 산봉우리는 하늘을 뚫어 웅장하고 기이함을 자랑하누나.

월출산은 1998년에 국립공원으로 승격되었다. 월출산 산자락 밑 도갑사 근처의 구림마을에서 풍수지리학의 원조인 도선국사가 태어났고, 일본에 〈논어〉와 〈천자문〉을 가지고 건너가 학문을 전하고 일본 왕실의 스승이 된 백제의 왕인 박사도 도갑사 근처에서 태어났다.

오래전, 20대 젊은 날, 월출산 등산길에 혼자서 도갑사 아래에서 야영을 했다. 하춘화의 '영암아리랑' 표석이 스쳐 간다.

"달이 뜬다 달이 뜬다 / 영암 고을에 둥근 달이 뜬다 / ……월출산 천왕봉에 둥근 달이 뜬다 / 아리랑 동동 쓰리랑 동동 에헤야 데헤야 어사와 데야 / 달 보는 아리랑 임 보는 아리랑"

대불교차로에서 육교를 건너가서 호등산 자락에 자리 잡은 16코스 종점 세한대학교 영암캠퍼스에 도착한다.

17코스
아아, 영산강!

세한대학교 영암캠퍼스에서 목포지방해양수산청 11km

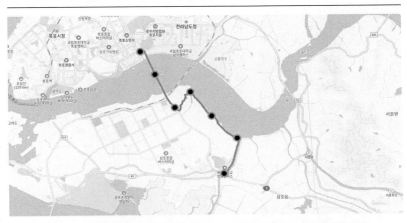

🐾 세한대학교 영암캠퍼스 ➤ 농업테마공원 ➤ 삼호대교 ➤ 목포지방해양수산청

    사람 사는 세상, 사람과 차가 붐비는 시끌시끌한 삼호읍 산호리 세한대학교 영암캠퍼스 앞에서 17코스를 시작한다. 17코스는 나불도 국민관광지, 한옥 호텔인 영산재, 전라남도 농업박물관, 영산강 하굿 둑 및 영산호를 지나서 목포시 옥암동 목포지방해양수산청에 이르는 구간이다.

    영암호와 영산호를 잇는 하천을 따라 동암교를 지나고 수로교를 지나가니 영산호가 그 모습을 드러낸다. 우측으로 돌아보니 월출산 능선이 당당하게 위용을 뽐내고 있다.

    "월출산 신령님께 소원 빌었네. 천왕봉 바라보며 사랑을 했네. 꿈 이

뭐 돌아오마 떠난 그 님을"이라며 오늘도 기다리는 가수 이미자의 '낭주골처녀'를 뒤로 하고 홀로 걷는 나그네가 정처 없이 길을 간다. 푸른 물결 영산호에 새들이 날아가고, '아아, 행복하구나. 이것이 행복이구나!' 하는 생각이 물밀듯이 밀려온다.

행복이란 무엇인가. 다산 정약용은 사람이 누리는 복을 열복(熱福)과 청복(清福)으로 나눴다. 열복은 누구나 원하는 그야말로 화끈한 복, 높은 지위에 올라 부귀영화를 누리며 떵떵거리고 사는 것이 열복이다. 모두가 그 앞에 허리를 굽히고, 눈짓 하나에 알아서 긴다. 청복은 욕심 없이 맑고 소박하게 한 세상을 건너가는 것, 가진 것이야 넉넉지 않아도 만족할 줄 아니 부족함이 없다. 다산은 여러 글에서 되풀이해 말했다.

"세상에 열복을 얻은 사람은 아주 많지만 청복을 누리는 사람은 몇 되지 않는다. 하늘이 참으로 청복을 아끼는 것을 알겠다."

사람들은 청복을 거들떠보지도 않고, 열복만 누리겠다고 아우성을 친다. 열복은 항상 중간에 좌절하거나 끝이 안 좋은 것이 문제다. 청복의 삶을 동경하는 나그네가 청복을 누리며 자족의 삶을 예찬하는 송익필(1534~1599)의 〈족부족(足不足)〉을 노래한다.

군자는 어찌하여 늘 스스로 만족하고
소인은 어이하여 언제나 부족한가.
부족해도 만족하면 남음이 늘상 있고
족한데도 부족타 하면 언제나 부족하네.
넉넉함을 즐긴다면 부족함이 없겠지만

부족함을 근심하면 언제나 만족할까. (중략)

부족함과 만족함이 모두 내게 달렸으니

외물(外物)이 어이 족함과 부족함이 되겠는가.

내 나이 일흔에 궁곡(窮谷)에 누웠자니

남들야 부족타 해도 나는야 족하도다.

아침에 만봉(萬峰)에서 흰 구름 피어남 보노라면

절로 갔다 절로 오는 높은 운치가 족하고

저녁에 푸른 바다 밝은 달 토함 보면

가없는 금물결에 안계(眼界)가 족하도다. (하략)

족한 줄을 알아서 청복을 누리는 나그네가 거의 일직선으로 조성된 영산호반을 걸어간다. 나불1배수통문과 태양광발전 패널을 지나 농업 테마농원 주말농장과 허브농원을 지나간다. 월출산이 점점 아득하게 멀어진다. 영산호를 앞에 둔 한옥 호텔 영산재가 나타난다. 전남 최초의 한옥 호텔이란다. 한옥의 멋이 느껴진다.

나불도유원지 갈림길 이정표를 지나서 인류의 생명 창고인 농업문화관 전시시설 '전라남도농업박물관'을 지나간다. 영산호 주유소를 지나서 삼호대교로 나아간다. 영암 무화과 조형물을 지나서 한국농어촌공사 영산강 하굿둑 수문이 우뚝 서 있다. '영암무화과 산업특구', '꽃을 품은 영암무화과', '클린영암 복지영암 명품영암에 오신 걸 환영합니다.' 환영인사를 한다. 영암군에서 목포로 넘어가는 국도 2호선 삼호대교에 들어선다. 드디어 국가하천 영산강이 영산호에서 호흡을 멈춘다.

영산호는 영산 8경의 제1경이다. 영산호는 4대강의 하나인 영산강 하구에 하굿둑을 설치하여 만든 호수로 목포시와 영암군 및 무안군에 둘러싸여 있다. 영암군 삼호읍 나불리와 목포시 옥암동 사이에 길이 4,350m, 높이 20m의 하굿둑이 건설됨으로써 만들어진 담수호다. 전남의 4대 호수로 꼽히는 담양호, 장성호, 나주호, 광주호의 물을 합친 양과 맞먹는 영산호의 물은 호남지방의 농업과 공업용수로 쓰이며, 남서해안의 관광명소가 되어 전국 각지에서 많은 관광객이 찾아든다.

본래 영산강 유역은 홍수의 위험성이 매우 높고 밀물 때는 바닷물이 나주시까지 올라가면서 만성적인 염해의 피해를 입었던 지역이었지만 영산호의 등장으로 자연재해로부터 벗어날 수 있었고 영산강 하구 일대 농경지에 농업용수를 안정적으로 공급할 수 있게 되었다.

영산강은 전남 담양군 용면 용연리에 있는 추월산 자락의 용소에서 발원하여 장성, 광주를 흘러 나주와 영산포에서 제법 큰 강이 되어 함평, 무안, 영암, 목포 등지를 흘러 서해로 들어간다. 황룡강, 지석천, 고막원천 등 지류를 합하여 흐르는, 남도에서 시작되어 남도에서 끝나는 남도다운 강, 영산강은 남도의 젖줄이다. 영산강 유역은 선사시대부터 사람이 거주한 곳으로, 청동기시대의 고인돌과 무문토기들이 나주와 영암에 산재해 있다. 영산강이란 이름은 통일신라 때 나주의 이름이 금성이었기 때문에 영산강을 금천(錦川) 또는 금강(錦江)이라 했고, 나루터는 금강진이라 했으나, 신안군 영산도 사람들이 왜구를 피하여 나주 근처의 포구에 개척한 영산포의 이름을 따라 영산강으로 바꾸게 되었다.

2012년 1월 3일, 임시 개통된 4대강 자전거길 국토 종주를 나섰다. 인천 서구 오류동 정서진에서 시작한 아라바람길, 한강자전거길, 남한강 자전거길, 낙동강자전거길, 금강 자전거길, 영산강 자전거길을 달렸다. 영산강 자전거길은 담양호에서 출발하여 메타세쿼이아 길, 담양 대

나무숲길을 지나서 나주의 승촌보와 영산포를 지나고, 죽산보와 무안 느러지 관람전망대를 거쳐 영산강 하굿둑에 이르는 133km 구간이다. 1월 27일 여명의 아침, 출발지인 담양호에서 영산강 자전거길을 달려 다음날인 28일 종점인 영산강 하굿둑에 도착했다. 어느덧 지나간 10여 년 전의 추억이 그리워진다.

영산호반에 철새들이 날아간다. / 乙 乙 乙 춤추며 날아간다. / 乙 乙 乙 노래하며 날아간다. / 乙 乙 乙 삶이 곧 날이니 / 乙 乙 乙 나래 치며 날아간다. / 乙 乙 乙 돌을 이고 날아간다. / 乙 乙 乙 乙 乙 乙 乙 무리 지어 날아간다.

돌(乭)자는 새(乙)가 돌(石)을 머리에 이고 가는 형상이니 나그네는 언제나 돌을 안고 걸어가는 밝은 돌(明乭)이다. 영산호의 영산강이 고요하다. 이제 영산강이 가야 할 길은 바다다. 강은 하늘에서 내린 비가 바다로 흘러가는 길이다. 대지를 적시던 빗물이 작은 시냇물을 이루고, 시냇물이 모여 강을 이룬다. 육지에서 흘러내리는 모든 실개천들은 강으로 향한다. 강은 큰 물줄기를 이루며 바다로 흘러간다. 모든 사람은 강이 바다로 흐르듯 죽음으로 흘러간다. 강물은 이승이요 바다는 저승이다. '개똥밭에 굴러도 이승이 낫다.'고 한다. 이왕 사는 것이라면 잘 살아야 한다. 잘 산다는 것은 무엇인가? 소크라테스는 '잘 산다는 것은 아름답게 사는 것, 의롭게 사는 것과 매한가지'라고 한다.

사하라 사막은 작은 모래 하나하나로 이루어져 있다. 강물은 한 방울의 물들이 이루어놓은 기적이다. 밤하늘에 빛나는 은하수는 별 하나하나가 모여 이루어졌다. 티끌이 모여 태산을 이룬다. 한 걸음 한 걸음 서해랑길 사천오백 리 길을 걸어간다. 물고기는 물을 만나 헤엄치고,

새는 바람을 타고 날아오른다. 인간은 어디에서 와서 어디로 가는 걸까. 모든 존재는 어디에서 와서 어디로 가는 걸까.

　방조제를 따라 영암과 목포의 경계를 이루는 중앙지점을 통과하여 목포로 들어선다. 드디어 영암에서 목포로 들어간다. 목포의 부흥산 (98.5m)이 점점 다가온다. 바람이 세차게 불어온다. 이승과 저승, 저승과 이승을 오르내리는 강바람과 바닷바람이 한데 엉켜 길을 막아선다. 마치 나그네를 놀리려는 듯 갈매기 한 마리가 세찬 바람을 안고 웃으면서 날아간다.

　노령산맥의 마지막 봉우리인 유달산이 다가온다. 하굿둑에 세워둔 목포시 깃발들이 바람에 펄럭인다. 목포라는 지명은 나무가 많은 포구라 하여 목포라고 불렀다고도 하고, 영산강과 서해가 만나는 이곳의 지형이 마치 서해와 남해를 아우르고 가르는 길목처럼 중요한 구실을 했기 때문이라고 하며, 고하도가 목하의 집산지라서 이곳에서 생산한 목화를 일본으로 실어 나르는 '목화의 포구'라는 뜻이라고도 한다.

목포는 1897년 1월 개항되기 이전에는 250호 미만의 한적한 작은 어촌의 포구였다. 개항이 되자 일제의 식민지 수탈의 거점 항구가 되었고, 사람들이 몰려와 정착하면서 1910년 '목포부'로 고쳐 부르게 되었다. 이후 1932년에는 무안군을 더하여 인구 6만의 전국 6대 도시의 하나로 성장했다. 목포가 큰 항구로 자리 잡게 된 데는 고하도와 배후의 유달산이 자연 방파제 역할을 하고, 천사의 섬인 신안의 모든 섬들이 세운 공로가 크다. 목포 앞바다는 섬들의 고향인 신안군이다. 신안 사람들은 해산물과 농산물을 목포로 보내고, 나아가 자식들을 목포로 유학 보내면서 자기들이 번 돈을 목포에 바쳤다.

영산강 하굿둑 위로 차량들이 문명의 소리를 내며 빠른 속도로 달려가고, 나그네의 가슴에는 지나간 추억들이 그리움으로 다가온다. 그리움은 쓰면 글이 되고 그리면 그림이 된다. 글에는 쓰는 사람의 생각이 고스란히 담겨 있고, 그린다는 것은 그림의 대상과 그리는 사람이 일체가 되는 행위다. 최초의 그림은 그림자다. 그림자는 나를 그린 분신이다. 글과 그림에는 그리움이 있다. 그림은 그리워하는 것, 그리워하는 사람과 자연을 그리는 행위다. 삶에는 그리워하는 사람이 있고 그리워하는 사랑이 있다. 그리움이 있는 삶에는 사람이 있고 사랑이 있다. 그리움이 있는 삶은 아름답다. 오늘도 두고 온 사람들을 그리워하며 고요한 영산강을 따라 걸어간다.

영산호를 지나서 25호 광장의 육교에서 내려와 목포시 미항로 목포
지방해양항만청 앞에서 18코스를 마무리한다. 목포시 상동 평화의 광
장 인근에 숙소를 잡고 아귀찜집으로 향한다. 막걸리를 곁들여 혼자
서 2~3인분을 거뜬히 해치운다. 어두운 목포 앞바다를 바라보며 홀로
거니는 나그네의 심사에 유달산에서 울려 퍼지는 '목포의 눈물'이 들
려온다.

1. 사공의 뱃노래 가물거리면 / 삼학도 파도 깊이 스며드는데
   부두의 새악시 아롱 젖은 옷자락 / 이별의 눈물이냐 목포의 설움

2. 삼백 년 원한 품은 노적봉 밑에 / 님 자취 완연하다 애달픈 정조
   유달산 바람도 영산강을 안으니 / 님 그려 우는 마음 목포의 노래

4 목포~무안 구간 (18~23코스) 96.8km

봉오제버스정류장

송정마을

낙지공원

조금나루

23 영해버스정류장

내화버스정류장

22 영해버스정류장

성내교

동암마을회관

두곡교차로

용동마을회관 **21**

톱머리해수욕장

부용리정류장

20 청계면복합센터

도림천

복룡마을회관

삼향동 행정복지센터

19 용해동주민센터

유달산낙조대

목포지방해양수산청

18

삼학도유원지

갓바위

18코스
목포의 눈물

목포지방해양수산청에서 용해동주민센터 18km

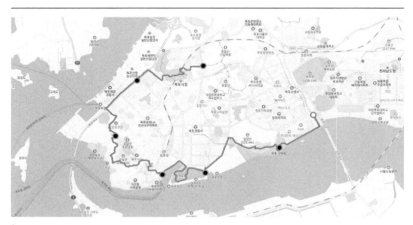

🐾 목포지방해양수산청 ▸ 갓바위 ▸ 삼학도유원지 ▸ 유달산낙조대 ▸ 용해동주민센터

　11월 2일 수요일 아침 8시, 목포시 옥암동 목포지방해양수산청 입구에서 18코스를 시작한다. 18코스는 용당로 용해동주민센터까지 근대역사의 흔적을 따라 조선시대와 일제강점기, 현재를 넘나드는 역사와 문화의 길을 걸으며 항구도시 목포를 감상하는 구간이다.

　걷기 10일째, 서해랑길에서 처음으로 미세먼지 날리는 목포 앞바다를 걸어간다. 파란 하늘과 파란 바다가 어우러지고 영산강 하굿둑 위로 태양이 희미하게 비친다. 아침 운동을 나선 사람들이 활기차게 걸어간다. 서해랑길을 떠나서 처음으로 도시의 아침을 맛본다. 스토리가 있는 연인의 거리를 지나간다. '춤추는 바다 분수'는 춤을 추지 않고 갈매

기들이 커다란 무리를 지어 춤을 춘다. 나그네를 요란스레 환영하며 갈매기들이 합창을 한다. 즐거운 아침이다.

산다는 것은 복습이 없다. 살아온 길이 예습이 되어 지금부터 잘 살아야 한다. 선행학습은 있다. 인생의 예습과 복습, 되돌아갈 수 있는 길을 몰라 돌아갈 수 없는 인생, 그래서 앞만 보고 걸어가다 어느덧 여기까지 왔다. 시간이 묻는다.

"너는 왜 여기 있니?"

시간에게 되묻는다.

"너는 왜 자꾸 나를 따라오니?"

그림자가 앞서 걸어간다. '춤추는 바다 분수'를 지나서 갓바위로 향한다. 둘 다. 목포 9경에 속한다. 목포 9경은 1경이 유달산, 2경은 목포대교 일몰, 3경은 갓바위, 4경은 춤추는 바다 분수, 5경은 노적봉, 6경은 목포진, 7경은 삼학도 이난영공원, 8경은 다도해 전경, 9경은 사랑의 섬 외달도이다.

아침 운동을 나온 젊은 여인의 걸음걸이가 반듯하다. 추월을 할까 하다가 뒤따라간다. 척추를 세우고 팔을 흔들면서 걸어가는 자세가 정석이다. 나그네는 배낭을 메고 걸어가니 운동할 때와 같은 자세를 취하기가 어색하다.

중국 연나라 소년이 조나라 사나이들의 씩씩한 걸음걸이가 늘 부러웠다. 소년은 큰 용기를 내서 조나라 수도 한단(邯鄲)으로 걸음 유학을 왔다. 처음에는 참 잘 왔구나 싶었다. 막상 그 멋진 걸음걸이를 배우려고 하니 예전 버릇이 자꾸 걸림돌이 되었다. 어깻짓 발짓이 생각대로 되지 않고 따로 놀았다. 아무리 해도 안 되고 어떻게 해도 따라 할 수가 없었다. 그는 실망해서 돌아가기로 했다. 그런데 더 큰 문제가 생겼다. 새로운 걸음걸이를 익히느라 예전에 걷던 걸음걸이를 잊어버렸다. 그는 결국 울면서 엉금엉금 기어 연나라로 돌아갔다. 이것은 한단학보(邯鄲學步)의 고사다. 바꾸는 게 능사가 아니라는 옛이야기다. 변화에도 단계와 전략이 필요하다.

인생지사 한단지몽, 남가지몽, 조신지몽, 일장춘몽이라던가. 돌아보면, 인생길 걸어오면서 아쉽고 후회스러운 일도 많다. 길을 잃어버리기도 하고 잘못된 걸음걸이로 살아온 적도 있다. 귀거래사에서 노래한 도연명의 작비금시(昨非今是)다. 인생길 잘못 들어 헤맨 것은 사실이나 아직 멀지 않았으니 이제야 깨달아 바른길을 찾았고 지난날이 그른 줄을 깨닫는다. 육십이 넘어 돌아보니 후회막급, 어제까지는 글렀다. 살아온 길을 돌아보니 살아갈 길이 보인다. 그래, 지금부터 다시 시작이다. 과거는 뒤에 있고, 미래는 앞에 있다. 가버린 과거는 꿈같은 몽상이며, 오지 않은 미래는 신기루 같은 망상이다. 과거는 정지된 히스토리요, 미래는 불확실한 미스터리다. 현재는 프레즌트, 곧 선물이다. 과거와 미래는 존재하지 않는다. 오직 현재만 존재할 뿐이다. 오늘은, 지금은 인생의 가장 소중한 날이요 시간이다.

지금을 즐길 줄 아는 나그네가 나무 데크를 따라 갓바위에 도착한다. 파도가 하얀 거품을 흘리며 혀를 길게 내밀어 한 점, 한구석 남김없이 바위들을 핥는다. 돌아갔다가는 다시 돌아와 간절한 몸짓으로 구애를 한다. 천연기념물 제500호 갓바위(草笠岩)의 명칭은 삿갓을 쓰고 있

는 암석 모습에서 유래되었다. 갓바위는 해수와 담수가 만나는 영산강 하구에 위치해 풍화작용과 해식작용의 결과로 형성된 풍화혈로 특이한 형상은 마치 삿갓을 쓴 사람 같다. 갓바위의 전설이다.

아주 먼 옛날에 병든 아버지를 모시고 소금을 팔아 살아가는 젊은이가 있었는데, 살림살이는 궁핍하였지만 효심이 지극하였다. 아버지의 병환을 고치기 위해 부잣집에 머슴살이로 들어가 열심히 일했으나 주인이 품삯을 주지 않아 한 달 만에 집에 돌아와 보니 아버지는 이미 세상을 떠난 뒤였다. 젊은이는 통곡을 하면서 아버지를 양지바른 곳에 모시려다 실수로 그만 관을 바닷속으로 빠트러버렸다.

불효를 통회하며 하늘을 바라볼 수 없다면서 갓을 쓰고 자리를 지키다가 죽었는데, 훗날 이곳에 두 개의 바위가 솟아올라 사람들은 큰 바위를 '아버지 바위', 작은 바위를 '아들 바위'라고 불렀다.

다른 한 가지 전설은 부처님과 아라한이 영산강을 건너 이곳을 지날 때 잠시 쉬던 자리에 쓰고 있던 삿갓을 놓고 간 것이 바위가 되어 이를 중 바위(스님 바위)라 부른다는 이야기가 전해진다.

유달산을 바라보며 걸어간다. 데크에 목포문인협회 회원들의 시가 걸려 있다. 목포자연사박물관을 지나서 목포 9미(味) 안내판을 바라보니 구미가 당긴다. 1미는 세발낙지, 2미는 홍어삼합, 3미는 민어회, 4미는 꽃게무침, 5미는 갈치조림, 6미는 병어회(찜), 7미는 준치무침, 8미는 아구탕(찜), 9미는 우럭간국이다. 목포문화예술회관을 지나고 갓바위 문화의 다리를 지나서 목포문학관을 지나간다.

삼학도(三鶴島)공원에 도착하여 김대중노벨평화상기념관을 지나고 공원길을 걸어간다. 목포하면 떠오르는 삼학도는 1968년 이후 목포와 연결되면서 옛 모습을 찾아볼 수 없게 되었다가 이제 공원으로 다시 태어났다. 삼학도에 얽힌 전설이다.

옛날 목포에 무예를 익히는 한 장사가 있었다. 암벽을 오르내리고 바위와 바위 사이를 건너뛰기도 하면서 화살로 날아가는 새를 쏘아 떨어뜨리고 칼로 호랑이의 숨통을 단번에 끊어놓기도 했다.

유달산 아래에는 아름다운 세 처녀가 살고 있었는데, 아침마다 마을에서 올라와 물을 길어갔다. 세 처녀와 장사는 서로에게 마음이 끌리게 되었고, 어느 날 장사는 세 처녀에게 자신의 심정을 토로했다.

"당신들을 사랑하게 되어 무예를 익힐 수가 없으니, 무예 수업이 끝날 때까지 멀리 떨어진 섬에 가서 나를 기다려주시오."

그리하여 세 처녀는 어느 맑은 날 돛단배에 몸을 싣고 먼 섬으로 향하였다. 하지만 장사는 세 처녀가 살아있는 한 마음을 가라앉힐 수 없다고 생각하여 유달산에서 배를 향해 활을 쏘았다. 화살을 맞은 배는 목포 앞바다에 가라앉고 말았다. 이때 그 자리에서 세 마리의 학이 솟아올라 하늘 높이 날아갔으며, 그 자리에 세 개의 바위가 솟아나 섬이 되었다. 사람들은 그 섬을 삼학도라고 불렀다.

코스모스가 만발한 공원을 지나서 목포요트마리나를 지나고 옛날 보리밥, 보리밥 골목을 지나서 목포근대역사문화공간으로 들어서서 목포진지를 둘러본다. 목포진지는 세종 때인 1439년에 주변에 바닷길을 지키기 위해 설치한 수군 기지인 '목포진'의 터이다. 목포진은 초기에는 해상에서 방어 활동을 하다가 1501년 연산군 대에 이르러 성벽이 지어졌다. 1895년 폐진 되었으나 1897년 목포가 개항하면서 이곳의 주요 시설들은 대한제국의 관청인 감리서와 해관 등으로 사용하였다. 목포진은 목포 역사의 뿌리이자 근대사의 출발지라는 소중한 의미를 지니고 있다. 인근에 있는 소년 김대중 공부방을 둘러본다.

"보통학교 4학년 때 우리 가족은 목포로 이사했다. 그전에 나는 틈만 나면 뭍으로 가겠다고 떼를 썼다. 혼자 일본에 가서 공부하겠다며 부모님을 조르기도 했다. 신문 배달을 해서라도 독학을 하겠다고 했다. ……여기에 자식들을 뭍에서 공부시키겠다는 어머니의 의욕이 합쳐져 생활 터전을 옮기기로 결정한 것이었다."

빅토르 위고는 "꿈꾸는 자만이 세상을 창조할 수 있다."고 말한다. 꿈꾸는 새는 날개를 접지 않는다. 소년 김대중에게는 꿈이 있었다. 걷기와 독서는 더욱 많은 꿈을 꾸게 해주는 꿈의 저수지다. 상상력이 작동하게 하려면 외로움이라는 고통이 필요하다.

목포진역사공원에서 내려와 목포근대역사관을 지나간다. 소녀상이 단정히 앉아서 나그네를 바라본다. '평화비'의 내용이다.

"우리는 꽃다운 나이에 끌려가 일본군 '성노예'의 삶을 강요당했던 이 땅 소녀들의 아픈 역사를 기억합니다. 다시는 이러한 비극이 되풀이되지 않기를 바라면서 일제 수탈의 현장인 이곳 일본 영사관 옛터에 인권과 평화가 강물처럼 흐르고 사람 사는 세상을 꿈꾸는 목포시민의 뜻을 모아 이 비를 세웁니다."

노적봉예술공원 미술관으로 향한다. 미술관을 지나서 노적봉으로 올라간다. 임진왜란 때 명량대첩 이후 이순신 장군은 목포 고하도에 수군진을 설치하여 108일 동안 머물렀는데, 이때 유달산에 짚과 섶으

로 둘러 군량미가 산더미같이 쌓인 것으로 보이도록 위장하여 적을 속였다는 노적봉(露積峯)이다. 유달산 정기를 맛보며 사공의 뱃노래가 가물거리는 유달산으로 올라간다. 유달산자락에 이난영의 〈목포의 눈물〉이 흘러내린다.

"사공의 뱃노래 가물거리며 / 삼학도 파도 깊이 스며드는데"

충무공 이순신 동상 앞에서 인사를 드리고 역사와 문화, 아늑함과 정겨움이 있는 명품 유달산둘레길을 걸어간다. 유달산둘레길은 다도해의 경관이 시원하게 펼쳐지는 6km 걷기 길이다. 작은 금강산, 영혼도 쉬어가는 유달산 나들이를 한다. 유달산둘레길에 한 맺힌 전설의 세 마리 학이 날아오른다. 천상병 시인의 '길'이 유달산둘레길에 나타난다.

길은 끝이 없구나. / 강에 닿을 때는 / 다리가 있고 나룻배가 있다. / 그리고 항구의 바닷가에 이르면 / 여객선이 있어서 바다 위를 가게 한다.// 길은 막힌 데가 없구나. / 가로막는 벽도 없고 / 하늘만이 푸르고 벗이고 / 하늘만이 길을 인도한다. / 그러니 / 길은 영원하다.

끝이 없는 영원한 길에 단풍과 낙엽이, 하늘을 나는 케이블카가, 바다에 떠 있는 목포대교가, 다도해의 절경이 나그네의 눈과 마음을 즐겁게 한다. 낙조 없는 낙조대에서 낙조 대신에 아름다운 경관에 취해서 걸음을 멈춘다. 나무가 우거진 숲길을 걸어간다. "가다 보니 가닥나무 오다 보니 오동나무 앵돌아져 앵두나무" '나무 타령'을 부르며 걸어간다. '군왕지지의 터 나숭대골짝'을 지나고 둘레길을 걷고 또 걸어 목포해상케이블카 북항 스테이션에 도착한다. 건너편 스테이션이 있는 고하도는 명량대첩 이후 고금도로 가기 전에 충무공 이순신이 주둔하였던 섬이다.

1시 55분, 18코스 종점 용해동주민센터에 도착했다. 배가 고프다. 어렵게, 어렵게 식당을 찾아 들어갔는데, 혼자인 사람이 먹을 게 없다고 하여 돌아 나온다. 그저 허허, 웃고 만다.

19코스
초의선사의 노래

용해동주민센터에서 청계면복합센터 16.8km

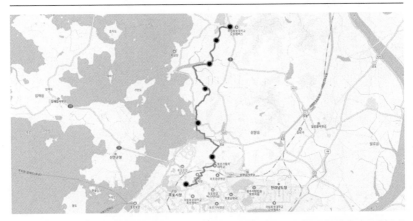

🐾 용해동주민센터 ▶ 삼향동행정복지센터 ▶ 복룡마을회관 ▶ 도림천 ▶ 청계면복합센터

　오후 2시 40분, 인삼주 한 잔을 서비스로 곁들인 인삼 갈비탕으로 보신을 하고 19코스를 시작한다. 19코스는 용해동주민센터에서 시작하여 양을산 삼림욕장을 지나고 도림천을 지나서 무안군 청계면 도림리 청계하나로마트에 이르는 구간이다.

　무안 구간은 총 183.7km로 19~25코스를 걷고 신안으로 들어갔다가 나와서 다시 31~34코스를 걷는 코스이다. 19코스에서 300km를 돌파하면서 목포를 지나 무안으로 들어간다.

　날이 갈수록 나 홀로 걷기 여행이 익숙해지고 발걸음에 가속도가 붙는다. 21세기 문명사회에 이런 행운을 누릴 수 있는 사람이 얼마나 될

까. 자축하는 마음으로 〈길 위에서〉 노래를 부르며 걸어간다.

한 걸음 한 걸음
영혼과 육체의 그릇을
비우고 채워가는
나의 서해랑길

하늘 한 점 햇빛 한 점 / 바람 한 점 구름 한 점
욕망 한 점 행복 한 점 / 미움 한 점 사랑 한 점
한 점 또 한 점

오늘도 내일도 날이면 날마다
비우고 채워간다.
길 위에서

풍요는 비움에서 시작된다. 비우지 않으면 결코 채울 수 없다. 비움은 채움과 충만을 위한 배후 공간이다. 노자는 〈도덕경〉에서 말한다.

"바큇살 서른 개가 모두 한 개의 바퀴 중앙에 모여 있다. 그러나 모인 자리가 비어 있어 그곳으로부터 수레의 쓰임이 생긴다. 흙으로 그릇을 만들되 그릇의 빈 곳으로부터 그릇의 작용이 일어난다. 문과 창을 내어서 방을 만들지만 그 비어 있는 곳이 방으로 사용된다. 그러므로 있음을 이로움이라 하고 없음을 쓰임이라고 한다."

양을산 삼림욕장 입구에 제법 규모가 큰 '빛과 소금교회'가 나타난

다. 제주 올레길에서 만난 소박한 순례자의 교회가 스쳐 가고, 뉴질랜드 테카포호수 옆에 위치한 세계에서 제일 작은 교회라는 '선한목자교회'가 스쳐 간다. 세계에서 제일 큰 교회는 우리나라에 있으니, 참으로 대단한 대한민국이다. 주님은 교회 밖에도 계시는데, 굳이 큰 교회가 필요한가. 예수는 교리나 교회를 위한 교훈을 주지 않았다. 교회라는 그릇에 예수를 가둬서는 안 된다. 어찌 예수가 교회에만 있겠는가. 내가 "길이요 진리요 생명"이라는 예수의 말씀을 업신여기는 성직자들이 얼마나 많은 세상인가. 오늘날 '가나안' 교인, 교회에 '안 나가는' 교인이 많다. 분명한 것은 교회를 떠난다는 것이 예수를 떠난다는 것이 아니다. 기독교 신앙을 떠난다는 것이 아니다. 신학대학원을 졸업하여 석사학위를 받았고, 목사고시를 패스한 나그네에게 언젠가는 실행에 옮기고 싶은 소박한 꿈과 사명이 있다. 그날이 오기를 기도하면서 양을산 삼림욕장을 걸어간다. 숲이 무성하고 단풍이 곱다. 숲은 햇살과 바람을 품어 안고 뿌리로 물을 길어 올려 울울창창해진다.

목포가톨릭대를 지나서 도로를 따라가다가 목포시종합관광안내소에서 한적한 들길을 걸어간다. 지적산 시점 이정표, 길은 다시 지적산으로 올라 편백숲길을 걸어 바다로 향한다. 다시 바다가 보인다. 압해도가 보이고 갈매기가 날아간다. 햇살이 내리비치는 갯벌이 발가벗은 몸으로 아름답게 반짝인다. 선명한 그림자가 앞장서 길을 안내한다. 푸른 하늘을 배경으로 동백꽃이 빨간 자태를 뽐낸다. 자연 친화적인 삶은 자연의 완전한 에너지를 충전 받을 수 있는 이점이 있다. 사람은 에너지로 이루어진 생명체이기에 에너지를 받아야 살 수 있다. 음식은 육체의 에너지다. 인간관계, 성취감, 취미 생활, 종교 생활 등은 모두 인위적인 정신의 에너지다. 영혼을 위한 에너지도 필요하다. 영혼을 위한 완전한 에너지는 자연에 있다.

자연의 에너지를 맛보면서 목포시 대양동 바닷가를 지나서 드디어 무안군 삼향읍 왕산리에 들어선다. 파란 하늘에 파란 바다, 파도가 처얼썩 처얼썩 무동을 타라고 유혹한다. 두근두근 가슴 설레다가 발걸음을 재촉한다. 파도가 밀려오고 또 밀려온다. 제 슬픔 못 견뎌 출렁이는 굴곡진 파도가 쉼 없이 밀려온다. 파도가 없는 바다는 바다가 아니다. 고난이 없는 삶은 삶이 아니다. 앞 파도의 좌절과 뒤 파도의 시련에도 좌초되지 않고 달려간다.

갈 길 먼 나그네는 해 지기 전에 한 걸음이라도 더 나아가야 한다. 파도가 다가오고 또 다가오고 연방 다가와도 나그네는 미소만 지을 뿐 눈길을 주지 않는다.

오늘은 34.8km, 그렇게 먼 거리도 않은데 시간이 지체되었다. 목포에서 눈요기를 한다고 걸음이 느려진 탓이다. 서둘러 걸어간다. 가을이 깊어간다. 가을의 낭만이 깊어간다. 파란 하늘에 반달이 떴다. 즐거운 인생, 이렇게 즐거워도 되는가, 하면서 또 즐거워한다.

인생을 행복하게 만드는 건 혼자 있는 시간을 어떻게 보내느냐에 달려있다. 자기 자신에 대해 알아갈 수 있는 시간은 오직 혼자 있는 순간이다. 혼자 있는 시간은 결국 더불어 사는 방법을 가르쳐 준다. 대화가 인간의 지적 활동의 묘약인 것처럼 고독은 인간의 정신 활동에 묘약이다. 결국은 자신이 원하는 대로 자신의 생각대로 살아야 한다.

나 홀로 여행의 묘미는 나를 가두는 마음의 감옥에서 벗어나 자유롭게 날아다니는 것이다. 옛말에 '낯선 곳은 익숙하게 하고, 익숙한 곳은 낯설게 하라'고 했다. 생각이 어지러이 일어나는 곳은 익숙한 곳에서고 집지전일(執持專一), 즉 온전히 한 가지만을 붙들어 지키는 것은 낯선 곳

에서다. 익숙한 곳은 타성에 젖어 들게 하고, 낯선 곳은 설익어 긴장하게 한다. 가끔은 익숙한 것들과 결별하여 낯선 곳에서 백지상태로 되돌아보는 성찰의 시간이 필요하다. 각성은 노력 없이 안 된다.

방하착(放下着)!, 꽉 쥐고 있던 것들을 툭 내려놓아야만 자신이 보인다. 낯선 길을 가는 유랑은 삶에 새로운 향기를 불어넣고 삶의 격을 높여준다.

'승달산 3km' 이정표가 눈길을 끈다. 서남 해안 끝자락의 무안의 진산인 승달산(333m)은 그림 같은 다도해를 한눈에 조망할 수 있는 명산으로 스님들이 깨달음을 얻는 산이라 하여 승달산(僧達山)이라고 한다. 원나라 때 임천사의 승려 원명이 바다를 건너와 이 산에서 풀을 엮어 암자를 만들었다. 그 소식을 들은 임천에 있던 그의 제자 오백 명이 이곳을 찾아와서 함께 도를 통하여 승달산(僧達山)이라 하게 되었다고 한다.

승달산에는 호승예불혈(胡僧禮佛穴)의 명당이 있다고 한다. 이 혈은 승려가 부처님께 예불을 드리는 모습이라 하는데, "이 혈에 묘를 쓰면 98대에 이르도록 문무백관을 탄생시킬 것이다."라고 〈도선비록〉에 전해온다고 한다. 1대를 대략 30년이라 보는데, 98대면 3천 년에 이르는 긴 시간이다. 그래서 이곳의 명당을 찾으려는 사람들의 발길이 끊이지 않는다고 한다.

무안과 목포로 나누어지기 이전에는 무안 안에 승달산(僧達山)과 유달산(儒達山) 둘 다 있었다. 승달산은 스님들이 진리를 깨닫는 산이고, 유달산은 선비들이 진리를 깨다는 산이었다. 승달산에는 초의선사(1786~1866)의 이야기가 전해 온다.

새로 부임한 무안현감이 어느 날 승달산 기슭에서 노루사냥을 한 다음 말을 타고 돌아가다가 앞에 지나가는 중이 깨달음 깊은 초의선사라는 것을 알고 빈정거렸다.

"너 이놈, 승달산 중놈아! '승달(僧達)'이나 제대로 했느냐?"

'마음을 깨끗하게 닦고 중생 제도하는 일을 하느냐'는 것이었다. 그러자 초의선사가 답했다.

"무안 현감 놈아! 그래, 너는 '무안(務安)'이나 제대로 해놓고 사냥하러 다니느냐?"

'백성들을 편안하게 하는지'를 질책한 것이었다. 그 말에 눈이 번쩍 뜨인 무안현감이 말에서 내려 초의선사에게 삼배를 했다고 한다. 힘쓸 무(務)자와 편안할 안(安)자의 무안이란 지명은 '고을 원님이 백성들의 편안한 삶을 위해 힘쓴다.'는 뜻이다. 택리지를 쓴 이중환은 무안사람들에 대해 '주민들은 꾸밈없이 수수하며 실속 없는 겉치레는 숭상하지 않는다.'라고 했다.

삼향읍 초의길 30에는 한국의 다도를 중흥시킨 초의선사탄생지가 있다. 초의선사탄생지에는 조선 후기 대선사이며 우리나라 다도를 중흥시킨 다성(茶聖) 초의선사의 높은 정신을 기리기 위한 곳으로 초의생가, 다(茶) 교육관, 차역사박물관 등을 건립해 다인들의 다도 순례성지로 자리매김하고 있다.

초의선사는 어릴 적 물가에서 물놀이를 하다가 익사할 뻔했으나 지나가던 스님이 구해주었다. 16세에 남평 운흥사에 들어가 승려가 되었으며, 수행 생활과 함께 차에 대한 조예가 깊었다. 24세 연상인 다산 정약용에게서 유학과 시문을 배우고, 동갑인 추사 김정희와는 평생의 지기로 친교가 깊었다. 차의 중시조 혹은 차의 성인(聖人)이라 불리는 초의선사는 '동다송(東茶頌)'을 지어 다도의 멋을 노래했다. 58세에 40여 년 만에 고향을 찾아가서 감회를 읊은 초의선사의 노래가 들려온다.

멀리 고향 떠난 지 사십여 년 만에 / 희어진 머리를 깨닫지 못하고 돌아왔네.// 새 터의 마을은 풀에 묻혀 집은 간데없고 / 예 묘는 이끼만 끼어 발자국마다 수심에 차네.// 마음은 죽었는데 한은 어느 곳으로부터 일어나는가. / 피가 말라 눈물조차 흐르지 않네.// 이 외로운 중(僧) 다시 구름 따라 떠나노니 / 아서라 수구(首丘)한다는 말 참으로 부끄럽구나.

바다에서 벗어나 들길을 걸어간다. 마갈마을을 지나고 복룡마을회관을 지나서 도림천을 따라 걸어간다. 신의 목소리가 바람결에 실려 온다. 스치는 바람과 맑고 푸른 하늘이 환히 미소를 짓는다. 하늘을 향해 다정한 눈길로 화답하며 걸음을 재촉한다. 월호마을을 지나서 길고 긴 도림천을 따라 앞으로, 앞으로 나아간다. 태양은 먼저 서쪽에 도착해서 어서 오라고 재촉한다. 목포대사거리에서 좌회전을 하여 국립목포대학교 도림캠퍼스 앞 청계면복합센터에 도착한다.

17시 20분, 드디어 19코스 종점에 도착했다. 농협하나로마트에서 저녁 먹을거리를 시장 봐서 택시를 타고 달려간다. 서서히 어둠이 밀려온다.

20코스
자연으로 돌아가라!

청계면복합센터에서 용동마을회관 18.7km

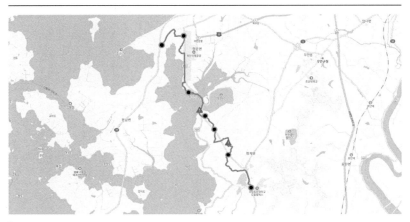

🐾 청계면복합센터 ➤ 부용리정류장 ➤ 톱머리해수욕장 ➤ 용동마을회관

11월 3일 아침 8시, 청계면복합센터에서 20코스를 시작한다. 20코스는 톱머리해수욕장을 지나고 무안국제공항, 무안낙지공원을 지나서 망운면 용동마을회관에 이르는 구간이다.

쾌청한 아침, 청계면소재지에서 싱그러운 하루가 시작된다. 아침은 늘 신비롭게 내 영혼을 깨운다. 일상에서도 여행지에서도 언제나 신선한 모습으로 다가온다. 오늘도 산 너머에서 태양이 떠오르고 마음 깊은 곳에서는 희망이 솟구친다. 오래전 눈을 뜨지 말았으면 하는 괴로운 날의 아침이 있었기에 평범한 아침이 더욱더 고맙고 소중하게 다가온다.

청계면사무소를 지나서 농촌 들판을 걷고 또 걸어간다. 고향 내음이 물씬 다가온다. 하천변을 따라 걷다가 오늘도 어김없이 산길로 향한다. 몸에 서서히 열기가 올라온다. 오르막이 있으면 내리막이 있다. 힘들다고 도전하지 않는다면 새로운 세상을 맛볼 수 없다. 묵자는 말했다.

"힘든 일을 하는 사람은 반드시 하고자 하는 바를 얻는다. 하고 싶은 것만 하면서 하기 싫은 것을 면한 사람을 나는 본 적이 없다."

간결한 말속에 통찰이 빛난다. 고통 끝에 얻은 기쁨이라야 오래간다. 괴로워지고 나서 즐거운 것은 공부가 그렇고 운동이 그렇다. 즐거워지고 나서 괴로운 것은 주색잡기와 도박이 그렇다. 고통은 길고 쾌락은 짧다. 세상 사람들은 고통 끝에 얻는 즐거움을 버리고 즐거움 끝에 얻는 파멸을 향해 돌진한다.

가장 좋고 가장 쉬운 길은 없다. 삶이란 위험을 무릅쓴 모험일 뿐이다. 모험이 없으면 얻는 것도 없다. 운명의 여신은 이곳저곳을 오가는 방랑자다. 운명의 여신이 돌리는 운명의 수레바퀴는 둥글게 돌고 돈다. 운명의 여신은 용감한 자를 돕는다. 무모하게 사는 것이 가장 안전하게 사는 길이다. 집에 있다고 안전하고 길에 나선다고 위험하지는 않다. 쉬운 길, 편안한 길로 가는 사람은 성공의 묘미를 못 느낀다. 어려움 없이 성취되는 것은 하나도 없다. 성공은 밤낮없이 거듭되었던 작고도 작은 노력이 한데 모인 것이다.

산다는 것은 꿈꾸는 것이고 현명하게 산다는 것은 즐겁게 산다는 것이다. 인간에게 단 하나의 의무가 존재한다면 그것은 행복하게 사는 것이다. 오늘 가장 좋게 웃는 자는 역시 최후에도 웃을 것이다. 육체는 힘들지만 정신은 즐거운 것이 있으니, 바로 서해랑길 종주다. "하, 하, 하!" 웃으면서 서해랑길 1,800km, 4천5백 리를 걸어간다. 즐겁고도 즐거운 신명 나는 놀이가 길 위에 펼쳐진다.

산새들이 노래하고 나그네의 낙엽 밟는 소리가 천상의 화음을 이룬다. 단풍이 울긋불긋 미소 짓는다. 아름다운 세상이다. 내 인생은 놀이터, 삶은 놀이다.

인간은 호모 루덴스, 놀이하는 인간이다. 놀이는 자극 추구 활동이다. 프로이트에 따르면 놀이의 주된 기능은 '카타르시스'다. 놀이가 추구하는 것은 재미다. 놀이를 통해 아주 익숙한 것들을 낯설게 하여 새로운 재미를 느낀다. 때로는 일상을 낯설게 하여 일상과는 다른 방식으로 살아야 한다. 창의성의 원천은 낯설게 하기에 있다. 재미를 추구하여야 만이 창의적으로 놀 수 있다. 보다 적극적으로 삶의 재미를 추구해야 한다. 그래서 삶을 축제로 만들어야 한다.

"하늘 아래 새로운 것은 없다."

지혜와 쾌락을 추구했던 솔로몬의 최후의 탄식이다. 위대한 발견은 새로운 땅을 찾는 것이 아니라 새로운 눈으로 바라보는 것이다.

터벅터벅 그림자를 앞세우고 능선에 오르니 멀리 바다가 보인다. 햇살이 눈부시다. 들판으로 내려왔다가 다시 숲속을 걸어간다. 두 번째 산길이다. 서해와 함께 가는 서해랑길에는 산길도 있고 들길도 있고 마을 길도 있다. 다양한 길이 있다. 또한 갈매기만 있는 것이 아니라 산새도 있고 철새도 있다. 서해랑길의 다양한 아름다운 이 경험을 어찌 그

냥 잊을 수 있겠는가. 경험은 소중하다. 마음에 남기고 머리에 남기고 육체에 남긴다. 아름다운 고통의 흔적, 훈장으로 남긴다.

나그네가 태양처럼 반짝반짝 빛나게 걸어간다. 청계면 복룡리 돌담에 그려진 벽화가 어릴 적 추억을 떠올리며 웃음을 자아내게 한다.

시골 마을을 지나서 농로를 따라 걸어간다. 강정리에 이르자 파란 하늘과 단풍 진 산을 배경으로 아담한 시골교회와 붉은 철탑의 십자가가 눈길을 끈다.

나그네가 걸어가면서 기도한다. 기도하는 마음으로 걸어간다. 기도는 하늘을 감동하게 하고 감사는 인간을 감동하게 한다. 인디언들은 위대한 정령인 자연에게 항상 기도하고 감사했다. 인디언들에게 태양은 아버지, 대지는 어머니, 달은 할머니, 별들과 모든 동물들은 형제고 친척이고 이웃이었다. 그들은 진정으로 자연을 사랑하고 존중했다.

루소는 "자연으로 돌아가라!"고 했다. 철학자 루소와 칸트, 두 사람은 걷기를 좋아했다. 칸트는 자기가 태어난 마을을 몹시 사랑하여 평생 그 마을 밖으로 나간 적이 없다. 그는 매일 정해진 시각에 마을을 산책하여 사람들은 그의 모습을 보고 시곗바늘을 맞추었다는 것으로 유명하다. 그런데 루소가 지은 〈에밀〉을 읽었을 때 그는 그 책에 너무나 감동한 나머지 오랫동안 지켜오던 산책 시간마저 지키지 못해 사람들을 당황하게 했다. 칸트를 감동시킨 〈에밀〉은 과연 어떤 책인가?

〈에밀〉은 '교육에 관하여'라는 부제가 붙은 바와 같이 '에밀'이라는 아이의 성장을 따라가는 형식으로 전개되는 교육론이다. 그러면서도 단순한 교육이론에 그치지 않고 '자연으로 돌아가라'는 등 메시지가 넘치는 풍성한 사상철학서이다.

칸트는 그 책에서 '자연으로 돌아가라'는 말에 깊게 공감했다. 그리하여 그 이전까지의 이론 중심 철학에서 인간중심의 실천철학으로 방향을 바꾸었다. 그래서 사람이 책을 만들고 책이 사람을 만든다고 한다.

자연은 위대한 스승이다. 자연은 언제나 함께 있는 만인의 스승이다. 자연을 통해 삶의 지혜와 이치를 배운다. 봄, 여름, 가을, 겨울의 순환 속에서 자연의 순리를 깨닫고, 눈부신 태양 속에서 모두를 비추는 큰 사랑을 발견하고, 막 돋아나는 초록의 새싹이나 꽃잎, 가을의 단풍 속에서 생명의 경이를 느낀다.

제자는 그 스승을 닮기 마련이듯 자연과 가까워지면 가까워질수록 자연의 품성을 닮아간다. 모든 생명을 품어주고 길러주는 드넓은 대지의 덕, 밝음과 자유, 평화를 주는 무변광대한 하늘의 지혜를 닮아간다.

도개교차로를 지나서 드디어 바다가 나타난다. 하늘에는 흰 구름들이 한가로이 거닐고 해변에는 나그네가 춤을 추듯 걸어간다. 나뭇가지에 걸린 서해랑길 빨간 리본, 노란 리본이 바람에 날리면서 춤추는 자신도 쳐다봐 달란다.

무안컨트리클럽으로 가는 이정표와는 반대로 톱머리방파제를 지나서 톱머리해변으로 나아간다. 바다의 용이 하늘로 올라간다는 의미일까, 우주선 로켓 모형의 하얀 등대가 이색적이고 창의적이다. 등대는 어둠을 밝혀준다. 바닷길에서 배들은 등대의 불빛을 보고 항구를 찾아온다. 인생의 등대는 희망이다. 절망 속에서도 희망을 보고 인생의 길을 간다. 희망 없는 절망은 없다.

선착장에 톱머리항 표석이 참 잘 생겼다. 방파제에 강태공들이 낚싯대를 드리우고 한가롭다. 문이 열린 식당이 있어서 탄성을 지르고 들어간다. 10시 반, 아침 식사를 하지 못했기에 낙지비빔밥으로 아점을 한

다. '먹을 수 있을 때 먹어라.'라는 여행 수칙에 따라 민생고를 해결하고 다시 길을 나선다.

톱머리항을 지나서 톱머리해수욕장이 펼쳐진다. 드넓은 백사장과 울창한 해송이 조화를 이루어 아름다운 경관을 자랑한다. 철 지난 해수욕장에 인적이 없다. 고요하다. 백사장을 걸어간다. 나만의 것이다. 아무도 찾지 않는 이 드넓은 해변이, 푸른 바다가, 파란 하늘이 모두가 나만의 것이다. 임자가 따로 없다. 누리는 자의 것이다. 하늘에 경비행기가 날아간다. 손을 흔든다. 하늘의 주인과 바다의 주인이 교감한다.

갈매기들이 모여 회의를 한다. 몇 마리일까. 한 마리, 두 마리, …모두 열두 마리다. 조나단 리빙스턴은 어디에 있는가. 높이 나는 새가 멀리 본다. 높이 올라가는 이유는 멀리 보기 위해서다. 갈매기의 꿈은 더 높이, 더 빨리, 더 멀리, 더 자유롭게 비행하는 것이다. 오랫동안 나에게 꿈과 희망을 주었던 조나단은 지금 어디에 있는 것일까. 조나단이 그립다. 나그네가 조나단이 되어서 길을 간다.

차도로 나가니 무안공항이 나타난다. 연습 훈련 중인지 경비행기가 굉음을 내면서 계속해서 이착륙을 되풀이한다. 공동묘지인지 집안 묘지인지 길가에 수십여 기의 무덤들이 모여 있다. 길가 무덤 주인의 목소리가 들려온다.

'삶은 아주 짧은 천국이야.'
'인생은 노루 꼬리보다 짧은 여행이지.'
'사람의 최종 목적지는 같다.'
'나는 얼마 전만 해도 너희 같았고, 너희도 곧 나와 함께 할 것이다.'

'메멘토 모리! 네 죽음을 기억하라!'

죽음을 앞둔 어느 인디언이 남긴 시다.

오늘은 죽기 좋은 날
모든 생명체가 나와 조화를 이루고
모든 소리가 내 안에서 합창을 하고
모든 아름다움이 내 눈 속에 녹아들고
모든 사악함이 내게서 멀어졌으니

오늘은 죽기 좋은 날
나를 둘러싼 저 평화로운 땅
마침내 순환을 마친 저 들판
웃음이 가득한 나의 집
그리고 내 곁에 둘러앉은 자식들

그래, 오늘이 아니면 언제 떠나가겠나!

산책 중인 나무 위의 다정한 까치 부부가 길을 가는 나그네에게 말을 건넨다.

"외롭게 어디 가?"

나그네가 말없이 미소 짓는다. 푸른색 섬광이 빛나는 아름다운 지구별에 와서 살아서 반짝이는 이 즐거움. 나그네는 신선처럼 현실과

초현실의 경계를 걷는다. 흙에서 와서 흙으로 가는 길, 어느 날이면 곧 무덤으로 떠나겠지만 오늘은 살아서 나르시시즘에 젖은 하루를 걸어간다.

12시 27분, 드디어 20코스 종점 망운면 송현리 용동마을회관에 도착했다.

21코스
일신우일신

용동마을회관에서 영해버스정류장 11.9km

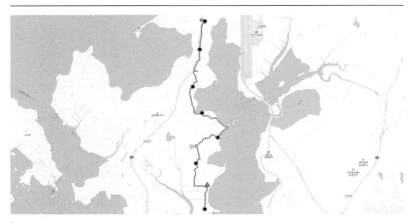

용동마을회관 ❯ 두곡교차로 ❯ 동암마을회관 ❯ 영해버스정류장

　용동마을회관에서 21코스를 시작한다. 21코스는 마을 길과 들길을 지나가는 시골길을 걸어서 운남면 동암리 영해버스정류장에 이르는 구간이다.

　한적한 도로를 따라 걸어간다. 송현버스정류장을 지나고 이름이 특이한 꽃회사버스정류장을 지나간다. 육교 위에서 어느덧 추억의 한 점이 되어버린 멀리 톱머리해수욕장을 바라본다. 두곡고인돌군을 지나서 두곡교차로에 도착한다. 오전에 걸었던 바다 건너편 톱머리해변을 바라보면서 걸어간다. 순간순간이 점점이 되어 뇌리에 각인된다.
　그 누가 알겠는가, 소요유하는 이 즐거움을. 참으로 꿀맛이다. 장자의 소요유(逍遙遊)는 절대 자유의 경지에서 노니는 모습이다. 아무런 의도나 생각 없이 노닐듯 인생을 살아가는 모습이다. 그저 마음속에서 공부에 대한 바람이 불고, 공부가 재미있고, 의미 있어 하면 소요유의 공부이다. 온전하게 내 가치와 방식으로 살아가는 삶이 진정 소요유의 삶이다. 어깨에 힘을 빼고 머리에 긴장을 늦추고, 마음을 비우고 그저 물 흐르듯 소요하며 사는 삶이다. 만남은 더 이상 이유나 이익 때문이 아니라 영혼의 끌림으로 이루어지며 인생의 목표는 성공과 출세가 아니라 내 마음의 만족이 되는 삶을 살아간다.

아리스토텔레스학파는 아리스토텔레스가 학도들과 산책하면서 강의하고 논의한 산책길(페리파토스)에서 유래되어 소요학파(페리파토스학파)라고도 불린다.

소요유를 즐기는 나그네가 서해랑길을 걸어간다. 들길, 숲길을 지나서 운남면 동암리 갯벌이 나타난다. 갯벌 건너 톱머리항의 등대가 보인다. 무안은 갯벌과 황토로 이뤄진 땅이다. 지형상 무안은 70% 이상이 황토로 이뤄졌다.

갯벌은 갯가, 즉 바닷가에 펼쳐진 넓은 들판이란 뜻으로 해안이나 강변 등의 물가에 밀물과 썰물 등 물의 높이 변화에 따라 물이 들고 나면서 노출되는 모든 공간을 갯벌이라고 한다. 갯벌의 종류로는 펄갯벌, 모래갯벌, 혼합갯벌이 있다. 펄갯벌은 흔히 '뻘'이라고 부르는 곳으로 매우 작은 퇴적물로 구성된 갯벌이다.

무안갯벌은 자연 상태의 원시성과 지질학적 보존 가치를 인정받아 2001년 국내 최초로 갯벌습지보호지역 1호로 지정되었다. 무안갯벌은 특히 생물다양성의 가치, 수질정화와 기후변화 완화, 풍부한 어장 등으로 람사르습지로 등록되어 국내외적으로 그 가치를 인정받고 있으며,

해제면에 위치한 무안황토갯벌랜드에서 갯벌의 모든 것을 보고 체험할 수 있다.

갯벌은 지구의 허파라고 하듯 무안을 둘러싸고 있는 황토갯벌은 왕성한 생명력을 자랑하고 있다. 갯벌은 바다에 흘러드는 오염물질을 정화해준다. 갯벌의 퇴적층은 기름종이처럼 오염물질을 걸러낸다. 이런 환경에서 자란 농수산물은 건강과 생명을 준다. 황토는 해독과 불순물 제거, 신진대사 활성화에 유용하며 건강에 유익한 효소의 성분이 포함되어 있다.

바닷바람이 세차게 불어온다. 오후부터 찬바람이 불어오고 내일부터는 겨울 날씨라는 일기예보가 떠오른다. 가을이 간다. 바람결에 가을이 가는 소리가 들려온다. 슬프다, 한 번 가면 다시 못 올 이 가을이여!

갯벌이 나신을 드러내고 바람에 노출된다. 배낭에 꽂힌 등 뒤의 깃발이 세차게 소리를 낸다. 우리 안의 염소 떼가 울음을 내고 무안의 명물 양배추가 들판에서 세찬 바람을 맞으며 맛을 더한다. 양배추를 심는 중에 죽기를 원했던 몽테뉴가 인용한 호라티우스의 시가 스쳐 간다.

"왜 그토록 많은 계획을 세우느라 열을 내는가. 이 짧은 생애에?"

인생은 한 권의 책과 같다. 어리석은 사람은 책장을 대충 넘기지만 현명한 사람은 공들여 읽는다. 단 한 번밖에 읽지 못하는 것을 알기 때문이다. 생각할 시간을 가져야 한다. 일상에서 가지는 오만가지 생각이 아니라 진지하게 성찰할 시간을 가져야 한다. 생각하며 살아야지 사는 대로 생각해서는 안 된다. 도보여행은 잊지 못할 기억을 남긴다. 눈이 시리도록 아름다운 풍경, 친절하거나 불친절했던 사람들, 땀 흘리며 처절하게, 때로는 빈둥거리며 걸었던 시간들, 그런 추억만으로도 여행은 가치가 있고 삶을 충만하게 한다.

여행은 호기심을 자극하면서도 삶을 정리하는 시간이다. 불필요한 것을 버리고 필요한 것으로 채우며 정돈하는 시간이다. 나 홀로 여행은 독립성을 강화한다. 스스로에 대해 더 많이 이해하게 된다. 자신에게 맞는 여행의 속도, 나아가 삶의 속도를 찾게 한다. 세상을 바라보는 넓은 안목을 주고 성찰의 시간을 가짐으로 내면의 성장을 가져다준다. 나아가 마음의 평화를 얻는 자아실현의 시간이다. 나그네가 〈여행자의 노래〉를 부르면서 걸어간다.

이 드넓은 세상
우주의 주인이 되어 걸어가는
존재의 기쁨
산을 넘고 들판을 가로질러
바다를 바라보며 노래를 부른다.
살아있다는 기쁨을
짜릿한 가슴으로 노래 부른다.

태양아, 나에게 더 큰 열정을 다오!
바다야, 나에게 더 큰 가슴을 다오!
바람아, 나에게 더 큰 날개를 다오!

대지의 모든 존재들과 친구 되어
더불어 춤추며 노래하는
여행자의 새로운 날들을

오래오래

길 위에 펼칠 수 있도록.

여행의 묘미가 하루하루 깊어간다. 어제보다 오늘은 뭔가 달라져야
하고, 오늘보다 내일은 더 나아져야 한다. 새로워지기를 멈추는 것은
엔진이 꺼진 배를 타고 바다 한가운데 떠 있는 것과 마찬가지다. 변화
의 어려움은 오른손잡이에게 오른손을 묶어놓고 왼손으로만 글을 쓰
고 밥을 먹고 일을 하라는 불편만큼이나 어렵다.

나의 좌우명은 일신우일신(日新又日新)이다. 〈대학〉에는 "탕지반명왈(湯
之盤銘曰) 일신(日新)이어든 일일신(日日新)하고 우일신(又日新)하라."고 했
다. 탕 임금의 목욕하는 그릇에 새겨있기를, 오늘 하루가 새로운 날이
었다면 날마다 새로운 날을 만들고 또 날마다 새로워져야 한다는 의미
이다.

탕 임금은 은나라의 위대한 왕이었다. 혁명을 통해 주지육림에 묻혀
살던 하나라 걸왕을 멸망시키고 새로운 나라를 만들었다. 반명은 매일
같이 내 몸을 씻는 그릇이다. 좌우명(座右銘)은 평상시 앉는 자리 오른
쪽에 써넣어 걸어놓는다고 해서 좌우명이고, 반명은 아침마다 세수하
면서 보라고 써놓은 것이라 반명이다.

탕 임금의 그 반명에는 "날마다 새로워졌는가? 날마다, 날마다 새로
워져라. 또 날마다 새로워져라."라고 새겨져 있었다. 어제와 다른 오늘,
오늘과 다른 내일, 끊임없이 새로운 날을 만들어 나가는 데 게을리하지
말라는 것이었다.

성공은 성공한 내 모습을 그리는 데서부터 시작된다. 상상을 해야 한
다. 상상을 멈추지 않으면 내 안의 힘이 깨어나 상상 속의 내 모습으로

만들어준다. 물고기는 용문을 넘어야 하고 매는 광활한 하늘을 누벼야 하며, 천리마는 거침없이 앞을 향해 달려가야 한다. 용문은 황하 중류에 있는 여울목이다. 황하를 거슬러 올라온 잉어가 이곳을 뛰어넘어야 비로소 용이 된다. 1등은 한 명이지만 일류는 다르다. 걷기 일류를 추구하는 나그네가 용문협에서 비룡이 되기 위해 의지를 다진다.

'자기암시!'

'나는 할 수 있다!'는 자기암시, 성공한 내 모습을 그려보는 자기암시는 나를 이끄는 멋진 원동력이다. 자신에게 명령한다.

"날로, 또 날로 새롭게 변화해라!"

"향하가 아닌 향상을, 퇴보가 아닌 진보를 해라."

유도가 바로 앞에 보이는 해안가에 도착했다. 동암마을회관을 지나서 바닷가에서 다시 들판으로 나아간다. 유유자적 길을 걸어가는 나그네에게 태양이 웃으며 말한다.

"걸어가라! 걸어가라! 걸어가라! 주저하지 말고 계속해서 시도하고 걸어가라! 그러면 저 너머 새로운 세상을 볼 것이다."

걸어서 지나온 길을 이해할 수 있듯이 지나간 삶만이 이해할 수 있다. 가야 할 길을 이해하기보다는 그냥 걸어야 하듯 삶 또한 그냥 살아야만 한다. 사람은 누구나 죽기 위해 태어나고 떠나보내기 위해 만나고 잃어버리기 위해 소유한다. 여행은 인생처럼 만남과 헤어짐이 반복된다. 여행자가 할 수 있는 일은 함께하는 순간순간을 집중해서 향유하는 일이다.

용동마을을 지나고 신기저수지를 지나간다. 들판을 걷고 또 걸어간다. 멀리서 영해마을이 다가온다.

15시 03분, 바람에 휘날리는 서해랑길 깃발을 들고 운남면 영해버스 정류장에서 21코스를 마친다.

무안 읍내 숙소인 시애틀 호텔에 여장을 풀고 인근에 있는 전라남도 지정음식거리 무안뻘낙지거리로 향한다. 무안은 대부분의 땅이 황토로 이루어져 있으며 삼면이 바다로 둘러싸여 있다. 그래서 비가 내릴 때마다 무안의 갯벌은 빨갛게 물든다. 황토가 빗물에 씻겨서 바다로 들어가기 때문이다. 이 뻘과 황토가 만나는 곳에 뻘낙지가 있다.

식당에 앉아서 기절낙지, 세발낙지, 낙지당고, 연포탕, 낙지호롱 등 한 상을 거하게 차린다. 내일이면 회사의 직원들이 가을 야유회로 무안으로 오고, 이곳에서 식사하기로 되어있다. 미리 예약을 해두고 답사를 온 것이다.

"주말이면 손님들이 너무 많이 오고, 때로는 바빠서 정성껏 대해드리지 못해서 혼란스러울 때가 있어요. 그래서 마음에 양식이 되는 책을 한 달에 몇 권씩 꼭 읽는답니다."

여성에게는 칭찬받을 네 가지 덕이 있으니 솜씨, 말씨, 맵시, 마음씨라고 한다. 말씨, 맵시, 마음씨가 고운 젊은 주인의 순수한 이야기를 마음에 새기고 시애틀호텔로 돌아온다. 영화 '시애틀에서 잠 못 이루는 밤'을 떠올리며 인디언 추장 시애틀을 생각한다. 달 밝은 밤 무안교회의 빨간 십자가가 유난히 붉고 선명하게 다가온다.

22코스
시애틀 추장의 연설

영해버스정류장에서 운남버스정류장 11.9km

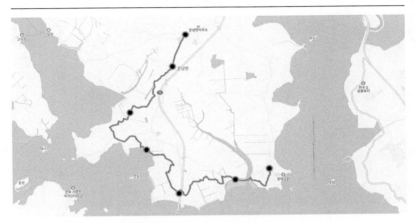

🐾 영해버스정류장 ▸ 성내교 ▸ 내화버스정류장 ▸ 운남버스정류장

어두운 새벽, 호텔 인근 24시 콩나물해장국집에서 김치콩나물국밥으로 해장을 하고 택시를 타고 운남면 영해버스정류장에 도착했다.

11월 4일 7시 20분, 22코스를 시작한다. 22코스는 운남면 연리 운남버스정류장까지 가는 구간이다.

싱그러운 아침, 벽화가 아름다운 영해마을을 지나간다. 산 너머에서 아침 해가 '굿 모닝!' 하면서 미소를 짓는다. 해는 매일 각도를 달리해 뜬다. 아침 풍경도 거기에 따라 변모한다. 그 미세한 차이를 느끼는 자체가 삶의 여행이다.

오늘은 회사의 직원들이 야유회를 겸하여 찾아오는 날, 하늘은 푸르

고 공기는 신선한 아침, 손님이 온다고 하늘이 시샘을 하는 걸까. 바람
이 거칠게 불어온다. 소풍 같은 인생길에 서해랑길 여행을 떠난 나그네
가 부러울 것이 없는데, 바람이 불면 어떻고 눈보라가 몰아치면 어떻겠
는가. 그 또한 여행의 흥취를 돋우는 양념인 것을. 풍연심(風憐心), 불어
오는 바람이 나그네의 마음을 시샘하며 부러워한다.

〈장자〉에는 세상에서 가장 아름다운 동물 기(夔)에 대한 이야기가 나
온다. 전설상의 동물 중에 발이 하나밖에 없는 기(夔)라는 동물이 있었
다. 기는 발이 하나밖에 없었기 때문에 발이 100개나 있는 지네를 부
러워했다. 그 지네에게도 부러워하는 동물이 있었는데, 바로 발이 없는
뱀이었다. 뱀은 거추장스러운 발이 없어도 잘 갈 수 있었기 때문이었

다. 그런데 뱀은 자신이 움직이지 않고도 멀리 갈 수 있는 바람을 부러워하였고, 바람은 가만히 있어도 어디든 바라볼 수 있는 눈(目)을 부러워했다. 그런데 눈은 보지 않고도 무엇이든 상상할 수 있는 마음을 부러워하였다. 마음에게 물었다. 당신은 세상에서 부러운 것이 없느냐고. 마음이 대답했다.

"내가 가장 부러워하는 것은 전설상의 동물인 기다!"

세상의 모든 존재는 자기가 가지고 있지 못한 것을 가진 상대를 부러워하지만, 결국 자신이 가지고 있는 것이 가장 아름답다. 세상살이가 힘든 것은 비교와 부러움 때문이다. 가난한 사람은 부자를 부러워하고, 부자는 권력자를 부러워하고, 권력자는 건강하고 화목한 사람을 부러워한다.

순자는 "기(驥)는 하루에 천릿길을 달리지만 노마(駑馬)도 열흘이면 이를 따라잡는다."고 말한다. 기(驥)란 하루에 천 리나 달리는 명마다. 인간으로 빗대자면 천재다. 이에 비하여 노마(駑馬)는 둔재다. 그런 노마라 할지라도 열흘간 계속 달리면 기가 하루에 가는 거리를 따라잡을 수 있다는 말이다. 세상 부러울 것 없는 나그네가 노마를 본받아서 부지런히 걸어간다.

황홀한 아침 풍경, 들판 농로를 따라 묵묵히 걸어간다. 기온이 뚝 떨어지고 바람이 세차다. 그럴수록 신명이 난다. 바람이 분다. 바람결에 새들이 날아가고 물결이 흔들린다. 대붕역풍비(大鵬逆風飛) 생어역수영(生魚逆水泳)이라, '대붕은 바람을 거슬러 더욱 높이 비상하고 살아있는 물고기는 물을 거슬러 헤엄쳐 올라가듯 즐겁게 살라'는 장자의 해학을 떠올리며 힘차게 나아간다. 바람 불어 좋은 날, 바람을 안고 걸어간다.

바람은 대지의 숨소리, 대지는 어머니다. 바람결에 어머니의 숨결을 느낀다. 오래된 인디언 격언을 떠올린다.

"대지를 잘 돌보라. 우리는 대지를 조상들로부터 물려받은 것이 아니다. 우리의 아이들로부터 잠시 빌린 것이다."

1620년 영국에서 메이플라워호를 타고 북아메리카 대륙으로 건너온 필그림(Pilgrim), 처음에는 인디언의 도움을 받았기에 살 수 있었던 것인데, 시간이 흐르면서 어느 순간 인디언들에게 필그림은 재앙이 되었다.

미국 정부는 1830년 원주민 이주법을 시작으로 인디언에 대해 여러 가지 강제 정책을 시행하여 인디언들이 살고 있던 땅을 빼앗았다. 시애틀 추장의 시대는 1854년, 이미 신대륙 탐험이 아니라 정착을 위한 이주민이 대거 몰려오는 상황에서 세계인의 가슴을 울린 시애틀 추장의 연설문이 적혔다. 그 일부분이다.

"우리가 어떻게 공기를 사고팔 수 있단 말인가? 대지의 따뜻함을 어떻게 사고판단 말인가? 우리로서는 상상조차 하기 힘든 일이다. 부드러운 공기와 재잘거리는 시냇물을 우리가 어떻게 소유할 수 있으며, 또한 소유하지도 않은 것을 어떻게 사고팔 수 있단 말인가? 햇살 속에 반짝이는 소나무들, 모래사장, 검은 숲에 걸려있는 안개, 눈길 닿는 모든 곳, 잉잉대는 꿀벌 한 마리까지도 우리의 기억과 가슴 속에서는 모두가 신성한 것들이다. ……우리는 대지의 일부분이며, 대지는 우리의 일부분이다. 들꽃은 우리의 누이이고, 순록과 말과 독수리는 우리의 형제다. 강의 물결과 초원에 핀 꽃들의 수액, 조랑말의

땅과 인간의 땀은 모두 하나다. 모두가 같은 부족, 우리의 부족이다. 따라서 워싱턴 대추장이 우리의 땅을 사겠다고 한 제의는 우리에게 더없이 중요한 일이다. 우리에게 그것은 우리의 누이와 형제와 우리 자신을 팔아넘기는 일과 다름없기 때문이다."

아메리카 인디언의 연설문 중 가장 유명하며 널리 인용되고 있는 시애틀 추장의 이 연설은 시애틀 추장의 절친한 백인 친구로 시인이며 의사인 헨리 스미스가 기록했다. 시애틀 추장은 죽어서 자신이 그토록 사랑하고 지키려고 애썼던 수콰미쉬족의 땅에 묻혔다. 그의 묘지 건너편에는 그가 세상을 떠나기 1년 전 이 위대한 추장의 이름이 붙여진 거대한 시애틀시가 자리 잡고 있다. 하지만 얼마 후 시애틀시에는 인디언이 거주할 수 없다는 법안이 통과되었다. 역사에 남는 기념비적인 연설을 한 시애틀 추장의 정신은 오늘날 인디언들과 시애틀 주민들, 그리고 전 세계 사람들의 가슴 속에 살아있다.

인디언의 언어에는 야생이란 말 자체가 없다. 이들은 야생의 삶이 아니라 자유로운 삶을 원했다. 라카타족 고귀한 붉은 얼굴이 말한다.

"그대가 한때 자유로웠음을 기억하는 것보다 더 슬픈 일은 그대가 한때 자유로웠다는 사실을 잊어버리는 일이다. 그것이 세상에서 가장 슬픈 일이다."

체로키족의 브루키 크레이그는 외친다.

"우리는 자유롭지 않다. 자유 국가에서 우리 인디언은 자유롭지 않다. 조상들이 우리에게 물려준 유산은 자유였다. 하지만 우리는 자유롭지 않다. 미국 전역에 있는 인디언들이여, 잠에서 깨어나라!"

효지도가 보이는 해안가를 걸어간다. 압해도가 보이고 압해도를 연결하는 김대중대교를 바라본다. 해안가 마을을 뒤돌아서 방파제 앞 작은 포구를 지나간다. 도원선착장을 지나서 평화로운 풍경이 펼쳐지는 들판을 걸어간다. 홀로 길을 가는 나그네에게 갈대들이 모여 빠른 속도로 고개를 숙였다가 들었다가 반복하면서 인사를 한다. 고마움은 고마움을 낳는다. 자연에 대한 고마움이 파도처럼 밀려온다. 의사는 치료하고 자연은 치유한다. 전형적인 농촌 풍경을 걷는 길, 그림자를 길게 늘어뜨린 나그네가 들판을 걸어간다. 푸른 양배추가 시선을 끈다. 자유로운 영혼의 나그네가 인디언 치페와족의 〈자유〉를 노래하면서 걸어간다.

그 단어가 희미해져 가고 있네.
두 글자로 된 단어
'자유'
그 단어가 희미해져 가고 있네.
두 글자로 된 단어가.

자유를 사랑하면 자신에게 떠날 수 있는 자유를 선물해야 한다. 독수리가 좋다고 마당에 매어놓으면 더 이상 하늘을 힘차게 날아오르는 모습을 볼 수 없다. 오늘도 멋과 낭만을 즐기는 자유로운 삶을 즐기며 걸어간다. 오늘 하루도 나는 즐거워야 한다. 나는 행복해야 한다. 나는 감사해야 한다. 참새들도 떼를 지어 '짹짹' 감사의 노래를 부르며 계속해서 앞길을 인도한다. 푸른 하늘이, 세찬 바람이, 풀잎들이, 온 세상이 환호하며 발걸음을 축복한다. 더불어 혼자 사는 법, 함께 따로 사는 법을 배우는 좋은 하루다. 콧노래가 절로 나온다.

세상의 많고 많은 일
해도 해도 다 못하리라.
하고 하다 못하고 떠나가면
뒷사람이 하고 또 하고 하리니
가는 자는 떠나가고
오는 자가 잇는다.

인생의 황금기는 바로 지금, 지금 자유와 평화를 누리지 못한다면 언제 누릴 것인가. 내일이나 그다음 날? 아니다. 인생은 '지금(Now), 여기(Here)'이다. 행복을 즐길 시간과 공간은 바로 지금 여기이다. 이것을 깨닫지 못하는 사람들은 항상 다른 곳, 다른 때를 생각하며 불행해한다. 톨스토이는 말했다.

"지금 하고 있는 일을 사랑하라. 지금 이 순간을 사랑하라. 지금 만나는 사람을 사랑하라."

내 인생의 화양연화는 언제인가. 바로 오늘이다. 바로 지금이다. 지금이 인생의 가장 좋은 나이이다. 지금 나이가 항상 인생의 가장 좋은 때다. 하지만 왕관을 원하는 자, 그 무게를 견뎌야 한다.

시작이 반, 모든 것들은 작게 시작한다. 그리고 수없이 걸어야만 목표했던 그곳에 도착할 수 있다. 태양의 빛은 모든 곳을 비춘다. 태양의 힘이 함께하길 기도한다. 어둠과 역경을 헤치고 빛나는 별을 향하여 나아간다.

이기촌마을의 400년 된 팽나무 보호수를 지나간다. 오랜 세월 갖은 풍상을 견디며 성장해 노거수가 된 팽나무는 이곳을 스쳐 간 수많은 사람들, 그들의 삶과 애환을 만났을 것이다. 100년도 살지 못할 인생들이 천년만년 살다가 갈 것 같이 아옹다옹 살다 간 사연들을 알고 있을 것이다. 이기촌마을 뒤 언덕을 넘어간다. 내화마을버스정류장을 지나고 운남면에 들어선다.

9시 30분, 드디어 운남초등학교를 지나서 운남버스정류장에 도착한다. 직원들이 도착하기 전에 한 걸음이라도 더 걷자는 생각에 빠르게 걷다 보니, 22코스 11.9km를 평균 시속 5.9km로 걸었다.

23코스
낙지야, 낙지야!

운남버스정류장에서 봉오제버스정류장 19.5km

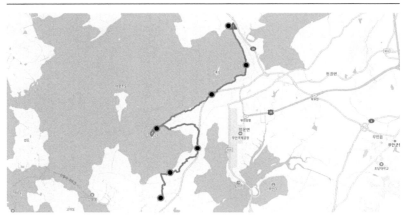

🦶 운남버스정류장 > 조금나루 > 낙지공원 > 송정마을 > 봉오제버스정류장

9시 30분, 운남버스정류장에서 23코스를 시작한다. 23코스는 조금
나루와 낙지공원을 지나서 현경면 용정리 봉오제버스정류장까지 가는
구간이다.

운남면 소재지를 지나고 저동마을 표석을 지나서 저동마을을 지나
간다. 오늘도 주어진 하루의 길을 간다. 쉬운 길이라서 가는 게 아니고
가야 할 길이기에 새로운 길을 간다. 새로운 길은 늘 새로운 세계를 보
여준다. 꿈꾸던 상상이 평범한 일상이 되는 길이다. 바람이 아주 거칠
고 구름이 점점 많아진다. 들판에 놀던 참새들도 날갯짓을 한다. 참새
들이 계속해서 나그네를 앞서가며 멈췄다가 날다가를 반복하며 환영

인사를 한다. 갈대들은 춤을 추듯 바람에 휘날린다.

"인간은 생각하는 갈대다."라는 말을 남겨 유명한 파스칼은 "인간은 연약하기 그지없는 존재지만 온 우주보다 위대하다."고 했다. 우주는 나를 생각하지 못하지만 나는 우주를 생각할 수 있기 때문이다. 근대 철학의 아버지 데카르트는 "나는 생각한다. 고로 존재한다."라는 말로 근대 사상의 초석을 놓았다. 분명한 사실은 생각하는 주체로 살지 않으면 누군가가 만들어 놓은 의미의 틀 속에 갇혀 살게 된다는 것이다. 함석헌 선생은 "생각하는 백성이어야 한다."고 했으니, 오늘도 생각과 동행하며 길을 간다.

바다가 나타나고 바다 건너 조금나루가 보인다. 바람은 더욱 거칠어진다. 썰물 때라 바닥의 모래밭이 드러났건만 파도는 하얀 거품을 물고 달려든다. 그럴수록 나그네의 의지는 강렬해진다. 오늘이 금년 들어 가장 추운 날, 수도권은 처음으로 영하로 내려간다고 한다.

겨울의 추위가 심할수록 봄의 나뭇잎은 더욱 푸르다. 불은 금을 단련시키고 시련과 역경은 사람을 강하게 한다. 황금은 불에 의해 비로소 그 빛을 한껏 뿜어낸다. 황금은 불 속에 집어넣어도 빛을 잃지 않고 오히려 더욱 찬란한 광채를 내뿜는다. 올바른 정신은 시련 속에서 태어난다. 정말로 선한 사람은 불운의 시련 속에서도 본심을 잃지 않으며 오히려 어둠 속에서 더 빛난다. 바람불어 좋은 날, 멀리 조금나루의 풍력발전기의 날개는 빠르게 움직인다. 아아, 이래서 좋고 저래서 좋은 날, 나그네의 발걸음에는 흥취가 더욱 돋아난다.

망운면 송현리 어촌 부락을 지나가는데 바람이 막혀 파도가 잔잔하고 햇살이 따사롭다. 마치 다른 세상에 온 것 같다. 새 단장을 해서 갖

가지 벽화들과 글씨들이 눈길을 끈다. 한 손에 호미를 들고 한 손으로는 낙지 담는 통을 끌면서 낙지를 잡으러 가는 여인을 그린 벽화가 바닷바람에 운을 맞추어 노래를 부른다.

"낙지야, 낙지야!
썰물에 발자국 지운다지만 흔적은 어쩌지
낙지야 낙지야
그냥
여기서 놀자."

"항상 맑으면 사막이 된다.
비가 내리고 바람이 불어야만
비옥한 땅이 된다.
인생사도 마찬가지다."

"선한 사람이 되라,
그러면 세상은 선한 세상이 될 것이다."

"사람에게는 저마다의 바다가 있고
사람에게는 저마다의 파도가 있기 마련이지."

"바다 옆에 사는 사람들은
바다 없는 삶을 상상조차 할 수 없다."

"보름달이 뜬 날 밤 해안가에

입 맞추는 것은
천국과 가장 가까운 것이다."

주옥같은 글과 그림들이 가슴을 파고든다. 방파제를 따라 조금나루
가는 길로 들어선다. 조금나루 표석이 반겨주고 표석 뒤편으로는 해송
이 우거져있다. 바람이 더욱 세차게 불어온다. 방파제 왼쪽 바다의 파
도는 하얀 거품을 드러내고 오른쪽 바다는 잔잔하다. 어디로 갈까. 탑
돌이를 하듯이 시계방향으로, 해송이 바람을 막아주는 왼쪽 길로 걸어
간다. 고요하다. 귓가를 때리던 바람이 멎고 사위가 적막하다. 잔잔한
바다에 물새 떼가 모여서 소리 지르며 한가로이 놀고 있다. 순간, 한 무
리가 바다를 박차고 하늘 높이 날아간다. 환상적인 군무가 펼쳐진다.
누구를 위한 연출인가. 바다가 눈부시게 반짝인다.

길쭉한 길을 따라 끝을 지나 한 바퀴를 돌아서 섬사람들이 모이는
선착장 조금나루에 도착했다. 조금나루는 조수간만의 차가 가장 작
은 조금에도 나룻배를 탈 수 있다고 해서 붙여진 이름이다. 글이 적
혀 있다.

조금나루
모이니라 모이니라
조금에 모이니라
섬사람이 모이는 조금나루

조금나루는 바다 저쪽 탄도(炭島)로 들어가는 선착장이다. 건너편 탄
도로 들어갈 수 있는 유일한 뱃길이다. 조선시대에 이곳은 세곡을 징
수하여 영광목관에 운송하던 주요 창구였다. 조금이 되면 칠산바다 고

기잡이배들이 조금나루로 들어와 쉬어가는 곳이었으며 선도, 고이도, 매화도 등 인근 섬 주민들이 바다를 건너 함평 장과 망운 장을 가기 위해 모이는 곳이었다. 전형적인 어촌마을 탄도는 해안선 길이 5km로 인구는 30가구, 70명 가까이 살고 있다. 전국에서 손꼽히는 낚시터로 드넓은 갯벌에서 나오는 낙지와 감태는 임금님 진상품으로 유명하다.

만조 때라 조금나루에 파도가 몰아친다. 바닷물을 잡아당기는 것은 해와 달이다. 달이 지구 주위를 맴돌면서 달과 지구 사이에 만유인력의 법칙이 작용한다. 달이 지구 주위를 맴도는 것은 지구가 달을 잡아당기는 힘이 더 크기 때문이다. 달 역시 지구를 끌어당기기 때문에 지구 표면에 있는 바닷물이 달 쪽으로 부풀어 올라 밀물 현상이 일어나게 된다. 한 쪽으로 물이 쏠리면 달의 인력이 약한 나머지 지역은 썰물이 된다. 밀물과 썰물의 현상은 하루에 두 번씩, 주기는 대개 12시간 25분 간격으로 반복된다.

지구와 태양과 달이 일직선에 놓이는 보름과 그믐에는 태양과 달의 인력이 합쳐지기 때문에 바닷물을 끌어당기는 힘이 커져서 밀물과 썰물의 차가 가장 커지는데 이를 사리라고 한다. 지구와 태양과 달이 직각으로 놓이는 상현과 하현에는 태양의 인력에 의해 달의 인력이 감소되어 밀물과 썰물의 차가 작아진다. 이때를 조금이라고 한다. 사리 때는 육지와 섬을 잇는 신비한 바닷길이 드러난다.

조금나루해수욕장으로 나아간다. 4m가 넘는 긴 백사장과 넓은 해송이 조화를 이루는 천혜의 해수욕장이다. 길게 뻗은 백사장과 소나무 숲이 펼쳐져 있어 명사십리라고 불린다. 시간이 지날수록 바람은 더욱 거칠어진다. 초속 7km이던 바람이 초속 8~9km로 불어온다.

바람(風)은 바람(望)이다. 내 영혼이 바라는 곳으로 바람처럼 사는 것이 하늘처럼 사는 삶이다. 바라는 일을 하고 바라는 곳으로 가고 바라는 사람을 만나는 것이 바람직한 바람의 철학이다. 바라지 않는 일을 해도 바람을 넣으면 의미 있는 일이 된다. 바라지 않는 사람을 바람을 갖고 만나면 소중한 만남이 된다. 하늘같은 나에 대한 하늘같은 대접, 나에게는 그런 대접을 받을 충분한 바람이 있다.

독수리는 세찬 바람이 불어오면 바람을 타고 더욱 높이 날아간다. 하지만 타조는 덩치만 커다랗지, 머리를 처박고 날지를 않는다. 그래서 결국 타조는 날지 못하는 새가 되고 말았다. 날지 못하는 새는 더 이상 새가 아니다. 배는 항구에서 안전하지만 항구에 있기 위해서 만들어진 것이 아니다. 파도를 헤치고 바다에 나아가 고기를 잡을 때 배는 배의 사명을 다하는 것이다. 인생 또한 시련과 역경의 파도가 없을 수는 없다. 그럴 때 더욱 힘차게 헤쳐 나아가야 인생의 의미가 있는 것, 나그네의 발걸음은 더욱더 빨라지고 어깨에는 더욱 힘이 들어간다. 맹자가 〈등문공하편〉에서 호탕하고 통쾌한 대장부론을 설파한다.

"거하기는 누리 넓은 데서 / 살기는 바른 자리에서 / 가기는 환희 넓은 행길로 / 뜻을 얻으면 백성과 함께 하고 뜻을 못 얻으면 나 홀로 가련다.// 부귀도 마음을 어지럽히지 못하고 / 가난해도 마음을 바꾸지 않으며 / 권세와 무력에도 무릎을 꿇지 않으니 / 이를 일컬어 대장부라 하리라"

조금나루를 한 바퀴 돌아 나와서 낙지공원 쪽으로 걸어가는 삼거리에서 기다리니 직원들을 태운 버스가 도착한다. 길 떠나고 만나는 첫번째 손님들, 회사의 가을 야유회 명목으로 찾아온 고마운 인연들이다. 함께 버스를 타고 무안뻘낙지거리의 어제 그 집에 도착했다. 어제

와는 달리 손님들이 많아서 왁자지껄한 식당 분위기다. 그리고 다시 오후 2시, 세찬 바람이 불어오는 바닷가에서 모두 함께 걷기 시작했다. 무안낙지공원을 지나고 송정마을을 지나서 직원들과 함께 9km를 걸었다.

오후 4시 반, 현경면 용정리 봉오제버스정류장에서 23코스를 마무리를 하고 나그네는 다시 혼자가 되었다. 짧은 만남, 아쉬운 이별이었다. 시애틀호텔에서의 잠 못 드는 밤, 한 잔의 와인을 마시며 다시 시애틀 추장의 연설을 듣는다.

"몇 번의 달이 더 기울고 몇 차례의 겨울을 더 넘기고 나면, 한때 이 드넓은 대지 위를 뛰어다니던, 위대한 정령의 보호를 받으며 행복한 가족을 이루고 살던 힘센 부족의 아들들은 모두 무덤 속으로 걸어들어갈 것이다. 한때는 당신들보다 더 강하고 더 희망에 넘쳐 있던 부족의 아들들이. 하지만 우리가 왜 불평할 것인가? 내가 왜 부족의 운명에 대해 슬퍼할 것인가? 부족의 운명이든 한 개인의 운명이든 마찬가지다. 사람은 왔다가 가게 마련이다. 그것은 바다의 파도와 같은 것이다. 한 차례의 눈물, 한 번의 타마나무스, 한 번의 이별 노래와 더불어 그들은 그리워하는 우리의 눈에서 영원히 떠나간다. 그것이 자연의 질서다. 슬퍼할 필요가 없는 것이다.
아니, 지금 내가 죽은 자라고 말했던가? 그렇지 않다. 죽음이란 존재하지 않는다. 다만 변화하는 세계만 있을 뿐이다."

길고 긴 시애틀 추장의 연설은 그렇게 끝이 나고 무안의 밤은 깊어진다. 캄캄한 하늘의 깊이에서 별들이 반짝반짝 빛이 난다.

5

무안~신안 구간
(24~28코스) 83.4km

24코스
공기에게 귀 기울이라!

봉오제버스정류장에서 매당노인회관 20.8km

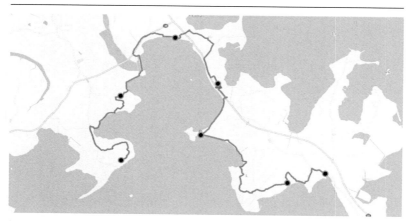

🦶 봉오제버스정류장 › 홀통유원지 › 물암리버스정류장 › 매당노인회관

　11월 5일 토요일 7시 28분, 24코스를 시작한다. 24코스는 봉오제버스정류장에서 출발하여 해송숲이 우거진 홀통해변을 지나서 해제면 창매리 매당노인회관에 이르는 20.8km 구간이다.

　버스정류장 정면 잔디밭 팔각정 기둥에 시작점을 찍고 오늘 하루의 길을 나선다.선물처럼 다가온 아침, 등 뒤에서 태양이 떠오른다. 모든 밤에는 반드시 아침이 오고 태양이 뜬다. 밤이 깊을수록 태양은 더욱 가까이에 온다. 원시의 사람들은 태양과 함께 일어나고 태양과 함께 잠들었다. 고요한 아침의 세계에 평화가 물밀듯이 밀려온다.

위로도 평화 아래로도 평화

앞으로도 평화 뒤로도 평화

좌로도 평화 우로도 평화

사방팔방 온 누리에 평화가 가득하네.

태양과 함께 하루를 시작한 나그네가 그림자 길게 늘어뜨리고 길을 간다. 나그네도 태양도 동쪽에서 서쪽으로 간다. 산티아고 순례길과 남파랑길에서도 아침이면 동쪽에서 서쪽으로 걸어가며 태양을 등지고 걸었다. 인류의 위대한 모험은 대부분 동쪽에서 서쪽으로 이루어졌다. 예부터 사람들은 불덩어리가 잠기는 곳이 어디인가 궁금해하면서 태양의 운행을 좇았다. 노자가 서쪽으로 간 까닭은? 시저, 칭기즈칸, 콜럼버스, 아틸라 등은 서쪽에 그 답이 있다고 믿었다. 서쪽으로 떠나는 것, 그것은 미래를 알고자 하는 것이었다.

태양이 어디로 가는지 궁금해하는 사람들이 있었던 반면에 태양이 어디서 오는지 알고 싶어 하는 사람들도 있었다. 달마가 동쪽으로 간 까닭은? 알렉산더, 마르코 폴로, 나폴레옹 등은 동쪽으로 갔다. 이들은 모든 것이 시작되는 동방이야말로 발견할 거리가 가장 많은 곳이라 믿었다.

하지만 모험가들에게는 두 개의 방향이 남아 있다. 태양이 잠든 북쪽으로 가는 것은 자신의 힘을 시험하기 위한 장애물을 찾아가는 것이요, 태양이 중천에 떠 있는 남쪽으로 가는 것은 휴식과 평온을 찾아 나서는 것이다. 태양이 말한다.

"내가 지구에 조금만 더 가까이 가면 지구에 있는 모든 것들은 죽어버려. 지금처럼 떨어져 사랑해야 해. 나는 만물에 생명과 온기를 주어.

만물을 기쁘게 바라보는 마음, 그것이 나의 마음이야."

어제는 바람이 거칠게 불었는데 오늘은 고요하다. 대신에 기온이 많이 내려가서 손이 시리지만 걷기에는 최고의 날씨다. 신성한 아침의 공기가 코로 들어와 폐부를 시원하게 한다. 순수한 영혼의 인디언 수우족 치료사 '절름발이'의 노래가 들려온다.

"공기에게 귀 기울이라. 그대는 그것을 듣고, 느끼고, 냄새 맡고, 맛볼 수 있다. 신성한 공기는 숨결을 통해 모두를 매 순간 새롭게 탄생시킨다. 신성한 공기는 영혼, 생명, 호흡, 재생, 그 모든 것들을 의미한다. 우리는 서로 만지지 않고 함께 앉아 있지만, 무엇인가 거기에 있다. 우리 사이에서 우리는 그것을 느낀다. 자연에 대해 좋은 방식은 그것에 대해 말하는 것이다. 아니, 그것에게 말하는 것이다. 강에게 말을 걸고, 연못에게 말을 걸고, 우리의 친척인 바람에게 말을 거는 것이다."

나그네가 "공기 안녕! 하늘 안녕!" 하면서 걸어간다. 참사랑노인전문요양원을 지나간다. 참사랑나눔숲이 우거지고 노부부 형상이 정겹게 어깨동무한 채 파안대소를 한다.

오늘날 인류 역사상 전례 없이 긴 노년기를 살아간다. 그래서 아직 어떻게 살아야 하는지를 잘 모른다. 롤모델 또한 극히 드물다. 전통사회에서 노인은 일종의 백과사전이었고 도서관이었다. 평생 축적한 경험과 지혜는 소중한 것이었다. 노인은 마을에서 지도력을 가졌고 존경의 대상이었다. 다음 세대를 위한 멘토가 되었다. 씨앗은 언제 뿌려야 좋을지, 버릇없고 제멋대로인 아들은 어떻게 가르쳐야 하는지, 배탈을 앓고 끙끙 앓는 어머니에게 무엇을 드시게 하면 좋을지, 이웃과의 분쟁을 어떻게 해야 할지, 노인에게 물어볼 것이 한둘이 아니었다. 하지만 오늘날 젊은이들은 노인들에게 더는 묻지 않는다. 인터넷에게 물어본다.

전통사회에서 멘토 역할을 하던 그 옛날 노인들의 모습이 이제 재현되어야 한다. 그러기 위해서는 노인들의 의식이 깨어나야 한다. 노인들이 멘토가 되어줄 수 있는 이유는, "니 늙어 봤냐? 나 젊어 봤다!"라고하는 젊은이들이 가지지 못한 소중한 인생 경험과 지혜를 나눌 수 있기 때문이다.

고대의 사상은 노인의 지혜로 이루어졌다고 해도 과언이 아니다. 모세오경의 저자 모세는 120세까지 살았고, 〈성경〉 다음으로 많은 언어로 번역되었다는 〈도덕경〉을 지은 노자(老子)는 '늙은 사람'이라는 글자그대로 100세, 부처는 80세, 공자는 73세, 소크라테스는 70세까지 살면서 제자들을 양성하고 자신의 지혜를 세상과 나누었고, 플라톤은 81세에 생을 마감할 때까지 저술 활동을 했다.

노노족이란 영어의 노(No)와 한자 늙을 노(老)의 신조어다. '늙지 않는노인', '늙었지만 젊게 사는 노인'을 일컫는다. 현대 의학의 힘으로 수명이 길어진 데다 규칙적인 운동과 식생활 개선으로 젊음을 유지하는 노인이 늘어난 결과다. 노노족은 건강에 경제적인 여유까지 갖추어 은퇴 후의 제2의 인생을 풍요롭게 살아간다.

들판에 파밭이 길게 늘어서 있다. 스프링클러가 파밭에 물을 휘날리고 파들이 갈증에서 벗어난 듯 햇살에 파릇파릇 반짝인다. 한적한 들판을 걷고 걸어간다. 바다가 보이고 홀통유원지가 다가온다. 바닷가 정자에 앉아서 잠시 휴식을 갖는다. 휴식이나 여유는 일만큼이나 중요한 삶의 요소다. 물새 두 마리가 무슨 생각을 하는지 말없이 바다를 응시하고 있다. 다시 갯벌이 넓게 펼쳐진 백사장을 걸어간다. 그림자가 길게 앞서간다. 오직 발소리 뿐, 고요하다.

홀통캠핑장 관리사무소를 지나고 소나무 숲을 지나간다. 사람들과 차량이 웅성웅성한다. 세상은 함께인데 나만 홀로다. 홀로 감성을 즐기는 나그네가 '즐기는 홀, 감성의 통'이라는 홀통캠핑장을 지나면서 외로움을 맛본다.

홀통은 호리병처럼 삐죽하게 튀어나온 땅이라고 해서 붙여진 이름이다. 바닷물이 빠지면 끝이 보이지 않을 정도로 드넓은 갯벌이 드러난다. 홀통해변은 천혜의 휴양지로 울창한 해송과 긴 백사장이 장관을 이루고 있어 해수욕과 야영, 바다낚시 등을 동시에 즐길 수 있다. 해넘이가 아름다운 홀통은 남도의 아름다움을 그대로 담고 있다.

방조제 도로를 따라 걸어간다. '이야기가 있는 생태탐방로' 3구간 안내판이 나타난다. 총구간은 9km이다. 백사장과 갯벌, 파란 바다가 펼쳐지고, 파란 하늘 아래 섬들이 아름다운 해안 길을 걸어간다. '행복한 마을' 물암마을 유월3리를 지나간다. 하얀 물새들이 한가로이 놀고 있다. 평화로운 가을 풍경, 내 마음이 즐거우니 세상이 즐겁게 보인다. 장자와 친구 혜시가 길을 가다가 다리 아래를 내려다보고 있을 때, 장자가 말했다.

"물고기들이 참 즐겁게 노니는구나."

혜시가 말했다.

"그대는 물고기가 아닌데 어찌 물고기가 즐겁게 노는 줄 아는가?"

장자가 대답했다.

"그대는 물고기가 아닌데 어찌 물고기가 즐겁게 놀지 않는 줄 아는가?"

마음이 즐거우니 물고기의 즐거움을 아는 것, 어락(漁樂)이다. 행복이란 무엇인가. 소유하지 않는 것을 욕심내기보다는 소유한 것을 즐길 줄 아는 것이다. 인간의 진정한 행복은 덧없는 것들에 대한 욕심이 아니라 무욕과 무소유에서 온다. 욕망을 한없이 확대하는 데서 오는 행복보다는 욕망을 줄이는 데서 오는 행복이 훨씬 더 현실적이고 지속적이며 깊은 행복이다. 탐진치라는 삼독(三毒)의 대상인 사물들은 모두 무상하고 실체가 없고 괴로움과 슬픔의 원천일 뿐이다. 무위자연을 좋아하는 도가는 욕심을 덜고 또 더는 무욕을 강조하며, 유교에서는 사욕에 의해서 탁해진 이기적 마음을 극복하고 인(仁)을 회복하는 것이 진정한 행복의 길이라고 말한다.

59일간의 서해랑길 도보여행기 1 - 전라도 구간

6개의 깃발을 벗 삼아 서해랑길을 즐겁게 걸어간다. 계절은 점점 가을로, 깊은 가을로 가고 있다. 겨울인가 하면 다시 가을이다. 가을 기운이 서늘해서 걷기에 너무 좋다. 자연환경은 따뜻한 기운과 차가운 기운, 두 개의 기운이 존재한다. 따뜻한 기운이 모이면 봄이 되고, 그 기운이 극에 달하면 여름이 된다. 차가운 기운이 모이면 가을이 되고 극에 달하면 겨울이 된다. 두 기운의 상태에 따라 몸도 변화한다. 건강한 체질이란 두한족열의 상태가 잘 유지되어 몸의 순환이 순조롭게 이루어지는 상태를 말한다. 동양 최고의 명의 편작은 죽기 전 유언으로 '두한족열 복불만'의 7자를 유언으로 남겼다고 전해진다. 머리는 차게, 발은 따뜻하게 하는 것을 두한족열(頭寒足熱)이라고 하고, 배는 부르지 않게 소식하고 절식하라는 말이 복불만(腹不滿)이다. 두한족열은 허준의 〈동의보감〉에도 나온다. 두한족열의 최고의 방법은 걷는 것, 이 좋은 가을날에 몸도 마음도 건강하게 걸어간다.

파란 바다가 햇살에 반짝인다. 마음도 반짝인다. 해안가에 찰싹찰싹 파도가 서성거린다. 잔잔한 밀물과 썰물이 어디로 가야 할지 주춤거리는 모습이다. '용기를 내어 갈 길 가야지'라고 일러준다. 선착장에 배들이 늘어서 있다. 새들은 하늘을 날고 물고기는 물속을 헤엄치고 나그네는 땅 위를 걸어간다. 시베리아 초원을 누리던 유목민의 후예답게 한반도 해안을 따라 걷고 또 걸어간다. 도로 맞은편에는 망암 변이중(1546~1611)의 묘소가 있다. 변이중은 율곡 및 성혼의 문하에서 수학했다. 임진왜란이 발발하자 전라도에서 의병을 모집하고 군량미를 조달하였다.

넓고 넓은 양배추밭을 바라보며 그림자를 길게 늘어뜨리고 걸어간다. 황토가 많아서인지 밭이 붉다. "나는 양배추밭에서 일하다가 죽고 싶다."고 했던 몽테뉴는 자신이 죽음에 대해 무관심할 때 죽음이 찾아오기를 원했다. 몽테뉴의 이 표현을 소재로 한 영화 〈월터 교수의 마지막 강의〉는 깊은 울림을 준다. 죽음은 게임 종료다. 죽음이 삶을 가르친다. 자신의 죽음이 진짜 호랑이를 만나는 것이라면 타인의 죽음은 동물원의 호랑이를 보는 것과 같다. 이 세상에서의 마지막이 될 그 날, '참 잘 살았다!'라고 뿌듯해하며 평화롭게 눈을 감을 수 있을까.

"나는 무엇을 아는가?"를 삶의 좌우명으로 삼았던 몽테뉴는 "세상은 움직이고 나도 움직인다. 세상에서 나의 말 탄 자세를 찾는 일은 내 몫이다."라고 했다. 세상은 움직이고 나도 움직인다. 세상에서 걸어가는 나의 자세를 찾는 일은 내 몫이다.

도로를 빠져나와 해안 방조제로 들어선다. 오늘 구간은 방조제가 많다. 파란 하늘, 파란 바다를 벗하여 쭉 뻗은 방조제길을 걸어간다. 바다에는 조수간만의 차가 커서 갯벌이 아득하게 펼쳐져 있다. 잠시 방조제에서 멀어져 창매교회를 지나서 우측에 중매산을 두고 좌측으로 한 바퀴 돌아간다.

11시 53분, 무안군 해제면 창매리 매당노인회관에서 24코스를 마무리한다.

25코스
천 리 길도 한 걸음부터!

매당노인회관에서 신안젓갈타운 16.7km

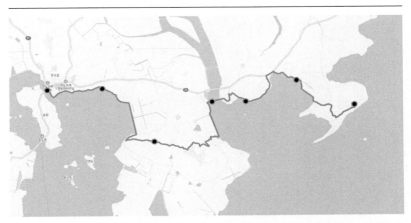

🐾 매당노인회관 ➤ 큰부수막들방조제 ➤ 해제지도 연륙교 ➤ 봉황산 임도 ➤ 신안젓갈타운

11시 53분, 매당노인회관에서 25코스를 시작한다. 25코스는 해제지도 연륙교를 건너고 봉황산 임도를 지나서 신안군 지도읍 읍내리 신안젓갈타운까지, 천사의 섬 신안으로 들어가는 구간이다.

오늘은 걷기 13일째, 400km를 돌파하는 구간이다. 걷기의 즐거움이 점점 그 깊이를 더한다. 〈화엄경〉에서는 보살이 중생을 가르치는 것을 '유희삼매(遊戲三昧)'라고 한다. 아이들이 소꿉장난을 할 때 아무 잡념 없이 시간 가는 줄 모르고 엄마가 기다리는 것도 잊고 그 자체에 즐거워서 몰입한다. 이것이 유희삼매이다. 세상을 살 때도 그렇게 살라는 것이다. 어떤 일을 하면서 그 일에 얽매이는 것이 아니라 자유로워지라는 말이다. 시간을 즐기는 사람은 영혼의 밭을 가는 사람이다. 어떤 일을 하면서도 그 일의 노예가 되지 않는다. 그 일을 하는 모든 과정을 즐길 줄 안다. 걷기의 유희삼매경에 빠진 나그네의 발걸음이 가볍다.

창매리 마을 입구의 우람한 팽나무 보호수와 매화정 정자 그림 같은 풍경이 눈길을 끈다. 창매리는 해제면에서 가장 남쪽에 위치하며, 창산, 매당, 매안 등 3개의 자연마을로 이뤄졌다.

초록색 빛의 드넓은 갯벌로 나아가 큰부수막들방조제를 지나간다. 파란 하늘, 파란 바다가 눈을 부시게 한다. 인체의 61%는 산소, 10%는 수소다. 둘이 합쳐 물이 되어 인체의 71%를 차지한다. 지구의 71%는 바다다. 우연일까. 바다는 가장 낮은 곳에서 사양하지 않고 겸손하게 모든 물을 받아들인다. 인간은 왜 그렇지 못할까? 생명의 어머니인 바다에게서 해불양수, 지자요수를 배운다.

전통 한옥의 고풍스러운 멋과 아름다운 자연환경이 어우러져 최고의 한옥 리조트라고 불리는 무안한옥리조트를 지나간다. 해변에서 도로로 올라서서 차도를 따라가다가 황토골 휴게소 편의점에서 식사를 기대하였건만 식당은 휴업, 어묵으로 대신한다. 편의점 아저씨와 이런저런 대화. 측은해하는 눈길을 의식하면서 빈약한 아점을 맛있게 먹는다.

행복을 그리는 철학자 매튜스는 "자신이 좋아하는 일을 하는 것이 행복의 비결이 아니라 자신이 하는 일을 좋아하는 것이 행복의 비결이다."라고 말한다. 어차피 해야 할 일이면 기쁘게 하고 언젠가 해야 할 일이면 지금 해야 한다. 어차피 가야 할 길이면 기쁘게 가고 언젠가 걸어야 할 서해랑길이면 오늘 걸어간다. 지호락(知好樂)! 공자는 "아는 것보다는 좋아하는 것이 낫고 좋아하는 것보다는 즐기는 것이 낫다."고

했다. 나그네는 오늘도 즐겁게 길을 간다.

누구나 '내 삶의 주인이 나'라는 생각을 가질 때 행복해진다. 주인은 항상 우선순위를 가진다. 내 삶의 우선순위는? 젊은 날이 다르고 오늘이 다르다. 서 있는 위치에 따라 달라진다. 내가 어디에 있는지를 알아야 한다. 그 가운데 우선순위가 결정된다. 큰 통에 모래와 돌을 가능한 한 많이 넣으려면 큰 돌부터 작은 돌, 모래의 순으로 넣어야 한다. 삶에도 큰 돌과 같은 일이 있고 모래 같은 일들도 있다. 문제는 모래 같은 일들로 큰 돌을 넣지 못하는 경우가 많다. 모래나 작은 돌을 먼저 넣으면 큰 돌을 넣을 수 없다. 서해랑길을 걸어가면서 내 인생의 큰 돌과 모래를 구분하며 노래한다.

멀리 더 멀리 보고자 하는 이는
높이 더 높이 난다.
그는 결코 한곳에 머물지 않는다.
흰 새가 호수를 떠나 하늘 높이 날듯
그는 안락지대를 떠나
높이, 더 높이 난다.
저 영원한 자유 속에서
헛된 야망의 불길을 태우고
훨훨 훨훨
멀리 더 멀리 보고 싶어
높이 더 높이 난다.

붕새가 되어 구만리 창천을 날고 싶어 했던 이태백은 젊은 날 산중에서 검술을 익히며 협객의 꿈을 키웠다. 어느 날 공부에 염증을 느껴 산에서 내려와 길을 가다가 냇가에 이르러 바위에 도끼를 갈고 있는 노파를 보고 물었다.

"할머니, 지금 뭐 하고 계세요?"
"바늘을 만들기 위해 도끼를 갈고 있는 중이라네."
"저렇게 큰 도끼를 갈아서 어느 세월에 만들겠어요?"
"중도에 그만두지만 않는다면 반드시 만들어질 거야."

마부작침(磨斧作針)이라, 느낀 바가 있어 다시 산으로 올라가 공부에 정진한 이태백은 술과 신선과 협기로 살았다. 천방지축(天方地軸) 술에 취하였고 끝없는 방랑의 길을 걸었던 이태백은 이 땅을 좋아하고 인간들을 좋아해서 하늘에서 귀양을 온 신선이고 시선(詩仙)이었다.

21세기의 유랑자가 신선과 시선의 삶을 흉내 내며 걸어간다. 끊임없이 떨어지는 물방울이 돌을 뚫으며, 근면함과 인내심으로 생쥐는 밧줄을 갉아 두 동강 낸다. 코리아둘레길 만 리 길도 첫 한 걸음부터다. 해파랑길 770km. 남파랑길 1,470km, 서해랑길 1,800km는 만 리 길도 넘는 거리다. 길은 길에 연하여 있으니, 끝없는 자유인의 길을 가고 또 간다.

보무도 당당, 차도를 지나고 다시 마을 길 제방을 따라 걸어간다. 걷는다는 것, 홀로 걷는다는 것은 즐거운 시간이다. 걷기는 인류가 받은 가장 큰 선물이다. 걷기는 결국 지나온 삶을 돌아보며 자기 내면과 마주하는 시간이다. 걷는 행위를 통해 인간다운 삶을 찾아야 한다. 자신에 대한 보다 진지한 성찰을 하지 않으면 삶은 그저 공허한 일상의 굴

레를 맴돌다 말 것이다. 내 삶에서 주인공은 항상 나 자신이다. 지금도 자신을 찾아 용기 있게 길을 떠나고 결국 자신에게 도달할 것이다. 지금 행복하지 않은 사람은 나중에도 절대 행복하지 않다. 성공해서 나중에 행복해지는 것이 아니라 지금 행복한 사람이 나중에 성공한다. 사람은 누구나 자기가 마음먹은 만큼 행복할 수 있다. 걷기는 비움으로 행복을 선물로 준다. 누구나 욕망이 작아질 때 비로소 어른이 된다. 이제는 더 이상 뒤질세라 놓칠세라 빼앗길세라 허덕거리며 살지 말자고 다짐하면서 신안군으로 향한다.

드디어 무안군과 신안군의 경계 지점, 신안군 지도읍으로 들어선다. 해제면과 지도읍을 잇는 연륙교가 다리가 아닌 방조제다. 육지와 연결된 진도는 섬일까 육지일까. 섬은 사전적으로 주위가 수역으로 완전히 둘러싸여 있는 육지를 일컫는다. 분포 상태에 따라 제도(諸島), 군도(群島), 열도(列島), 고도(孤島)로 나누며 생겨난 원인에 따라 육도(陸島)와 해도(海島)로 나눈다.

신안군이라는 이름이 등장한 것은 1969년이다. 무안군에 소속되었다가 1969년에 신안군이라는 이름으로 떨어져 나왔다. 은빛으로 반짝이는 백사장과 드넓은 갯벌, 울창한 해송들이 장관을 이루는 해수욕장이 많아 여름철 피서지로 제격이며, 홍어와 낙지 등 바다에서 나는 각종 어패류는 식도락을 즐기는 여행객에게 안성맞춤인 곳이다. 흑산도를 비롯한 신안의 섬에는 중앙 조정에서 보낸 유배객들이 머물렀기에 일찍부터 개화되었다. 신안은 천사의 섬이다. 목포의 서쪽은 서해, 남쪽은 다도해로, 신안군에 속한 섬은 유인도 72개, 무인도 932개 등 총 1,004개의 섬으로 이루어져 우리나라 섬 전체의 26%에 이르렀으나, 지금은 간척사업으로 800여 개로 줄었다.

연륙교를 건너자마자 좌측 동천길로 태천 방향으로 나아간다. 봉황산을 두고 우측 임도를 따라 오르고 내리다가 선황산 임도를 지나간다. 임도에서 내려와 차도를 따라 걷다가 갯벌과 방조제로 걸어간다. 오룡방조제를 지나고 중산방조제를 지나서 읍내방조제를 따라 걸어간다. 3개의 방조제가 갯벌을 곁에 두고 길게 이어진다. 갯벌이 넓게 펼쳐져 햇살에 반짝이고 있다.

신안 갯벌은 서천 갯벌, 고창갯벌, 보성-순천 갯벌과 더불어 2021년 7월 유네스코 세계유산 등재가 최종 결정되었다. '한국의 갯벌'이 세계자연유산이 된 것이다. 이는 모두 민물과 썰물의 조석 간만의 차가 크고 해안선이 복잡해 넓은 갯벌이 펼쳐진 지역이다. 갯벌은 진기한 생물종의 보고로 생물의 다양성을 지키려면 반드시 보존해야 한다.

갯골이 구불구불, 유연미를 자랑하며 드넓은 갯벌 사이를 헤치고 도랑에는 물이 흘러간다. 저 갯벌 아래에는 얼마나 많은 생명체들이 살고 있을까. 짱뚱어가 놀고 있다는 생각을 하니 짱뚱어가 펄떡펄떡 다가온다.

파란 하늘, 간간이 흰 구름이 떠다니고 고요하고 평화로운 바닷가, 태양은 서서히 힘을 잃어간다. 드넓은 갯벌에 물새 한 마리가 나그네처럼 먼 바다를 응시하고 있다.

천사의 섬 신안으로 들어가는 서해랑길, 해남에서 멀리도 걸어왔다. 두려움 없이 용기 있게 걸을 수 있는 것은 할 수 있다는 자신감, 자존감에서 비롯된다. 자신감이야말로 진정한 성취동기다. 2007년 '청산으로 가는 길', 고향 안동으로 가는 길에서 시작한 도보여행은 비록 그 시작은 미약하였지만 그 자신감으로 대한민국 구석구석을 걷는 국토 종주에 이어 해파랑길, 남파랑길, 그리고 서해랑길이라는 코리아둘레길

종주로 이어지고 있다. 나아가 산티아고 순례길, 히말라야 안나푸르나와 쿰부 베이스캠프, 알프스, 로키, 밀 포드, 실크로드, 차마고도 등 세계를 트레킹하고 있으니 가히 기적이라 할 수 있다. 희망을 잃지 않는 삶은 때로 기적을 낳는다. 길은 길에 연하여 있다는 길에 대한 믿음과 할 수 있다는 자신감은 죽는 날까지 길에서 행복을 누리고자 하는 희망으로 다가온다.

"무릇 반걸음이라도 쌓이지 않으면 천 리에 이를 수 없고, 작은 물줄기가 모이지 않으면 강과 바다가 될 수 없다. 천리마도 한 번의 도약으로 열 보를 갈 수 없으며, 둔한 말이라도 열 마리가 끌면 그 결과가 달라진다. 인내심을 갖고 끝까지 하면 쇠와 돌도 달라진다."라고 순자는 말했다.

봉황산 임도를 넘어서 다시 바다를 향해 걸어간다. 나를 낳고 나를 안았던 외로운 길 위에서 바닷가를 걸어가는 나그네가 허허로이 하늘을 바라본다. 가야 할 길은 아득히 멀고 멀리서 파도 소리 울부짖으며 달려든다. 목재 데크로 연결된 거북섬으로 들어갔다가 나오니, 붉은 게 형상이 태양을 등에 업고 커다란 다리를 들어 나그네를 반긴다. '세계유산 신안갯벌' 표석 앞에서 발걸음을 멈춘다.

오후 4시 8분, 지도읍 읍내리 신안젓갈타운 앞 25코스 종점에 도착했다. 송도항 인근 허름한 민박집에서 회 한 접시에 라면을 끓여 저녁 식사를 한다. 천사의 섬 신안의 밤이 캄캄한 어둠 속으로 들어간다.

26코스
세상의 빛과 소금이 되라!

신안젓갈타운에서 태평염전 14.6km

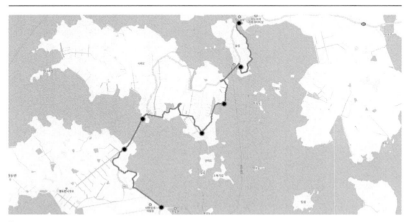

🦶 신안젓갈타운 ❯ 지도대교 ❯ 증도대교 ❯ 태평염전

11월 6일 일요일 6시 48분, 26코스를 시작한다. 26코스는 신안젓갈
타운에서 지도대교와 증도대교를 건너 태평염전이 이르는 구간이다.
서해랑길 신안 구간은 26~30코스로 79.1km이다. 멈춘 듯 흐르는 바다
와 섬, 태고의 자연과 갯벌을 품은 신안은 일상에 찌든 현대인들에게
휴식을 안겨준다. 섬을 한 바퀴 돌 수 있는 증도는 담양, 완도와 함께
아시아 최초로 지정된 슬로시티로 느려서 행복한 섬이다.

서서히 여명이 밝아온다. 송도교를 건너 송도(솔섬)로 들어선다. 벌거
벗은 갯벌 뒤 멀리 산 너머에 붉은 노을이 물든다. 아침 해가 솟아오르
려 한다. 천상과 지상을 연결하는 갈매기들이 날아오른다. 동녘 하늘

아침노을이 점점 붉어지고 갯벌이 붉게 물든다. 풍력발전기들이 주변 풍광과 어우러져 환상적인 정경을 연출한다.

아아, 신성한 일출이다!

"1년 내내 해뜨기 전에 일어날 수 있다면 어찌 부자가 못 되랴!"라는 중국속담이 스쳐 간다. 나그네는 언제나 아침의 태양을 만나고 즐기는 부자다. 아침을 좋아하는 사나이가 낯선 길을 간다.

오늘은 일요일, 예배당 가는 날, 오늘의 예배당은 자연이다. 기도한다. 나그네는 걸으면서 기도한다. 얼마나 감사한가. 이렇게 걸을 수 있다는 것이. 이렇게 기도할 수 있다는 것이. 감사기도는 하늘을 감동시키기 전에 자신을 변화시킨다. 어느 가톨릭 신자가 신부에게 물었다.

"신부님, 기도하면서 담배 피워도 됩니까?"

"그러면 안 되지요!"

"그러면 담배 피우면서 기도해도 됩니까?"

"항상 쉬지 말고 기도하라고 했으니 그것은 괜찮지요."

나그네가 걸으면서 기도한다. 나폴레옹은 이 땅에 사는 날 동안 행복했던 날이 단 6일 동안밖에 없다고 했지만, 헬렌 켈러는 눈이 멀고 귀가 멀고 말을 할 수 없었음에도 단 하루도 행복하지 않은 날이 없었다고 했다. 헬렌 켈러에게는 기도가 있었고 감사가 있었다.

인디언에게는 삶의 모든 것이 하나의 종교적인 행위였다. 인디언은 자연을 제외하고는 사원도 신전도 없었다. 자연의 자식들이었기 때문에 인디언들은 매우 시적이었다. 인디언들의 예배는 침묵과 홀로 있음 속에 행해졌다. 그리고 그것은 모든 이기적인 욕망으로부터 자유로웠

다. 신과의 만남이 이렇게 침묵 속에서 이루어지는 이유는 모든 언어가 어쩔 수 없이 불완전하고, 진리에 훨씬 못 미치기 때문이다. 따라서 인디언들의 영혼은 말 없는 찬양 속에서 신에게 올라가곤 했다. 인디언들은 홀로 있음 속에서 신과의 만남이 가능하다고 믿었다. 신은 홀로 있을 때 더 가까이 있기 때문이다. 어느 인디언 노인이 말했다.

"나는 그 예수라는 사람이 인디언이었다는 결론을 내렸다. 그는 물질을 손에 넣는 것, 나아가 많은 소유물을 갖는 것에 반대했다. 그리고 평화에 이끌렸다. 그는 인디언들과 마찬가지로 계산적인 것과는 거리가 멀었고, 사랑으로 일한 것에 대해 아무 대가도 요구하지 않았다. 얼굴 흰 사람들의 문명은 그런 원리와는 거리가 멀었다. 우리 인디언들은 예수가 말한 그 단순한 원리들을 늘 지키며 살아왔다. 그가 인디언이 아니라는 것이 이상하다."

붉은 태양이 하얗게 변하면서 환하게 비친다. "너희는 세상의 빛과 소금이 돼라!"는 예수의 가르침이 다가온다. 낯선 바닷가의 아침이 정겹게 다가온다. 쏟아지는 아침햇살 사이로 파도가 밀려오고 갈매기들이 춤을 춘다. 삶의 환희가 넘쳐 난다. 사람의 마음은 너그러울 때는 온 세상을 다 받아들이다가 옹졸해지면 바늘 하나 꽂을 여유가 없다고 하더니만 역시 모든 것은 마음먹기 나름이다. 왠지 즐거운 아침이다. 지금 누가 아무런 이유 없이 따귀를 때려도 '하, 하, 하, 하!' 하고 웃으며 걸어갈 수 있는 기분 좋은 아침이다. 산 너머에서 붉은 태양이 하늘로 솟구치고 갯벌이 생명의 공간으로 숨을 펄떡인다. 무슨 말로 형용할 수 있겠는가. 이 아름다운 풍경을. 나그네가 침묵의 기도를 올린다.

솔섬을 걸어서 해변에서 지도대교로 올라간다. 지도읍의 읍내리와 탄동리를 잇는 지도대교는 사옥도와 송도를 연결하고 있어 '사옥대교'라고도 불린다.

고요한 송도항이 내려다보인다. 국내 최고의 새우젓, 병어와 민어 등 각종 수산물의 어판장이 있다. 송도수산시장과 송도위판장이 있어 주변 바다에서 잡힌 홍어 등 생선과 건어물, 그리고 신안염전에서 생산된 소금, 젓갈 등이 주로 거래되고 있다.

사옥대교로 연결되기 전에는 송도항에서 사옥도(沙玉島)로 배로 오갔다. 목포에서 해로로 약 43km 떨어져 있는 사옥도는 무안군 해제와 연륙된 지도·송도·사옥도·증도로 연륙되어 있다. 지도와 증도 사이에 끼어있는 이제는 섬 아닌 섬인 곳이다. 모래가 많고 옥(玉)이 나왔다 하여 사옥도로 불렀으나 현재는 서쪽 바닷가에 약간의 모래가 있을 뿐이고 옥은 없다. 갈매기 한 마리가 다가온다.

"조나단, 반가워!"

그림자 벗 삼아 나 홀로 길을 간다. 곧은 길도 걸어가고 굽은 길도 걸어간다. 앞서가는 그림자를 향해 독백을 한다.

"그림자! 구불구불 산길은 대부분 곡선이고 들길은 대부분 직선이다. 직선과 곡선, 젊은 날이 직선이면 나이 들면 곡선의 삶을 살아야 한다. 젊은 날 앞만 보고 치열하게 달려갔으면 나이 들어서는 이리저리 둘러보고 여유를 가지고 가야 한다. 젊은 날이 강함의 상징이면 중년은 부드러워야 한다. 나의 젊은 날은 어떠했는가. 너는 알고 있을 것이다. 너는 내 젊은 날 태양 아래에서, 달 아래에서, 네온사인 불빛 아래에서 어떻게 했는지 알고 있을 것이다. 나는 어떤 젊은이였을까. 그리고 지금은 어떤 사람인가. 너는 알고 있을 것이다. 이렇게 길을 걸으면 부끄러움이 가득하다. 왜 그랬을까. 왜 그렇게 화를 냈을까. 이유가 있었겠지만 꼭 그렇게 화를 냈어야 했을까. 지금 같으면 어떻게 하겠는가. 그때가 직선이면 지금은 부드러움의 곡선이다. 이제는 화가 나는 일은 있어도 화를 내지는 않을 것이다. 화가 난다는 것과 화를 낸다는 것은 다르다. 화가 난다고 해서 어떻게 그때마다 화를 내고 살 것인가. 화를 내고 나면 언제나 후회한다. 이제는 화를 내지 말 걸, 하고 후회하지 않도록 하자. 그림자! 알았지?"

농업용수 공급을 위해 2009년 조성된 탄동저수지를 지나간다. 중도대교가 점점 다가온다. '여기서부터 금연의 섬입니다', '슬로시티 중도', '신안 갯벌', '중도대교 준공 상징 조형물 농게'가 다리를 높이 들어 어서 오라고 반긴다. 농게는 천사의 섬 신안군의 1,734km의 리아스식 해안선과 378㎢의 청정갯벌에 서식하며, 신안군의 청정 이미지와 섬 발전의 바람을 상징한다. 중도대교를 걸어간다. 그림자에게 독백을 한다.

"그림자, 그대는 오늘 아침 중도대교를 건너가네. 도보여행을 하는 주인을 만나지 않았으면 그대가 어찌 대한민국의 이 수많은 다리들을 걸어서 건너갈 수가 있었겠는가. 나에게 감사하게. 나도 항상 동행해 주는 그대에게 감사하지 않는가. 알았다고? 땡큐? 그림자, 너는 내가 어떤 젊음을 보냈는지 알고 있지? 그 뜨거웠던 여름의 비밀을 너는 알고 있지? 그 춥고 슬펐던 날들을 너는 알고 있지? 너는 알고 있지? 내가 현재 어떤 삶을 살고 있는지. 내가 자신을 돌아볼 수 없는 시간에도 너는 나를 묵묵히 지켜보며 함께 했지. 고마워. 언제나 함께 해줘서. 세상 떠나는 날까지 함께 해줘."

  지도읍의 사옥도와 증도면의 증도를 잇는 증도대교는 공모를 통해 선정된 이름이다. 느려서 더 행복한 섬, 드디어 슬로시티 증도로 들어선다. 증도(曾島)는 신안 천일염의 주요 산지로 2007년 아시아 최초로 슬로시티(Slow City)로 지정받은 곳이다. 슬로시티는 달팽이로 상징된다. 달팽이는 시속 6m로 달린다. 증도는 "신이 내린 축복의 땅, 인간과 신, 자연이 함께 살아가는 세계적인 슬로시티가 될 것이다."라는 극찬을 받으며 슬로시티로 지정되었다.

  증도는 유네스코가 인정할 만큼 한국을 대표하는 섬 개발 모델이 되고 있을 뿐 아니라, 연간 80만 명 이상이 머물다가 가는 가장 가고 싶은 섬으로 변화하고 있다. 신안군에서는 증도를 '친환경 농업의 섬', '자전거의 섬', '별빛을 볼 수 있는(Dark sky) 섬', '담배 연기가 없는 금연의 섬', '자동차 없는 섬'으로 만들어가고 있다.

  어제 지도읍에서 만난 택시 기사는 이 다리가 놓이기 전과 후에 대해 현대판 노비 이야기를 했다. 다리가 없었을 때는 증도염전에 팔려오거나 끌려온 사람들의 탈출이 거의 불가능했다. 다리가 생기기 전에는 주인의 배를 훔쳐 타고 탈출했다고 한다. 그러면 주인은 악착같이 수배를 해서 그 사람을 잡았다고 한다. 아직도, 현재까지도 다리가 없는 신안의 섬에는 그런 곳이 있을 것이라고 한다. 다리는 많은 것을 변하게 해준다. 다리가 생기고 난 후에는 택시를 불러 타고 탈출했고, 자기가 택시를 장거리로 태워준 도망자들, 그 사람들을 잡으려는 주인을 다시 택시에 태워서, 혹은 안내해서 그곳에 데려다주는 일이 많았다고 한다. 때로는 마음에 가책이 들어서 차마 주인을 안내하지 못하고 장소만 가르쳐 주기도 했다고 한다. 참으로 현대판 노비라고 할 것이다.

다리를 건너니 '증도, 서울 강남의 명예섬'이라는 표현이 눈길을 끈다. 갯벌이 넓게 펼쳐진 증도를 걸어간다. '여기서부터 태평염전입니다' 안내판을 따라 직선으로 뻗은 도로를 걷고 또 걸어서 태평염전에 도착한다.

태평염전은 한국전쟁 이후 피난민 구제와 국내 소금 생산 증대를 목적으로 건립하였다. 전 증도와 후 증도를 둑으로 연결하고 그 사이 갯벌에 조성한 국내 최대의 단일염전이다. 여의도 두 배 크기 면적의 신안의 대표 염전으로 1953년에 조성했다. 태평염전 염생식물원의 빨간 칠면초가 반겨준다. 소금박물관 앞에 맘모스들이 줄을 지어 이동한다. 홍적세 중기부터 빙하기까지 살았던 고대 포유류 맘모스는 생존에 필요한 소금을 찾아서 지구상을 이동했다. 고대 인류도 사냥을 위해 맘모스를 쫓아 이동했기 때문에 그 길을 맘모스 스텝 혹은 소금 길이라고 한다. 인류의 먹거리 중 가장 오래된 소금, 생명의 시작과 역사, 현재와 미래가 소금에 있다.

소금박물관을 둘러본다. 우리나라 국내 최대 규모의 천일염 생산지인 태평염전 역사의 귀중한 자료와 속조 건축의 모습을 볼 수 있다. 신안 천일염은 전통적인 친환경 생산방식으로 만들어진다. 소금향카페 앞에 놓인 의자에 앉아서 갯벌 너머에 증도대교를 바라본다. 바다를 향해 놓여있는 작은 의자 뒤편에 새겨진 글들이 웃음을 자아낸다.

'엄니 보고자퍼 죽거당께.'
'아따 거시기하네잉.'
'아따 징하게 반갑소잉.'
'잠깐만 보더리고잉.'
'귀신 씨나락 까먹는 소리하고 자빠졌네.'

59일간의 서해랑길 도보여행기 1 - 전라도 구간

'나의 가슴이 요로코롬 뛰어분디야.'
'아따! 시방 어디요.'

　소금 향기 날리는 증도면 중동리 태평염전에서 26코스를 마무리한
다. 오늘은 1개 코스를 걷고 승용차로 슬로시티 증도를 드라이브하고
예약해 둔 펜션에 도착한다. 자신에게 주는 또 다른 휴식이다.

27코스
신이 키스한 증도

태평염전에서 증도면사무소 15.8km

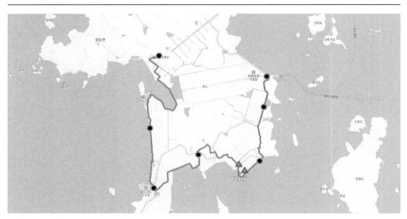

🦶 태평염전 ➤ 증도갯벌생태공원 ➤ 짱뚱어다리 ➤ 증도면사무소

　증도의 새벽, 사람이 그립다. 깨어있기에는 너무 이른 새벽, 다시 잠들기엔 너무 늦은 이 새벽에 창을 열고 천상의 꽃들을 바라본다. '아아, 너도 깨어 있구나. 나도 깨어 있었는데.' 캄캄한 바다, 새벽달이 훤하고 별들이 반짝인다. 시골 예배당의 새벽 종소리가 은은하게 울린다. '나는 이제 어디로 가야 하는가.' 길을 묻는다.

　11월 7일 월요일 27코스 시작점, 다시 태평염전에 섰다. 27코스는 태평염전에서 시작하여 증도갯벌생태공원과 짱뚱어다리를 지나서 증도면사무소에 이르는 구간이다. 오늘은 입동(立冬), 날씨는 맑고 싸늘하다. 절기상 이제는 정말 겨울이다. 겨울로 가는 방랑자에게 호메로스의 〈일리아스〉에서 헥토르가 노래한다.

그대, 하늘을 떠다니는 방랑자들이여!
두 날개를 활짝 펼쳐라.
태양이 떠오르는 쪽인가, 태양이 저무는 쪽인가
오른쪽인가, 왼쪽인가
오로지 그대를 믿고 그대의 길을 가라.

오로지 자신을 믿고 길을 떠난 나그네가 태평염전에서 소금밭 낙조전망대로 올라간다. '건강한 7분 산책길'이란다. 소금밭 낙조전망대는 태평염전과 증도 천혜의 자연환경을 한눈에 감상할 수 있는 곳으로 해발 50m의 낮은 동산이다. 증도는 3층 이상의 건물이 없기에 전망대에 오르면 섬 전체가 한눈에 보인다. 오전과 오후, 시시각각 변하는 하늘색깔에 맞춰 염전의 풍경도 동일한 옷으로 갈아입는다. 일몰 시간대를 잘 맞추면 하늘과 바다, 염전을 물들이는 3개의 태양을 바라볼 수 있다. 마치 강릉 경포대에서 하늘, 호수, 바다, 술잔, 앞에 있는 사랑하는 사람의 눈에 비치는 다섯 개의 달을 볼 수 있는 것처럼. 염전을 붉게 물들이는 낙조가 아름다운 전망대이건만 나그네는 이른 아침에 올라간다.

슬로시티 창시자인 사투르니니는 슬로시티 심사 당시에 증도를 방문, 태평염전의 전경을 보고 "너무 아름다운 곳이에요!"라고 말하며 '신이 키스한 곳'이라고 극찬했다. 증도와 태평염전은 아시아 최초 슬로시티, 유네스코 생물권보존지역, 람사르습지, 근대문화유산 360호 등으로 지정되어 신안의 생태적 보물이다.

태평염전에서 날아오는 소금 향기를 맡으며 전망대에서 내려간다. 역사적으로 소금은 신뢰의 상징이었다. 소금은 변질되지 않게 해준다. 아랍 사람들은 소금을 나눠 먹으면서 친구가 되었다. 약속을 하거나 계약할 때도 꼭 지키자는 의미에서 소금을 나눠 먹었다. 〈최후의 만찬〉 그림의 유다 앞에는 소금 그릇이 엎질러져 있다. 신뢰를 깨트릴 거라는 의미다.

소금은 부의 상징이었다. 순우리말인 소금은 소금(小金), 곧 작은 금이다. 16세기 유럽의 3대 무역 품목이 소금, 황금, 그리고 노예였다. 소금은 금값으로 교환되었고, 노예 한 명이 그의 발 크기만 한 소금과 맞교환되었다. 소금은 정화를 상징했다. 이집트에서는 소금으로 정화를 시키고 미라를 만들었다. 무당이 굿을 할 때 신이 오는 길을 깨끗하게 하기 위해서 소금을 뿌렸다. 진상 손님에게도 소금을 뿌렸다. 사람은 소금 없이는 존재할 수 없다. 어머니 배 속의 양수에는 바닷물과 같은 염도가 있고, 사람의 혈액 속에는 약 0.9%의 나트륨이 있다.

소금이
바다의 상처라는 걸
아는 사람은 많지 않다.

소금이
바다의 아픔이라는 걸
아는 사람은 많지 않다.

세상의 모든 식탁 위에서
흰 눈처럼
소금이 떨어져 내릴 때

그것이

바다의 눈물이라는 걸
아는 사람은 많지 않다.

그 눈물이 있어
이 세상 모든 것이
맛을 낸다는 것을

류시화 시인의 〈소금〉을 노래하며 태평염전 도로를 따라 걸어간다.
화도노두길을 지나간다. '고맙습니다' 드라마 촬영지인 화도는 조그마
한 섬으로 썰물 때 물이 빠지면 화도로 가는 1.2km의 노두길이 나타
난다. '1004갯벌공원', '신안 증도 갯벌도립공원'을 지나간다. '참! 잘 왔
어요!', '행복이 내린다!'라고 반기는 담장과 벽에 쓰인 글씨를 바라보면
서 태극기 휘날리며 증도 해변을 걸어간다. 신안갯벌박물관을 지나간
다. 신안갯벌센터, 슬로시티센터는 국내 최대이자 최초의 갯벌 생태 교
육 공간으로 갯벌의 탄생과 갯벌의 모습, 갯벌 생물의 전시 등 갯벌의
다양한 면모를 살펴볼 수 있다.

배낭을 멘 사람이 앞에서 걸어간다. 인사를 건네니, 익산에서 왔다고
한다. 5일간 걷고 금요일이면 집으로 간다고 한다. 걷는 걸음이 달라서
추월한다.
2009년 '아름다운 숲 전국대회'에서 우수상을 받으며 선정된 '한반
도해송숲'을 지나간다. 앞 바다에 크고 작은 섬들이 떠 있어 풍광이 아
름답고, 아열대식물 공원이 조성되어 있어 이국적인 느낌이 물씬 풍
긴다.
해송 숲에서 나와서 우전해수욕장의 백사장을 걸어간다. 환상적인

풍경이다. 해변에 깊은 발자국을 남기며 용감무쌍하게 전진한다. 우전 해변은 백사장 길이 4.2km, 너비 100m로 맑은 바닷물, 울창한 곰솔 숲이 어우러진다. 매년 7월 하순부터는 신안갯벌축제를 연다. 앞바다 에는 리아스식 해안으로 90여 개의 무인도가 떠 있다.

섬은 고독하다. 사람이 살지 않는 섬은 더욱 고독하다. 파도와 갈매 기, 햇살과 바람과 구름만이 찾아준다. 모든 섬은 바닷물에 둘러싸인 외로운 존재다. 인간 또한 바닷물에 둘러싸여 있는, 바다에 떠 있는 외 로운 섬이다. 결국은 모두가 혼자다. 시인 릴케는 "택할 다른 무엇도 없 고 버릴 수도 없다. 우리는 언제나 고독하다. 우리는 자신을 속이고 그 렇지 않은 척 시치밀 뗀다. 다만 그것뿐이다. 그러나 우리가 고독하다 는 것을 인정하고, 그렇다, 그런 체만이라도 한다면 얼마나 다행한 일인 가."라고 외친다.

누가 자신을 외톨이라고 즐겨 말하겠는가. 하지만 고독을 배워야 한 다. 혼자서 지내는 시간이 얼마나 믿기 어려울 만큼 고귀하고 값진 것 임을 깨닫는다. 다른 사람에게 자신의 일부를 빼앗기고 있던 때보다도 더욱 완전무결한 자신을 만난다. 혼자 있는 시간은 생애 중에서 가장 중요한 시간의 한 부분을 차지한다. 어떤 샘은 자신이 혼자 있을 때만 솟아오른다. 작가는 사색의 정리를 위해, 음악가는 작곡을 위해, 성자 는 기도를 위해, 누군가는 자신을 재발견하기 위해 자기만의 시간을 필 요로 한다. 순례자가 다시 태어나기 위해서는 나 홀로 걸어가는 자신만 의 시간이 필요하다. 섬은 바쁜 일상에서 벗어나 진정한 사유의 의미 를 되돌아볼 수 있는 사유의 공간이다.

파도 소리가 귓가에서 메아리친다. '인내, 겸손, 관용, 사랑……'이라고 끊임없이 소리치며 쫓아온다. 모래들이 '잘 왔어요!' 하며 반긴다. 모래 위로 햇살이 쏟아지며 행복이 내린다. 하늘에서 행복이 내린다.

묘비명이 "우물쭈물 살다가 이렇게 끝날 줄 알았지."로 오역(誤譯)이 된 것도 유명하지만 희극 〈피그말리온〉으로도 유명한 버나드 쇼는 가난한 성장기, 빈곤과 좌절의 20대를 보냈다. 하지만 결국 셰익스피어 이후 최고의 극작가로 평가받는 작가가 되었다. 그리스 신화에 나오는 피그말리온 효과는 '잘한다, 잘한다!' 하고 칭찬을 하고 기대를 하면 정말 잘하게 된다는 효과를 말한다. 스스로에게 피그말리온 효과의 주문을 끊임없이 불어 넣을 경우 몸과 마음은 놀랍도록 변화한다. 칭찬은 고래도 춤을 추게 한다고 했던가. 칭찬은 돌도 춤추게 만든다. 자신에게 칭찬을 한다.

'잘한다! 잘한다!'

자긍심은 자존심과 자신감에서 비롯된다. 삶에 있어 스스로에게 긍지를 느끼는 것은 소중하다. 자신이 스스로를 존귀하게 여기지 않는데 타인이 자신을 존귀하게 여겨줄 리가 없다. 스스로 자신에 대한 믿음이 없으면 타인에게도 인정받을 수 없다. 백사장의 흰 갈매기들이 어디론가 날아간다. 김삿갓이 '흰 갈매기'를 노래한다.

흰 모래 위에 흰 갈매기가 앉아 / 모래도 희고 갈매기도 희어 / 어느 게 모래고 어느 게 갈매기인지 / 도시 분간할 길이 없더니// 때마침 어디서 / 어가(漁歌) 한 곡조 요란히 들려와 / 갈매기 다 분주히 날아간 뒤 / 그제야 모래는 모래로 / 갈매기는 갈매기대로 갈렸다.

흰 모래와 흰 갈매기가 분간이 안 되듯이 때로는 꿈과 현실이 분간이 안 될 정도로 뒤섞여 있다. 일장춘몽, 남가일몽, 한단지몽, 조신지몽 등 한바탕 낮잠과도 같이 짧고 허망한 인생이다. 인생길에서 누구나 꿈과 같은 한때의 부귀영화를 꿈꾸며 살아간다. 꼭 잠을 자야만 꾸는 꿈이 아니다. 낮에 꾸는 꿈이 있고 밤에 꾸는 꿈이 있다. 산에 사는 신선처럼, 바다에 사는 해선(海仙)처럼 걸어가는 서해랑길이 꿈인지 현실인지 분간이 안 된다. 몽환포영(夢幻泡影), 모든 것이 꿈같고 허깨비 같고 거품 같고 그림자 같다. 파도 소리를 들으면서 앞서가는 그림자를 좇아간다.

우전해변에서 나와 일몰이 아름다운 짱뚱어 다리를 건너간다. 길이 472m, 폭 2m로 128만 평 갯벌 위를 가로지른다. 짱뚱어, 농게, 흰발농게, 칠게 등 갯벌 생물들을 가까이에서 관찰할 수 있다. 짱뚱어는 청정지역에 서식하는 증도 대표 갯벌 생물이다. 짱뚱어가 뛰어노는 짱뚱어 다리를 건너간다. 광활한 바다와 해변을 가로지르는 짱뚱어다리를 홀로 걸어가는 나그네가 짱뚱어처럼 청정하다. 끝 지점에 증도자전거길 안내판 조각상이 있다.

12시 4분, 증도면사무소에서 27코스를 마무리를 한다.

28코스
아시아 최초의 슬로시티

증도면사무소에서 증도관광안내소 15.8km

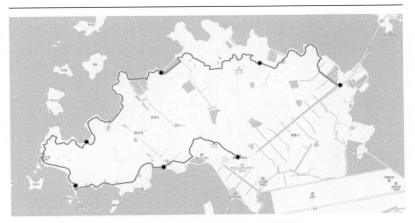

🐾 증도면사무소 ➤ 낙조전망대 ➤ 구분포저수지 ➤ 증도관광안내소

12시 5분, 증도면사무소에서 28코스를 시작한다. 28코스는 낙도전 망대를 지나고 구분포저수지를 지나서 증도관광안내소에 이르는 유유 자적 슬로시티를 만끽하는 구간이다.

상정봉 가는 길, 산길을 올라간다. 길가에 있는 문준경전도사 순교기 념관을 바라본다. 신안 암태면 출신 문준경 전도사(1891~1950)는 섬마 을 믿음의 어머니로 한국교회 최초의 여성 순교자다. 일제강점기 신사 참배에 항거하여 고문을 받았고, 6·25 전쟁 중에 좌익세력에 의해 피살 당했다. 순교 직전의 마지막 기도가 눈길을 끈다.

"주여, 이 나라는 어찌하여 이다지도 고통을 받아야 하는 것입니까?"

"이 악마의 무리들을 이 땅에서 내몰아주시옵소서, 불쌍한 내 민족을 구원해 주시옵소서. 주여! 주님이시여!"

오늘은 아침과 점심을 한 끼도 먹지 못한 채 주린 배를 안고 상정봉 정상에 올라서 증도를 내려다본다. 증도대교, 태평염전, 우전해수욕장, 한반도해송숲, 짱뚱어다리, 지나온 길이 파노라마처럼 아름답게 펼쳐지고 가야 할 길이 눈앞에 보인다. 짱뚱어다리에서 우전해수욕장에 이어지는 '천년의 숲길'은 한반도 모양을 닮아서 '한반도해송숲'으로 불린다.

눈부시게 파란 하늘 아래 파란 바다에 행복이 널려있다. 파란 하늘과 파란 바다의 경계가 모호하다. 하늘에도 바다에도 증도에도 바라보는 눈에도 마음에도 행복이 가득하다. 문준경 전도사의 제자인 순교자 이판일 장로에 대한 순교 내력이 상정봉 한쪽에 세워져 있다. 일제강점기 때는 신사참배 거부로 고문을 받았고, 1950년 10월 5일 새벽 1시, 자택에서 3km 떨어진 갯벌로 끌려간 자신과 가족, 성도 30여 명이 함께 순교했다는 이야기다.

스페인의 '산티아고 가는 길'은 순교자 성 야고보의 대성당을 찾아가는 길이다. 산티아고(Santiago)는 '성인 야고보'라는 의미다. 예수의 열두 제자 중 한 명인 요한의 형 야고보는 "땅끝까지 전파하라."는 예수의 마지막 명령에 따라 당시 땅끝이라 알려진 스페인의 피스테라로 향했다. 그곳에서 전도하던 중 요한에게 예수의 어머니 마리아의 죽음을 통보받고 유다로 귀국하였다가 헤롯왕에게 참수를 당하였다. 목이 잘린 야고보의 시신은 배에 실려 지중해를 건너서 우여곡절 끝에 지금의 산티아고 콤포스텔라에 묻히게 된 것이다.

훗날 스페인은 이슬람의 침략을 받아서 700여 년간 지배를 받았지만 백마를 탄 수호성인 야고보의 도움으로 이슬람을 쫓아내고 기독교 국가가 되었다.

예수의 열두 제자 중 밧모섬에 유배된 요한을 제외한 나머지 제자들은 모두 순교자의 길을 갔고, 기독교는 이후 세계 최대의 종교가 되었다. 기독교는 피의 종교이며 순교의 종교이다.

상정봉에서 능선을 따라 걸어간다. 멀리 바다에 떠 있는 섬들이 한가롭다. 산에서 내려와 다시 해안가를 걸어간다. 길가에 앉아 있는 여행자가 있다. 다가가니 한반도해송숲에서 만났던 그 사람이 앞질러 와있다. 면사무소에서 코스를 따라 상정봉에 오르지 않고 해변 길로 바로 왔다고 한다. 그렇게도 할 수 있는 거구나, 생각하면서 다시 추월해서 걸어간다.

신안군에서 세운 '700年前의 약속'이란 표석이 다가온다. 700년 전의 약속이라니? 무엇일까? 궁금증도 잠시, 700여 년 전 침몰했던 중국 무역선이 발견되었다는 의미였다. 그런데 생뚱맞게 무슨 약속?

'700년 전의 보물섬'이라는 상호의 배가 산 위에 얹혀있다. 해안 경관을 구경하며 도로를 따라 오르고 올라 낙조전망대를 지나서 신안해저유물발굴기념비 앞에 섰다.

신안해저유물 발굴 해역을 조망할 수 있는 곳이다. 1975년 한 어부의 그물에 청자가 걸려 올라오면서 시작된 신안해저유물 발굴은 세계를 놀라게 한 사건이었고, 증도라는 섬을 알리게 되는 계기가 되었다. 이곳에서 서북방 2,750m 지점 바다 밑에서 중국 원나라 시대의 많은 유물이 발굴, 인양되었다. 이는 우리나라 수중 고고학의 효시이며, 침몰한 선박은 최대 길이 34m, 너비 11m의 초대형 무역선이었다. 중국 항저우를 출발해 우리나라를 거쳐 일본으로 가던 중 신안 앞바다에서 침몰했다. 침몰연대는 1331~1350년으로 추정된다.

다시 2차선 도로를 따라 걸어가다가 포장된 임도로 바뀌어 산길을 올라간다. 길고 긴 고요한 해안 산길이 펼쳐진다. 이제 중도모실길 4코스, '노을이 아름다운 사색길'을 걸어간다.

중도에는 42.7km에 달하는 중도모실길 5개 코스가 있는데, 1코스는 짱뚱어다리에서 슬로시티방문자센터까지 10.3km, 2코스는 슬로시티 방문자센터에서 노두길까지 6.4km, 3코스는 노두길에서 중도대교까지 3.7km, 4코스는 중도대교 주차장에서 해저유물발굴기념비까지 10.6km, 5코스는 해저유물발굴기념비에서 짱뚱어다리까지 10.3km이다. 중도모실길은 서해랑길 26코스 일부와 27~29코스와 겹친다.

CNN이 선정한 한국에서 꼭 가봐야 할 명소인 중도의 고요한 해안 산길을 따라 걷고 또 걸어간다. 시간이 멈추고 바람도 멈추고 새소리도 멈추고 파도도 멈춰 섰다. 중도는 아시아 최초의 슬로시티다. 슬로시티 (Slow City)란 '속도의 구속에서 벗어나 느림과 여유를 추구하는 유유자적한 도시, 풍요로운 마을'이라는 뜻의 이탈리아어 치타슬로(Cittaslow)에서 비롯되었다. 1999년 이탈리아 해발 500~700m 산간지대에 있는 작은 마을이 발상지다. 글자 그대로 '빨리'가 아닌 '느림'을 지향하는 전 세계적인 캠페인이다. 전통문화와 공해 없는 자연생태를 잘 보전하면서 느림의 미학, 여유롭고, 즐거움 삶을 추구해 나가자는 슬로시티운동은 1986년 패스트푸드에 반대해 전 세계로 확산된 슬로푸드 운동의 모태가 되었다. 이후 유럽 곳곳에 확산되어 지금까지 세계 17개국 123개 도시가 가입되어 있다.

슬로시티는 국제연맹이 직접 실사해서 선정하는데, 인구 5만 명 이하 지역이어야 하고 자연생태계가 철저히 보호되어야 한다. 또한 지역주민이 전통문화에 대한 자부심을 가지고 있어야 하며, 유기농법에 의한 지역 특산물도 있어야 한다. 그리고 대형마트나 패스트푸드점이 없어야 한다. 슬로철학으로 삶도 사업도 모든 것을 '슬로 슬로'하자는 운동이다.

우리나라는 2007년 말 아시아 최초로 신안군 증도와 담양군 창평면, 장흥군 유치면, 완도군 청산도 등이 슬로시티 인증을 받았다. 현재 증도를 비롯하여 완도군의 청산도, 남양주시 조안, 영월군 김삿갓, 제천시 수산/박달재, 상주시 함창/이안/공검, 청송군 부동/파천, 예산군 대흥/운봉, 전주시 한옥마을, 담양군 청평, 하동군 악양 등 11개의 슬로시티가 있다.

담양의 창평에는 슬로시티 달팽이시장이 열린다. 조금씩 천천히 끊임없이 나아가며 낭만이 있고 여유가 있고 꿈이 있는 느림보 달팽이는 슬로시티의 상징이다. 소동파는 〈만정방〉에서 "세상의 이익과 명성은 달팽이 뿔의 영토와 같은 것이니, 얻으면 어떻고 얻지 못하면 어떠한가? 몸이 건강할 때 일체를 놓아버리고 청풍명월과 세상의 아름다운 경치를 마음껏 감상하라."고 한다. 누구나 명예와 이익이 뜬구름 같다고 하지만 실천하는 사람은 얼마나 되는가? 한 신하가 왕에게 물었다.

"달팽이를 알고 있습니까?"
"알고 있소."
"그 달팽이의 왼쪽 뿔에는 촉씨라는 사람의 나라가 있고, 오른쪽 뿔에는 만씨라는 사람의 나라가 있어서, 계속 영토 분쟁을 되풀이하고 있습니다. 한번은 보름동안 격전을 벌인 끝에 쌍방 모두 전사자를 수만 명이나 내고서야 겨우 군사를 거두었다고 합니다."

"농담도 이만저만이 아니구려."

"결코 농담이 아닙니다. 대왕께서는 이 우주의 상하 사방에 끝이 있다고 생각하십니까?"

"끝이 없겠지."

"그러면 마음이 무궁한 세계에 놀고 있는 사람이 이 땅 위의 나라들을 내려다본다면 거의 있거나 없거나 한 작은 존재라 말할 수 있지 않겠습니까?"

"하기는 그렇게 말할 수도 있겠소."

"모두가 달팽이 뿔 위에서 부귀공명을 추구하는 어리석음이지요."

〈장자〉에 나오는 와각지쟁(蝸角之爭) 이야기다. 일개 국가란 무궁무진한 우주의 차원에서 보면 달팽이 머리 위의 뿔이나 다름없는 보잘것없는 것이다. 현실 세계에 대한 집착에서 벗어나 보다 넓은 시야에서 인생과 사회를 바라볼 수 있는 지혜를 가지라는 의미다.

서해랑길 나그네가 하늘과 바다를 바라보며 유유자적 산길을 걷고 또 걸어간다. 세상에 이보다 더한 행복이 어디에 있겠는가. 멀리서 자전거를 타고 힘겹게 산길을 달려오는 사람이 있다. 손을 흔들어 인사를 한다. 이 길은 중도 자전거 코스로 '아름다운 자전거길 100선'에 선정된 길이다. 드디어 산에서 내려와 들판을 걸어간다. 멀리 중도대교가 보인다.

오후 3시 30분 드디어 28코스 종점에 도착했다. 중도를 한 바퀴 돌아서 도착했으니, 뿌듯하다. 택시를 타고 숙소로 향한다.

갯벌에 서서히 어둠이 밀려오고 신안젓갈타운의 불빛이 환하게 주위를 밝힌다. 새벽하늘에 둥근달이 구름 속에서 거닐고 별들은 유난히도 반짝인다. 고적한 나그네 심사에 고려의 김부식이 〈송도 감로사〉에서 불렀던 노래가 들려온다.

세속 나그네의 발길이 닿지 않는 곳
올라오니 생각이 해맑아진다.
산의 모습은 가을이라 더욱 곱고
강 물빛은 밤인데도 오히려 맑다.
해오라기 높이 날아 사라져 가고
외론 돛만 혼자서 가벼이 떠간다.
달팽이 뿔 위에서
공명을 찾아다닌 반평생이 부끄럽구나.

허공 위로 훨훨 날아 가버린 해오라기, 유유히 떠내려가는 돛단배를 보다가 김부식은 갑자기 말도 못 하게 부끄러워졌다. 그동안 달팽이 뿔처럼 좁디좁은 세상에서 부귀영화와 권세를 누리겠다고 아웅다웅 다투고 싸웠던 자신의 모습이 떠올랐기 때문이었다. 하지만 정작 높이 날아 가버린 것은 해오라기가 아니었다. 홀로 가볍게 떠내려간 것은 돛단배가 아니었다. 진정 사라져 버린 것은 내 안에 잔뜩 들어있던 욕심이었다. 속세의 나그네로 들어온 가을 산속에서 그는 비로소 새롭게 태어나 깨끗한 마음을 갖게 된 것이다.

숙소를 솔섬 입구의 바닷가 언덕 펜션 1층으로 옮겼는데, 마음에 들어서 이틀간 묵었다.

6 신안~무안 구간 (29~33코스) 84.9km

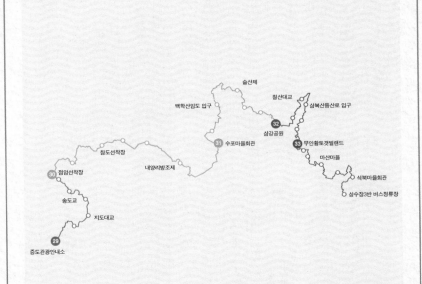

슬산제

백학산임도 입구

칠산대교

삼복산등산로 입구

32 삼강공원

31 수포마을회관

33 무안황토갯벌랜드

참도선착장

내양리방조제

마산마을

30 점암선착장

석북마을회관

송도교

상수장3반 버스정류장

지도대교

29 증도관광안내소

29코스
침묵의 소리

증도관광안내소에서 점암선착장 17km

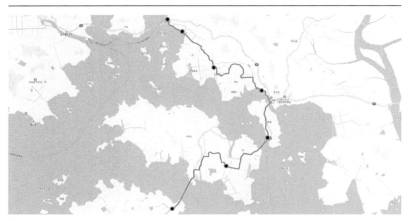

⚲ 증도관광안내소 ▸ 지도대교 ▸ 송도교 ▸ 점암선착장

　11월 8일 화요일 6시 34분, 서서히 여명이 밝아오는 시각, 택시를 타고 증도관광안내소 도착하여 29코스를 시작한다. 29코스는 증도대교를 건너 사옥도를 지나고 솔섬을 지나서 지도읍 감정리 점암선착장에서 마무리하는 구간이다.

　오늘도 길 위에서 펼쳐지는 한 판 놀이를 위해 새벽을 좋아하는 새벽의 사나이가 아직 어둠이 걷히지 않은 새벽의 증도대교를 걸어간다. 시원한 바람이 스쳐 가는 여명의 증도대교를 나 홀로 걸어간다. 고요한 침묵 속에서 인디언 나바호족의 노래가 들려온다.

내 앞에 행복

내 뒤에 행복

내 아래에 행복

내 위에 행복

내 주위 모든 곳에 행복

아아, 누가 이런 아침을 가질 수 있단 말인가. 누가 이런 행복을 누릴 수 있단 말인가. 하늘 아래 나보다 더 멋지고 낭만이 있고 행복한 사나이가 또 어디에 있단 말인가. 감사의 기도가 마음 저 깊은 곳에서 솟아오른다.

"신이여! 생명 주셔서 감사하고, 오늘도 이렇게 걸을 수 있도록 허락하여 주셔서 감사하나이다."

인디언의 삶 속에는 단 하나의 의무만 있었다. 그것은 기도의 의무였다. 기도는 눈에 보이지 않는 영원한 존재를 날마다 새롭게 인식하기 위한 방법이었다. 하루를 기도로 시작하는 것이 음식을 먹는 것보다 더 중요했다. 이른 아침에 일어나면 인디언은 모카신을 신고 물가로 걸어 나갔다. 그곳에서 몸을 씻고 난 뒤에는 밝아오는 새벽을 향해 똑바로 서서 지평선 위로 춤추며 떠오르는 태양에게 말 없는 기도를 드렸다.

인디언들이 전염병보다 더 무섭게 여긴 것은 다른 사람들과 너무 자주 접촉함으로써 어쩔 수 없이 영적인 힘을 잃어버리게 되는 일이었다. 자주 자연 속으로 혼자 들어가 지내본 사람이라면 홀로 있음 속에서 나날이 커져가는 영적인 힘이 있다는 것을 느낄 수 있다. 만일 침묵이 무엇이냐고 묻는다면 그들은 이렇게 대답할 것이다.

"침묵은 위대한 신비 그 자체다. 성스러운 침묵은 신의 목소리니까."

또 만일 침묵의 열매가 무엇이냐고 묻는다면 이렇게 대답할 것이다.

"침묵의 열매는 자신을 다스리는 힘, 진정한 용기와 인내, 위엄, 그리고 존경심이다. 침묵은 인격의 받침돌이다."

인디언은 침묵의 힘을 믿었으며, 그것을 완전한 평정의 표시로 여겼다. 침묵은 육체, 정신, 영혼의 절대적인 조화 속에서만 가능하기 때문이다. 삶의 어떤 폭풍우 속에서도 나무 잎사귀 하나 떨리지 않고 물결 하나 일지 않듯이 그 영혼이 흔들리지 않고 변함없이 평화로움을 유지하는 것, 그 본성 속에 변함없이 삶의 이상적인 자세와 행동을 간직하는 것을 인디언은 생의 최고의 목표로 삼았다.

모든 영혼은 각자 아침의 태양과 만나야 한다. 새롭고 부드러운 대지, 그 위대한 침묵 앞에 홀로 마주 서야 한다.

동쪽 하늘에 구름이 끼어 흐린 날씨, 태양이 얼굴을 살며시 내밀었다가는 다시 숨는다. 루소는 〈고백록〉에서 "나는 걸을 때에만 명상에 잠길 수 있다. 걸음을 멈추면 생각도 멈춘다. 나의 마음은 언제나 나의 다리와 함께 작동한다."고 했다. 평소 분당 탄천이나 율동공원에서 하는 야외 아침 운동처럼 어제도 오늘도 신선한 공기를 호흡하며 걷고 사색한다.

젊은 날, 나는 마음이 괴로워서 걸었고, 걸으면서 위로와 용기, 희망

을 얻었다.걷다 보니 살았다. 살기 위해 걷는 사람들, 걷기는 몸은 물론 마음의 건강을 되찾아준다. 바람 소리, 풀벌레 소리를 듣고 평소 보지 않았던 하늘도 쳐다보면 감각이 다시 살아나서 몸도 마음도 개운해진다.

에스키모는 살다가 힘들면 무작정 걷는다. 하염없이 걷다가 마음이 안정되면 그 자리에 막대기를 꽂아두고 돌아온다. 살다가 또 힘들면 다시 무작정 또 걷는다. 그러다가 자기가 꽂아 두었던 막대기를 발견하면 생각한다.

"아아, 그때보다 지금의 삶이 더 힘들구나!"

그러고는 계속해서 길을 가다가 마음이 안정되면 새로운 막대기를 꽂아두고 돌아온다. 어떤 때는 꽂아 두었던 막대기가 보이지 않는다. 그러면 생각한다.

"아아, 내 마음이 전보다는 살만하구나!"

걷기는 해결사다. 무작정 걸으면 모든 것이 단순해지고 문제가 술술 풀린다. 중도대교를 지나서 사옥도 들판을 걸어간다. 어느덧 구름은 간간이 흩어지고 태양이 환한 모습으로 비춰준다. 마치 환영 인사를 하듯이 새들이 하늘을 빙빙 돌며 날아간다.

들판을 지나고 염전을 지나간다. 소금, 황금, 지금, 세 가지 금이 무엇보다 소중하다. 소금이 없으면 사람은 죽는다. 소금이 너무 많아도 죽는다. 음식에 소금을 넣어야지 소금에 음식을 넣으면 안 된다. 바닷물은 3%의 소금으로 인해 썩지 않는다. 소금이 되어야 한다.

황금이 너무 많아도 황금에 눈이 먼다. 돈의 주인이 되어야지 돈의 노예가 되어서는 안 된다. 어제는 부도수표, 내일은 받을어음, 오늘은 현금이다. 현재는 현금이다. 현재를 살아야 한다. 그렇다고 해서 소중한 과거를 지울 수는 없다. 그렇다고 내일이라는 미래 없이 살 수는 없다. 오늘을 즐겁게 살되 과거의 소중한 유산을 간직하고 소중한 미래를 구상해야 한다.

사옥도를 지나서 지도대교를 걸어간다. 바다에는 두 척의 배가 한가롭게 떠 있다. 나그네는 구름처럼 흘러 지도대교를 건너서 송도항을 지나고 송도수산시장을 지나간다. 아침부터 사람들과 차들이 붐빈다. 삼거리에 이르자 '병어와 민어의 고장' 아치와 커다란 병어 조형물이 반긴다.

아침 8시 23분, 길가에 있는 숙소를 들른다. 길을 떠나 중도에 숙소에 들르기는 처음, 잠시 휴식을 갖다가 다시 길을 나서 송도교를 건너간다. 문이 열린 '짱뚱어탕 전문'이라는 식당으로 들어서니 아뿔싸, 아주머니가 아직 영업 준비가 안 됐다고 당당하게 말한다. 어제 분명히 7시 반부터 가능하다고 통화를 했는데, 허탈하다. 터덜터덜 길을 간다. 7km 전방에 있는 점암선착장에서 식사할 수 있기를 기대하며 마음을 다스린다. 그림자가 기운 내라고 앞서 가면서 방조제길을 안내한다. 드넓은 갯벌이 나신을 드러내고 유혹을 한다.

갯벌은 바다인가, 육지인가. 갯벌은 어떻게 만들어지는가. 육지의 흙과 모래가 강물에 쓸려 바다로 흘러들었다. 흙과 모래가 섞인 바닷물이 밀려오고 밀려 나가면서 그 흙과 모래를 해안에 쌓아놓았다. 이

렇게 오랜 세월 동안 반복해서 퇴적물이 쌓여 갯벌이 되었다. 갯벌은 보물창고다. 갯벌에는 갯벌에 기대어 살아온 사람들의 희로애락이 담겨 있다. 어떤 날에는 웃고 어떤 날에는 고단함에 지쳐 웃음을 잃어버린다.

속이 답답한 일이 있을 때 와서 호미로 갯벌을 막 파면 무념무상, 아무 생각이 없다. 다 잊어버린다. 속이 확 풀린다. 그렇게 세월 가는 줄 모르고 아버지 어머니들은 갯벌을 누빈다.

붉은 칠면초가 갯벌을 아름답게 수놓고 있다. 줄기가 통통하고 잎끝이 뭉툭한 게 칠면초의 특징이다. 한해살이풀로 봄에는 녹색이지만 겨울이 되면서 몸 전체가 붉은색으로 변한다. 8~9월이 되면 녹색의 꽃이 피는데, 꽃 역시 붉게 변한다. 남파랑길에서 만난 순천만 와온해변 노을전망대에서의 장관을 이룬 칠면초들이 스쳐 간다. 색깔이 일곱 번 변한다고 하여 이름 붙여진 칠면초는 순천만에서 개체수가 가장 많은 우점종이며 가장 넓은 지역에 분포하고 있다. '순천만의 화려한 미소'로 불리는 칠면초는 순천만 9경이다.

일곱 빛깔 무지개처럼 색을 바꾸는 칠면초를 본받아 배고픈 나그네가 휴대폰을 들고 '창자를 가난하게 비워야지. 욕심도 비워야지. 머리도 비우고 마음도 비우고 창자도 비우고, 똥도 싸고 오줌도 싸고 다 비워야지. 이렇게 가벼운 몸과 마음으로 훨훨 날아갈 수 있도록 비워야지. 그리고 채워야지. 신선하고 아름다운 것으로 채워야지. 비움과 채움. 그래 선암사의 해우소를 생각하면서 걸어가자!'고 독백을 한다.

승자는 구름 위의 태양을 보고 패자는 구름 속의 비를 본다고 하던가. 일체유심조라 세상만사 마음먹기에 달려있다. 옛사람들은 노각인생 만사비(老覺人生 萬事非) 우환여산 일소공(憂患如山 一笑空)이라 했다.

'늙어서 생각하니 만사가 아무것도 아니며 걱정이 태산 같으나 한 번 소리쳐 웃으면 그만인 것을'이라는 의미다. 지족자(知足者)는 빈천역락(貧賤亦樂)이요 부지족자(不知足者)는 부귀역우(富貴亦憂)라 했다. 근심 없는 빈자가 근심 있는 부자보다 낫고, 편안한 천민이 불편한 귀인보다 낫다. 모든 근심은 나로부터 나오고 모든 기쁨도 나로부터 비롯된다. 비우고 비우니 날아갈 것만 같다.

섬들이 곳곳에 떠 있다. 바다 건너 임자도가 점점 다가온다. 신안 대표 특산물인 대파 총 재배면적은 1,422ha, 이 중 임자도가 절반이 넘는 대파를 생산한다. 이 섬의 흙이 사질토여서 대파 재배의 적지이다. 물이 잘 빠지기 때문이다.

'모래의 섬' 임자도의 자랑은 대광해수욕장이다. 섬 서쪽에 길이 12km, 폭 300m의 광활한 백사장이 있다. 비금 명사해수욕장, 암태 추포해수욕장, 도초 시목해수욕장과 함께 신안의 4대 해수욕장으로 손꼽힌다. 경비행기가 이·착륙할 정도로 해변이 전국에서 가장 길고 넓다. 매년 4월에는 튤립 축제가 열린다.

길고 긴 임자대교가 장관을 이루고 바닷물이 빠진 갯벌에 배들이 얌전히 앉아 있다. 오전 10시, 드디어 점암선착장에 도착한다.

임자농협여객선 매표소는 더 이상 배를 타는 사람이 없어 쓸쓸하고, 식당은 있건만 모두 문이 닫혀 영업을 하지 않는다. 배고픈 나그네가 〈주막〉을 노래한다.

열정의 여름은 가고 / 낙엽 지는 가을이다.
삶의 나무에도 / 어느덧 낙엽이 진다.
이제 조금씩 먼 길 가는 / 준비를 해야 한다.

준비 없는 겨울은 / 추위와 슬픔으로 얼룩지리니
황천에도 주막은 있는가.
이승의 주막에서 / 날 저무는 가을을 찬미한다.

30코스
달빛기행

점암선착장에서 수포마을회관 17.2km

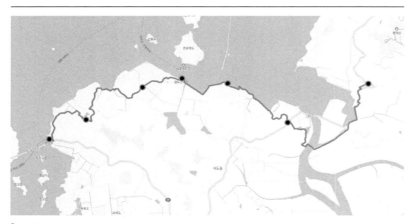

점암선착장 ❯ 참도선착장 ❯ 내양리방조제 ❯ 수포마을회관

10시 정각, 30코스를 시작한다. 30코스는 신안군 지도읍 감정리 점암선착장에서 참도선착장을 지나서 무안군 해제면 임수리 수포마을회관까지 가는 신안의 마지막 구간이다.

주막이 없어 식사 때를 놓친 나그네가 허기진 창자를 안고 길을 간다. 힌두교에서는 고행을 통해 육신을 단련하고 요가를 통해 정신을 훈련한다. 나그네는 걷기라는 고행을 통해 육신을 단련하고 마음을 비우며 욕심을 줄인다. 비워야 채운다. 새롭게 채우려면 먼저 비워야 한다. 비움의 미덕이다.

그릇의 핵심은 밥을 담을 수 있는 빈 공간이다. 집의 핵심은 사람이 들어갈 수 있는 빈 공간이다. 바퀴의 핵심은 바큇살이 바퀴통에 들어갈 수 있도록 한 빈 공간이다. 반지의 핵심은 손가락이 들어갈 수 있는 빈 공간이다. 피리는 속의 빈 공간이 있어 연주자의 호흡이 들어가 아름다운 소리를 낸다.

파스칼은 "인간의 마음속에는 세상 그 무엇으로도 채울 수 없는 빈 공간이 있다."고 한다. 인간은 그 빈 공간에 돈과 명예와 권력으로 채우려고 한다. 그럴수록 빈 공간은 더욱 넓어지고 허무와 고독이 밀려온다. 심령이 가난한 자는 복이 있나니, 그곳에 하늘의 보화가 채워진다.

장엄한 임자대교를 바라본다. 섬과 육지 사이에 연륙교가 놓이면 그 섬은 섬일까 육지일까. 천사의 섬 신안의 섬들은 점점 다리로 연결되어 가고 있다. 신안은 2021년 3월 임자대교와 추포대교가 개통되면서 지금까지 13개의 다리가 완공되어 운행되고 있다. 12번째 다리인 임자대교는 임자1대교와 임자2대교로 길이가 4.99km이다. 천사대교에 이어 두 번째로 길다. 천사대교는 압해읍과 암태면을 연결하는 7.22km 해상 교량이다. 인천대교(21.38km), 광안대교(7.42km), 서해대교(7.31km) 다음으로 우리나라에서 길이가 4번째이다.

신안의 랜드마크이기도 한 천사대교는 다도해 신안의 특징을 반영한 이름을 가지고 있다. 천사대교의 개통으로 암태도, 자은도, 안좌도, 팔금도, 자라도, 추포도 모두 6개의 섬이 육지와 연결되었다.

압해대교는 목포와 압해도를 연결하는 다리로 총길이 3.563km다. 국도 제2호선 교량이다. 명절마다 신안과 목포를 오가는 귀성객의 교통 혼잡을 해소하는 데 큰 도움이 되고 있다. 암태도와 추포도를 잇는 추포대교, 자은면과 암태면을 잇는 은암대교, 안좌면의 자라대교, 팔금면과 암태면을 잇는 중앙대교, 신의면과 하의면을 잇는 삼도대교, 지도와 임자도를 잇는 임자대교, 안좌면과 팔금면을 잇는 신안1교, 도초면과 비금면을 잇는 서남문대교가 있다. 서남문대교라는 이름은 우리나라 서남단 쪽에서 들어오는 첫 관문의 교량이라 하여 붙여진 이름으로 이 다리를 지나면 넓은 바다가 펼쳐진다. 김대중대교는 압해도와 무안 운남면을 이어주는 다리로 신안 하의도에서 태어난 김대중 전 대통령의 이름을 딴 다리다.

고요하다. 바다도 고요하고 들판도 적막하다. 정지해 있는 것 같지만 흘러가는 침묵의 시간이다. 오직 나그네의 발소리만 들려온다. 발걸음은 단순한 이동 수단을 넘어서 사색의 수단, 건강 수단, 즐거움의 수단, 성취의 수단이다. 걸을 때 어떤 마음으로 걷느냐가 중요하다. 걸음걸이를 보면 그 사람의 마음을 알 수 있다. 이동 수단으로 바쁘게 힘겹게 걸으면 얼굴에 수심이 가득하지만 운동이라 생각하고 즐겁게 걷는 사람은 표정이 밝다. 걷기는 내 인생 최고의 습관이다. 습관은 처음에는 거미줄처럼 힘이 없지만 일단 몸에 밴 후에는 쇠사슬 같은 구속력을 발휘한다. 하늘에서 내려오는 눈처럼 별것 아닌 듯 보여도 일단 쌓이면 눈사태를 만든다.

참도선착장에 도착한다. 마침 '섬 사랑호' 배가 들어오고 사람들이 내린다. 바다 건너편에는 섬들이 옹기종기 사이좋게 모여 있다. 섬들은 낮이면 도란도란 즐겁게 지내다가 어둠이 오면 바다 품에 안겨 날마다 자장가 들으니, 홀로 걷는 나그네가 가끔은 섬이고 싶다. 내양리방조제를 걸어간다. 한쪽에는 바다와 갯벌, 한쪽에는 광활한 들판, 그 가운데 갈대들이 숲을 이루는 비포장도로를 따라 걸어간다. 아름다운 풍경, 환상적인 축복의 길이다. 하지만 누군가는 말한다.

"또 미친병이 도졌구나!"

〈장자〉에는 은나라 탕왕이 신하와 봉새에 관한 이야기를 나누는 장면이 있다. 봉새의 크기는 태산만 하고, 날개를 펴면 허공을 내리덮는 구름과 같았다. 봉새는 바람을 타고 하늘을 날아오르기를 구만리, 구름을 뚫고 푸른 하늘을 업은 채 남명을 향해 날아가려 한다. 이때 메추라기가 봉새를 보고 비웃는다.

"저 녀석은 바보 같은 녀석이군. 우리는 기껏 날아 봐야 몇 길 높이 밖에 날지 못하고 내려와서 이렇게 쑥대 사이를 날아다니며 놀아도 더 없이 즐겁다. 하지만 저 녀석은 왜 저런 힘든 일을 하는 것일까."

봉새가 가고 싶어 했던 남명이라는 바다가 이곳인가?
그래, 나는 지금 유토피아에 있다. 지금 내가 걷고 있는 곳이 가장 아름답고, 지금 내가 입고 있는 옷이 가장 멋있고, 지금 내가 먹고 있는 음식이 가장 맛있고, 지금 내가 즐기고 있는 걷기 여행이 세상에서 가장 즐겁다.
외로운 나그네가 대붕의 길을 간다. 호기는 구만리 장천을 날고, 두 발은 만 리 길, 코리아둘레길을 넘고 또 넘어 구만리 창천을 걸어간다. 젊은 날의 꿈은 세월 속에 흘러가고 현재의 꿈을 실현하기 위해 한 걸음 한 걸음 길을 걸어간다. 이제는 인생의 가을이 되어 일등이 아닌 일류가 되기 위해 서해랑길을 걸어간다.

하얀 물새들이 바닷물과 갯벌을 오가며 여유롭게 놀고 있다. 염소 한 마리가 걸어오는 나그네를 물끄러미 바라본다. 친구라도 만난 듯 반갑다.

성경에 의하면 천지창조는 1일, 2일, 3일, 4일, 5일 하는 순서에 따라 6일째 완성되었다. 그리고 신은 7일째 안식을 했다. 사람은 그 마지막 6일째 만들어졌다. 신이 그토록 사랑한 인간은 왜 6일째 마지막에 만들어졌을까? 사람들에게 자연에 대한 겸허를 가르치기 위한 것은 아닐까. 탈무드에 의하면 '파리 한 마리도 인간보다 먼저 만들어진 것을 알게 되면 인간은 그다지 교만해지지 않을 것'이라 했다.

일직선으로 길게 뻗은 방조제 한가운데 화물차가 한 대 서 있다. 지나치면서 차 안을 보니 한 농부가 앉아 있다. 차를 지나서 걸어가는데, 갑자기 뒤에서 부르는 소리가 들린다. 뒤돌아서니 차에서 내린 사람 좋게 생긴 농부가 다가와 '청송 사과즙'을 건네준다. 나그네는 정작 즐거운데, 농부는 애처로워하는 표정이 역력히 스쳐 간다. 해남 아가씨, 진도 농부 아저씨에 이어 길 가는 나그네에 베푸는 고마운 인심이다. 청송 사과즙 맛이 감로수처럼 달다. 시골길을 걷고 또 걸어 들판을 지나고 양배추밭을 지나간다.

1시 20분, 드디어 31코스 종점인 수포마을회관에 도착한다. 지도읍의 아침에 태워주었던 택시 기사를 다시 호출하고는 한참을 기다렸다.

"많이 기다리셨지요? 제가 지름길로 안내해드리겠습니다."

택시 기사는 논두렁 밭두렁 지름길을 달려간다.

"큰길로 가면 요금이 두 배는 나올 거예요."

기사는 늦은 이유를 설명하면서 자신의 직업을 자랑스러워했다. 군 복무를 마치고 와서 택시 운전을 시작한 자신은 고령인 신안의 어르신 들을 위해 즐겁게 일하면서 돈을 버는 제일 행복한 기사라는 것이었 다. 서해랑길에서 만난 최고의 택시 기사였다.

지도읍 오일장이 서는 날이라고 해서 장터에서 내렸다. 장은 이미 파 장 분위기였고, 아침, 점심까지 먹지 못한 나그네가 무엇을 먹을까, 하 다가 결국 국밥 한 그릇에 막걸리 한 통으로 식사를 마쳤다. 어릴 적 오 일 장날이면 엄마가 장터에서 국밥과 막걸리를 팔았던 추억을 따뜻한 국물에 함께 말아서 먹었다.

오늘은 음력 시월 보름, 신안 갯벌 동쪽 하늘에 보름달이 떠오르고 어디로 가는 걸까, 구름 사이로 보름달이 흘러간다. 유난히 보름달을 좋아하기에 홀로 주안상을 차려놓고 보름달 뜨는 밤의 추억 속으로 들 어간다.

"달빛기행!"

정겨운 얼굴들과 시간들이 스쳐 간다. 보름달이 떠오르는 날이면 20~30명이 달빛기행을 했다. 무대는 주로 용인의 진산인 석성산, 김대 건 신부의 삼덕의 길 등 용인지역의 명소였으나, 시간이 지나면서 점 차 지경이 넓혀져 문경새재, 제주도 다랑쉬오름, 안동의 하회마을, 서 울의 남산타워 등 전국을 무대로 달빛기행을 했다. 보름달과 함께 걸 으면서 자신과 가족과 동행자들과 이웃과 국가와 인류의 자유와 평화 를 기원했다. 나아가 살아있는 모든 것들, 생명 없는 존재들의 행복을 기원했다.

중국 최고 시인으로 추앙받는 시선, 취중선 이백은 누구보다 달을 사랑했다. 이백에게 술은 그 도구였다. 젊은 날에는 협기, 나이 들어서는 신선, 협기와 신선과 술은 이백의 시를 밑바탕에서 지탱했다. 남성적이고 용감하였으며 도교에 심취했던 이백에게 산속은 시적 세계의 주요 무대였으며 발자취가 중국 각지에 닿지 않은 곳이 없었다. 방랑으로 시작하여 방랑으로 끝났던 이백의 〈월하독작〉, '달 아래 홀로 술을 마시며'가 달빛 따라 흘러간다.

꽃 사이에 술 한 병 놓고 / 벗도 없이 홀로 마신다.
잔을 들어 밝은 달을 맞이하니 / 그림자 비쳐 셋이 되었네.
달은 본래 술 마실 줄 모르고 / 그림자는 그저 흉내만 낼뿐.
잠시 달과 그림자를 벗하여 / 봄날을 마음껏 즐겨보노라.
노래를 부르면 달은 서성이고 / 춤을 추면 그림자 어지럽구나.
취하기 전에 함께 즐기지만 / 취한 후엔 각기 흩어지리니
정에 얽매이지 않는 사귐 길이 맺어 / 아득한 은하에서 다시 만나길……

달밤이 깊어가고 나그네의 상념도 깊어진다. 바람은 손이 없어도 나뭇잎을 떨어뜨리고 달은 발이 없어도 서쪽 나라로 잘도 간다. 맑은 바람과 밝은 달을 즐길 줄 아는 사람은 세상에 그리 흔하지 않다. 한 생각이 스쳐 간다.

'내 남은 평생에 보름달을 몇 번이나 볼 수 있을까?'

한 번 지나간 것은 다시 되돌아오지 않는다. 그때그때 감사하게 누릴

수 있어야 한다. 달도 언제나 볼 수 있는 것이 아니듯 모든 기회가 그렇다. 모든 것이 일기일회이다. 모든 순간은 생애 단 한 번의 시간이다. 할 수 있을 때 하지 않으면 하려고 할 때 할 수 없다. 지금이 바로 기회다. 모든 것이 한 번의 기회, 한 번의 만남이다. 그때 그 사람들은 어디가고 신안에서 나 홀로 달빛기행을 즐긴다. 불시에 세상을 떠난 그때 그 경찰서장이 그립다.

이날 밤 읽은 책에는 80세의 보름날 밤, 죽음에 이르는 부처의 최후 발언이 적혀있었다.

"태어나는 모든 사물은 덧없으며 결국 죽는다."

31코스
나는 가장 위대한 조각가

수포마을회관에서 삼강공원 13.1km

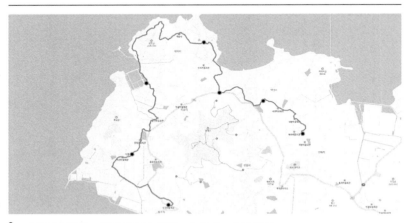

수포마을회관 ❯ 백학산임도 입구 ❯ 슬산제 ❯ 삼강공원

    11월 9일 수요일 6시 37분, 수포마을회관 옆에 주차를 하고 31코스를 시작한다. 31코스는 백학산 임도를 지나고 슬산제를 지나서 해제면 양매리 삼강공원에 이르는 구간이다. 밤새 어두운 세상을 비추고 아직도 서쪽 하늘에 떠 있는 둥근 보름달이 길을 안내하고 서서히 여명이 밝아온다. 입가에 노래가 흘러나온다.

길을 떠나네.
나는 다시 길을 떠나네.
바람처럼 구름처럼
오늘도 정처 없이 길을 떠나네.

어제보다는 오늘 더 사랑하고
오늘보다는 내일 더 사랑하리.
나는 떠나네.
오늘 다시 길을 떠나네.

"걷기는 최고의 운동이다. 멀리 걷기를 습관화하라."는 토마스 제퍼슨
의 말처럼 오늘도 멀리 걷기 위해 길을 떠난다. 손이 시리고 얼굴이 시
리다. 날이 갈수록 더욱 쌀쌀해진다. 북으로, 북으로 올라가는 서해랑
길은 겨울로 가는 길, 겨울로 가는 그 길은 고난의 희열이 더욱 깊어가
는 길이다. 고난이 깊어질수록 서해랑길의 묘미 또한 깊어진다.

"등산의 기쁨은 정상에 올랐을 때 가장 큰 것이 아니라 험악한 산을
기어오르는 순간에 있다."고 니체는 말하지 않는가. 순례자 역시 성지
로 가는 험난하고 고통스러운 길이, 그 과정이 기쁨이다. 길이 험하면
험할수록 가슴이 뛴다. 길이 험하고 외로울 때 순례나 인생은 풍요로워
진다. 고난과 역경은 가슴을 뛰게 하고 머리를 차갑게 한다. 괴롭고 힘
든 과정을 거치지 않고는 결코 숭고하게 될 수 없다. 괴로움은 영혼을
세탁한다. 괴로움의 눈물은 비천한 인간에서 고상한 인간으로 순화시
킨다.

점점 안개가 깊어지는 아침, 신비로움이 감돈다. 들판을 걸어서 석산
마을로 들어선다. '농번기철 현지인 차량 우선 통행을 위하여 외부 차
량을 통제하며'라고 하는 안내판이 이방인에게 묘하게 다가온다. 석산
마을회관 앞에 세워진 '돌뫼동(石山洞)' 시비(詩碑)다.

황토빛 구릉 / 바다로 흐르다 / 王帝山 기슭에 / 潛龍처럼 누워 / 길게

59일간의 서해랑길 도보여행기 1 - 전라도 구간

처마를 맞댄 / 돌뫼(石山) 되었네.(중략) 이곳 작은 벌 / 너와 내가 胎를 묻고 / 형제자매 나고 자란 / 石山洞은 / 언젠가 / 우리 모두 / 돌아올 고향이라네. / 世世益興昌할 터전이라네.

주민들의 고향에 대한 애정이 물씬 풍긴다. 오늘은 31, 32코스를 걷고 저녁 숙소는 34코스 종점인 함평만의 돌머리해수욕장에 숙소를 예약했으니, 아침은 석산마을에서 돌이요 저녁에는 돌머리해수욕장에서 돌이다. 명돌이 돌로 시작해서 돌로 끝나는 하루의 길이다.

바닷가 몽돌은 수많은 세월과 파도가 만들어내는 조각품이다. 울퉁불퉁했던 원석(原石)이 몽돌이 되기까지는 훌륭한 자연의 조각가가 필수적이다. 그러면 명돌은 과연 누가 조각했을까. 나는 내 안의 나를 조각하는 조각가, 오늘의 나를 조각한 사람은 나 자신이다. 이런 나를 조각하기 위해 지난 60여 년의 시간과 공간이 필요했고 시련과 고통, 용기의 피와 노력의 땀과 정성의 눈물이라는 3대 액체를 흘렸다. 나는 60여 년 명돌을 조각한 가장 위대한 조각가다.

미켈란젤로는 40년 동안 방치되었던 커다란 대리석으로 다비드상을 조각했다. 그리고 말했다.

"다비드는 원래 대리석 안에 존재했고, 나는 불필요한 부분만 제거해서 그를 꺼내준 것이다."

레오나르도 다빈치도 보지 못했던 대리석 속의 다비드의 모습을 미켈란젤로는 보았다. 내 안에는 누가 들어있는가? 내 인생을 조각할 끌과 망치는 어디에 있는가? 내 인생의 무엇을 제거해야 잠자고 있는 그

영웅이 뛰쳐나올 것인가?

내 마음속에는 골리앗을 쓰러뜨릴 다비드가 들어있다. 내 인생을 조각할 미켈란젤로의 끌과 망치는 이미 내 손에 쥐어져 있다. 나 홀로 걸어가는 서해랑길, 오늘도 길 위에서 가장 나다운 내 인생을 조각한다.

소크라테스의 아버지 소프로니스코스는 돌을 깎는 석공이었고, 어머니 파에나레테는 아이 낳는 것을 도와주는 산파였다. 자식은 부모가 쏘아 올린 화살, 이 두 사람은 소크라테스의 철학에 심오한 영향을 끼쳤다.

소크라테스는 자신의 어머니 파에나레테가 육체의 아이가 태어나는 것을 도와주는 산파이듯이 자신은 '정신의 아이인 지식이 태어나게 하는 것을 도와주는 산파'라고 말했다. 소크라테스는 그의 어머니가 그랬듯이 지식을 만드는 것이 아니라 대화하는 가운데 그것이 스스로 태어나도록 도와주었다. 이런 이유에서 소크라테스의 대화방식을 '산파술'이라고 한다. 하지만 소크라테스의 산파술은 대부분의 경우 만족할 만한 결과를 얻어내지는 못했다. 소크라테스는 한 마디로 '덕이란 무엇이다'와 같은 긍정문 형식으로 표현되는 정의를 끌어내지는 못했다. 그렇지만 그는 무엇이 덕이 아닌지는 분명히 캐내어, 당시 사람들이 가진 잘못된 상식을 여지없이 깨트렸다. 그래서 죽음을 자초했지만.

생각해 보면 소크라테스의 이 방법은 그의 아버지인 소프로니스코스가 돌덩어리에서 불필요한 부분들을 하나하나 쪼아냄으로써 석상(石像)을 만들어내는 일과 다름이 없다. 당시 그리스 사람들은 누구나 아버지의 직업을 그대로 물려받았기에 소크라테스는 어렸을 때 분명히 아버지에게 석공 일을 배웠을 것이었다.

"네가 만일 이 돌로 사자를 만들려고 한다면 먼저 불필요한 부분을 하나씩 쪼아내야 한다. 그러면 돌 속에서 사자가 스스로 제 모습을 드러낼 거야."

소크라테스는 참된 지식을 찾는 데 바로 이 방법을 썼던 것이다. 소크라테스는 그의 부모로부터 그때까지 그 누구도 생각해 내지 못했던 산파술이라는 새로운 철학 방법의 아이디어를 얻었던 것이다. 소크라테스의 산파술에는 참된 지식이란 마치 산모의 몸속에 들어있는 아기가 그렇듯, 또한 돌덩어리 속에 들어있는 사자가 그렇듯, 이미 확정되어 있다는 것이다. 이러한 생각은 당시 유행하던 상대주의적 주장과는 전혀 다른 것이었다.

프로타고라스나 고르기아스 같은 상대주의자들은 진리란 없고 모든 것은 단지 각자가 경험하는 입장이나 관점에 따라 다르다고 주장했다. 이들과는 달리 소크라테스는 진리가 존재한다는 믿음과 그것을 파악할 수 있다는 희망을 가진 철학자였다. 그의 믿음과 희망은 그의 자랑스러운 제자 플라톤에 의해 이루어진 인류 역사에 절대주의라는 장엄한 문을 열었다.

소크라테스는 일생 동안 아테네에 살면서 수많은 제자들을 가르쳤다. 하지만 그는 소피스트들과는 달리 수업료를 받지 않아 언제나 가난해서 1년 내내 같은 외투만 걸치고 맨발로 걸어 다녔다. 그리고 마치 진리를 깨달은 것처럼 우쭐대는 사람들을 향해서 '너 자신을 알라!'고 외쳤다. 소크라테스는 젊었을 때 델포이를 여행했는데, 그곳에 있는 아폴론 신전 기둥에 새겨진 "너 자신을 알라!"라는 말을 발견하고 어떤 계시를 얻었던 것이다. 이는 정확히 "너 자신을 아는 것을 배워라!"라는 의미였다.

소크라테스의 죄명은 아테네 신들을 숭배하지 않고 젊은이들에게 불손한 것을 가르쳐 그들의 아버지에게 대들게 했다는 것이었다. 소크라테스는 자신의 판결에 대해 부당하다고 생각했지만 "악법도 법이다!"라면서 사형 판결을 순순히 받아들였다. 그리고 자기를 위해 슬퍼하는 친구들을 위로하면서 이런 말을 남겼다.

"백조는 세상에 사는 동안 언제나 노래하지만, 죽음이 다가오는 것을 알게 되면 그 어느 때보다도 찬란하게 운다네. 그러나 그 백조의 울음은 슬픔의 노래가 아니고 예언의 신이요 의학의 신이며, 해방과 음악의 신인 아폴론의 나라, 곧 그의 고향으로 돌아감에 대한 기쁨의 찬가이지 ……나도 백조와 마찬가지로 아폴론 신의 종이 아닌가. 그러므로 백조처럼 아폴론 신을 섬기고 저들 못지않게 예언의 능력을 받았다고 생각하네. 그러니 나라고 해서 백조보다 덜 기쁘게 고향에 돌아갈 수 있겠는가."

소크라테스는 죽음 앞에서 보인 그의 용기에 감동한 간수가 슬피 울면서 가져다준 독약을 태연히 마시고 죽었다. 이때 그의 나이 70세였다.

소크라테스는 유난히 못생긴 얼굴을 하고 태어났다. 하지만 그의 친구 크리톤이 전하는 바에 의하면 그는 어린 시절부터 외모가 아니라 "내 속을 아름답게 해주시오."라고 기도했다고 한다. 소크라테스는 그의 어릴 적 소원대로 세상 누구보다도 아름다운 사람이 된 것이다. 그의 어머니가 산파로, 석공인 그의 아버지가 다듬은 석상이었다. 소크라

테스는 글을 쓰는 사람은 아니었다. 그는 오직 대화하기만을 좋아했다. 그래서 예수와 부처, 공자처럼 그가 남긴 글은 하나도 없다. 그에 대한 이야기는 그의 가장 뛰어난 제자 플라톤에 의해 기록되었다. 안개 자욱한 시골 들판, 소크라테스가 나그네에게 말한다.

'너 자신을 알라!'

감정마을로 들어선다. 마을 입구에 커다란 노거수 곰솔나무가 있고, 그 아래 '외지인은 곰솔나무에 치성(공)을 드리는 것을 금합니다.'라는 안내문이 걸려있다. 묘한 기분이 스쳐 간다. 옅은 안개가 드리워진 마을 저수지에 산 그림자가 목욕을 하고 있다. 뭔가 신비로운 일이 발생할 것 같은 예감이 스쳐 간다. 새들이 노래하고 마을의 개들이 큰 소리로 짖어댄다.

어르신이 나타난다. 안개 낀 아침에 이 시골길을 걸어가는 나그네를 물끄러미 쳐다본다. 고개 숙여 인사하고 스쳐 간다. 양배추밭이 녹색의 평원을 이루고, 갈대들이 도열하여 고개 숙여 인사를 한다. 해변가를 걸어간다. 등 뒤에 이제 해가 떠오르고 그림자가 길게 나타난다. 돌아보니 산 위에 떠오른 태양이 안개를 헤치고 들판을 비추고 나아가 갯벌을 비춘다. 서서히 안개가 걷힌다. 안개는 태양이 솟아오르면 사라진다. 아침 안개, 아침 이슬 같은 인생길이다.

백학산 임도를 따라 올라간다. 인적 없는 산길을 걸으면서 멀리 바다와 갯벌을 바라보고, 인적 없는 들판을 걸으며 나그네 설움을 노래한다.

'가슴이 확 트이는 소풍(꽃豊)의 명소'라는 슬산마을 안내판이 발길을 잡는다. 원래 길산(吉山)이라 하였으나 마을 앞산의 모양이 옥녀가 거문고를 타는 모형인데, 거문고보다는 비파가 더 좋아 '비파 슬(瑟)'자와 '산(山)'자를 따서 슬산(瑟山)이라 부른다고 한다. 이 마을 최초 입향성씨는 함평이씨로 중종 때 사화로 정국이 혼란스러워 함평으로 이거하였다가 다시 이곳으로 옮겨왔다고 한다.

9시 30분, 드디어 31코스 종점, 역사·문화마을 분매동 삼강공원에 도착했다.

32코스
람사르습지

삼강공원에서 무안황토갯벌랜드 17.8km

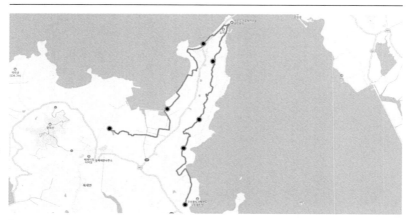

🦶 삼강공원 ‣ 칠산대교 ‣ 삼복산등산로 입구 ‣ 무안황토갯벌랜드

오전 9시 30분, 연이어 32코스를 시작한다. 32코스는 삼강공원에서 칠산대교를 지나고 삼복산 등산로를 지나서 해제면 유월리 1번지 무안 황토갯벌랜드에 이르는 구간이다.

시작점의 노거수가 휴식처 역할을 한다. 노거수는 알리라. 나 이전에 이 길을 다녀간 사람들, 쉬어간 새들과 구름들을. 노거수는 낮에 햇빛에게도 밤에 달빛과 별빛에게도, 바람과 구름에게도 기쁜 마음으로 묵묵히 자신을 내어준다.

걷기 17일째, 이제 500km를 돌파한다. 티끌 모아 태산이다. 한 걸음 한 걸음이 백만 걸음이 되어 어느덧 500km를 지나간다. 하루하루 비워간다. 몸도 마음도 군더더기가 없어져 단순해 간다. 단순한 것이 최고다. 단순함은 곧 간결함이다. 군더더기가 없는 간결함 속에 핵심을 담아내는 것이 중요하다. 사물이나 개념의 본질적인 모습은 언제나 하나의 간결한 모습으로 존재한다.

길을 가는 나그네는 주변도 단순화, 생각도 단순화해야 한다. 사람은 하루에 오만가지 생각을 하는데 그중 96%가 쓸데없는 생각이고 76%가 부정적인 생각이라고 한다. 좋은 생각, 항상 긍정적이고 기쁜 마음, 감사하는 마음으로 인생을 즐겁게 살아야 한다.

'아는 것보다 좋아하는 것이 좋고 좋아하는 것보다 즐기는 것이 좋다.'라는 공자의 '지호락(知好樂)'의 말씀, 매사를 즐기면서 하루하루 살아야 한다. 관념의 세계가 아무리 깊고 지식이 아무리 많아도 현실 생활에 아무런 유익이 되지 않는다면 무슨 의미가 있는가. 공자 왈, 맹자 왈도 좋지만 행할 수 없는 죽은 지식보다는 살아 움직이는 실천의 소박함이 더 인간적이다.

나는 리더다. 나 홀로 여행에서 나는 나 자신을 인도하는 길잡이, 자신의 리더다.

'Simple is Best!(단순함이 최고다!)'를 외치며 리더의 길을 간다.

양배추가 넓게 펼쳐진 녹색 들판을 지나간다. 해남에서 고구마와 배추를 보았고, 진도에서는 넓은 대파밭을 보았다. 무안에서는 양배추밭을 만난다. 해안가, 붉은 색깔의 광활한 칠면초들이 피어 푸른색과 녹색을 바라보던 눈길에 새로움을 선사한다. 송석정 정자를 지나서 해송들이 우거진 백사장을 걸어간다. 갯벌이 속살을 드러내고 유혹한다. 환상적인 풍경이 펼쳐진다. 고즈넉한 해수욕장, 길게 뻗은 갯벌과 푸른 바다를 나 홀로 즐기면서 걸어간다.

마음이 평화로운 사람은 복 있는 사람이다. 마음의 평화는 마음의 그릇에 집착을 놓을 때 온다. 집착은 어리석음에서 생기고 어리석음은 삶의 목적을 모를 때 생긴다. 왜 사는지, 지구별에 왜 왔는지, 무엇을 위해 살아가야 할지를 모를 때 돈, 명예, 사람에 집착하게 된다. 내 영혼의 그릇에는 지금 무엇이 올라와 있는가? 어떤 집착이 올라와 있는가? 영혼을 자유롭지 못하게 하고 짓누르는 게 무엇인가?

'모든 것이 이 집착에서 생겼구나, 이 집착이 내 가슴을 막고 나를 힘들게 했구나.' 하고 돌아본다. 홀홀 털어버린다. 집착에서 벗어나 자유의 길, 영혼의 길을 걸어간다.

도리포항으로 들어선다. 칠산대교를 건너가면 영광인데, 서해랑길은 함평만을 끼고 둘레길을 한 바퀴 돌아서 무안과 함평을 지나서 칠산대교에 이른다.

도리포항에서 아침 겸 점심 식사를 한다. 마음씨 고운 아주머니가 푸짐하게 백반을 차려준다. 좋아하는 닭도리탕도 있다. 아아, 행복하다. 이것이 인생이다.

도리포는 곱창김이 유명하다. 김은 크게 일반김, 곱창김, 돌김으로 구분한다. 엽채가 곱창처럼 생긴 곱창김은 10월 말부터 11월 초까지 두 차례 양식하며 한두 차례 채취한 후, 일반김을 초봄까지 이어서 양식한다. 도리포 겨울 숭어회는 무안 5미에 속한다.

도리포 일대는 한때 영산강 4단계 사업으로 매립 위기에 처했던 갯벌이었다. 새만금 간척사업의 찬성과 반대 논란 속에 갯벌의 가치가 재인식되면서 도리포 일대를 포함한 영산강 사업이 백지화되었다. 그리고 무안갯벌은 우리나라 최초의 연안습지보호지역과 람사르습지로 지정되었다. 갯벌과 바다를 보호하는 일은 미래 세대의 식량을 준비하는 일

이며, 생물 다양성으로 지구를 지키는 일이다.

도리포항에서 백반 하나 먹고 그 힘으로 송계산 산행을 한다. 그래, 밥이 보약이다. 평소 좋아하는 닭도리탕 다리 한 조각까지 먹었으니 힘이 솟구친다. 얼굴은 비록 예쁘지 않았지만 나그네를 챙길 줄 아는 마음씨는 고운 아주머니였다. 송계산 산길로 들어선다. 대나무 숲이 우거졌다. 대나무는 모든 식물의 잎이 떨어진 한겨울에도 푸름을 잃지 않고 꿋꿋한 기개를 내보인다. 그래서 선비들은 예로부터 사군자의 하나로 그 성품을 본받으며 살았다.

모죽(毛竹)이라는 대나무가 있다. 이 나무는 5년이 지나기 전에는 자라지 않는다. 5년이 지나면 하루에 70cm씩 6주 동안 쑥쑥 자라서 결국 30m까지 자란다. 이유가 뭘까?

모죽은 5년 땅속 깊은 곳에서 사방 10리 넘게 뿌리를 뻗친 뒤 일시에 줄기를 키우는 것이다. 모죽이 그렇게 멋지고 당당한 모습을 드러낼 수 있었던 것은 묵묵히 미래를 준비했기 때문이다. 준비 없는 미래는 실패를 준비하는 것이다.

대나무의 매력은 마디에 있다. 마디는 힘이다. 마디는 바람에 흔들리지 않고 지탱할 수 있도록 땅을 붙잡아준다. 마디가 형성될 때에 대나무는 성장을 잠시 멈추었다가 다시 쑥쑥 자란다. 사람도 마음의 마디가 필요하다. 마디를 만들기 위해 잠시 침묵의 시간, 명상의 시간, 삶의 여백을 가질 필요가 있다. 먼 길을 가자면 쉬어가는 마디가 있어야 한다. 서해랑길 가는 길은 대나무의 마디와 같은 여정이다. 불어오는 바람 속에 속을 비운 대나무의 무욕과 곧은 심성을 느끼면서 걸어간다.

'이야기가 있는 생태탐방로' 도리포항에서 산 능선을 따라 걸어간다.

오리마을에서 무안생태갯벌센터에 이르는 총 10km 구간이다.

길은 멀다. 하지만 먼 길이 힘들지는 않다. 무거운 지상의 고달픈 길손, 대지 위에 반짝거리는 햇빛, 가장 아름다운 순간보다도 더욱더 황홀한 순간이다. 가슴으로 온 우주를 안는다. 내 신발에 날개를 달아 골짜기를 건너고 산을 넘어서 가고 또 간다. 가야 할 길은 아직 아득히 멀고 낯선 곳에서 해가 저물어 가면 곧 별이 뜨리라.

능선에 오르니 함평만 푸른 바다가 펼쳐진다. 하늘도 푸르고 바다도 푸른 정경을 즐기면서 산길을 간다. 배부른 신선이 산길을 간다. 신선 '선(仙)' 자는 산에 있는 사람이니, 나는 신선이다.

바람이 가는 길에 가을 하늘의 구름이 한가로이 쉬어가는 산에서 산의 말을 듣는다. 나무와 풀과 꽃과 새들과 다람쥐와 뭇 생명들의 소곤거리는 이야기를 듣는다. 만고부동(萬古不動), 인자요산(仁者樂山), 호연지기(浩然之氣), 산에서 산의 기운을 느낀다. 히말라야산맥, 로키산맥, 알프스산맥, 천산산맥 등 세계의 산들을 트레킹했던 추억들이 스쳐 간다.

한국인에게 등산은 취미가 아니라 생활이다. 국토의 70%가 산으로 이루어진 데다, 계절마다 색다른 풍경을 안겨준다. 전체성인 남녀의 78.3%는 한 달에 한 차례 등산이나 숲길 체험을 한다. 산림청이 19~79세 남녀 1,800명을 대상으로 실시한 2022년 조사 결과다. 등산의 민족인 한국인이 가장 좋아하는 산은 어디일까? 산림청의 조사에 의하면 5위는 내장산, 4위는 한라산, 3위는 북한산, 2위는 지리산, 1위는 설악산이다.

함평만 바다를 바라보면서 오르고 내리고를 반복한다. 송계마을 산길을 지나고 입석마을, 신풍마을, 심양마을을 지나고 노문마을을 지나서 오류마을에서 산길에서 마을로 내려간다. 마을을 지나서 무안갯벌 방파제를 따라 걸어간다. 갈대숲의 하얀 잎들이 햇살에 반짝인다. 구름이 한가롭고 드넓은 갯벌과 바다가 황홀하게 다가온다.

무안갯벌은 람사르 등록습지다. 대한민국에는 2121년 12월 기준 총 24개 202.14㎢ 람사르 등록습지가 있다. 람사르협회에서는 람사르협약에 따라 독특한 생물지리학적 특징을 가진 곳이나 희귀 동식물종의 서식지, 또는 물새 서식지로서의 중요성을 가진 습지를 보호하기 위해 람사르습지로 지정 보호하고 있다.

람사르협약의 정식 명칭은 '물새 서식지로서 국제적으로 중요한 습지에 관한 협약'이다. 1971년 2월 물새 서식처인 이란의 카스피해 연안의 람사르에서 채택되어 1975년에 발효된 람사르협약은 국경을 초월해 이동하는 물새를 국제자원으로 규정하여 가입국의 습지를 보전하는 정책을 이행할 것을 의무화하고 있다. 여기에 습지는 바닷물 또는 민물의 간조 시 수심이 6m를 초과하지 않는 늪과 못 등의 소택지와 갯벌로 정의하고 있다.

우리나라는 1997년 7월 28일 국내에서 람사르협약이 발효되면서 세계에서 101번째로 람사르협약에 가입하였다. 강원도 인제군 대왕산 용늪이 첫 번째로 등록되었다. 서해랑길에는 고창·부안 갯벌 45.5㎢로 우리나라에서 가장 크고 무안군 해제면, 현경면 일대에 35.89㎢의 무안갯벌이 두 번째 크다. 증도갯벌 31.3㎢, 서천갯벌 15.3㎢, 대부도갯벌 4.53㎢, 고창 운곡습지 1.797㎢ 등이 있다.

우리나라 습지보호지역 지정현황은 총 48개 지역 1,573.130㎢(개선지역 및 주변 관리지역 포함)로 환경부지정 28개소, 해양수산부 지정 28개소, 시도지사 지정 7개소가 있다. 2002년 진도갯벌을 시작으로 부안 줄포만 갯벌 2006년 지정, 람사르등록 2010년, 고창갯벌 2008년 지정,

람사르등록 2010년, 서천갯벌 2008년 지정, 람사르등록 2010년, 신안갯
벌 2018년 지정, 람사르등록, 증도 2011년, 시흥갯벌 2012년 지정 람사
르등록, 대부도갯벌 2017년 지정 람사르등록 2018년, 화성 매향리 갯벌
은 2021년 지정되었다.

오후 2시 30분, 드디어 무안황토갯벌랜드에 도착했다. 택시를 불러
타고 승용차가 있는 수포마을회관으로 달려간다. 그리고 다시 함평만
의 돌머리해품솔 민박집으로 향한다. 무안의 돌산에서 하루를 시작하
고 함평의 돌머리해변을 둘러본 뒤 돌머리해품솔에서 밤을 맞이한다.
달 밝은 밤, 펼쳐 든 책의 내용들이다.

소크라테스는 독약이 준비되고 있는 동안 피리로 음악 한 소절 연습
하고 있었다.

"대체 그게 지금 무슨 소용이오?"

누군가 이렇게 묻자, 소크라테스는 다음과 같이 말했다.

"그래도 죽기 전에 음악 한 소절은 배우지 않겠는가?"

클레오파트라의 마지막 말은 인간이 아닌 뱀에게 건넨 말이었다. 독사가 숨겨져 있는 바구니를 건네받은 클레오파트라는 바구니를 열어 쉬쉬거리는 독사에게 말했다.

"그래, 네가 거기 있었구나."

33코스

내 인생에 가을이 오면

무안황토갯벌랜드에서 상수장3번버스정류장 19.8km

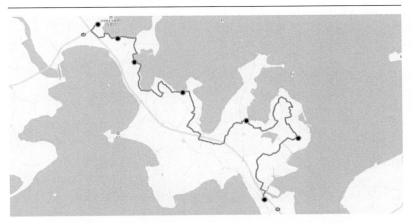

🐾 무안황토갯벌랜드 › 마산마을 › 석북마을회관 › 상수장3번버스정류장

　11월 10일 목요일 6시 20분 여명의 아침, 민박집 앞, 구름 속에 달이 숨는다. 해를 품은 해품솔 민박집 앞에서 구름이 달을 품는 광경을 바라본다. 택시를 불러 타고 무안황토갯벌랜드로 달려간다. 33, 34코스를 걸어서 이곳 숙소까지 돌아오는 계획이다.

　7시 11분, 안내판이 없는 시작점 표시 앞에서 33코스를 출발한다. 33코스는 천혜의 자원인 서해의 갯벌과 황토를 활용하여 조성된 탐방로와 전망대가 있는 마을을 걸어서 상수장3번버스정류장에 이르는 구간이다.

　들판을 걸어서 이내 벌거벗은 갯벌이 나오고 고요한 무안갯벌탐방로

를 따라 걸어간다. 동쪽에는 해가 떠오르려 하고 서쪽에는 달이 떠 있다. 무슨 사연이 그리 많아서 서산 너머로 가지 못하고 달은 저토록 서성이는 것일까. 그러는 나그네는 무슨 사연 그리 많아서 오늘은 37km가 넘는 100리 길을 걸어간단 말인가. 그래, 가야지. 서해랑길은 주어진 나의 길이니 가야지. 나에게는 지켜야 할 약속이 있고 가야 할 길이 있으니 오늘도 오늘의 길을 가야지.

신선한 아침이다. 살아있다는 것이, 걸을 수 있다는 것이, 생각하고 느끼고 말하고 행동할 수 있다는 것이 너무나 감사한 아침이다. 둥근 달이 길을 안내한다. 태양은 아직 모습을 드러내지 않고 구름 뒤로 붉은빛이 선명하다. 갯벌이, 바다가, 모든 것이 한 폭의 그림 같은 아름다운 풍경이다.

드디어 멀리 산 너머로 태양이 솟아오른다. 세상이 빛난다. 하늘도 빛나고 바다도 빛나고 구름도 빛나고 갯벌도 빛나고 서해랑길도 빛나고 나그네의 마음도 빛난다. 갈대들도 빛을 발하며 나그네에게 고개 숙여 인사를 한다. 이 아름다운 경관을 누구에게 전해주나. 서해랑길 아침의 여행자만이 누릴 수 있는 황홀한 기쁨이다.

가을이 깊어간다. 계절의 가을이 깊어가고 인생의 가을이 익어간다. 윤동주의 〈내 인생에 가을이 오면〉이라는 시가 다가온다.

내 인생에 가을이 오면 / 나는 나에게 / 물어볼 이야기들이 있습니다. / 내 인생에 가을이 오면 / 나는 나에게 / 사람들을 사랑했느냐고 물을 것입니다. / 그때 가벼운 마음으로 말할 수 있도록 / 나는 지금 많은 사람들을 사랑하겠습니다. (후략)

20대의 윤동주는 '내 인생에 가을이 오면 열심히 살았느냐고, 사람들에게 상처를 준 일이 없었느냐고, 삶이 아름다웠느냐고, 어떤 열매를 얼마만큼 맺었느냐'고 물을 것이라고, 그리고 '내 마음 밭에 좋은 생각의 씨를 뿌려 좋은 말과 좋은 행동의 열매를 부지런히 키워야겠다.'는 것으로 시를 마무리한다.

나이 60이 넘은 인생의 초가을, 나는 과연 어떤 열매를 맺었는가. 삶은 아름다웠는가. 사람들에게 상처 준 일은 없었는가. 열심히 살았는가. 얼마나 쩨쩨하게 살았던가. 얼마나 이기적이었던가. 돌아보면 지난 세월이 부끄럽게 다가온다. 하지만 아직 나의 가을은 끝나지 않았다. 아니, 나의 인생 시계는 아직 뜨거운 여름을 가리킨다. 아직 새로운 희망이, 열정이 살아있다. 작비금시다.

〈어우야담〉을 썼던 유몽인(1559~1623)은 성품이 각지고 앙칼졌다. 불의를 참지 못했다. 1621년 월사 이정귀(1564~1635)가 마침 자리가 빈 태학사 자리에 유몽인을 추천했다. 이 말을 전해 들은 유몽인은 이정귀에게 편지를 썼다.

"지난해 기근이 들었을 때 아이들이 떡을 두고 다투기에 가서 살펴보니 콧물이 미끌거립디다. 몽인은 강호에 살면서 한가하여 아무 일이 없습니다. 지난해에는 〈춘추좌씨전〉을 읽고, 올해는 두보의 시를 외우고 있습니다. 이는 참으로 노년의 벗이라 하겠습니다. 이것으로 여생을 보내기에 충분합니다. 아이들과 콧물 묻은 떡을 다투는 일 같은 것은 원하는 바가 아니올시다."

얼마 후 유몽인은 아예 금강산으로 들어가 버려 자신의 말이 그저 해본 소리가 아님을 행동으로 보여주었다. 군아쟁병(群兒爭餠), 무리 아이들의 코 묻은 떡을 다투지 않고 선비의 길, 신선의 길을 흉내내면서 나그네가 콧노래를 부른다.

함평만 낯선 바닷가 광활한 무안 황토갯벌 하늘에 새 한 마리 날고 외로운 나그네 서해랑길, 인생길을 걸어간다. 싸늘한 가을바람이 코를 지나서 목구멍으로 넘어가 뜨거운 심장의 열기를 두 발로 내보낸다. 겨울 배추밭 능선 너머로 붉은 태양이 모습을 드러내며 축복받은 하루가 열리고 나의 기도가 시작된다.

'오늘도 새로운 생명과 호흡을 주시고 새로운 하루를 주시고 새로운 발걸음을 주시고 새로운 길을 주시고 새로운 하늘과 땅을 주시고 새로운 바다와 갯벌을 주시고 새로운 만남을 주신 자비로운 신이여! 당신께 머리 숙여 감사드리나이다.'

갈대들이 바람에 노래한다. 함평만을 둘러싼 무안황토갯벌이 끝없이 펼쳐진다. 무안황토갯벌랜드는 한국의 습지보호지역 제1호로 2001년 12월 갯벌습지보호지역 1호로 지정되었으며, 2008년 1월 람사르습지보호지역으로 지정되었고, 6월에는 갯벌도립공원 1호로 지정되었다. 매년 6월~7월경 무한한 갯벌의 가치를 알리는 교육의 장으로 무안황토갯벌축제가 열린다.

수양촌쉼터 노거수가 반겨준다. 나그네가 웅장한 노거수를 바라본다. 노거수가 나그네를 바라본다. 고향의 하늘과 구름이 나를 바라본다. 고향은 언제나 나를 바라보고 있다. 고향의 청산과 미천이 나를 바라보고 있다. 내가 다닌 백두대간, 모든 산은 지금의 나를 바라보고 있

59일간의 서해랑길 도보여행기 1 - 전라도 구간

다. 내가 걸은 모든 길은 나를 바라보고 있다. 보다 나은 삶을 살고 있는지, 의미 있는 삶을 살고 있는지, 내가 다닌 길들은 나를 쳐다보고 있다. 바람이 불어온다. 배낭의 깃발이 휘날리며 나그네에게 힘을 불어넣는다.

장자는 현재가 미래에게 저당 잡히고 경험이 소유에게 눌려 있는 현실을 끊고 새로운 나를 찾아 나서는 것을 현해(懸解)라고 한다. 거꾸로 매달린 나(懸)로부터 해방(解)이다. 인간의 굴레는 자유로운 영혼을 느끼며 사는 데 방해가 된다. 장자가 꿈꾸는 매달린 나로부터의 해방, 현해의 경지로 들어서는 나그네가 장자의 노래를 부른다.

나의 왼쪽 팔이 어느 날 닭이 된다면
나는 슬퍼하지 않고 새벽을 알리는 닭이 되리라!
(중략)
무엇을 얻는 것도 한 때며
무엇을 잃는 것도 한 때이니
지금 내 상황을 즐기고 편안히 받아들인다면
슬픔과 기쁨의 감정 기복이 어찌 내 삶에 끼어들 수 있겠는가?
이런 경지를 예로부터 매달린 나로부터의 자유, 현해(懸解)라고 한다.

인생의 가을에 서해랑길을 걸어간다. 차를 타고 가면 될 일, 누구는 멍청하다고 웃는다. 총명한 것일까, 멍청한 것일까. 청나라 때 서화가 정성의 글씨에 있는 내용이다.

"총명하기는 어렵지만 멍청하기도 어렵다. 총명함을 거쳐 멍청하게 되기는 더 어렵다. 집착을 놓아두고, 한 걸음 물러서서 마음을 내려놓는 것이 어찌 뒤에 올 복의 보답을 도모함이 아니겠는가?"

붕(鵬)이라는 전설상의 새는 장자가 제시하는 가치 혁신 인간의 비유된 모습이다. 뱁새는 자신이 사는 둥지를 날아다니며 한 모금의 물에 안주하지만, 새로운 하늘과 장대한 비행거리를 확보한 붕새는 한번 날아서 수천 킬로를 날아간다. 고정관념에 빠진 사람은 이해하지 못한다. 붕새가 왜 저토록 멀리 높이 나는지를. 높이 날아야 멀리 볼 수 있다는 생각을 해 보지 못한 사람은 붕새를 비웃으며 자신의 처지에 안주한다. 그 누가 알겠는가. 나그네가 먼 길을 떠나 홀로 걷는 이유를.

우물 안 개구리가 우물 속에서 바라보는 하늘의 크기에 갇혀 있을 때는 새로운 하늘을 보지 못한다. 장자는 새로운 변신을 방해하는 세 가지 그물이 있다고 한다. 공간의 그물, 시간의 그물, 지식의 그물이다. 우물 안 개구리에 대해서는 바다를 설명할 수 없고, 한여름만 살다가는 여름 곤충에게는 겨울의 찬 얼음에 대하여 설명할 수 없고, 자신이 가진 지식이 최고라고 생각하는 시골 동네 지식인에게는 진정한 도(道)의 세계를 설명해줄 수 없다. 그리고 장자는 이 세 가지 집착과 한계를 파괴하라고 충고한다.

자신이 속해있는 공간을 파괴하라!
자신이 살아가는 시간을 파괴하라!
자신이 알고 있는 지식을 파괴하라!

미래 사회학자 앨빈 토플러는 그의 책 〈부와 미래〉에서 장자의 생각과 궤를 같이하여 공간을 파괴하라, 시간의 스피드를 재조절하라, 지식을 재신임하라고 말한다.

나그네가 시간을 파괴하고 공간을 파괴하면서 새로운 세계에 눈을 뜨고 한 걸음 한 걸음 길을 간다. 길 떠나면 걱정도 많아진다. 지나치게 생각이 많아 부질없는 걱정이 떠나지 않는 현상은 오버씽킹이다. 나 홀로 여행자가 부질없는 오버씽킹을 예방하자면 중요한 일을 찾아서 그것에 푹 빠지는 재미를 가져야 한다. 중요한 일은 무엇일까. 춤을 추며 신명 나게 걸어가는 것이다. 춤을 춘다. 덩실덩실 춤을 춘다. 나그네가 춤을 추니 갈대들이 춤을 추고 새들이 춤을 추고 가을이 춤을 추고 세상도 춤을 춘다.

"걸어라 너, 그렇게 아름답구나!"
"오늘 하루가 바로 일생이다!"

오늘이 내 인생의 황금기, 내 인생의 화양연화가 서해랑길에 펼쳐진다. 꽃길을 걸어간다. 내가 가는 길이 꽃길이다. 인생의 꽃길이다. 구상 시인의 "반갑고 고맙고 기쁘다. 앉은 자리가 꽃자리니라! 네가 시방 가시방석처럼 여기는 너의 앉은 그 자리가 바로 꽃자리니라. 반갑고 고맙고 기쁘다."라는 '꽃자리'가 스쳐 간다.

여행은 자신을 들여다보는 시간이다. 특히 나 홀로 여행은 오롯이 나에게만 집중하는 여행이다. 나는 걷고 싶다. 그래서 걷는다. 나는 걷는다. 진정한 여행자는 걸어서 다니는 자이다. 걸으면서 지금 이대로 자유를 갖고 싶다. 내 인생의 가을에 한 번도 가보지 않은 미지의 시간을 뜨거운 심장으로, 사명자의 젖은 눈동자로, 두려움 없는 발걸음으로 힘차게 걸어간다. '내 인생에 가을이 오면'을 노래하면서 인적 없는 빈 들판을 걷고 또 걸어간다.

10시 56분, 33코스 종점 무안군 현경면 송정리 상수장3번버스정류장에 도착했으나 안내판이 없다.

7 함평~영광 구간 (34~40코스) 117.9km

- 구시포해변
- 고리포
- 영광승마장 입구
- 홍농버스터미널
- **40** 법성리버스정류장
- 영광대교
- 영광노을전시관
- **39** 답동마을버스정류장
- 서해특산시험장 입구
- 북수분등소공원
- **38** 하사6구버스정류장
- 뒷산전망대
- 삼성염전정류장
- **37** 합산버스정류장
- 합산제
- 설도젓갈타운
- **36** 칠산타워
- 안악해수욕장
- 주포한옥마을 입구
- **35** 돌머리해변
- 파도목장입구
- 상수장3반 버스정류장
- **34**
- 유수정회관

34코스
함평만 둘레길

상수장3번버스정류장에서 돌머리해변 17.2km

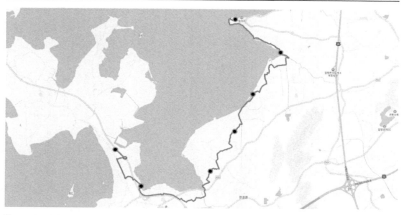

🐾 상수장3번버스정류장 ➤ 유수정회관 ➤ 파도목장 입구 ➤ 돌머리해변

　34코스 시작점과 진행 방향 화살표만 있고, 이리저리 아무리 둘러 보아도 34코스 안내판이 없다.

　"어느 길로 가야 하는지 알려줄래?"

　앨리스의 질문에 고양이가 말했다.

　"넌 어딜 가고 싶은데?"

　앨리스가 대답했다.

"난 어디든 상관없어."

고양이가 말했다.

"그럼 어느 길을 가든 상관없겠네."
"왜?"

앨리스가 묻자 고양이가 답했다.

"네가 어디로 가야 할지 모른다면 넌 어디도 가지 못할 테니까."

〈이상한 나라의 앨리스〉에 나오는 이 구절은 어떠한 여정을 시작하기에 앞서 자신이 나아갈 방향을 분명히 해야 목적지에 도착할 수 있다는 상식을 말해주고 있다. 인생이라는 여정에서도 마찬가지다. 목표를 세우고 방향을 정할 필요가 있다. 목표를 향해 나아가야 한다. 자신이 목표를 세우지만 다음에는 목표가 자신을 이끌어간다.

오전 11시, 목적지를 향하여 화살표를 따라 34코스를 시작한다. 34코스는 함평만의 마을과 마을을 잇는 길을 걸어서 함평읍 석성리 560-14 돌머리해변에 이르는 구간이다. 이제 무안에서 함평으로 들어간다. 오늘로써 무안길이 끝난다. 무안은 모두 10개 코스로 긴 구간이었다.

들판 길을 걸어서 한참을 가던 중 생뚱맞게 34코스 안내판이 나타난다. 있어야 할 곳에 있지 않고 엉뚱한 곳에서 안내를 한다. 멸종위기 야생생물 2급 '흰발농게', '대추귀고둥' 서식지를 지나간다. 멸종 위기에 처한 동물을 보호하기 위해 관심이 필요한 지역이므로 멸종위기 야생생물 채집 및 쓰레기 무단 투기행위를 금지해 달라는 안내문이 세워져

있다.

한적한 들판 길, 쭉 뻗은 직선 길을 걸어간다. 길에는 직선이 있고 곡선이 있다. 선은 점과 점을 잇는 줄이다. 길은 한 장소와 다른 장소를 연결하는 선이다. 들길은 직선이다. 해안의 방파제는 직선이다. 마을 안길은 곡선이다. 산길 또한 곡선이다. 직선은 변화가 없지만 곡선은 변화가 있다. 직선은 시간을 단축시키지만 곡선은 부드러움과 여유로움을 선물한다. 세상의 모든 강은 구불구불 곡선으로 흐른다. 산길 또한 구불구불 구불길이다. 인생길은 근본적으로 곡선으로 이루어진 길이다. 때로는 직선이지만 결국 곡선으로 이루어진다. 사랑은 곡선이다. 어머니는 곡선이다. 종교는 곡선이다. 무덤도 평화로운 곡선이다. 젊음이 직선이라면 이제는 여유로운 곡선으로 살아가야 할 나이이다. 오늘 하루도 직선과 곡선을 번갈아 가면서 서해랑길을 걸어가고, 인생길을 나아간다.

무안군 현경면 해운리 바닷가를 걸어서 드디어 함평읍 석성리, 함평 만둘레길을 걸어간다. 함평~영광 구간은 34~40코스로 117.9km이다. 함평천지 낙원, 함평은 그 이름에서부터 청정함이 연상된다. '함평 쌀밥을 먹은 사람은 상여가 더 무겁다'고 하듯이 함평은 쌀이 좋기로 유명하다. 1906년에 발행된 〈함평군지〉에 따르면 함평에서 나는 햅쌀, 보리, 밀 등을 왕실에 진상하였다. 함평은 또한 인접한 무안과 더불어 양파 산지다.

함평을 두고 조선 전기의 문신 조계생은 "샘 맑고 대나무 길고 바다와 산은 깊은데, 성 곁의 인가는 반쯤 가렸네."라고 노래했고, 정인지는 "함평은 바다 곁에 있으므로 경비가 해이하지 않고 토지가 비옥하므로 백성이 많으니 반드시 문무를 겸비한 인재라야 비로소 수령이 될 수 있다."라고 했다.

함평의 대표 축제는 나비대축제다. 함평천지 대자연 속에서 유채꽃 물결 사이로 수만 마리의 나비가 어우러지는 장관을 연출한다. 세계 최초로 살아있는 나비와 곤충, 자연을 소재로 새롭게 시도된 친환경 축제로 평가받는다. 함평은 일 년 중 명절이 세 번이라고 한다. 추석과 설, 그리고 나비축제다. 젊은 군수가 이루어놓은 '나비의 꿈'은 위대한 기적이라고 한다. 돈도 없고, 사람도 없고, 변변한 특산물도 하나 없는, 그야말로 아무것도 없는 깡촌에 환골탈태한 기적을 일궈낸 축제이기 때문이다. 나비의 고장 함평은 가는 곳마다 나비가 있다. 버스정류장에도, 고속도로 터널 입구에도 나비가 그려져 있다. 쌀도 나비 쌀이고 소도 나비 한우이다.

나비의 일생은 네 단계로 나눠진다. 알로서 잠을 자는 정지해 있는 기간, 풀 잎사귀를 뜯어 먹으며 꿈틀거리는 애벌레의 시간, 집을 짓고 들어가 번데기로 잠을 자며 기다리는 시간, 그리고 번데기에서 나와 현란한 날개를 펄럭이며 허공을 날아다니는 유유자적한 시간이다. 나비의 꿈은 하늘을 훨훨 나는 것이다.

위대한 인생은 상상에서부터 시작된다. 어떠한 사람이 될 것인지 구체적인 상상을 하면 상상을 현실화할 의지 또는 동기가 생겨나 하고자 하는 일을 할 수 있고, 또 바라는 사람이 될 수 있다. 꿈을 꾸는 사람은 그 꿈을 닮아간다. 성공은 성공한 내 모습을 그리는 데서부터 시작된다.

서해랑길 도보여행의 완주를 상상하면 열정이 솟구친다. 강화도 평화전망대에 도착해서 환히 웃고 있을 모습을 상상하면 심장에 피가 솟구치고 다리에 힘이 들어간다.

나비는 꽃과 꽃 사이를 날아다니면서 어느 꽃에도 해를 입히지 않고 꿀과 향기를 즐긴다. 꽃은 나비에게 꿀과 향기를 제공하고 수정할 수 있도록 도움을 받는다. 꽃과 나비는 서로에게 해를 입히지 않으며 서로를 위해 주는 상생의 지혜를 알고 있다. '니 죽고 내 죽고, 니 죽고 내 살고, 내 죽고 니 살고가 아닌, 니 살고 내 살고'의 더불어 사는 생존모형이다.

"모진 바람 불어오고 휘몰아쳐도 그대는 나를 지켜주는 태양의 사나이~" 대중가요 '꽃과 나비'를 흥얼거리며 청산을 찾아가는 나그네가 한 마리 나비가 된다. 현실인지 꿈인지 구별이 안 되는 호접몽(胡蝶夢)을 떠올리며 〈나비야 청산가자〉를 노래한다.

나비야 청산 가자 범나비야 너도 가자
가다가 날 저물면 꽃잎에 쉬어 가자
꽃잎이 푸대접하거들랑 나무 밑에서 쉬어 가자
나무도 푸대접하면 풀잎에 쉬어 가자

나비야 청산 가자 나하고 청산 가자
가다가 해 저물면 고목에 쉬어가자
고목이 싫다 하고 뿌리치면 달과 별을 병풍 삼고
풀잎을 자리 삼아 찬 이슬에 자고 가자

함평만 둘레길을 걸어간다. 길이 19.5km 함평만은 무안과 함평의 황해에 있는 만이다. 북쪽은 영광군 염산면과 함평군 손불면, 남쪽은 무안군 현경면에 둘러싸인 북서쪽으로 열린 좁고 긴 만이다.

돌머리해수욕장이 점점 가까이 다가온다. 바닷바람이 시원하게 불어온다. 만조 시간, 바닷물이 해안 길가까지 밀려왔다. 밀물과 썰물은 지구의 맥박이다. 심장이 피를 온몸으로 보낼 때 생기는 맥박처럼 밀물과 썰물이 바닷물을 고르게 섞이도록 해 각종 영양분과 산소를 지구 곳곳에 전달해준다.

바닷물은 달의 힘으로 움직인다. 달이 잡아당기는 힘인 인력 때문에 바닷물이 차오르는데 그것을 밀물, 상대적으로 물이 빠지는 것을 썰물이라 한다. 달과 가까이 있는 바닷물은 달의 인력에 끌리면서 물이 차올라 밀물이 된다. 이때 달과 먼 지구 반대편도 밀물이 된다. 이유는 이 지역은 달의 인력보다 지구의 원심력이 더 커 바닷물이 차오른다. 달과 가장 가까운 곳과 먼 곳이 각각 다른 이유로 밀물이 된다.

함평만의 푸른 바다가 속살을 숨기고 파란 물결을 일렁이며 춤을 춘다. 햇살이 소낙비처럼 내리는 푸른 바다가 반짝반짝 빛이 난다. 저 푸른 바다 밑에 갯벌이 숨겨져 있다고 생각하니 신비로운 세상이다.

눈에 보이는 것이 다가 아니다. 보이지 않는 것도 볼 줄 알아야 한다. 보인다고, 듣는다고 모두가 사실이 아니다. 빛 속에는 가시광선 말고도 자외선과 적외선이 있고, 사람은 들을 수 없지만 개나 토끼 등 동물은 들을 수 있는 초음파도 있다. 감탄하고 있는 일몰의 태양조차 8분 전에 이미 바다 너머로, 산 너머로 가버린 모습을 보고 있다는 사실이다.

돌머리해안길을 걸어간다. 돌머리해안은 함평읍 석성리 석두마을에 자리하고 있다. 석두(石頭)라는 이름은 원래 돌머리라는 우리말로 된 마을 이름을 한자어로 쓰다 보니 석두가 되었다. 돌대가리의 다른 말이다. 타지역 해변에 비하여 간만의 차가 심한 점을 극복하기 위하여 12,420㎡의 인공풀장을 해변가 백사장에 조성하였다. 갯벌에는 게, 조

개, 해초류가 많으며 인근 연안에는 세발낙지와 보리새우가 빼놓을 수 없는 별미로 손꼽힌다.

오후 2시 57분, 34코스 종점에 도착했다. 계속해서 34코스를 지나서 35코스를 따라 걸어간다. 아름다운 돌머리해수욕장을 걸어간다. 식당이 나타난다. 장어로 단백질을 든든하게 보충했다. 먹을 자격이 있고 마실 자격이 있기에 나 홀로 이른 만찬을 즐겼다.

다시 숙소로 되돌아가는 길, 태양도 서쪽 하늘에서 서서히 휴식을 가지려고 바다로 내려간다. 일몰과 해송이 아름다운 돌머리해변의 낙조는 함평 8경의 하나다.

바닷가에 소나무 한 그루가 멋있게 서 있다. 서해랑길 리본이 매달려 바람에 펄럭인다. 마치 '친구! 반가워!'라고 외치는 것만 같다. 드디어 오늘의 안식처에 도착했다.

밤하늘에 별이 반짝인다. 물기 어린 눈에 비치는 별빛이 너무나 아름답다.

아, 행복하다!
아, 참으로 달콤하다!

나그네는 홈리스(Homeless)일지언정 결코 호프리스(Hopeless)는 아니다. 희망은 나그네의 양식이다. 낮에 부지런하면 하루의 잠이 평안하고, 하루의 잠이 평안하면 한 해가 행복하고, 한 해가 행복하면 평생이 즐겁고 평생이 즐거우면 죽음도 평안하다.

다음날 11월 11일 금요일 새벽, 고창으로 달려간다. 11일과 12일은 용인국립공원탐방대와 함께 변산반도국립공원 44~46코스를 걷는다.

35코스
자유로운 인간이여, 항상 바다를 사랑하라!

돌머리해변에서 칠산타워 19.0km

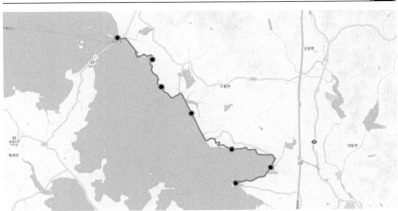

🐾 돌머리해변 ❯ 주포한옥마을 입구 ❯ 안악해수욕장 ❯ 칠산타워

　11월 13일 일요일 새벽 변산에서 출발하여 아침 9시, 돌머리해변에서 35코스를 시작한다. 35코스는 함평의 대표해수욕장 돌머리해변과 안악해변을 지나서 칠산타워에 이르는, 서해랑길 중 함평군을 지나는 유일한 구간이다.

　11일과 12일은 용인국립공원탐방대 회원들과 변산반도국립공원을 걷고 제자리로 돌아와 다시 돌머리해변을 걸어간다. 어제 일행 중 3명은 돌아가고 광섭 형님, 세원·준규·정화·인경 아우들과 함께 걷는다.

　앞에는 시커먼 먹구름, 등 뒤에는 세찬 바람에 펄럭이는 깃발들, 좌우로는 좋은 친구들, 이보다 더 좋을 수는 없다. 함평만의 백사장을 걸어간다. 바다에는 갯벌이 드넓게 펼쳐져 있다. 며칠 전에는 밀물이어서 갯벌을 보지 못했다.

돌머리해수욕장은 깨끗한 바닷물과 넓은 백사장, 소나무 숲이 어우러진 천혜의 절경이다. 일몰이 유명하고 타지역 해변보다 심한 간만의 차를 극복하기 위하여 8,000㎡의 해수풀장과 어린이 물놀이장을 조성하고 원두막, 오토캠핑장 등의 편의시설도 마련하여 가족 단위의 관광객이 찾기에 좋다.

목재 데크를 따라 걸어서 갯벌 위로 불어오는 세찬 바람을 안고 바다로 나아간다. 신선한 바람에 집착과 번뇌를 훨훨 날려 보낸다. 쇠붙이 속의 녹이 쇠붙이를 갉아먹듯 마음속 더러움은 파멸의 길로 몰고 간다. 자신을 망치는 것은 나 자신, 영혼에 낀 먼지를 바닷바람에 날려보낸다. 행복이 파도처럼 밀려오고 보들레르의 〈인간과 바다〉가 바람에 실려 온다.

자유로운 인간이여, 항상 바다를 사랑하라
바다는 그대의 거울, 그대는 그대의 넋을
한없이 출렁이는 물결 속에 비추어본다.
그대의 정신 또한 바다처럼 깊숙한 쓰라린 심연
그대는 즐겨 그대의 모습 속에 잠겨든다.

샤를 보들레르(1821~1867)는 〈파리의 우울〉 중에 '이 세상 밖이라면 어디로라도, 어디로라도 떠나고 싶다.'고 하면서 격렬하고 자유분방하게 살다가 죽었다. 증오와 반항심이 많았던 보들레르는 시대와 불화했고 몸과 마음이 건강하지 못했다.

바다를 사랑하는 자유로운 나그네가 건강하고 활기차게 서해랑길을 나아간다. 행복을 위해서는 건강해야 한다. 인생은 건강이라는 대지 위에 행복의 집을 짓는다. 심신의 건강은 인생의 뿌리다. 뿌리가 튼튼해야 열정의 잎이 무성하다. 그리고 그 위에 성취라는 꽃이 피고 행복이라는 열매가 열린다. 누구나 영혼을 위해 기도하듯이 육체를 위하여 운동을 해야 한다. 베이컨은 "건강한 몸은 영혼의 안식처, 아픈 몸은 영혼의 감옥이다."라고 말했고, 마하트마 간디는 "인간의 첫째 의무는 자기의 심신을 강건하게 하는 것이다."라고 했다.

건강하면 자연을 찾고 자연을 찾으면서 더욱 건강해진다. 인생에 있어 건강은 목적이 아니다. 그러나 무엇을 하건 건강은 최초의 조건이다. 건강(健康)한 사람의 특징은 몸과 마음이 튼튼하다. 건(健)은 육체가 굳센 것이고 강(康)은 마음이 편안한 것이다. 건강은 신체적, 정신적, 사회적으로 완전히 안녕한 상태에 놓여 있는 것이다. 스티븐 코비는 '성공하는 사람들의 일곱 가지 습관'에서 성공하려면 "심신을 단련하라."고 했다.

주포한옥마을을 지나고 소박한 주포항을 지나서 방조제 끝에서 좌측으로 돌아 함평해수찜마을을 지나간다. '해당화꽃길' 비석을 지나서 길고 긴 월천방조제를 따라 걸어간다. 1935년 간척공사로 만들어진 방조제다. 이후 농토가 조성되었고, 함평 간척지 쌀이 이곳에서 나온다. 방조제 끝에는 월천마을이다.

2000년 8월 태풍으로 제방이 일부 유실돼 제방을 다시 쌓으며 '아름다운 길'을 만들었는데, 해당화 6만 그루를 심으면서 이곳이 일명 '해당화길'로 다시 태어났다. 초여름부터 가을까지 피는 해당화는 해풍뿐만 아니라 추위에 강해서 거친 환경에서도 아름다운 꽃을 피운다. 무너진 방조제를 복구하는 데 의미 있는 꽃이다. 마을 사람들은 해당화처럼 거친 환경에서도 향긋한 꽃을 피우기를 희망하면서 '해당화길'이란 비석을 세웠다.

세상에는 수많은 길이 있다. 법구경에서는 "여기 두 개의 길이 있다. 한 길은 부와 명성의 길이요 또 한 길은 니르바나로 가는 길이다."라고 한다. 인생은 편력의 길을 가고 순례의 길을 가는 여행이다. 무거운 짐을 지고 먼 길을 가야 하는 방랑길이자 아름다운 소풍 길이고, 광명의 길, 암흑의 길, 승리의 길, 파멸의 길, 절망의 길, 희망의 길을 가는 끝없는 유랑이다. 고난과 시련의 길, 영광과 환희의 길을 가는 나그네 여정이다.

사람이 길 아닌 길로 가면 가시덩굴이나 진흙탕에 빠져 고생하게 된다. 그래서 사람은 반드시 길로 가야 한다. 사람에게는 마땅히 가야 하는 사람의 길, 곧 인도(人道)가 있다. 강물이 망망대해에 도달하자면 물길을 따라 쉼 없이 흘러가야 한다. 인생도 산도 빛나는 정상에 오르자면 피와 땀과 눈물을 흘리며 그 길을 올라가야 한다. 일신우일신(日新又日新), 날로 새롭고 나날이 새로운 혁신의 길을 가야 한다. 윤동주가 〈새로운 길〉을 노래한다.

내를 건너서 숲으로 / 고개를 넘어서 마을로
어제도 가고 오늘도 갈 / 나의 길 새로운 길
민들레가 피고 까치가 날고 / 아가씨가 지나고 바람이 일고
나의 길은 언제나 새로운 길 / 오늘도… 내일도…
내를 건너서 숲으로 / 고개를 넘어서 마을로

"세상에서 가장 먼 거리는 뇌에서 가슴까지."라는 서양 속담이 있

다. 실제로 이 거리는 성인의 경우 약 36cm밖에 안 되지만, 아는 것을 실행에 옮기는 데에 뜻밖에 많은 시간이 걸린다. 36cm밖에 안 되는 거리에 수많은 마음의 길이 있다. 그중에는 부정의 길, 긍정의 길도 있다.

르네상스 시대의 미술가들이 조각을 할 때 사용하는 방법은 크게 두 가지가 있었다. 그중 하나는 단단한 높은 산의 돌을 가져다 그 돌에서 불필요한 부분을 깎아내어 만드는 '제거방식'이었다. 미켈란젤로는 오직 제거방식만을 고집하여 이렇게 만들어진 작품에만 조각이라는 이름을 붙였다. 학문에서는 이렇게 제거방식으로 진리를 찾는 방법을 '부정의 길'이라고 부르며 소크라테스의 산파술이 바로 이 방식이었다. 다른 하나의 조각법은 진흙을 바르거나 청동을 부어 원하는 상을 직접 만드는 '첨가방식'이었다. 학문에서는 이러한 방식으로 진리를 찾는 것을 '긍정의 길'이라고 불렀다. 플라톤의 방식이었다.

근대 철학자들 가운데서는 영국의 베이컨이 그가 개발한 귀납법에서 '배제표'라는 것을 만들어 참되지 않은 지식들을 하나씩 제거해 나감으로써 새로운 지식을 얻어냈다. 이와 대조적으로 데카르트는 자신이 개발한 연역법으로 제일 원리로부터 다른 지식들을 하나씩 연역해냄으로써 마침내 지식체계 전체를 만들었다. 베이컨은 소크라테스처럼 '제거방식'을 사용하는 부정의 길을 갔으며, 데카르트는 플라톤처럼 '첨가방식'을 사용하는 긍정의 길을 걸었다.

세상을 보는 눈에도 긍정의 길이 있고 부정의 길이 있다. 성공한 사람은 구름 위의 태양을 보고 실패한 사람은 구름 속의 비를 본다. 승자는 장애를 기회로 보고 패자는 기회를 장애로 본다. 나의 눈은 과연 어디를 보고 있는가. 긍정의 길인가. 부정의 길인가.

길고 긴 방조제 끝 지점에서 방조제 아래로 내려가 거칠게 불어오는 바람을 피하며 뒤처진 일행을 기다린다. 잠시 후 모두 모여 도란도란 간식을 먹으며 휴식을 취한다. 순간, 세원 아우가 탄성을 지른다.

"우와! 저 새들 좀 봐! 우와! 끝없이 날아간다."

일행 모두가 세찬 바람을 타고 끝없이 날아가는 철새들을 신기하게 신비롭게 바라본다. '철새는 날아가고(엘 콘도 파사)' 멜로디가 하늘에서 들려온다.

달팽이가 되기보다는 참새가 되고 싶어요
맞아요 할 수만 있다면 정말 그렇게 되고 싶어요
못이 되기보다는 망치가 되고 싶어요
맞아요 할 수만 있다면 정말 그렇게 되고 싶어요

방조제 끝에 있는 '함평돌머리해수욕장 12.4km 영광칠산타워 7.2km' 이정표를 지나간다. 포구에는 낙지를 주로 잡는 작은 배들이 물 빠진 갯벌에 기울어져 있다. 이제 안악해수욕장이 시작된다. 해수욕장 옆 커다란 조형물이 나타난다. 아직 미완성의 관능적인 여인상이다. 이게 뭔가, 했는데 훗날 다시 찾았을 때 보니 가수 이미자의 '섬마을선생님'을 기념하는 조형물이다. 높이 13.5m의 조형물에는 "해당화 피고 지는 섬마을에 철새 따라 찾아온 총각 선생님"이라는 가사가 새겨져 있다. 순박한 섬마을 처녀와는 괴리가 있는 육체파 나신상이었다.

안악해변을 지나간다. 넓이가 200m가 넘는 해수욕장으로 백사장과

주위의 소나무 숲이 어우러져 돌머리해변과 함께 사랑을 받는 곳이다. 저 멀리 칠산대교가 아련히 나타난다. 바람은 여전히 거칠게 몰아친다.

소규모 어촌 정주어항인 함평항에 도착한다. 함평항은 역사적으로 서해안의 주요 거점으로 발달했고, 조선시대까지 주변 군사적 요충지의 중요한 통로 역할을 한 곳이다. 함평항을 알리는 하얀 영문 글씨가 반듯하다.

무안과 영광을 연결하는 약 1.82km의 칠산대교가 점점 가까이 다가온다. 다리 건너편은 무안의 도리포항이다.

드디어 칠산대교 다리 아래를 통과한다. 도리포항에서 건너오면 될 길을 함평만을 한 바퀴 돌아서 왔다. 무안군 해제면 도리포항에서 송계산, 범바위산, 삼복산 생태탐방로를 걷고, 유월리 무안생태갯벌랜드를 지나고 현경면 바닷가를 지나서 함평읍 돌머리해수욕장에서 2박을 하고 손불면 안악해변과 함평항을 지나고 영광군 염산면 향화도에서 칠산대교를 만나니 함평만 둘레길을 도보 일주했다.

드디어 천년의 빛 영광으로 들어선다. 서해로 떨어지는 낙조와 탁 트인 바다와 논, 염전 사이로 우뚝 솟은 하얀 풍력발전기는 영광만의 독특한 풍경을 보여준다. 염산면 옥실리 향화도항의 칠산타워의 위용이 웅장하게 다가온다. 칠산타워는 전남에서 가장 높은 111m의 전망대로 영광군 11개 읍면이 하나로 화합한다는 의미를 가지고 있다. 지하 1층, 지상 3층 규모로, 3층 전망대에서는 아름다운 풍광과 일몰을 한눈에 감상할 수 있다. 드디어 칠산대교에 도착했다.

오후 1시 11분, 36코스 안내판 앞에서 마무리한다. 칠산타워에서 다금바리와 감성돔으로 잔치를 벌인다.

36코스
영광의 길

칠산타워에서 합산버스정류장 14.0km

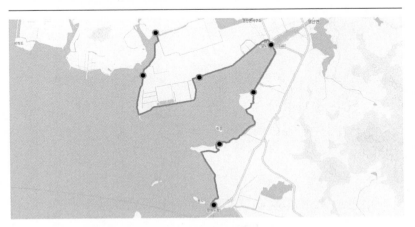

🐾 칠산타워 > 설도젓갈타운 > 합산제 > 합산버스정류장

오후 3시 6분, 36코스를 시작한다. 36코스는 칠산타워에서 설도항을 지나고 합산제를 지나는 해변을 따라 농촌과 어촌을 두루 살피며 합산 버스정류장에 이르는 구간이다.

일행들은 계속해서 식사를 하고 나 홀로 출발이다. 다시 혼자가 되었다. 너무 늦은 출발이라 속보로 걷는다. 예상대로면 6시 반, 어두워져야 도착한다. 조금이라도 밝을 때 도착하기 위해 '가자! 가자! 가자!' 속삭이며 빠른 걸음으로 걸어간다. 바다에서 불어오는 세찬 바람이 갯벌을 지나서 나그네의 깃발을 힘차게 펄럭인다.

고난이나 역경이 닥쳤을 때 두 가지의 선택지가 주어진다. 하나는 능동적으로 맞서는 것, 다른 하나는 수동적으로 받아들이는 것이다. 프랑스의 사상가 로맹 롤랑은 고난에 대해 말했다.

"안개가 자욱한 새벽이 꼭 흐린 날을 예고하지는 않는다. 거듭되는 상처는 삶이 우리에게 주는 가장 좋은 선물이다. 상처는 곧 우리가 한 걸음 나아갔다는 표시이기 때문이다."

불어오는 거친 바람, 발걸음은 신들린 듯 나아간다. 고난은 축복이다. 고통에도 뜻이 있다. 모래알이 되겠는가, 진주가 되겠는가? 누구나 진주가 되기를 원할 것이다. 사실 모든 진주는 원래 한낱 모래알이었다.

바다 밑에 사는 모래알이 있었다. 이 모래알은 다른 여느 모래들과 마찬가지로 매일 해님과 바닷물의 보살핌을 받으며 지냈지만, 마음 한구석에는 다른 삶을 향한 꿈을 지니고 있었다. 다른 삶을 향한 꿈, 그것이 중요했다.

'나는 그저 모래알로 평생을 살 수밖에 없는 걸까? 아아, 정말 우울해.'

그러던 어느 날, 모래알은 한 모래가 조개의 몸속에서 진주로 변했다는 이야기를 듣고 자신도 그렇게 되리라 마음먹었다. 그러자 주변의 다른 모래들은 그를 보고 바보 같다 비웃으며 말했다.

"조개 안에 들어가면 햇빛도 물결도 느낄 수 없어. 공기는 또 얼마나 부족한 줄 알아? 어둡고, 답답하고, 외롭긴 또 얼마나 외로운데! 왜 그런 고생을 사서 하려고 하니?"

그러나 모래알은 아랑곳하지 않고 조개의 몸속으로 뛰어들었다. 얼마 지나지 않아 모래알의 온몸은 조개가 분비한 하얀 점액에 휩싸였다. 갈수록 모래알을 조여 오는 점액에 숨이 막혔지만, 모래알은 '진주로 변하는 과정은 이렇게 고통스런 거였구나!'라고 생각하며 포기하지 않았다. 모래알은 묵묵히 어둠 속의 생활을 참고 또 참으며 고통의 나날을 견뎠다. 여러 해가 지나고 조개가 입을 벌리는 순간, 화려한 빛이 뿜어져 나왔다. 모래알이 드디어 찬란하게 빛나는 값비싼 진주로 성장한 것이다. 한편, 과거 모래알을 비웃던 다른 모래들은 여전히 바닷속의 평범한 모래로 살거나 이미 먼지가 되어 사라진 후였다.

진주는 값이 비싸다. 이는 진주가 스스로 견뎌낸 고난의 시간이 있었기 때문이다. 누구나 성공을 꿈꾸며 모래알에서 진주가 되고 싶어 하지만 대부분은 그에 따른 고통과 시련, 고난을 두려워한다. 남만큼 해서는 남 이상 될 수 없다. 다른 사람보다 뛰어나고 싶으면 남보다 더 많은 고난을 견뎌야 한다. 고난은 성장의 촉진제이자 엔진이다. 모래알이 진주가 되는 것이 모래알의 선택에 달렸듯, 사람도 마찬가지다.

스스로 선택한 서해랑길 1,800km 여정은 모래알이 진주로 변해가는 과정이다. 그리고 그 길은 영광으로 가는 길이다. 홀로 가는 나그네가 사람이 그리워 둘러봐도 인적이라고는 없다. 뒤돌아보니 칠산타워가 이미 아득하다.

'칠산갯길300리 생태탐방안내도' 천일염길을 걸어간다. 영광 9경 중 제1경은 백수해안도로, 2경 4대 종교문화 유적지, 3경 불갑사, 4경 칠산타워, 5경 가마미해수욕장, 6경 불갑저수지수변공원, 7경 숲쟁이공원, 8경 송이도, 9경은 천일염전이다.

천일염길은 향화도에서 두우리해수욕장까지 총길이 35km 구간이다. 광활한 갯벌과 수려한 해안으로 이루어진 영광 칠산갯길 300리는 굴비길, 노을길, 백합길, 천일염길, 영산성지길, 불갑사길로 나누어져 있다. 굴비길은 백제불교최초도래지를 지나가고, 노을길은 낙조가 아름다운 노을전망대를 지나간다. 백합길은 천일염전을 지나고, 천일염길은 두우리 갯벌을 지나고, 영산성지길은 원불교의 발상지이며, 불갑사길은 천년고찰 불갑사와 상사화 군락지를 지나간다. 천일염전길은 37코스, 백합길은 38코스를 지나가며 노을길, 굴비길은 39코스를 지나간다.

염산면에 위치한 젓갈과 대하구이로 유명한 조그마한 어촌마을의 포구인 설도항에 도착한다. 기독교인순교탑 앞에 섰다. 6·25전쟁 당시 기독교 수난의 현장이다. 북한군의 교회 탄압에 항거해 신앙을 지키려다 194명이 순교한 곳에 건립된 순교탑이다. 인근 염산교회와 야월교회에는 순교자 기념관과 묘지 등이 조성돼 있다.

영광(靈光)은 '신령스러운 빛'이란 뜻을 가진 고장답게 정신 문화가 발전한 곳이다. 우리나라의 4대 종교 유적지가 몰려있다. 백제 때 불교 최초도래지가 있고, 원불교 발상지인 영산성지와 천주교, 기독교 순교지 등 종교 문화유산을 품고 있다.

영광읍 도동리에는 천주교 박해 현장을 볼 수 있다. 영광성당 옆에 1801년 신유박해 당시 순교한 신자들을 추모하는 순교기념관이 건립돼 있다.

백수읍 길룡리에는 원불교의 발상지인 영산성지가 있다. 영산성지는 소태산 박중빈(1891~1943) 대종사가 태어나 고행 끝에 깨달음을 얻은 곳으로, 9명의 제자들과 함께 원불교를 창립한 곳이다. 전 세계 500여 교당 100만 원불교 신도의 마음의 고향이다.

원불교는 일원상(0의 모양)의 진리를 신앙의 대상과 수행의 표본으로 삼는 종교로, 진리적 신앙과 사실적 도덕의 훈련을 통하여 낙원 세계를 실현시키려는 이상을 내세우고 있다. 교조 박중빈은 자신이 깨달은 진리를 펴기 위하여서는 종래의 불교와는 크게 다른 새 불교·새 교단을 설립해야겠다고 생각하고 원불교라 했다.

법성포에는 백제불교최초도래지가 있다. 백제 침류왕 원년(384) 인도 승 마라난타가 불교를 최초로 전래한 법성포 진내리 좌우 일원에는 간다라 양식의 유물관과 국내 유일의 4면 불상 등 한국 불교문화를 눈으로 확인할 수 있다. 서해랑길 39코스는 이곳을 지나간다. 영광은 종교인들에게는 순례지로, 종교를 믿지 않는 사람들에게는 삶의 가치를 묻는 새롭고 특별한 여행지다.

돌아보면 신앙이 있어 희망이 있었고 항상 종교적인 삶이었다. 어릴 적부터 크리스천으로 살아온 세월들, 신학대학원대학교에서 만났던 가르침들, 산행을 하며 수없이 만났던 산사의 부처님들, 공자와 맹자, 노자와 장자의 가르침, 비교종교학을 공부하며 만났던 힌두교와 이슬람 등 많은 종교들이 있었다. 나아가 인디언의 위대한 정령이 언제나 길 위에서 함께했다. 산티아고 순례길에서 자신에게 물었던 수많은 상념들이 스쳐 간다.

과연 종교란 무엇인가?
나에게 있어 종교란 무엇인가?
종교는 내 삶에 어떤 영향을 미쳤는가?

"신이여! 인생길, 서해랑길을 걸어가는 외로운 순례자에게 은총을 내리소서!"라는 기도에 하얀 구름이 미소를 짓고 지나가는 바람이 피부를 살며시 건드린다. 길가에 새들이 웃으며 노래한다. 모두가 신의 응답이다.

오랜 옛날부터 순례여행은 '자신에게 돌아오다'라는 의미를 담고 있었다. 순례자들은 인간 본연의 기품을 되찾을 수 있는 바람직한 길을 찾아서 성장하고 영혼의 상처를 치유했다. 하지만 현대의 순례자는 과거처럼 신에게 용서를 구하기 위해서가 아니라 자신과 자신의 삶의 길을 찾고자 일상에서의 탈출을 축하하며 여행을 떠난다. 과거에 홀로 여행을 하던 이들이 주로 종교적인 동기를 갖고 있었던 반면, 현재 홀로 여행하는 사람들은 본래의 자아를 찾고 정신적인 성숙을 이루기 위해 길을 떠난다. 걸어가는 길 위에서 걸어가야 할 삶의 길을 찾는다.

나는 누구인가?
나는 어디에서 왔는가?
나는 지금 어디로 가고 있는가?
나는 어디로 가야 하는가?
어떻게 살아야 잘 사는가?

숱한 의문부호를 가슴에 안고 나그네는 오늘도 길을 걸어간다. 설도수산물 판매센터를 지나고 설도젓갈타운을 지나간다. 추운 날씨에도 젓갈을 사는 사람들로 붐빈다. 영광은 매년 3천 톤 이상의 젓갈이 생산되는 곳이다. 설도젓갈은 근해에서 어획한 싱싱한 수산물과 미네랄이 풍부하며 영광 천일염으로 가공해 맛이 고소하여 명성이 높다. 특히 새우가 가장 살찌는 6월에 잡아서 만든 새우 육젓의 인기가 좋다.

설도항을 벗어나 바다 건너 칠산대교를 마주 보며 설도방조제를 걸어간다. 청정해역 칠산바다와 광활한 갯벌이 펼쳐진다. 구름을 벗 삼아 바람과 함께 걸어간다. 이 넓은 세상에 이 길을 걸어가는 사람은 오직 나 자신, 나 홀로 걸어가는 위대한 존재다. 나는 이 세상의 주인공이다. 대자연은 나의 벗이다. 염산방조제에 시원한 바람이 불어온다.

오후 5시 24분, 36코스 종점 합산버스정류장에 도착했다. 칠산타워에서 3시 6분에 출발했으니 14km 거리를 걸어오는데 평균 시속 6km, 2시간 18분 걸렸다. 바람을 타고 바람처럼 걸어왔다. 어디로 가야 하나, 오늘은 어디에서 묵을까, 생각하다가 39코스 백수해안도로가 끝나는 지점의 무인텔로 달려간다. 낯선 바닷가 외딴 무인텔에 숙소를 잡고 인근 식당에서 해장국으로 저녁 식사를 한다.

아아, 행복한 하루였다.

37코스

간양록

합산버스정류장에서 하사6구버스정류장 19.9km

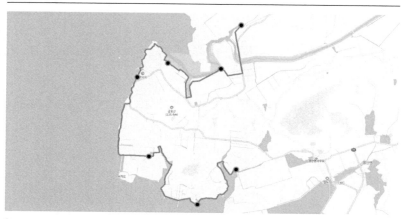

🦶 합산버스정류장 ▶ 삼성염전정류장 ▶ 뒷산전망대 ▶ 하사6구버스정류장

11월 14일 월요일 8시 30분, 어제저녁의 해장국집 '모래골'에서 다시 해장국을 먹는다. 식사가 끝나고 나서는데 반갑게 마주하던 아주머니가 "다녀오세요!"라고 인사를 한다. '다녀오세요?' 오랜만에 들어보는 말이다. 나그네에게 언제 또 기약이 있단 말인가.

8시 58분, 38코스 종점에서 역방향으로 출발해서 12시 3분, 38코스를 마치고 시작점인 백수읍 하사6구버스정류장에 도착했다. 그리고 다시 역방향으로 37코스를 시작한다.

길 위에는 늘 또 다른 길이 존재한다. 37코스 종점 안내판 옆에는 '칠산갯길300리 생태탐방로 백합길' 안내판이 나란히 서 있다.

"인생을 바꾸려면 공간을 바꿔야 한다."고 철학자 앙리 르페브르는 말한다. 공간이 있어야 자기 이야기가 생긴다. 자기 이야기가 있어야 자존감도 자의식도 향상된다.

한 인간의 품격은 자기만의 공간이 있어야 차분히 성찰하고 신에게 기도도 한다. 나그네의 길이란 새로운 공간에서 지나온 시간과 공간, 인간을 탐색한다. 그동안 시간(Time)에 밀려 시답잖게 여겨졌던 공간(Space)이 있어야 주체 의식도, 책임감도 생긴다. 시간과 공간을 지배하는 나그네, 멋진 인간이 자신만의 길을 찾아 오늘도 서해랑길을 걸어간다.

구름 낀 파란 하늘, 태양이 수줍은 듯 숨었다고 나오곤 한다. 벌판 사이로 흘러가는 불갑천을 따라 걸어간다.

영광군 불갑면 불갑산 자락에는 불갑사(佛甲寺)가 있다. 불갑사는 백제에 최초로 불교를 전파한 동진에서 온 인도의 승려 마라난타가 침류왕 1년(384)에 창건했다고 한다. 도갑사(道岬寺), 봉갑사(鳳岬寺), 불갑사의 3갑사를 창건한 마라난타가 세 사찰 중 이곳이 으뜸(甲)이라 하여 불갑사라 이름 붙였다는 설이 전해온다.

불갑사를 품은 불갑산은 영광군 불갑면 모악리 동쪽에 위치한 산이다. 영광에 있는 크고 작은 산 중에 제일 높은 산이라 하여 모악산이라 불렸는데, 산 중턱에 불갑사가 세워지면서 불갑산(516m)이라고 불리기 시작했다. 영광의 진산으로 멀리서 이 산을 보면 쥐가 밭을 향해 내려오는 형세를 닮았다고 한다.

걷기에 좋은 날씨, 77번 국도를 따라 걸어간다. 끝없이 펼쳐졌던 영광풍력발전단지가 드디어 끝이 난다. 영광풍력발전소 건물이 보인다. 장관을 이루며 펼쳐졌던 풍력발전기를 벗 삼아 걸어온 길이었다. 풍력발전기는 바람이 지니고 있는 에너지를 전기에너지로 바꿔주는 장치이다. 바람이 전기를 창조하듯 마음에 바람이 불면 특별한 행동을 창조한다. 이것이 인생이다. 창조의 기쁨은 행동이다. 행동하지 않으면 창조는 없다. 서해랑길은 새로운 경험의 창조다.

삶은 자기 방식대로 살아가는 것이 최선이다. 진정한 자유란 자기 자신의 행복을 자신의 뜻대로 추구하는 자유이다. 도보여행을 하면서 고행을 하는 것, 이는 자신이 자신의 방식대로 살아가는 방법이다. 자유인의 길에서 자유를 추구하고 자유롭게 살아가는 최상의 방법이다.

자유! 보라, 자유로운 몸으로, 자유로운 정신으로, 자유로운 영혼으로 자유를 향해 길을 가는 나그네가 있다. 나는 자유인이다. 길 위의 성인인 부처, 공자, 예수처럼, 길 위의 천재들 이백, 두보, 최치원, 김시습, 김삿갓, 이중환처럼 나에게는 길을 떠날 수 있는 마음의 여유가 있다. 길을 떠날 수 있는 용기가 있고, 길을 떠날 수 있는 힘이 있다.

자유는 아름답다. 용기는 아름답다. 힘은 아름답다. 생명은 아름답다. 희망은 아름답다. 슬픔도, 아픔도 아름답다. 눈물도 아름답다. 영혼의 세척제 눈물이 흘러내린다. 아름다운 눈물이 눈가를 적시고 볼을 적시고 메마른 마음을 촉촉하게 적신다. 산과 들에 냇물이 흘러 생명을 풍요롭게 하듯이 눈물은 사람에게 몸과 마음을 건강하고 싱싱하게 한다. 눈물이 냇물이 되고 강물이 되어 마음의 길을 흘러간다. 강가에 생명이 모여들고 아름다운 자연의 노래가 꽃핀다. 새로운 행복의 원천, 영혼의 갈증을 해소해 줄 행복의 샘, 영원히 마르지 않는 서해랑길의 샘에서 행복감이 용솟음친다.

창우항을 지나간다. 강화도의 마지막 103코스 출발점이 창후항이라 마지막 코스의 기분을 미리 느낀다. 창우(昌牛)라는 이름은 마을이 푸른 칠산바다에 둘러싸여 있다하여 푸를 창(昌)자를, 마을 뒷산이 소의 형상을 닮아 한우산으로도 불려 소 우(牛)자를 써서 지었다. 드넓은 갯벌에는 염생식물 칠면초가 붉게 피어 나그네의 얼굴을 붉게 한다. 창우항 등대가 외로이 서서 바다를 응시한다. 섬들이 일렬횡대로 서서 나그네에게 사열을 받는다. 시원한 바닷바람이 불어온다.

'바람아 너는 어디서 왔니? 황해 건너 중국? 황하의 발원지에서 왔니? 남쪽 바다 태평양? 시베리아 바이칼? 세상 한 바퀴 다 돌고 왔니? 남아프리카 희망봉에서 만났지? 잉카 마추픽추에서도 만났지? 히말라

야, 로키산맥에서도 만났지? 얼마 전 이집트 사막에서도 만났지?'

바람이 '쉬~~웅' 하며 바람의 소리로 대답한다. 외로운 나그네가 다시 독백을 한다.

'알을 깨고 나와야 새로운 세상을 보는 거야! 줄탁동시 알아? 혼자서도 좋지만 엄마는 위대한 거야! 내 인생의 스승은? 엄마는 최고의 스승이야! 그리고 어느 날 엄마는 대지이고 바람이고 구름이라는 것을 깨닫는 거지.'

한적한 해변도로 고개를 넘자 백바위해변이 나타난다. 내려다보이는 해변과 구름다리, 정자가 한 폭의 그림 같다. 백바위라는 말은 바위가 하얀색이라서 부르는 이름이다. 구름다리를 건너 백암정(白巖亭)에 이른다.

인적이 끊긴 고요한 해변, 오직 바람과 파도만이 나그네를 맞이한다. 흰 구름 사이로 태양이 웃으며 쳐다본다. 절정의 순간이다. 인생의 놀이를 만끽한다. 인간의 본질은 '호모 루덴스(Homo Ludens)', 놀이하는 인간이다. 인간은 놀이를 통해 인간이 되고 놀이를 통해 또 다른 인간을 키워낸다. 아이들은 항상 행복하다. 아이들에게 세상은 놀이터이며 아이들은 항상 재미있는 일만 찾는다.

어린아이로 돌아가야 한다. 아이처럼 놀 줄 알아야 한다. 잘 놀아야 한다. 열심히 일하는 이유는 먹고 자고 놀기 위해서다. 일해서 얻은 것으로 살아가지만 일하는 것이 최종 목표는 아니다. 일과 삶의 조화, 밸런스 인생 경영이 필요하다. 그러자면 노는 시간도 경영해야 한다. 그래서 삶을 축제로 만들어야 한다. 재테크, 시테크, 세테크를 넘어 휴테크,

노는 기술을 공부해야 한다. 성공했지만 불행한 사람들은 놀 줄을 몰라서다. 쉼의 철학이 빠진 노동의 철학은 사람을 일의 노예로 만든다. 일만 하고 쉴 줄 모르는 사람은 브레이크가 없는 자동차와 같아서 사고가 나기 쉽다. 머리로는 알지만 몸으로는 행하지 못한다.

상정마을의 칠산정을 지나고 두우리어촌마을체험관을 지나간다. 두우리해변, '칠산갯길300리 천일염길 35km' 이정표가 안내를 한다.

구름 사이로 태양이 비치고 천일염 염전이 넓게 늘어서 햇볕을 받고 있다. 천일염은 바닷물을 염전으로 끌어들여 바람과 햇빛으로 수분만 증발시켜 만든 것으로, 특히 영광 천일염은 다른 곳보다 염화나트륨과 불용분이 적고 미네랄이 풍부하여 맛도 좋고 건강에도 좋다.

황금과 소금, 그리고 지금은 인간이 살아가면서 가장 소중한 세 가지 금이다. 황금은 바닷물과 같아서 마시면 마실수록 목이 마르다고 부처님은 가르친다. 돈은 소금기가 있는 짠 바닷물이다. 마시면 마실수록 더욱더 목마르게 하고 죽음의 골짜기에도 이르게 한다. 돈은 절대 혼자 찾아오지 않고 탐욕과 근심과 함께 찾아온다.

가난했던 시절이 있었다. 가난은 인생 행로를 바꾸었고, 가난의 탈출은 엄마의 소원이자 나의 소망이었다. 가난이라는 결핍은 공부라는 새로운 결핍을 낳았고, 결핍은 열등감이 되었다. 열등감을 극복하기 위한 치열한 노력, 그것이 지난 삶의 여정이었다. 이제는 더 이상 가난하지 않다. 살아생전의 엄마도 가난에서 탈출했다. 결핍과 열등감을 뛰어넘은 지금은 자신감과 자존감, 자족감으로 살아간다. 돈을 버는 것은 기술이고 돈을 쓰는 것은 예술이다. 부자가 남에게 조금 베푼다고 해서 자신의 삶이 특별히 불편해지지 않는다. 우둔한 부자는 그 이치를 모

르고 현명한 부자는 그 이치를 안다. 재물과 인덕을 겸비하기란 쉽지가 않다.

이승의 나그네에게는 노잣돈이 필요하다. 하지만 저승길 나그네에게는 살아생전 덕행이 필요하다. 덕행을 베풀기 위해서는 아집에서 벗어나야 한다.

애기애타, 자신을 사랑하고 이웃을 사랑해야 한다. 자신을 향한 그 사랑이 무르익으면 가족에게로, 이웃에게로, 모든 사람들에게로, 나아가 살아있는 모든 생명체에게로 굽이쳐 흘러간다.

길게 뻗은 방파제 길을 걸어간다. 행복한 나그네를 향해 갈대들이 고개 숙여 인사를 한다. 바다 건너 멀리 칠산대교가 나타난다. 오늘 하루도 무사히 즐겁게 지나왔다. '오늘이 오늘이소서 매일이 오늘이소서'라는 한의 노래가 바람에 날린다. 임진왜란 당시 일본으로 끌려간 수많은 사람들이 400년간 이 노래를 부르며 그리움의 한을 달랬다. 영광이 고향인 선비 강항(1567~1618)이 스쳐 간다. 아름다운 바다 풍경 위로 조용필의 〈간양록〉이 구성지게 흘러간다.

이국땅 삼경이면 밤마다 찬서리고 / 어버이 한숨 쉬는 새벽달일세
마음은 바람 따라 고향으로 가는데 / 선영 뒷산의 잡초는 누가 뜯으리
어야어야어야 어야 어야 / 어야어야어야 어야 어야
피눈물로 한 줄 한 줄 간양록을 적으니 / 님 그린 뜻 바다 되어 하늘
에 닿을세라 / 어야어야어야 어야 어야

강항은 1597년 정유재란 때 잡혀가 4년만인 1600년 꿈에도 그리운 고국으로 돌아왔다. 살아서 고향 땅으로 돌아올 수 있었던 것은 후지

와라 세이카가 스승인 강항의 은혜에 보답하기 위해 도쿠가와 이에야스에게 탄원하여 허락을 받아낸 때문이었다. 조정은 강항에게는 벼슬을 내리려 했으나 강항은 죄인을 자처하며 고향 영광으로 돌아가서 독서와 후학 양성에 전념했다. 일본에서 돌아와 그때껏 겪은 일들과 듣고 본 것들을 갈무리해 기록한 〈간양록(看羊錄)〉에는 포로로 붙잡혔을 당시의 상황이 기록되어 있다.

"나는 일본군을 피해 배로 도망치다가 붙잡혔다. 일본 병사는 어린 내 아들과 딸을 바다에 내던졌다. 두 아이가 바닷물 속에서 허우적대며 울부짖는 참혹한 모습을 바라보며 고통스러워 견딜 수가 없었다. 그러나 그 목소리도 잠시 후에는 끊겨버렸다.
나는 서른이 되어서야 겨우 아들을 얻었다. 아내가 임신을 했을 때 나는 꿈을 꾸었다. 용이 수중에 떠 있는 꿈이었다. 그래서 나는 아들의 이름을 '용'이라고 지었다. 그때 누가 내 아들이 바다에서 죽으리라고 생각이나 했겠는가."

강항의 〈간양록〉에는 임진왜란 때 끌려간 조선 포로들의 애끓는 심정과 굳은 절의를 볼 수 있다.

15시 54분, 37코스 시점에 도착했다.

38코스
희망의 노래

하사6구버스정류장에서 답동버스정류장 17.6km

🦶 하사6구버스정류장 ▸ 북수분등소공원 ▸ 서해특산시험장입구 ▸ 답동버스정류장

11월 14일 8시 58분, 38코스를 시작한다. 답동버스정류장에서 38, 37 코스를 역방향으로 걸어간다. '기존 노선은 공사로 인해 폐쇄 중이오 니, 우회 노선을 이용 바랍니다.'라는 안내판을 보고 우회를 한다.

걷기 22일째, 오늘은 600km를 돌파하는 날이다. 뉴스에는 연신 기 온이 뚝 떨어졌다고, 두꺼운 겨울옷을 입으라고 야단들이다. '그래도 좋다. 파이팅!'을 외치며 걸어간다.

호두농사를 하는 농부가 신에게 기도를 했다.

"신이시여! 저에게 한 번만 일 년의 날씨를 주세요!"
"왜?"

"이유는 묻지 마시고 딱 일 년만 날씨를 내 맘대로 되게 해주세요."

신은 농부에게 일 년 날씨를 주었다. 햇볕을 원하면 햇볕을, 비를 원하면 비를 주었다. 바람도, 천둥도 없었다. 모든 게 순조로웠다. 가을이 왔다. 호두는 대풍년이었다. 농부는 산더미처럼 쌓인 호두 가운데 하나를 집어 깨트렸다. 그런데⋯⋯. 알맹이가 없었다. 속이 텅 빈 호두였다. 다른 호두도 마찬가지였다. 농부는 신에게 따졌다.

"알맹이가 없어요. 농사 망쳤어요!"

신이 대답했다.

"이봐, 시련이 없이는 알맹이가 없어. 알맹이는 폭풍이나 가뭄 같은 어려움이 있어야 껍데기의 영혼이 깨어나 여무는 거야."

'No pain, No gain.' 고통 없이는 얻는 게 없다. 불가에서는 '번뇌는 보리'라고 한다. 고통은 깨달음의 지혜라는 말이다. 어려움 없이는 깨달음도 없고 지혜도 없다. 사는 게 고해(苦海), 고통의 바다다. 고통 속에는 숨 쉬는 기쁨이 있고, 일하는 기쁨이 있다. 이 기쁨이 행복이다. 고통이 있어야 행복이 있다. '번뇌가 보리'인 이유다. 고통 없는 행복은 껍데기다. 고통을 새롭게 보고 새롭게 견뎌야 한다. 작은 기쁨이 행복이구나, 하고 견뎌야 한다. 내가 만든 행복의 조건이 나를 기쁘게 한다.

마을 도로 옆, 추운 날씨에 청소하는 공공근로 할머니 두 분에게 씩씩하게 인사를 한다.

"안녕하세요?"

"텔레비전에 나오는 사람 맞제?"

"예~~"

"아이고, 우짤라꼬 그란다요!"

"괜찮심니더!"

울긋불긋 단풍같이 고운 할머니들이다. 할머니들에게 오늘 하루도 축복받은 하루를 기원한다.

수령이 500년 가까이 된 커다란 느티나무 노거수들이 위용을 자랑한다. '한 그루 큰 나무가 되어 천하 사람들에게 시원한 그늘을 드리우라.'라는 〈임제록〉의 글귀를 생각한다. 살아 있을 때 멋있었던 고사목은 죽어서도 멋있다. 고목은 옮겨 심을 수 없지만 묘목은 옮겨 심는다. 나는 고목일까, 묘목일까. 나에게 주어진 몇몇 해가 지나가고 몇몇 날이 지났다. 나는 내 세상 어디쯤 와 있는가?

빠르다. 세월이 참으로 빨리 흐른다. 매해 매달 매주 매일 매시간이 점점 빠르게 흘러간다. 나이가 들면서 시간이 빠르게 흘러가는 느낌을 받는 것은 매 순간 기억할 만한 일이나 자극, 경험이 줄어들기 때문이다. 인간사에도 한계효용체감의 법칙이 적용되는 것이다. 100세 시대라고 하지만 옛사람들의 인생칠십고래희 보다도 짧게 느껴지는 것은 아닐까?

다시 바다가 보인다. 인생은 누구나 노화(老化)의 방주를 타고 언제 다다를지 모를 육지를 찾아 오늘도 인생의 바다를 항해하고 있다.

영광풍력단지의 이색적인 풍경이 펼쳐진다. 고요한 아침, 멀리 개 짖

는 소리가 들려온다. 새들이 하늘을 날아가고 호수에는 새 그림자가 날아간다. 나그네의 그림자는 구름 이불 덮고서 늦잠을 잔다고 아직 보이지 않는다. 평화롭다. 고요하고 잔잔하고 적막하다. 내 마음에도 고요와 평화가 밀려온다. 새들이 계속해서 날아든다.

방조제를 따라 걸어간다. 끝없이 넓은 들판과 칠면초가 자라는 넓은 갯벌, 멀리 바다가 묘한 대조를 이룬다. 하늘에는 구름이 간간이 햇살이 내려앉는다. 외로운 나그네는 고독과 나란히 걸어간다.

나그네는 고독과 나란히 걸어간다.
어릴 적 추억이 스민 휘파람 불며
바람 부는 바닷가를 걸어간다.
나그네는 고독과 나란히 걸어간다.
고향을 그리는 노래 부르며
고요한 산길을 걸어간다.
나그네는 고독과 나란히 걸어간다.
보고 싶은 사람들을 생각하며
갯벌과 들판 사이의 방조제 길을 걸어간다.

고독은 외로움의 다른 말, 외로움은 기다림의 다른 말, 기다림은 그리움의 다른 말이다. 사람들은 묻는다.

"왜 혼자 다니세요?"
"외롭지 않으세요?"

나그네는 답한다.

"천만에요. 벗이 있어요. 그림자요. 육신의 그림자, 자아의 그림자요."

나그네는 아침 해가 떠오르면 그림자에게 인사를 건넨다.

"굿모닝, 반가워!"

그림자는 답한다.

"미투!"

코스가 끝날 때면 그림자에게 묻는다.

"즐거웠어?"
"함께해서 너무 행복했어."
"누구랑 함께했는데?"
"몸과 마음, 길 위에서 만나는 모든 인연들, 모두가 반갑게 웃으며 다가왔어."
"도보여행은 여행지와의 만남도 있지만 자아와의 만남도 있지. 좋았어!"

외로움과 고독은 구분된다. 외로움은 사회적 인간관계 속에서 형성되는 것이고, 고독은 인간이라는 존재적 실존성 속에서 형성되는 것이다. 그러기에 외로움을 이해하는 바탕이 있어야 고독을 느낄 수 있다.
사천오백 리 서해랑길, 길 위의 나그네는 외로움과 고독을 모두 느낀다. 나그네는 외로움과 고독을 모두 즐긴다. 지구별 속에서 한 마리 외로운 짐승처럼 혼자만이 해변을 거닐고 산길을 누비고 숲길과 들길을 지나노라면 살아있다는 존재적 자아가 미소를 지으며 다가온다. 외로움과 고독은 축복이다. 기다리고 그리워하는 사람들이 얼마나 소중한가를 깨닫기 때문이다. 정호승은 〈수선화에게〉라는 시에서 노래한다.

울지 마라
외로우니까 사람이다.
살아간다는 것은 외로움을 견디는 일이다.
공연히 오지 않는 전화를 기다리지 마라.
눈이 오면 눈길을 걸어가고
비가 오면 빗길을 걸어가라.
갈대숲에서 가슴 검은 도요새도 너를 보고 있다.
가끔은 하느님도 외로워서 눈물을 흘리신다.
새들이 나뭇가지에 앉아 있는 것도 외로움 때문이고
내가 물가에 앉아 있는 것도 외로움 때문이다.
산그림자도 외로워서 하루에 한 번씩 마을로 내려온다.
종소리도 외로워서 울려 퍼진다.

모든 인간은 고독사한다. 남자 여자 가리지 않고 결국 고독사의 길을 간다. 처자식이 대나무 숲처럼 무성하고 금은보화가 산더미처럼 쌓였어도 죽음에 이르러서는 누구나 외로운 혼이 되어 떠나간다. 재벌이나 서민이나 죽을 때는 똑같다. 돈 있어도 고독사고 돈 없어도 고독사이다. 단지 고통 없이, 후회 없이 죽는 것이 고종명(考終命)이다.

번잡한 생각에서 벗어나 자연과 더불어 하루 종일 노닐다가 저녁에 막걸리 한 잔 마시고 잠들었다가 영면할 수 있다면 거의 신선급

죽음이 아니겠는가. '잘 사는 삶', '웰빙'으로 '품위 있는 죽음', '웰다잉'을 꿈꾼다.

하얀 새들이 붉은 칠면초에 앉아서 그림 같은 색깔의 조화를 이룬다. 평화로운 풍경이다. '천일염전 전망 좋은 곳'에서 전망을 바라본다. 소금 향기가 바람결에 불어온다.

지구상에는 소금 덕분에 번창한 나라들이 많다. 그 길의 시작은 소금을 팔기 위한 소금 길이었다. '모든 길은 로마로 통한다.'고 했다. 지중해를 장악하고 있는 카르타고와 로마는 시칠리아섬에 있는 트라파니 염전을 두고 격돌했다. 포에니전쟁으로 한니발과 스키피오는 싸웠고, 카르타고는 지구상에서 사라졌고 한니발도, 한니발을 이긴 스키피오도 결국은 모두 죽었다. 소금 때문에 당나라 때 황소의 난이 일어났고 프랑스대혁명이 일어났다.

끝없이 펼쳐진 영광풍력발전단지의 바람개비가 바람을 일으킨다. 희망의 바람을 일으킨다. 바람이 빛을 일으키고, 바람이 바람이 되어 사람들은 바람의 소리, 희망의 노래를 부른다. 〈노인과 바다〉에서 주인공 산티아고의 목소리가 들려온다.

"인간은 파괴될 수는 있어도 패배하지는 않지."
"희망 없이 산다는 것은 매우 어리석은 일이다. 심지어 그것은 죄다."

희망은 가난한 자의 양식이다. 희망이 없는 절망은 없다. 현재에 살되 희망을 희망해야 한다. 희망이 생기면 의욕이 난다. 의욕이 나면 힘이 나고 힘이 나면 재미가 생긴다. 재미가 생기면 인생이 즐겁다. 루쉰은 소설 〈고향〉에서 말한다.

"희망이란 것은 있다고도 할 수 없고, 없다고도 할 수 없다. 그것은 마치 땅 위의 길이나 마찬가지다. 원래 땅 위에 길이란 게 없었다. 걸어가는 사람이 많아지면 그게 곧 길이 되는 것이다."

12시 3분, 길 위의 나그네가 씩씩하게 희망의 노래를 부르며 38코스 시작점 하사6구버스정류장에 도착했다.

39코스

백제불교최초도래지

답동버스정류장에서 법성리버스정류장 16.3km

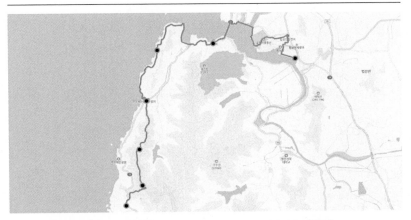

📍 답동버스정류장 › 영광노을전시관 › 영광대교 › 법성리버스정류장

11월 15일 화요일 7시 12분. 영광군 백수읍 백암리 답동버스정류장에서 39코스를 출발한다. 39코스는 영광노을전시관을 지나서 영광대교를 건너 법성리버스정류장에 이르는 구간이다.

걷기 23일째, 세상이 고요하다. 침묵의 소리가 들려온다. 문명의 이기를 떠나 자연 속에서만 들을 수 있는 소리다. 자연의 소리, 자신의 내면의 소리, 신의 소리를 들을 수 있는 적막이 서해랑길의 아침에 흐른다.

신의 음성을 들을 줄 아는 사람은 외경심에서 비롯되는 겸손함을 잃지 않는다. 잠시 잊을지라도 이내 그 앞에서 무릎을 꿇고 자신의 미약함과 왜소함에 부끄러움을 느낀다. 타고난 종교인이라 할 정도로 신의 존재가 의식이 되고 두려움을 느끼면서 침묵하려고 노력한다면 자연과 합일되는 삶을 살 수 있을 것이다.

자연과 하나가 된 나그네가 도로를 따라 오르막을 올라간다. 갈림길이다. 고갯마루에서 잠시 멈추어 '이리 갈까 저리 갈까 차라리 돌아갈까' 생각을 한다.

선택! 서해랑길을 이탈하여 백수해안도로를 따라 걸어간다. 서해랑길은 산길로 올라간다. 하지만 백수해안도로를 걷기 위해서는 길을 이탈해야 한다. 이른 아침이라 다니는 차량도 없고 2차선 도로가 나만의 길이다. 두루누비 앱에서는 '코스를 이탈하였습니다'라고 연신 아우성이다.

해당화길 따라 굽이굽이 펼쳐진 백수해안도로는 영광을 찾았다면 반드시 둘러봐야 할 관광지다. 영광군 백수읍 길용리에서 백암리 석구미 마을까지 16.8km에 달하는 해안도로는 기암괴석과 갯벌, 석양이 한데 어우러지면서 연출하는 풍경이 빼어나 승용차를 타고 가면서 즐기는 대표적인 드라이브 코스이기도 하다. 국토해양부의 한국의 아름다운 길 100선, 제1회 대한민국 자연경관대상 최우수상 등 각종 평가에서 인정한 명소다. 그 길을 나 홀로 걷는다면 어떨까, 생각만 해도 즐거운 발걸음이다.

'동해 같은 서해의 최고 해안길'이란 안내판이 서 있다. 텅 빈 도로변에 빨갛고 노란 단풍과 낙엽, 푸르른 소나무가 어우러져 마음을 여유롭게 한다. 한적한 백수해안도로에서 유유자적 풍광을 감상한다. 새들이 서서히 잠에서 깨어나 아침 인사를 하고 바다에서 시원한 아침 바람이 불어온다. 오늘도 축복받은 하루, 일일시호일이다.

내리막길을 즐기며 서해를 내려다보고 있는 마파도 촬영지 펜션을 지나간다. 동백마을을 지나서 갈 때 초로의 할머니 한 분이 빠른 걸음으로 올라온다.

"안녕하세요?"

인사를 건네자 키가 나지막한 할머니가 웃으며 답한다.

"어디를 그렇게 부지런히 가세요?"
"해남에서부터 강화도까지 서해랑길을 걷고 있습니다."
"워메, 참으로 대단하시네요. 멀리서 보니 걷는 폼이 뭔가 다르다 싶었어요."

70대 초반이라는 할머니는 3년 전 남편의 건강이 좋지 않아 서울에서 이사를 와서 전원생활을 즐긴다고 한다.

"남편은 잘 걷지를 못해 혼자서 아침마다 노을전시관까지 10km 이상을 걸어 다녀요. 늙은 여자라 잡아갈 사람도 없고 해서 마음껏 편하게 걷지요. 덕분에 나도 건강이 많이 좋아졌어요."

빨간 옷을 입은 할머니의 미소가 소녀처럼 싱그럽다. 조심해서 잘 마무리하라는 말씀을 듣고, 나그네는 다시 길을 간다. 백수해안도로 포토존에서 사진을 찍고 노을전시관 1.4km, 칠산갯길300리 노을길을 걸어간다.

정유재란 당시 목숨을 버린 열부순절지를 지나서 다시 이탈했던 서해랑길과 만난다. 목재 데크를 따라 인적 없는 해안가를 걸어간다. 파란 하늘 파란 바다가 펼쳐지는 이 아름다운 풍광이 온전히 나만의 것, 축복의 시간이다. 행복의 샘이 넘쳐난다.

멀리 산 너머로 아침의 태양이 떠오른다. 하늘이 빛나고 갈댓잎이 빛나고 세상이 밝아온다. 아침이건만 노을전망대로 들어선다. 괭이갈매기의 날개 조형물이 의미심장하다. 작품명이 '끝없는 사랑(Endless Love)'이다. 영화 끝없는 사랑이 스쳐 간다. 왜일까? 칠산바다 괭이갈매기 이야기다.

아주 먼 옛날, 칠산바다 노을 아래에서 소박하지만 행복하게 살던 부부가 있었다. 풍랑이 유난히 거셌던 어느 날, 황금어장 칠산바다에 고기잡이를 나갔던 남편이 끝내 집으로 돌아오지 못했고, 기다리던 아내는 몇 날 며칠을 슬피 울며 통곡하다가 칠산바다에 몸을 던지고 말았다. 그 후 날씨가 궂은 날이면 바다에서 슬피 흐느끼는 소리가 들렸다. 이를 가엾게 여긴 마을 사람들이 정성스럽게 부부의 넋을 달래는 제를 지냈고, 하늘이 이에 감동해 부부를 한 쌍의 괭이갈매기로 환생시켰다. 괭이갈매기로 환생한 부부는 아름다운 노을 아래에서 백년가약을 맺고 칠산바다 위를 자유롭게 날아다니며 그곳을 지켰다. 이후 칠산바다에는 괭이갈매기가 번성하여 이곳을 수호하는 명물이 되었고, 현재는 천연기념물 제389호로 지정·보호되고 있다. 괭이갈매기는 한 번 만난 짝과 평생을 함께한다.

"떠난 그대여, 슬퍼하지 마! 우리 잃어버린 사랑은 영원한 거야. 다른 세상에 기대고 있어 아직 살아있는 나를 기다려줘."라고 하는 'Endless Love' 노래가 칠산 바다에 흘러간다.

'2008년 한국의 아름다운 도로 우수상, 2011년 대한민국 자연경관 최우수상, 2013년 환상의 국도 드라이브 코스 BEST 10'에 선정된 백수 해안도로를 따라 해안노을길을 걸어간다. 영광노을전시관 앞에서 걸음을 멈춘다. 1970년대 트로트 음악 계보를 이끈 영광 출신의 가수 조미미의 히트곡 '바다가 육지라면' 조형물이 설치되어 있다. 노래가 흘러나온다.

얼마나 멀고 먼지 그리운 서울은 / 파도가 길을 막아 가고파도 못 갑니다.
바다가 육지라면 바다가 육지라면 / 배 떠난 부두에서 울고 있지 않을 것을
아 아 바다가 육지라면 이별은 없었을 것을

2014년 여름에 걸었던 동해안 해파랑길 11코스의 추억이 스쳐 간다. 경주의 문무왕릉이 있는 봉길 해안을 지나서 감포깍지길 1구간에 들어서면 조미미의 '바다가 육지라면 노래비'가 바다를 등지고 서 있다. 이 노래의 작사자 정귀문 씨가 바로 그 자리에서 노랫말을 만들었다고 한다.

감포깍지길은 사람과 바다가 깍지를 끼고 걷는 길, 또는 부부나 연인이 깍지를 끼고 걷는 길이라는 의미다. 10년 가까운 세월이 흘렀건만 그때나 지금이나 여전히는 나 홀로 여행자인 나그네는 부득이 서해랑길에서 바다와 깍지를 끼고, 갈매기와 바람과 구름과 깍지를 끼고 걸어간다.

하얀 등대가 외로이 칠산바다를 응시하면서 누군가를 기다리고 있다. 고고한 뒷모습, 누구를 기다리나. 노을종을 지나면서 너무나 멋있

는 경관을 뒤돌아보고 또 돌아본다. 365계단을 걸어간다. 최고의 경관
이다. '다시 돌아오리라' 생각하고 훗날 다시 돌아왔을 때도 여전히 좋
았던 길이다.

모감주나무 군락지를 지나서 '남도갯길 6000리 노을길' 안내를 받으
며 환상의 서해랑길이 이어진다. 바다 건너 영광대교가 모습을 드러내
고 점점 가까워진다. 빨간 등대가 있는 선착장에서 잠시 휴식을 취한
다. 배들도 갯벌에 누워서 쉬고 있다.

백수해안도로가 끝나고 이틀간 숙소였던 무인텔이 나타난다. 모래골
식당이 바다를 등지고 있다. 아침 식사를 하려고 했건만 어제 '다녀오
세요!'라고 하던 아주머니는 어디 가고 문이 닫혔다.

드디어 영광대교를 건너간다. 백수읍과 홍농읍을 잇는 다리로
2016년에 완공되었다. 영광대교 완공으로 지역 간의 이동이 활발해
지면서 지역발전에 큰 도움을 주고 있다. 특히 관광산업에 큰 역할을
하고 있다.

홍농읍에 들어서서 '백제불교최초도래지 1.6km' 이정표를 따라간다.
광활하게 펼쳐진 갈대밭을 지나서 영광대교 아래에 펼쳐진 소담한 모
래미 해변, 정말 아름다운 바닷가를 걸어간다. 갯벌이 나신을 드러내고
외로운 나그네를 유혹한다. '나도 옷을 벗고 안길까?' 생각하니 다음 장
면들이 스쳐 간다. 웃고 만다. 파란 하늘 아래 영광대교가 점점 멀어진
다. 그때 하늘에서 들려오는 소리가 있다.

"영광이여, 영광이 있으라!"
"나그네여, 영광의 길을 걸으라!"

법성포 백제불교최초도래지로 들어선다. 영광 법성포(法聖浦)는 인도 대승불교 문화의 발원지인 간다라 지방 출신의 고승 마라난타가 백제에 불법을 전하기 위해 서기 384년(침류왕 원년) 중국 동진에서 배를 타고 처음 들어온 곳이다.

법성포의 백제시대 지명은 '아무포(阿無浦)'로, '아미타불'의 의미를 함축하고 있다. 이는 마라난타 존자가 대승불교 중에서도 아미타불이 머무는 서방정토에서 다시 태어나기를 바라는 정토 신앙을 전래한 데서 연유한다. '존자(尊者)'는 학문과 덕행이 뛰어난 부처의 제자를 이르는 말이다. 아무포는 그 뒤 '성인이 불법을 전래한 성스러운 포구'라는 뜻을 가진 법성포가 되었다.

〈삼국사기〉에 따르면 백제에 불교가 처음 들어온 건 침류왕 384년의 일이다.

"침류왕은 즉위한 후, 7월에 사신을 동진에 보냈다. 9월에 인도승 마라난타가 동진으로부터 왔다. 왕이 그를 맞이하여 궁궐 안으로 모시고 예로써 공경하니, 불교가 이로부터 시작되었다."고 전한다. 〈삼국유사〉의 기록이다.

"서기 384년에 호국(胡國)의 승려 마라난타가 동진에서 왔다. 침류왕은 그를 맞아들여 궁중에 머물게 하고 예로써 공경했다."

마라난타는 간다라 지역을 떠나 지금의 법성포인 아무포에 도착했다. 오랜 불연(佛緣)을 가진 법성포는 한국 불교문화사나 정신문명사에서 매우 뜻깊은 곳이다.

마라난타는 법성포에 당도한 후 가까운 모악산(불갑산)에 처음 절을 세웠다. '불법의 사원', '으뜸이 되는 절'이라는 뜻을 간직한 불갑사(佛甲

寺)다. 마라난타와의 인연의 상징인지 불갑사 대웅전 지붕에는 간다라 양식의 건축 장식물이 남아 있다. 용마루 가운데에 인도식 스투파가 놓여 있는 것이다.

불갑산 인근에는 유난히 불갑, 곧 '첫 번째 불교'라는 의미의 지명들이 많이 남아 있다. 불갑산, 불갑천, 불갑면 등의 지명이 오늘날까지 쓰이고 있는 셈이다.

고구려가 불교를 받아들인 지 12년 뒤인 384년 침류왕이 직접 영접하며 백제는 왕실에서부터 불교를 받아들였다. 신라는 그로부터 120년이 지나서야 서서히 불교를 받아들이기 시작했다. 지방에서부터 퍼져나가기 시작한 불교를 억제하기 위해 중앙 정부의 탄압이 이어졌고, 수많은 희생과 순교가 이어진 뒤에야 불교를 인정하게 되었다. 〈삼국유사〉의 기록이다.

"전진의 왕 부견이 사신과 함께 순도를 시켜서 고구려에 불경과 경문을 보냈다. 또 소수림왕 4년인 374년에는 동진에서 아도가 왔다."

소수림왕 2년, 서기 372년에 전진의 순도에 의해서 고구려에 불교가 전해졌다. 〈삼국유사〉에는 눌지왕 때 승려 묵호자가 고구려에서 왔다고 하였다. 신라의 불교는 눌지왕 때 민간에 전해지고 50년이 흐른 법흥왕 때인 527년 이차돈의 순교로 공인되었다. 이차돈의 숭고한 죽음을 찬양하여 지은 중 일연의 시다.

참으로 놀라운 일이로구나!
의를 좇아 삶을 가벼이 했구나.

천화(天花)와 흰 젖의 피는 가슴에 사무치네.

문득 한 칼에 몸은 비록 죽었으되

절마다 흐르는 종소리는 서울을 뒤흔드네.

신비로운 불교 도래지를 둘러보고 간다라유물관을 지나서 산길에 오르니 단풍이 유난히 고운 나무가 반겨준다. 거대한 불상이 아침 해를 후광으로 눈부시게 서 있어 차마 똑바로 쳐다볼 수가 없다. 고개 너머 새로운 세상으로 나아간다. 동백꽃이 빨갛게 피어 가슴을 설레게 한다. 빨간 단풍, 노란 단풍이 반겨주는 산길을 낙엽을 밟으며 걸어간다. 낙엽귀근, 나그네는 언제 돌아갈 것인가.

법성포 법성진성이 나타난다. 전라도 일대 세곡을 모았던 법성창을 방어하기 위해 중종 9년(1514)에 돌을 쌓아 만들었다. 국방의 요새인 수군진과 조창이 성내에 공존한 독자행정권역으로 조선시대 경제, 군사 및 행정의 중심지였다.

법성포가 한눈에 내려다보인다. 정유재란 당시 이곳을 다녀갔던 충무공 이순신이 스쳐 간다.

숲쟁이공원을 지나간다. 조성 중종 때 축조된 법성진성의 연장으로 심은 느티나무 등이 100여 년 이상 성장하여 이루어진 숲을 숲쟁이, '숲으로 된 성'이라 한다. 성벽 아래 꽃밭에 '築城五百周年紀念' 비가 긴 세월을 자랑한다.

'칠산갯길 300리 굴비길', 물이 빠진 법성포구를 걸어간다. 법성포는 법성면의 진내리와 법성리에 잇닿아 있는 포구다. 지금은 한적한 포구지만 조선시대 법성포는 영광군을 대표하는 지명이자 국방의 요새였으며, 국가재정의 중추 기관인 우리나라 최대 조창이 자리하여 전라도

28개 군현의 세곡을 수납하였을 뿐만 아니라, 천여 척의 배들이 폭풍을 피하여 안전하게 대피할 수 있었던 천혜의 항구였다.

10시 49분, 법성면 법성리 법성리버스정류장에 도착해서 39코스를 마쳤다. 택시를 타고 승용차를 가지고 와서 인근에 주차를 하고 짬뽕으로 점심 식사를 했다. 후일 다시 찾은 법성포에서는 임금처럼 굴비한 정식으로 거하게 먹고 마셨다.

40코스
영광굴비거리

법성리버스정류장에서 구시포해변 13.9km

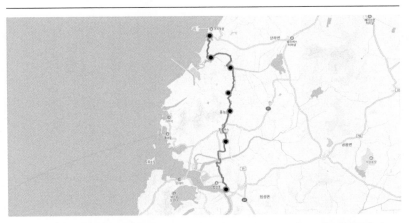

🦶 법성리버스정류장 ❭ 흥농버스터미널 ❭ 영광승마장입구 ❭ 고리포 ❭ 구시포해변

12시 20분, 법성리버스정류장에서 40코스를 시작한다. 40코스는 고창군 상하면 자룡리 520-46 구시포해변까지 걸어가는, 드디어 전라남도에서 전라북도 고창군으로 들어가는 구간이다.

법성포로를 걸어간다. 영광의 거리를 보무도 당당하게 걸어간다. '머리 좋은 것은 마음 좋은 것만 못하고, 마음 좋은 것은 손 좋은 것만 못하고, 손 좋은 것은 발 좋은 것만 못하다.'고 했던가. 발 좋은 것, 부지런한 걷기는 건강의 최고의 파수꾼이다.

다리가 바빠야 오래 산다. 걷지 않으면 다리가 가장 먼저 퇴화한다. 걷기는 우리 몸을 구성하는 600개 이상의 근육과 그와 함께 움직이는

200여 개의 뼈를 모두 동원하는 온몸 운동이다. 특히 발바닥을 통해 몸 전체에 뻗은 수많은 신경을 자극하고 다리의 혈액순환과 물질대사를 활발하게 일으켜 하체의 근육을 단련시켜 주는 데 중요한 역할을 하며 노화 예방을 돕는다. 얼마나 좋은 걷기인가. 오래 살기 위해서가 아니라 주어진 인생을 열심히 집중해서 건강하게 살기 위해 걸어야 한다.

황금빛 조기들이 바닷바람을 온몸으로 막아내며 굴비로 새로운 변신을 거듭하는 법성포는 예로부터 아름다웠던 포구였다. 이중환의 〈택리지〉의 기록이다.

"법성포는 해수와 조수가 포구의 앞을 돌고 호수와 산이 아름답고 동네가 열을 지어서 사람들이 소서호(小西湖)라고 부른다. 바다가 가까운 여러 읍은 모두 이곳에 창고를 두어 조정에 바치는 쌀을 마련하는 곳으로 삼았다."

고종 때 오횡묵이 편찬한 〈지도군총쇄록〉의 기록이다.

"사방으로 산들이 둘러싼 곳에 별세계처럼 민가 천여 호가 마치 물고기 비늘처럼 모여 있었다. 항구의 전면에는 배 젓는 노가 모여 세워져 있는데 마치 갈대와 같았다."

"법성포의 서쪽 바다에는 배를 댈 곳이 없고 이곳에 있는 칠뫼라는 작은 섬들이 위도에서 나주까지의 경계가 되는데, 이곳을 통칭하여 칠산바다라고 한다. 서쪽 바다는 망망대해로서 해마다 고기가 많이

잡혀 팔도에서 수천 척의 배들이 이곳에 모여 고기를 사고팔며 오고
가는 거래액은 가히 십만 냥에 이른다고 한다. 이때 가장 많이 잡히
는 고기는 조기로 팔도에서 모두 먹을 수 있었다."

법성포에는 이순신 장군 유적지 '선소 터'가 있다. 이순신은 무관 생
활 22년 중 절반을 전라도에서 보냈다. 전남 지역의 섬과 해안은 물론
육지에서도 이순신의 발자국이 찍히지 않은 곳이 없을 정도였다. 전라
도 순시를 마친 5개월 후인 1597년 2월, 파직된 이순신은 옥에 갇혔다.
그리고 삼도수군통제사로 재임명된 1597년 8월 4일 다시 전라도를 찾
았다.

1596년(선조 29) 9월 1일, 이순신은 해남현 청사에서 망궐례를 올리고
새벽 일찍 강진으로 출발했다. 망궐례란 직접 왕을 배알할 수 없는 지
방 근무 관리나 파견된 관리가 왕의 상징이 새겨진 패 앞에서 매월
1일과 15일 행하는 의식이다. 이순신은 다음 해 정유재란으로 백의종
군 이후에는 망궐례를 올리지 않았다. 선조를 생각하는 이순신의 마
음을 읽을 수 있다. 이순신의 충(忠)은 선조가 아닌 나라와 백성에 대
한 충이었다.

이순신은 강진에서 점심을 먹고 영암으로 향했다. 2일간을 영암에
머문 이순신은 3일에 나주에 도착했고, 4일에는 체찰사 이원익과 함께
공자의 사당에 알현했다. 6일 무안을 순시한 이순신은 9일 함평으로
향했다. 몸이 노곤하고 말도 피곤하여 함평에 머물던 이순신은 11일에
영광에 도착했다. 이날 이순신은 내산월(萊山月)을 만나서 술을 마시며
이야기하다가 밤이 깊어서야 헤어졌다. 내산월은 한양 기생으로 이춘
원의 〈구원집〉과 허균의 〈성소부부고〉에도 나오는데, 구전설화에 의하
면 내산월이 이순신에게 금괴를 바쳐 거북선을 만드는 데 도움을 주었

다고 한다. 그리고 이순신은 고창군 무장면 무장객사에 도착한 이후 9월 12일부터 15일까지 여진(女眞)과 함께했다. 이순신의 여인으로 알려진 여진은 이때 등장한다.

　다리를 건너간다. 굴비 조형물이 다리 위에 걸려있다. 이곳의 조기를 굴비라고 부르게 된 것은 고려 인종 때 인종의 외조부이면서 장인이었던 이자겸 때문이다. 사위를 몰아내고 스스로 임금이 되려고 했던 이자겸은 난을 일으켰다가 부하인 척준경이 배반하여 이곳 법성포로 귀양을 왔다. 그는 맛이 빼어나게 좋은 영광굴비를 '석어'라는 이름으로 임금에게 진상하였다. 석어라는 이름은 조기를 소금에 절여서 토굴에다 한 마리씩 돌로 눌러 놓았다가 하룻밤을 지낸 뒤에 꺼내어 말렸기 때문에 붙인 것이고, 굴비라는 이름은 비겁하게 굴하지 않겠다는 뜻에서 붙인 것이라고 한다.

영광굴비를 최고로 치는 것은 이곳에서는 통통하게 알이 밴 오사리 때 조기를 잡아서 말리고, 더욱 중요한 것은 다른 지방과 다르게 '섭 간장' 방법으로 조기를 말려 굴비를 만들기 때문이라고 한다.

법성면을 지나서 홍농읍으로 들어선다. 홍농읍 상하리 한적한 시골길, 넓은 들판을 걸어간다. 그림자가 나타난다. 파란 하늘에 흰 구름이 한가롭다. 나그네도 덩달아 한가롭다. 홍농읍 진덕리 넓은 갯벌이 나타난다. 하얀 새들이 갯벌에서 먹이사냥에 열심이다. '구시포해변' 이정표가 나타나고 드디어 전라북도 고창군 상하면 지룡리로 들어선다.

전라도는 전주와 나주의 머리글자를 합하여 만든 지명으로, 고려 현종 때의 전라주도(全羅州道)에서 비롯된다. 전라도는 본래 마한의 땅으로 백제의 영역이었다. 의자왕 20년(660)에 백제가 망한 뒤 당나라가 이곳에 5개 도독부를 설치하였고, 당나라 군사가 철수한 뒤 신라의 땅이 되었다. 진성왕 때부터 후백제의 견훤이 이곳을 차지하였다.

전라도를 호남지방이라고 부르는 것은 호강(湖江, 지금의 금강) 남쪽이라는 뜻에서 나온 것이다. 금강 하류는 오래전부터 전라도와 충청도의 경계를 이루어왔으며, 지리적으로는 백두대간의 서쪽이 전라도에 해당한다.

신라 말엽에 견훤이 후백제를 연 뒤에 이 지역을 차지하고 고려 태조 왕건과 여러 번 싸웠다. 후백제를 평정한 왕건은 견훤의 후백제를 미워하여 훈요십조 중 제8조에 "차령 이남의 물은 모두 산세와 어울리지 않고 엇갈리게 흐르니, 차령 이남의 사람은 등용하지 말라." 하는 말을 남겼다. 이후로 전라도 사람들의 벼슬길이 막히고 말았다. 그러나 조선이

건국된 뒤에는 전라도 사람들도 벼슬길에 많이 나아갔다. 하지만 선조 때 정여립 사건이 일어난 이후 또다시 제한되고 말았다. 이중환은 〈택리지〉에서 전라도의 풍속을 다음과 같이 기록하였다.

"이곳 풍속이 노래와 계집을 좋아하고 사치를 즐겨하며, 사람들이 영리하고 간사하여 문학을 대단치 않게 여기기 때문에 과거에 올라 훌륭하게 된 사람의 수가 경상도에 비해 적다."

이중환은 호남에 대해 좋지 않게 평했으나, 그의 말처럼 '인걸은 땅의 영기로 태어나는 것'이므로 전라도에서 태어나 뛰어난 활약을 보인 사람 또한 적지 않다. 기대승은 광주, 이항은 부안, 도학으로 이름이 높은 김인후는 장성 사람이다. 고경명과 김천일, 정언신과 이발, 정개청과 윤선도 등 이루 헤아릴 수 없다.

이중환은 18세기 중반을 살았던 인물이다. 집도 절도 없이 20년간 떠돌아다니면서 마음 편하게 살 곳을 물색하였고, 환갑 무렵에 내놓은 책이 〈택리지〉다. 〈택리지〉는 〈정감록〉과 함께 조선후기에 가장 많이 필사된 베스트셀러였다.

'고창 1박2일 촬영지 거북선 숯불풍천장어' 광고판이 고창군임을 나타낸다. 신라 때 지금의 이름을 얻은 고창군은 1914년에 무장현과 흥덕현을 병합하여 오늘에 이르렀다. 조선 초기의 문신이었던 정이오의 기문에 "고창은 본래 시내와 산의 좋은 경치가 있다고 일컬어 왔으며, 토지 또한 기름지고 넓어서 오곡이 잘 된다."라고 하였다.

고리포마을 해안가를 걸어간다. 시골 아저씨 한 분이 길옆 시멘트 바둑에 앉아서 갈대가 무성한 마을 쪽을 바라보며 명상에 잠겨있다. '무슨 생각을 할까?' 인사를 할까 하다가 놀라실까 봐 그냥 지나간다. 길게 늘어선 방조제를 걸어간다. 고창갯벌이 끝없이 펼쳐져 있다.

갯벌은 자연의 콩팥이다. 콩팥은 사람 몸속의 노폐물을 걸러 주는 기관이다. 갯벌은 자연의 노폐물을 걸러준다. 갯벌은 하천으로부터 흘러들어온 오염물질을 걸러내서 분해해 준다. 갯벌에는 셀 수 없을 만큼 많은 미생물이 살고 있다. 이 미생물이 하는 일이 바로 갯벌의 유기물을 분해하는 일이다. 미생물이 오염물질 속 유기물을 분해하는 과정에서 산소가 필요하다. 갯벌 속에 산소를 넣어주는 것이 바로 갯지렁이다. 갯지렁이나 게가 갯벌 여기저기에 구멍을 뚫어 놓기 때문에 갯벌 속까지 산소가 공급될 수 있다. 만약 갯벌에 산소가 공급되지 못하면 갯벌은 썩어 조개들은 죽고 만다.

갯벌은 물새들의 천국이다. 게, 고둥, 갯지렁이, 조개 등 먹을 것이 많기 때문이다. 우리나라 갯벌을 찾는 물새들은 대부분 봄·여름까지 시베리아 등 북쪽에 살다가 봄이나 가을에 찾아오는 나그네새이다. 주로 도요새류와 물떼새류다. 물새들은 갯벌의 손님이다. 물새들이 많다는 건 그만큼 갯벌에 많은 먹이들이 살고 있다는 것을 뜻한다. 갯벌이 그만큼 건강하다는 뜻이다. 갯벌은 단위 면적 당 그 가치를 따지면 숲의 10배, 농지의 100배나 된다.

태양이 구름 속을 드나들며 나그네와 동행한다. 드넓은 갯벌과 바다, 단풍에 물든 산, 흰 구름이 흘러가며 아름다운 풍경을 연출한다. 거북선 모양에 용머리가 웅장한 마른 생선 일체를 판매한다는 '거북선수산'이 다가온다. 경찰충혼비를 지나서 울창한 송림과 고운 모래사장이 있는 구시포해변이 나타난다.

일망무제(一望無際)의 아득한 수평선이 펼쳐진다. 오직 파도 소리만이 들려오는 고요한 바닷가를 걸어간다. 아무도 없다. 갈매기만 소리 없이 어디론가 날아간다. 수평선이 햇살에 반짝이며 아득하게 펼쳐져 장관이다. 갈매기들이 평화롭다. 갈매기는 비행술에 능하고 나는 모습이 우아하며 파도와 항구의 이미지에 잘 어울리고 무리 지어 생활하므로 협동심이 강한 새다. 육지에서 가까이 활동하기에 긴 항해를 해온 사람들에게 희망을 준다.

리처드 바크의 〈갈매기의 꿈〉, '높이 나는 새가 멀리 본다.'는 조나단 리빙스턴 갈매기가 날아간다. 높이 날기 위해, 높이 올라가기 위해 얼마나 피와 땀과 눈물의 3대 액체를 흘렸던가. 발걸음이 날아갈 듯 가볍다. 그렇지, 날고 싶다. 내 어깨에 날개가 있다면 훨훨 날고 싶다. 우화등선(羽化登仙), 날개가 생겨 신선에 오르고 싶다.

행복이 파도처럼 밀려온다. 파도가 있기 전 바다가 있었다. 파도는 늘 바다가 불만이었다. 파도에 실려 온 밀물은 파도를 껴안았고 썰물로 멀어진 파도는 바다의 품에 고요했다. 화가 날 때 파도는 거품을 물었고 평화로울 때는 순한 양처럼 잔잔했다. 오늘은 파도가 바다의 품에서 어린아이처럼 밀물과 썰물의 그네를 탄다.

15시 11분, 드디어 40코스 종점 구시포해변에 도착했다.

8

고창 구간
(41~44코스) 66.4km

상포마을회관

줄포만갯벌생태공원

미당서정주생가

사포버스정류장

호암마을

서해안바람공원

심원면사무소

화산교

연기제

곰소염전

42

동호해수욕장

43

선운사버스정류장

곰소항회타운

41

선운사

구시포해변

천마봉

41코스
충무공 이순신의 여인

구시포해변에서 심원면사무소 19.7km

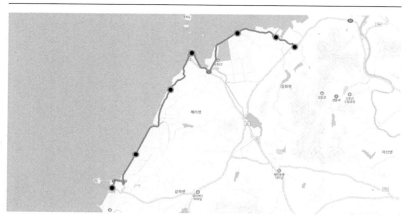

🏃 구시포해변 ▶ 동호해수욕장 ▶ 서해안바람공원 ▶ 심원면사무소

39코스와 40코스, 41코스. 세 개 코스를 걷기 위해 계속 전진한다. 41코스는 구시포해수욕장에서 시작하여 명사십리해변을 지나고 갯벌을 따라 걷는 해변 길을 지나서 심원면사무소에 이르는 구간이다. 현재 시각은 오후 3시, 동호해변까지 약 10km 더 걸으면 오늘은 40km를 걷게 된다. 이제는 본격적으로 고창 구간이 시작된다.

서해랑길 고창 구간은 41~44코스 66.4km이다. 전북 고창은 풍요로운 들판과 바다를 품은 고장이다. 천년고찰 선운산은 호남의 내금강으로 불리는 명승지로 도솔산이라고도 불린다. 선운(禪雲)은 구름 속에서 참선한다는 뜻이고, 도솔은 미륵불이 있는 도솔천궁이라는 뜻으로, 모두 불도를 닦는 산이라는 뜻이다. 봄의 시작을 알리는 동백꽃과 가을의 시작을 알리는 화려한 꽃무릇은 선운사에 아름다움을 더한다. 천혜의 자연환경 속에서 판소리의 신재효와 진채선, 시인 서정주 등 출중한 예인들이 화려한 문화를 일구었다.

세찬 바람이 불어오고 구름은 심술궂게 태양을 가린다. '노을이 아름다운 구시포해수욕장' 표석을 보면서 백사장의 폭이 700m, 길이가 800m가 되는 구시포해수욕장을 걸어간다. 명사십리와 함께 해송림이 우거진 해수욕장이다.

오후 3시가 지났으니 노을을 보기까지는 시간이 남아 있다. 태양이 눈부시게 빛나고 구름이 한가로운 명사십리 해변을 나 홀로 걸어간다. 낯선 길이지만 익숙한 듯 걸어간다.

인생은 생소함과 익숙함 사이의 줄다리기다. 그래서 생소한 곳은 익숙하게 만들고, 익숙한 것은 생소하게 만들라는 말이 있으니, 생소한 것 앞에 당황하지 않고 익숙한 곳에서 타성에 젖지 말라는 말이다. 보통은 반대로 한다. 낯선 일, 생소한 곳에서 허둥대고 날마다 하는 일은 그러려니 한다.

늘 하던 일이 문득 낯설어지고, 낯선 공간이 도리어 편안할 때 하루하루가 새롭고 나날은 경이로 꽉 찬다. 타성에 젖기 쉬운 일상에서 새로운 의미를 찾아내고, 처음 접하는 생소한 일을 손에 익은 일처럼 처리할 수 있어야 한다. 그러자면 쌓아야 할 내공이 만만치 않다. 낯설고 생소한 서해랑길을 익숙한 길처럼 즐겁게 걸어간다.

인간은 호모 사피엔스(생각하는 인간), 호모 루덴스(놀이하는 인간)를 넘어 '여행하는 인간', 곧 호모 비아토르(Homo Viator)다. 인간이 여행을 갈망하는 가장 큰 이유는 무엇일까. 그중 하나는 여행이 주는 새로운

자극 때문이다. 언제, 어디로 떠나든 여행은 늘 새로운 것을 보여주고 생각의 확장을 경험하게 한다. 그러기 위해서는 늘 새로운 세계를 배울 준비를 해야 한다. 여행을 마치고 돌아와서 곤란한 점은 다시는 그와 같은 경험을 절대 할 수 없다는 것이다. 여행은 인간의 정신을 고귀하게 만들어준다.

　순간, 갑자기 눈과 귀를 의심케 하는 장면이 연출된다. 고요한 백사장에 말발굽 소리와 함께 한 여인이 나타난다. 말을 타고 백사장을 달리는 여인의 모습이 신비롭게 다가온다. '부러우면 지는데', 라고 속삭이면서 말을 타고 가는 것 또한 멋지지만 서해랑길 걷는 나그네 기쁨만큼은 못하리라 스스로를 위로한다.

충무공이 영광에서 기생 내산월과 함께 한 기록에 대해 쓸데없는 추측을 하는 것과 마찬가지로 충무공은 이곳 고창 무장읍성에서 여진과 함께했다고 해서 여진은 이순신의 여인으로 남게 되었다.

1596년 9월 1일 해남을 출발한 이순신은 강진, 영암, 나주를 거쳐 6일 무안, 9일 함평, 11일에 영광에 도착했다. 그리고 고창군 무장객사에 도착한 이후 이순신은 9월 12일부터 15일까지 여진(女眞)과 함께했다. 그리고 16일 장성으로 갔다. 이순신의 여인으로 알려진 여진은 이때 무장읍성 객사에서 등장한다. 여진에 대한 〈난중일기〉의 기록이다.

9월 12일. 비바람이 크게 불었다. 늦게 나서긴 했으나 진눈깨비가 내려 길에 오를 수 없었다. 10리쯤 되는 냇가에 이광보와 한여경이 술을 갖고 와서 기다리고 있었기에 말에서 내려 함께 이야기를 나누었는데 비바람이 그치지 않았다. 안세희도 왔다. 저물녘 무장에 도착했다. 여진(女眞)과.

9월 14일. 맑음. 하루를 더 묵었다. 여진과 함께했다.

9월 15일. 맑음. 체찰사가 현(무장현)에 이르렀기에 인사하고 대책을 의논하였다. 여진과 함께했다.

9월 16일. 맑음. 체찰사가 현에 이르렀다 하므로 들어가 절하고 대책을 의논했다.

과연 여진(女眞)은 누구인가? 김훈의 소설 〈칼의 노래〉에는 '여진과 세 번 관계했다. 여진이 아파 울었다.' 등 여진의 이야기가 여러 번 나온다. 여진은 〈난중일기〉에 9월 12일, 14일, 15일에 세 차례 기록됐지만 인명인지 여진족인지 불분명했다. 당시 이순신은 전라도 무창(현 전북 고창)에 있었고, 14일, 15일 여진이라는 글자 뒤에 각각 스물 입(卄)과 서른 삽(卅)인 것처럼 보이는 글자를 썼다. 일각에선 이것이 성관계 횟수였다고 봤다. 그러나 '입', '삽'으로 보이는 글자는 '함께 공(共)' 자의 변형된 초서체로 판독됐다. 만약 여자와 잠자리를 같이 했다는 의미라면 가까이했다는 뜻으로 '근(近)'자를 썼을 것이라는 설명이다. 국내의 고전 및 초서 전문가 10여 명이 모두 '共'자로 인정했다.

20세기 초 일본은 식민지 통치에 필요한 조선 사료를 수집하기 위해 조선사편수회를 만들었다. 조선사편수회는 전국에 소재한 각종 사료들을 수집하여 정리하였는데, 이때 아산 염치면 백암리에 있는 이순신의 종손 이종옥의 집을 수차례 방문하여 이순신의 유물을 조사하고 1928년 2월 촬영을 마치고 이듬해 〈난중일기〉를 해독하여 등사했다. 1934년 조선사편수회는 〈난중일기초〉를 간행하였는데, 여기에는 오독되고 조작된 이순신의 인물 평가가 있었다. 그 대표적인 오독 사례는 여진입(女眞卄)과 여진삽(女眞卅)이었다. 여기서 '스물 입(卄)'자와 '서른 삽(卅)'자는 모두 '함께할 공(共)'자를 오독한 글자였다. 이순신의 여인으로 논란이 있는 여진(女眞)은 사비(私婢)였다.

훈련원봉사(종8품) 시절 병조판서였던 김귀영은 이순신의 인품을 높이 사 자신의 서녀를 이순신의 첩으로 주려고 하였다. 그러나 이순신은 "벼슬길에 갓 나온 사람으로서 어찌 권세가의 집에 발을 들여놓을 수 있겠습니까." 하고 거절하였다. 이에 김귀영도 노여움은커녕 오히려 이순신에 대해 더 이해하고 아끼는 마음을 가지게 되었다.

이순신의 여인들에 대한 기록은, 당시로서는 아주 드물게 부인과 1명의 소실 부안댁 외에는 없다. 이순신이 통제사가 된 후의 진중 생활에 대해 조카 이분이 쓴 〈행록〉에서는 다음과 같이 적고 있다.

"공은 진중에 있는 동안 여자를 가까이하지 않았으며 매일 밤 잘 때도 띠를 풀지 않았다. 겨우 한두 잠을 자고 나서는 사람들을 불러들여 날이 샐 때까지 의논하였다."

장호어촌체험장을 지나간다. 고창해안도로를 따라 아스팔트 위에 긴 그림자와 함께 걸어간다. 명사십리해양파크를 지나간다. 오후 5시가 가까워진다. 태양이 서서히 붉은 빛을 띠면서 서쪽 하늘에서 바다로 내려간다. 하늘과 바다에 아름다운 노을이 펼쳐진다. 장관이다. 태양이 구름 사이로 들어갔다 나왔다를 반복하면서 서서히 해수면 아래로 멀어져 간다. 해가 진다.

오후 5시 11분, 드디어 '노을미항 동호항'에 도착했다. 오늘은 여기까지, 택시를 불러 타고 숙소로 돌아간다.

이튿날 아침 7시, 다시 동호해수욕장에 섰다. 바람이 불고 간간이 구름이 하늘을 흘러 다니는 신선한 아침이다. 동호해수욕장을 벗어나서 해리면 동호리 바닷가를 걸어간다. 서쪽 바다로 넘어갔던 어제의 태양이 동쪽 바다 건넛산 위로 서서히 솟아오른다. 낙조도 아름답지만 일

출도 신비롭다.

아아, 이 신선한 바닷가의 공기! 사람들이 하루의 원천인 여명이 깃드는 새벽의 이 공기를 마시러 들지 않는다면 이것을 병에 담아 도시에서 나누어 줄 수 있다면 얼마나 좋을까. 이른 아침의 공기와 햇살, 바람과 시간을 맛보는 기쁨을 잃어버린 사람들에게 이를 전해줄 수 있다면 세상은 분명 밝고 맑아 좋아질 텐데. 그러면 각박한 삶 위에 평화와 안식, 새로운 희망을 나누는 일이 될 수도 있으련만. 그러나 아침의 신선함은 태양이 중천에 떠오를 때쯤이면 새벽의 여신을 따라 서쪽으로 날아 가버려 보관할 수가 없다. 찾아가서 만날 수밖에 없는 대자연 속의 아침은 볼 수 있는 자에게만 자신을 허락한다. 그리고 그들은 대자연의 축복 속에서 하루의 삶을 살아간다.

태양이 연출하는 아침 풍경에 신비감이 밀려온다. 자유인으로 떠난 길에 감사와 행복이 파도처럼 밀려온다. 갈대들이 도열하여 위대한 여행자에게 경의를 표하며 고개 숙여 인사를 한다. 파란 하늘 곳곳에 구름이 햇빛에 물들어 흘러간다. 새들이 하늘 곳곳에서 날아간다. 아침을 사랑하는 나그네가 아름다운 아침 풍경에 발걸음도 신명이 난다. '여기는 전북 서해안권 지질공원입니다' 안내판을 지나간다. 2013년 5월 국내 최초로 '고창군 전역, 유네스코 생물권 보전지역으로 지정되었다'고 안내를 한다. 아름다운 소나무 숲길이 펼쳐진다.

유네스코 세계자연유산 고창갯벌 전망대에 도착한다. 칠산바다가 품고 있는 고창갯벌은 유네스코 람사르습지로 지정된 소중한 보물이다. 2층 전망대에 커다란 수탉과 암탉, 병아리 형상이 만들어져 있다. 왜일까? 전망대 옆에 있는 산 이름이 계명산(鷄鳴山)이다. 닭 울음소리가 중국까지 들린다는 전설 같은 이야기가 전해진다. 넓게 펼쳐진 자연이 빛

어낸 걸작품인 갯벌 저 멀리 바다에 대죽도와 소죽도가 떠 있다.

　서해는 약 8천 년 전에 히말라야의 빙하와 만년설이 녹아 흘러들어
온 물이 고여서 바다가 되었으니, 서해안의 갯벌이 지금과 같은 모습을
갖추는 대는 8천 년이라는 시간이 걸렸다. 대한민국 서해안은 캐나다
동부 연안, 미국 동부 조지아 연안, 아마존강 하구, 북해 연안과 더불
어 세계 5대 갯벌에 속한다.

　캐나다 동부 연안은 바다표범의 서식지로 유명하고, 미국 동부 조지
아 연안은 넓은 해안 염습지가 발달해 있다. 세계에서 가장 큰 강인 아
마존강 유역은 면적이 남북한을 합한 면적의 약 30배에 이른다. 이 거
대한 강 하구에 1,600km에 이르는 갯벌이 펼쳐져 있다. 덴마크, 독일,
네덜란드에 걸쳐 발달한 북해 연안의 갯벌은 영양염류와 해조류가 풍
부해 많은 물새와 물개, 바다표범의 서식지가 되고 있다.

　전망대에서 나와 계명산을 올라간다. '만 개의 굴뚝이 솟은 만돌마
을' 이야기 길이다. 심원면 만돌리, 다시 해변 길을 걸어간다. 바다 건너
변산반도가 펼쳐진다. 물새들이 한가롭게 놀고 있다. 멋진 풍광이다.
심원면 애향갯벌로에 있는 람사르고창갯벌센터를 지나간다. 갯벌센터
에는 서해랑쉼터가 있다. 갈 길 바쁜 나그네가 쉬지 않고 걸어간다.

　9시 20분, 41코스 종점 심원면사무소에 도착했다.

42코스
새야 새야 파랑새야!

심원면사무소에서 선운사버스정류장 11.6km

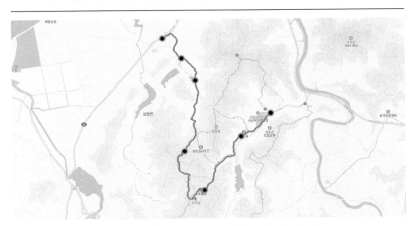

🦶 심원면사무소 ▶ 화산교 ▶ 천마봉 ▶ 선운사 ▶ 선운사버스정류장

9시 21분, 심원면사무소 앞에서 42코스를 시작한다. 42코스는 화산 마을을 지나고 선운산을 넘어서 사계절 고운 자태를 뽐내는 고창의 보물 선운사를 지나 선운사버스정류장에 이르는 구간이다.

심원면사무소 건물 상단에 '심원 사람 진채선, 조선 최초 여류 국창의 고장'이란 커다란 글씨가 붙어있다. 심원 사람에게 진채선은 얼마나 자랑스러울까, 하는 생각이 스쳐 간다.

무당의 딸로 태어나 어려서부터 소리를 잘했던 진채선은 17세 때 신 재효에게 발탁되어 그가 운영하는 소리 학교에 들어가 판소리를 배운 뒤 최초의 여류 명창이 되었다. 신재효와 진채선 사이에는 애틋한 이야기가 한 토막 전해진다.

고종 4년 경복궁이 세워지자 경회루에서 축하 잔치가 벌어졌다. 그 자리에서 진채선이 〈방아타령〉을 불러 이름을 날리게 되자 대원군은 진채선을 포함한 기생 두 명을 운현궁으로 데려가 '대령 기생'으로 묶어 두었다. 금세 돌아올 줄 알았던 진채선이 돌아오지 않자 외로움을 느낀 신재효는 그 외로움을 〈도리화가(桃李花歌)〉라는 노래로 엮어 진채선에게 보냈다. 그때 진채선은 24세, 신재효는 59세였다. 진채선의 추천으로 대원군에게 오위장이라는 벼슬을 받은 신재효는 1876년 흉년이 들어 사람들을 도와준 공으로 통정대부에 오르기도 하였다. 영화 〈도리화가〉는 여자가 판소리를 할 수 없던 시대 '1867년 조선 최초의 여류 소리꾼 진채선의 이야기'이다.

'심원면 명예의 전당' 안내판을 지나서 '고인돌 질마재 따라 100리길'을 걸어간다. 노거수들이 우거진 화산마을 입구에 들어서자 고인돌이 여기저기 번호가 매겨진 채 서 있다. 고창 고인돌군은 국내 최대 규모의 고인돌군으로 강화와 화순의 고인돌 유적과 함께 2000년 12월 유네스코 세계 문화유산에 등재되었다. 고창읍 중림리와 도산리, 아산면 상갈리 일대에 등재된 고인돌군이 있다. 북방식 고인돌 가운데 가장 남쪽에 있는 도산리 고인돌은 민가 몸채 뒤에 홀로 서 있다.

'연꽃 향기 가득한 아름다운 화산(花山)' 마을 안내판이 마을의 유래와 농특산물, 볼거리를 안내한다. 산봉우리에 올라서 내려다보면 마치 연꽃 같다고 하여 '연화(화산)마을'이라 유래되었다. 연화봉에는 원불교 교조 소태산이 깨달음을 얻기 전 마지막 정진을 했다는 초당터가 있어 원불교 성지로 관리되고 있다.

원불교는 1916년 4월 28일, 소태산(少太山) 박중빈이 창시한 신종교로 일원상의 진리와 함께 불법의 생활화, 대중화, 시대화를 추구한다. 이름만 보면 불교 내 하나의 종파로 생각하기 쉽지만 불교와는 별개의 종교이다. 불교의 법문과 논리를 기반으로 새롭게 창시된 종교로 창시자는 승려가 아닌 수행자였던 소태산 박중빈이다.

본격적으로 산길로 접어든다. 구불구불 선이 살아있는 옛길을 걸어 고갯마루에 올라선다. 옛길은 창담암으로 내려가고 서해랑길은 오른쪽 견치산(개이빨산)으로 간다. 견치산 정상에 오르자 조망이 열린다. 바다 건너편 변산이 보인다. 대나무 숲길을 걷고 고인돌을 지나서 선운산 정상 수리봉(336m)에 선다. 암반에 올라 훤히 트인 조망을 감상한다.

'고인돌 질마재 따라 100리길' 제4코스 보은길(소금길)을 걸어간다. 선운사 창건 설화는 도솔암 마애불에서 시작된다. 마애불은 1,500년 전쯤에 살았던 검단선사의 모습을 형상화한 것으로 전한다. 그가 선운사를 창건할 당시 선운산은 도적 떼의 소굴이었다. 검단선사는 도둑들에게 소금 굽는 법을 가르쳐 생계 수단으로 삼도록 했다. 양민이 된 그들은 고마운 마음을 담아 해마다 봄가을 두 차례 검단선사에게 보은염(報恩鹽)을 보냈는데, 그때 소금을 운반했던 길이 바로 보은길로 서해랑길이 지나간다.

해발 284m 바위 봉우리 천마봉에 도착한다. 아름다운 선운산 풍광이 펼쳐진다. 수직 절벽이 장관이다. 약 8천만 년 전 중생대 백악기의 화산활동으로 만들어진 선운산, 오른쪽에 도솔암이 내려다보인다. 도솔암 위 도솔천에서 미륵불이 주는 안온한 휴식을 취한다. 휴식과 여유로움이란 다음을 위한 저축이다. 에디슨이 많은 발명을 할 수 있었던 비결은 앉을 수 있는 곳에 앉고 누울 수 있는 곳에 누워서 쉬었기 때문이다. 떠난다는 것은 계속 움직이는 것이다. 떠나는 것은 대나무의 마디처럼 인생의 또 다른 시작을 알리는 전환점이다. 버리고 떠난다는 것은 꿈을 실현할 수 있는 쪽으로 계속 움직이기 위한 방향 전환이다.

'출발! 다시 시작이다. 가자!' 하고 길을 나선다. 하산 길, 붉게 타는 단풍을 바라보며 천천히 내려간다. 지상에서 3.3m 높이에 있는 마애불 앞에서 걸음을 멈추고 합장을 한다. 도솔암은 정면 쪽이 절벽이다. 그 바위에 마애불이 새겨져 있다. 책상다리를 하고 있는 미륵불의 높이는 15.8m, 폭이 8.4m이다.

도솔암 미륵불의 배꼽은 동학혁명의 혁명불이 되었다고 전한다. 미륵불의 배꼽에서 비기(秘記)가 나오면 세상이 뒤바뀐다고 전했는데, 동학혁명이 일어나기 2년 전인 1892년 동학 접주 손화중이 배꼽에서 비기를 꺼냈다는 소문이 전라도 전역에 돌았다는 것이다.

1894년 1월 10일, 전봉준은 농민 1,000여 명과 함께 고부관아를 습격하면서 농민봉기를 일으켰다. 조병갑의 탄압은 크게 세 가지, 송덕비를 세운다고 세금을 걷고, 만석보 강제노역과 만석보의 세금부과였다. 전봉준은 "이대로 지내서야 백성이 한 사람이라도 남아나겠는가? 고부관아를 격파하고 조병갑을 처단하자."고 외쳤다. 하지만 조병갑은 이를 눈치채고 미리 도망갔다. 이는 '고부농민봉기'라 일컬어지고, 동학농민운동의 계기가 되었다.

전봉준은 한양에서 파견된 안핵사 이용태의 탄압이 가중되자 3월 13일 민중들을 해산하고 무장으로 피신했다. 당시 무장에는 동학 접주 손화중이 큰 세력을 가지고 있었다. 그리고 3월 20일, 전봉준과 손화중은 지금의 고창군 공음면 구암리 구수마을에서 '무장포고문'을 발표하

고 전면 봉기를 만천하에 고했다. 대정부 선전포고로 고부민란 농민봉기가 동학혁명으로 발전되는 순간이었다. 당시 백산에서 죽창을 들고 흰옷을 입은 동학농민군들이 일어서면 흰옷 때문에 산 전체가 하얀색으로 변하고 앉으면 푸른 대나무로 산이 덮인다고 해서 '서면 백산(白山), 앉으면 죽산(竹山)'이라는 말이 생겨났다.

동학농민군이 무장지역을 점령한 것은 1894년 4월 9일이었다. 이날 무장현에 진입한 농민군은 즉각 무장관아를 접수하고 읍성 안팎에 불을 질렀다. 동학교도를 탄압한 데에 대한 시위였다. 현재 무장읍성에는 객사를 비롯한 동헌과 남문 등이 비교적 온전한 상태로 남아 있다. 농민군의 시위에 놀란 관군이 성을 버리고 도망갔기 때문이다. 무장객사는 1596년 9월 이순신이 4일간 머물렀던 그 객사였다.

1894년 5월 11일 황토현 전투 관군을 무찌르고 첫 승리를 했던 동학농민군은 이후 전주성을 점령했다. 하지만 농민군은 11월 공주 우금치에서 관군과 일본군에게 완패하고, 태인 성황산에서 관군과 마지막 싸움을 벌였으나 패했다. 전봉준은 동학군을 해산하고 순창으로 갔고, 김개남은 회문산의 종성리 매부의 집으로 몸을 숨겼다. 전봉준은 순창에서 현상금에 눈이 먼 부하 접주였던 김경천의 배신으로 다리가 부러진 채 관군에 붙잡혔으며, 김개남은 친구 임병찬의 집에 숨어 있다가 임병찬의 배신으로 숨어 있던 집이 포위되었다. 관군이 "어서 나와 포승줄을 받으라!" 하자 이때 측간에서 변을 보고 있던 김개남은 "올 줄 알았다. 똥 누고 나가겠다!" 하고 껄껄 웃었다고 한다. 김개남은 전주관찰사 이도재의 즉결심판으로 전주 서교장에서 효수되었고, 전봉준은 다리가 부러진 채 들것에 실려 금강을 건너 한양으로 압송되었다. 친일내각의 재판소에서 재판을 맡은 일본인들이 찾아와 전봉준을 회유를 했다.

"그대의 죄는 일본 법률로 따지면 국사범이다. 그러나 사형까지 이르지 않을 수도 있다. 마땅히 일본인 변호사의 도움을 받아 재판을 해 보라."

전봉준은 단칼에 거절했다.

"너희는 나의 원수이고, 나는 너희의 원수가 아니냐. 나를 죽여라. 구차한 삶을 위해 살길을 찾는 것은 내 본뜻이 아니다. 난 죽음을 기다린 지 오래다."

이때 전봉준의 나이 41세였다. 가족에게 남길 말을 묻자 전봉준은, "다른 할 말이 없다. 어찌 이 깜깜한 적굴에서 암연히 죽이느냐. 나를 죽일진대 종로 네거리에서 목을 베어 오가는 사람들에게 내 피를 뿌리라."고 했다. 그리고 전봉준은 즉흥시 운명(殞命)을 읊었다.

때가 오매 천지가 모두 힘을 합했는데
운이 다했으니 영웅도 스스로 할 바를 모르겠구나.
백성을 사랑하고 정의를 세운 것임 무슨 허물이겠나.
나라 위한 오직 한마음 그 누가 알겠는가.

5척 단구의 몸이 마치 녹두 같다 해서 '녹두장군'이라 불렸던 전봉준은 손화중과 한날한시에 처형되었다.

새야 새야 파랑새야 / 웃녘 새야 아랫녘 새야

전주 고부 녹두새야 / 함박쪽박 열나무 딱딱 후여

새야 새야 파랑새야 / 녹두밭에 앉지 마라

녹두꽃이 떨어지면 / 청포 장수 울고 간다.

고부군은 지금은 정읍시에 딸린 면이지만 동학혁명 이전만 해도 정읍이나 부안보다 더 세력이 컸으며, 전라도에서 전주 다음으로 번창했던 쌀과 상업의 중심지였다. 서울의 당상관 자제들이 수령 자리로 가장 가고 싶어 했던 고부가 일제강점기 때인 1914년 행정구역 통폐합 당시 부안과 정읍, 고창으로 나뉘었다. 지금의 고부에 남은 자취라고는 고부향교와 조병갑이 기생을 끼고 놀았다는 군자정(君子亭)만이 남아 있다. 조병갑이 수탈을 일삼았던 고부관아는 현재 고부초등학교로 변하였다.

나한전을 지나서 도솔암을 둘러본다. 선운산은 일명 도솔산이라고도 부른다. '선운(禪雲)'이란 '구름 속에서 참선을 한다'는 뜻이고, '도솔'이란 미륵부처님이 계신다는 '도솔천궁'을 뜻한다.

천연기념물 345호 고창삼인리장사송을 지나간다. 수령 600년, 23m 높이의 소나무로 부채꼴 모양의 가지가 장관이다. 진흥굴을 지나서 한적한 계곡을 따라 걸어간다. 그 누가 알겠는가, 그 누가 상상이나 할까, 이 초겨울의 낭만을. 멋과 여유, 자유의 기쁨을 맛보며 아름다운 단풍길을 한 걸음 한 걸음 나아가 드디어 선운사(禪雲寺)에 도착했다.

선운사는 금산사와 함께 전라북도 2대 본사로서 빼어난 자연경관과 소중한 불교 문화재를 가지고 있다. 선운사는 백제 위덕왕 24년에 검단

선사가 창건하였다고 한다. 한창 번성했던 시절에는 89개의 암자를 거느리고 3천여 명의 승려가 머물렀다는 선운사는 현재 조계종 24교구의 본사로서 도솔암 등 네 개의 암자와 열 개가 넘는 건물들이 남아 있다. 절 뒤편에는 수령 5백년 이상 된 동백나무가 3천여 그루 숲을 이루고 있다. 4월 말이면 꽃잎이 한 잎 한 잎 떨어지는 것이 아니라 송이째 뚝뚝 떨어져 눈물겹도록 가슴 시리고 아린 동백꽃을 볼 수 있다. 선운사의 동백꽃과 꽃무릇, 단풍은 유명하다. 봄에는 동백, 9월에는 꽃무릇, 11월에는 단풍이 붉게 물든다.

선운산의 아름다운 풍경 하나를 떠올리라면 대다수 사람들은 동백꽃을 먼저 떠올릴 테지만 꽃무릇이 더욱 아름답다. 9월이면 가을 나무들 사이로 새빨갛게 피어난 꽃들을 볼 수 있다. 상사화(相思花)와 꽃무릇은 다르다. 꽃과 잎이 서로 만날 수 없는 상사화는 잎이 지고 난 다음에 피는 화려하기 이를 데 없는 꽃이다. 꽃과 잎이 영원히 만날 수 없기 때문에 상사화라고 부른다. 상사화는 7월 말쯤 피어나지만 꽃무릇은 가을에 꽃을 피운다. 9~10월에 붉은색 꽃이 피고 꽃이 진 다음에 잎이 난다. 꽃은 잎을, 잎은 꽃을 그리워한다는 꽃무릇은 가을에 피는 슬픈 꽃이다.

길 위에 낙엽이 가득하고 물가에 떨어진 낙엽들이 계곡을 따라 처연하게 흘러간다. 물길이 흐르고 아름다운 단풍과 지는 낙엽이 공존하는 단풍이 반기는 길, 낙엽이 뒹구는 길을 사람이 걸어간다. 여기 한 나그네가 걸어간다.

12시 41분, 이른 시간이지만 오늘은 여기까지, 42코스 종점에 도착했다.

선운산호텔에 숙소를 잡고 장어와 복분자로 나 홀로 파티를 했다.

깊어가는 밤, '새야 새야 파랑새야!' 하면서 선운사의 범종 소리가 귓가에 스쳐 간다.

43코스
국화 옆에서

선운사버스정류장에서 사포버스정류장 21.1km

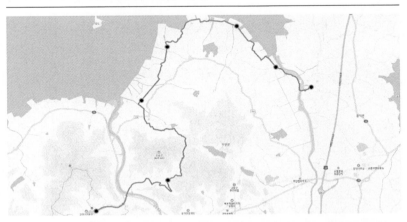

🐾 선운사버스정류장 ❭ 연기제 ❭ 미당서정주생가 ❭ 상포마을회관 ❭ 사포버스정류장

　새벽 미명, 호텔 창문을 여니 별빛이 쏟아지고 신비로운 경관이 펼쳐진다. 일찍 일어난 새소리가 신의 음성처럼 경건하게 다가온다. 날이 채 밝기도 전이지만 길을 나선다. 날이 밝아오는 시각이 하루하루 점점 늦어진다.

　11월 17일 목요일 6시 40분, 선운사버스정류장에서 43코스를 시작한다. 43코스는 미당 서정주의 생가와 미당시문학관, 국창 김소희 생가를 지나서 흥덕면 사포리 사포버스정류장까지 가는 구간이다. 걷기 25일째, 오늘은 드디어 700km 돌파한다. 서정주의 〈선운사 동구(洞口)〉 표석 앞에서 발걸음을 멈추고 노래를 한다.

선운사 골짜기로 / 선운사 동백꽃을 보러 갔더니 / 동백꽃은 일러 아직 피지 않았고 / 막걸릿집 여자의 육자배기 가락에 / 작년 것만 오히려 남았습니다. / 그것도 목이 쉬어 남았습니다.

주진천 다리를 지나서 부안면 용산리 '식도락 연기마을'로 들어선다. 연기마을은 소요산과 주진천이 마을을 든든히 받치고 있는 배산임수형으로, 산속에 은거하며 영험함을 지녔던 연기도사 설화에서 마을의 이름을 땄다. 마을 뒤 소요산은 설화와 함께 백제 위덕왕 시절 창건한 천년 고찰의 터가 발견되기도 했다. 나라에 바친 자기(磁器), 연기도요지와 백허당이 있는 마을이다. 연기도요지는 고려와 조선시대에 요업(窯業)이 활발하던 가마터로 총 4개의 가마터가 있었다. 백허당(白虛堂)은 효자 김하익이 바위에 눈물로 쓴 글씨다. 부친의 병을 돌보기 위해 귀한 물고기를 잡아 돌아가던 김하익은 효자바위 근처에서 호랑이를 만나서 눈물로 백허당 세 글자를 새겨 호랑이에게서 풀려나게 된다.

소요산으로 가는 아침의 산책길에 녹의홍상 빨간 단풍이 손짓을 한다. 선운사에서 가까운 소요산 자락에서 근현대사에 족적을 남긴 여러 사람이 태어났다. 동학농민운동 당시 평민 출신으로 이름을 날린 차치구의 아들로 강증산의 뒤를 이어 보천교를 만들어 '차천자'로 세상을 떠들썩하게 했던 차경석이 이 마을에서 태어났다. 부안면 봉암리는 〈동아일보〉를 창건하고 고려대학교를 세운 인촌 김성수와 그의 동생 김연수의 고향이고, 녹두장군 전봉준의 아버지 전창혁은 소요산을 한 입에 삼키는 태몽을 꾸고 전봉준을 낳았다고 한다. 부안면 선운리 질마재 아래에서는 미당 서정주가 태어났다.

호수에 안개가 자욱한 연기제에 도착했다. 산그림자는 물속에서 수영을 하고, 하늘에는 구름이 여유롭다. 본격적으로 임도를 따라 산속으로 들어간다.

수많은 추억이 있는 나 홀로 산행, 나에게 있어 나 홀로 산행은 젊은 날부터 일종의 구도 행위였다. 내 젊은 날의 산과 책과 술은 오늘날까지 오랜 벗으로 함께 어우러져 춤을 추며 삶을 완성시켜 가고 있다. 옛 선비들은 "산천을 걷는 것은 좋은 책을 읽는 것과 같다."고 했다. 나그네는 오늘도 스토아학파처럼 걸으면서 배운다.

로마 황제이며 스토아 철학자인 마르쿠스 아우렐리우스는 전쟁터에서 〈명상록〉을 남겼다. 그는 전장에 있는 동안 〈명상록〉을 쓰면서 고독과 유랑의 시간을 달랬다. '자연에 일치하여', '자연에 따라' 살아가는 아우렐리우스의 자기 성찰의 기억이 〈명상록〉이다. 그는 59세에 페스트에 걸려 며칠 동안 앓다가 세상을 떠나면서 마지막으로 이렇게 말했다.

"나의 죽음을 슬퍼하지 말라. 오히려 전염병에 걸린 사람들과 수많은
사람들의 죽음을 생각하라."

7시 50분, 산 너머로 아침 해가 떠오른다. 겨울로 가는 길, 날이 갈수록 해가 늦게 솟아오른다. 지구는 자전축이 약 23.5도 기울어져 있어서 태양에서 지구로 빛이 도달하는 시간이 계절마다 달라진다. 이러한 차이로 여름에는 낮 시간이 길고, 겨울에는 낮 시간이 짧아진다.

낙엽이 우거진 임도를 따라 점점 높이 올라간다. 낙엽귀근, 낙엽은 낙엽의 길을 가고 나그네는 나그네의 길을 간다. 유만주(1755~1788)의 일기 〈흠영〉에 나오는 낙엽에 대한 이야기다.

"짙은 서리가 내려 잎이 물들어 푸른빛이 자꾸 줄어드는데, 여기에도 품격의 차이가 있다. 붉은 잎은 높은 미녀와 비슷하고, 누런 잎은 고승이나 마음이 시원스런 선비와 같다. 뜻이 몹시 진한 곳과 뜻이 담백한 곳이 있다."

날마다 걸어가는 고행의 길, 몸의 찌꺼기는 땀으로 버리고 마음의 탐욕은 얼굴의 수염으로 모은다. 몸은 날마다 가벼워지고 수염은 날마다 길어간다. 영국의 헨리 8세나 러시아의 표트르대제가 보았다면 아마도 수염세를 과세했을 것이다.

내 인생은 나를 위해 존재한다. 내 인생이 먼저 존재해야 남의 인생이 존재한다. 자기를 스스로 보살피는 마음, 자기를 존중하는 마음, 자기를 책임질 줄 아는 마음이 있을 때 남을 진정 사랑할 수 있다. 애기 애타. 인간을 절망시키는 가장 손쉬운 방법으로 악마는 자기 스스로를 비하하고 단죄하는 방법을 사용한다. 인간의 아름다움은 외형이 만드는 게 아니라 내면이 만든다. 얼굴은 '얼이 통하는 굴(통로)'이다. 얼굴 표정은 곧 내면의 거울이다. 비움과 채움의 서해랑길에서 얼짱과 몸짱, 마음짱을 꿈꾸며 걸어간다.

고갯마루가 다가온다. 새들이 요란스럽다. 저 고개 너머에는 어떤 세상이 펼쳐질까. 정자가 보인다. 드디어 다 올라왔다. 소금 짐 지고 쉬어 쉬어 넘던 '질마재'에 도착했다. 질마는 소나 말의 안장을 뜻하는 길마의 사투리다. 질마재길은 소요산 자락을 넘어 선운리에 이르는 약 2km 구간이다. 소금 농사를 업으로 살아가는 심원 사람들이 좌치나루터를 넘어와 부안 알뫼장터에서 곡물과 교환하는 데 꼭 필요한 길이었다. 성황이 있는 소금샘은 잠시 쉬어가며 밥을 해 먹었던 장소로 아직도 샘터가 남아 있다. 서정주의 〈질마재신화〉로 더 유명한데, 사오십 년을 신혼 첫날밤의 자세로 앉아 기다린 신부를 고향으로 비유해, 회귀의 정서로 심금을 울리고 있다.

산에서 내려와 마을 길을 걸어간다. 고추밭에는 붉은 고추들이 고추나무에 달려 추위에 얼어있다. 시원한 바람이 불어온다.

고창군 부안면 선운리 578번지, 드디어 미당 서정주 생가에 도착했다. 미당은 1915년 음력 5월 18일 이곳에서 태어났다. 생가는 1970년경부터 사람이 살지 않은 채 방치되었다가 2001년 8월 옛 모습대로 복원하였다. 생가 곳곳에는 〈선운사 동구〉, 〈다섯 살에〉 등 미당의 시가 걸려있다. 〈국화 옆에서〉가 나그네를 보고 미소 짓는다.

한 송이 국화꽃을 피우기 위해
봄부터 소쩍새는
그렇게 울었나 보다

한 송이 국화꽃을 피우기 위해
천둥은 먹구름 속에서
또 그렇게 울었나 보다.

그립고 아쉬움에 가슴 조이던
머언 먼 젊음의 뒤안길에서
인제는 돌아와 거울 앞에선
내 누님 같이 생긴 꽃이여

노란 네 꽃잎이 필라고

간밤엔 무서리가 저리 내리고
내게는 잠도 오직 않았나 보다.

나그네도 이제는 돌아와 거울을 들여다본다. 자신이 주체가 되고 객체가 되어 대화를 나눈다. 그리고 그 거울 안에서 '내 안의 또 다른 나'를 찾아간다. 한 송이 국화꽃을 피우기 위해 걸어간다.

나그네의 고향은 정신 문화의 수도 안동이다. 1973년 미당 서정주가 안동장터를 구경하다가 있었던 일이다. 하얀 두루마기에 갓을 쓴 노인이 장터 길바닥에서 새로 짠 노란 명석을 깔고 앉아 그것을 팔고 있었다. 지나가는 사람이 물었다.

"이 명석 얼마이껴?"
"천사백 원 전에는 안 파니더."
"천사백 원이라꼬요? 천오백 원도 아니고 이천 원도 아니고 왜 꼭 천사백 원이니껴?"
"내가 이걸 짜느라고 꼬박 열나흘 걸렸으니 천사백 원 받지요."

안동 상인은 비록 장사를 할 망정 의관을 정제해야 하니 선비의 외출복인 두루마기에 갓을 쓴 것이다. 그리고 '내가 비록 장사를 할 망정 본디 신분은 선비이다. 내가 이문을 남기려 하면 나를 장사꾼으로 보고 값을 더 깎으려 들 것이다. 그러면 체면도 깎이고 물건값마저 깎인다면 이런 낭패가 어디 있겠는가? 그러니 아예 최저가를 정해 놓고 그것이라도 지키겠다'는 것이다. 안동 사람들의 혈관에는 예나 지금이나 낙동강이 흐른다.

8시 30분, 시문학관은 문이 닫혀있다. 다시 찾은 시문학관에서 미당 서정주를 만났다. 서정주는 토속적, 불교적 내용을 주제로 한 시를 많이 쓴 생명파 시인이다. 탁월한 시적 자질과 왕성한 창작활동으로 해방 전후에 걸쳐 한국 문학계에서 큰 영향력을 행사하였으나, 일제강점기 친일 및 신군부 치하에서의 처신 등으로 역사적 평가에 있어서 논란의 대상이다.

이를 아는 듯 모르는 듯 마을 입구의 두 장승이 환히 웃으며 반겨준다. '살기 좋은 시문학마을'을 지나서 커다란 은행나무를 바라보며 길을 간다. 들판의 농로, 그림자를 벗 삼아 걸어간다. 시골의 아담한 반월화목교회 십자가 아래 새들이 지은 집이 신비롭다. 산티아고 순례길에서 성당 십자가 아래에 있던 새들의 집이 스쳐 간다.

바다 건너 변산반도를 지척에 두고 끝없이 펼쳐진 광활한 갯벌을 바라보며 걸어간다. 해안문화마실길을 지나간다. 해안문화마실길은 미당 시문학관에서 손화중피체지, 반월마을, 상포마을, 신촌마을, 김소희 생가를 거쳐 목우마을에 이르는 총 17km 길이다.

파란 하늘, 고창·부안갯벌 람사르습지를 끼고 한적한 해안도로를 따라 걸어간다. 지척에 있는 변산반도가 점점 가까이 다가온다.

김소희 생가에 도착했다. 이곳 고창에는 신재효, 진채선, 김소희 등 소리꾼이 많다. 그래서 "고창 사는 사람치고 소리 한마디 못 하고 장단 못 맞추는 사람 없다."라는 말이 생겼다. 국악계의 사표(師表)이며 국창(國唱)으로 불리는 만정 김소희는 1917년 이곳에서 태어났다. 13세에 광주로 가서 명창 송만갑의 제자로 국악에 입문하고 15세에 서울로 올라가 조선성악연구회에서 정정열 등에게 소리·춤·기악을 두루 사사하였다.

김소희는 100년에 한 번 나기 힘든 천부적인 목소리에 노력을 더하여 3~4년의 짧은 기간에 명창의 반열에 올랐고 정악, 한학, 서예 등을 익혀 그의 예술에 품격을 더하였다. 판소리 춘향가 김소희 제(制)를 창제하고 인간문화재(무형문화재 제5호)로 지정받았다. 1995년 4월 타계하였으며, 정부에서는 금관문화훈장(제1호)을 추서했고, '광복 50주년·역사를 만든 한반도의 주역 50인'에 선정되었다.

고창읍성 바로 입구에는 판소리 여섯 마당 중 〈춘향가〉, 〈심청가〉, 〈흥보가〉, 〈적벽가〉, 〈변강쇠가〉 등의 판소리 이론을 정립한 동리 신재효의 집이 있다. 신재효는 본래 광대 노릇을 한 사람이 아니었고 재산이 넉넉한 양반이었는데, 풍류를 즐기는 성품을 타고 나서 판소리와 함께 민속음악을 연구하고 체계화하는데 일생을 바친 것이다. 신재효는 집안에 '노래청'을 만든 다음 수많은 명창과 교류하였다.

오후 2시 30분, 43코스 종점에 도착했다. 44코스부터 47코스는 미리 마쳤으니 오늘은 그래서 좋은 날, 1코스만 하고 다시 선운사로 간다. 어제에 이어서 오늘도 풍천장어와 복분자의 운취를 즐긴다. 선운사의 별이 밝은 밤에 이별의 정한을 노래한 송창식의 〈선운사〉가 들려온다.

선운사에 가신 적이 있나요 / 바람 불어 설운 날에 말이에요// 동백꽃을 보신 적이 있나요 / 눈물처럼 후두둑 지는 꽃 말이에요// 나를 두고 가시려는 님아 / 선운사 동백꽃 숲으로 와요// 떨어지는 꽃송이가 내 맘처럼 슬퍼서 / 당신은 그만, 당신은 그만, 못 떠나실 거예요

44코스
오늘은 걷기의 날

사포버스정류장에서 곰소항 회타운 14km

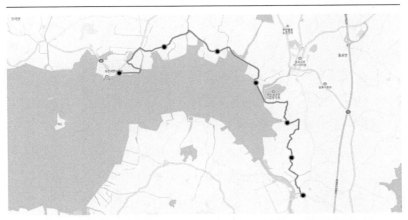

🦶 사포버스정류장 ▸ 줄포만갯벌생태공원 ▸ 호암마을 ▸ 곰소염전 ▸ 곰소항 회타운

전날 무안에서 함평으로 가는 34코스를 마치고, 이른 새벽 함평 돌머리해수욕장을 출발해서 용인국립공원탐방대와 변산반도국립공원을 걷기 위해 고창으로 달려왔다.

11월 11일 금요일 8시 10분, 44코스를 시작한다. 44코스는 고창군 흥덕면 사포리 사포버스정류장에서 드라마 촬영지로도 유명한 줄포만 생태갯벌공원과 곰소염전을 지나서 진서면 곰소리 곰소항회타운까지 가는 구간이다.

저물어 가는 가을, 여물어 가는 겨울, 가을이 점점 멀어져 가고 겨울이 점점 다가온다. 맑고 푸른 하늘, 씩씩하고 당찬 아침의 기상으로 걸어간다. 손자병법에는 조기예(朝氣銳), 주기타(晝氣惰), 모기귀(暮氣歸), '아침의 사기는 정예병이지만 낮의 사기는 게을러지고 저녁의 사기는 집에 돌아갈 생각만 한다.'고 했다. 나그네가 정예병처럼 씩씩하게 걸어간다.

오늘은 걷기의 날이다. 11월 11일이 걷기의 날인 것은 걷기 자세를 11자로 걸어야 한다는 의미다. 세계에서 가장 키가 작은 종족은 피그미족이고 마사이족은 키가 큰 종족이다. 마사이족은 사냥을 해서 육식을 주식으로 하는 종족으로, 육식 위주 식습관은 콜레스테롤 수치가 높아진다. 수치가 높아지면 당뇨병, 동맥경화, 심근경색 같은 성인병이 생긴다. 하지만 마사이족은 고기를 먹음에도 수치가 높지 않다. 그뿐만 아니라 온종일 걸어도 지치지 않을 만큼 건강하다. 그 비결은 바른 자세로 많이 걷는 것이다. 마사이족은 세상에서 가장 많이 걷는 종족으로, 하루에 적어도 3만 보 이상 걷는다. 걷는 방법도 다르다.

걸음걸이와 호흡은 닮은 점이 많다. 마치 아기 때는 호흡을 아랫배로 하다가 어른이 되어서는 가슴으로 하고, 나중에는 숨이 넘어가는 것처럼 목에까지 찬다. 원기 왕성한 아이들은 넘어질 듯 넘어질 듯 몸이 앞으로 쏠린 채 발 앞쪽에 힘을 주어서 팍팍 내디딘다. 뒷짐을 지고 무게 잡고 걷는 어른의 걸음이 아니라 앞을 향해 진취적으로 나아가는 활기찬 걸음걸이다. 발끝에, 발가락에, 용천에 힘을 주고 걷는다. 'O'자도 아니고 '八'자도 아닌 '11'자로 걸어야 한다. 11월 11일은 '빼빼로 데이' 이전에 '걷기의 날'이다.

인근에 정유재란 전적지가 있다. 1597년 9월 29일 이곳에서 왜군과 전투가 있었다. '420년 전 이곳은 사진포 기적소리 울리고 조기 홍어 쌀을 수출하던 항구였는데, 왜군들에게 점령되었다.'고, '세월은 구름 가듯이 황금의 들판으로 변했다.'고 돌에 새겨져 있다. 상전벽해다.

한적한 시골길, 도로를 따라 걸어간다. 후포마을 표석이 반갑게 맞이한다. 갈대밭이 우거진 연못을 지나고 들판을 지나고 야산 구릉의 파란 무밭을 지나간다. 하늘에는 구름이, 길에는 낙엽이 바람 따라 흘러간다. 구름이 흘러가는 데로 마음이 흘러가고 낙엽이 흐르는 데로 마음이 흘러간다. 나그네 발걸음은 목적지로, 강화도 평화전망대로, 평화의 그곳으로 한 걸음 한 걸음 나아간다.

부안으로 가는 길에 가을이 익어간다.
피보다 진한 붉은 단풍나무를 지나니
고요한 아침 하늘 아래
갓난아기 똥보다 노란 은행나무 잎이
나무에도 길에도 널려있다.
눈이 부시게 다가오는
아름다운 풍경
발걸음이 흥에 겨워 춤을 춘다.
노란 은행잎
노란 서해랑길 리본을 배경으로
나그네가 어색한 폼을 잡는다.
찰칵! 찰칵!

드디어 부안으로 들어섰다. 부안의 원래 이름은 부령현이었고, 백제 때 개화현이 되었다가 조선 태종 때 지금의 이름으로 바뀌었다. 부안 정명 600년이다. 이규보는 그의 시에서 "강과 산의 맑고 좋음은 영주, 봉래와 겨룰 만하니, 옥을 세우고 은을 녹인 듯한 것은 만고에 변하지 않네."라고 하였다. 황진이, 허난설헌과 더불어 조선의 3대 여류 시인으로 알려진 이매창이 태어난 고장이다.

충무공 이순신의 〈난중일기〉에는 부안에 얽힌 이야기가 있다. 한산도로 수군 본영을 옮기고 한 달이 지난 1593년 8월 13일의 기록이다.

"몸이 몹시 불편하여 홀로 봉창 아래 앉아 있었다. 온갖 회포가 다 일어난다. 이경복에게 장계를 지니고 가라고 보냈다. 경(庚)의 어미에게 줄 노자를 문서에 넣어 보냈다."

경의 어미, 즉 해주오씨는 이순신의 첩이었다. 경은 이순신이 정읍현감을 지낼 때 낳은 서자 훈(薰)의 아명이었다. 경이네는 부안에 살았다.

1593년 가을, 경의 어미 곧 부안댁은 노자를 전해 받고 이순신에게로 갔다. 한동안 그들은 함께 지냈고, 그러는 사이 아이가 또 생겼다. 얼마 후 그녀는 부안으로 되돌아갔다. "꿈에 아들을 얻었다. 경의 어미가 아들을 낳을 징조다."라고 쓴 것은 그 때문이었다. 이순신은 부안댁에게서 2남 2녀를 두었다. 2남은 곧 훈과 신(藎)으로, 이들은 무과에 합격했는데, 이괄의 난과 정묘호란 때 모두 전사했다.

이순신은 평소 여색을 멀리했다. 한산도의 통제영이나 여수의 좌수영에는 따로 이순신의 첩이 없었다. 원균을 비롯한 다른 장수들은 진중으로 아내를 불러들이거나 첩과 살림을 차렸다. 심한 경우에는 군함에도 여인을 태우고 다녔다. 이순신과는 거리가 멀었다.

이순신이 하필 부안댁을 진중으로 부른 까닭은 무엇인가. 아산에 두고 온 본댁, 상주 방씨는 사당과 묘소를 비롯한 집안 살림을 돌보느라 바빴다. 이순신은 아내 생각을 할 때가 많았다. "밤 열 시에 집에 편지를 썼다."고 했다. 며칠이 멀다 하고 아산 본가와 이순신의 진중을 아들과 노복들이 왕래했다. 방씨 또한 번갈아 가며 남녀 노복을 보내 이순신의 진중 생활을 보살폈다.

7년 전쟁의 기간 중 이순신은 한 번도 휴가를 얻지 못했다. 아내를 만나 회포를 풀 기회는 사실상 없었다.

이순신 최고의 공적은 무엇일까? 이순신의 수군 때문에 왜군의 병참선은 무너졌다. 호남 지방을 온전히 보호함으로써 장기전을 펼 수 있게 되었다. 또 왜군이 계획했던 한양으로 가는 수륙양면 작전도 물거품이 되어 한반도 정복의 야욕이 꺾였다.

이순신은 변방의 장수였으나 최고의 통치자이자 경영자였다. 그를 시기한 원균이 "백성들이 이순신을 해왕(海王)이라고 부릅니다."라고 조정에 고자질한 것은 음해로만 볼 일이 아니다. 남도 백성들에게 이순신은 '바다의 신'이었다.

1592년부터 1598년까지 임진왜란과 정유재란 7년 전쟁, 그 누란의 위기에서 나라를 구한 충무공 이순신은 문무를 겸비한 탁월한 문장가였다. 이덕무는 그를 조선의 명문장가라고 했다. 이순신은 전쟁 중에도 〈난중일기〉를 남겼다. 오늘날 〈난중일기〉는 국보 제76호이자 세계기록유산이기도 하다.

"西海魚龍動(서해어룡동) 盟山草木知(맹산초목지)"

'바다에 맹세하니 어룡이 감동하고 산에 맹세하니 초목도 알아주는구나.'라는 이순신의 의기가 바람결에 들려온다.

'부안 줄포만 갯벌습지보호지역'이 다가온다. 인간과 자연이 함께 숨 쉬는 줄포만 갯벌을 지나간다. 줄포면, 보안면 일원 4.9㎢이다.

2006년 12월 해양수산부에서 지정했고, 2010년 2월 람사르습지로 등록되었다.

달과 지구가 가까워지는 때 썰물 진 바다는 벌거벗은 갯벌을 드러낸다. 미처 숨지 못한 어린 게들과 저서동물들은 갯벌 속으로 황급히 도망간다. 길을 가는 나그네는 감출 수 없는 갯벌의 속살을 바라보며 미소를 짓는다. 영혼을 정화시키는 하늘의 소리가 바람결에 흐르듯 갯벌에서 솟아나는 생명들의 신선한 호흡이 갯벌을 정화시킨다. 벌거벗은 갯벌에 갯골이 흘러가고 나그네도 흘러간다. 시간에 밀려온 밀물이 줄포만 갯벌을 덮는다. 이제는 고요만이 흐른다.

파란 하늘에 흰 구름이 흘러가는 배경으로 앙상한 나뭇가지에 새들이 앉아서 쉬고 있다. 한 마리, 두 마리…… 모두 아홉 마리다.

방조제를 따라 자연이 빚은 보물, 부안을 걸어간다. 좌측으로는 넓은 갯벌, 우측으로는 정겨운 농촌 풍경, 위로는 하얀 구름 정겨운 파란 하늘, 앞쪽에는 쭉 뻗은 직선 길 멀리 부안의 산들이 손짓한다. 우측의 습지에는 새들이 자유롭게 유영하며 평화롭다. 나그네 심사에도 자유와 행복의 물결이 넘쳐난다. 갑자기 춤을 춘다. 덩실덩실 춤을 춘다. 살아있다는 것은 축복, 오늘 하루도 넘치는 기쁨에 개구쟁이마냥 즐겁다.

도로변으로 나아간다. '곰소염전 소금! 소금! 소금! 판매' 현수막이 곰소에 도착했음을 알려준다. 곰소리 남쪽에 곰소항이 있다면 북쪽에는 곰소염전이 있다. 곰소염전은 우리나라에서 몇 안 되는 천일염 생산지다. 곰소만의 입지 조건상 바닷물에 미네랄이 많이 함유되어 있어서 곰소염전의 소금은 명품 소금으로 이름이 높다. '평양감사보다 소금 장수'라는 속담이 생겨날 정도로 곰소 천일염은 귀한 몸값을 자랑한다.

제염비결의 빼놓을 수 없는 천혜의 조건 중 한 가지는 송홧가루에 있다. 곰소만 주변 소나무에서 바람을 타고 날아온 송홧가루가 소금 결정에 결정적인 영향을 주기 때문이다. 쓰지 않고 단맛이 나는 곰소 천일염이 명약이 될 수 있는 조건이다. 해양수산부는 2021년 9월 곰소염전을 제10호 국가중요어업유산으로 지정하였다.

'곰소항 회타운 0.6km' 이정표를 지나서 빨간 단풍나무가 가는 가을을 아쉬워하는 길목을 걸어간다. 낚시꾼이 홀로 긴 낚싯대를 드리우며 졸고 있다. 홀로 괴나리봇짐을 둘러메고 그 옆을 지나가는 유랑자가 〈낚시꾼에게〉 말한다.

그대는 앉아서 흐르는 바닷물을 보라.
유랑자는 길에서 흐르는 세상을 만나리라.
그대는 그대의 길을
나는 나의 길을 간다.
서로 가는 길이 다른데
다툴 게 뭐 있나.

11월 11일 11시 정각이다. 6·25전쟁 유엔 전몰장병을 기리는 국제 추모의 날, '턴 투워드 부산(Turn Toward Busan)', 6.25 참전국들이 유엔공원이 있는 '부산을 향하여' 묵념을 하는 시각이다. 나그네도 멀리 부산을 향하여, 남파랑길 1코스에 있는 유엔공원을 향해 고개를 숙인다.

11시 20분, 드디어 곰소항에 도착했다.

9 부안 구간 (45~50코스) 79.2km

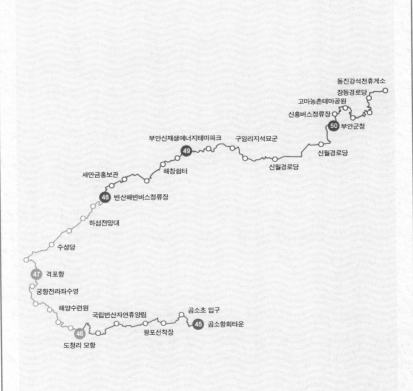

동진강석천휴게소
장등경로당
고마농촌테마공원
신흥버스정류장
50 부안군청

부안신재생에너지테마파크
49
구암리지석묘군
신월경로당
신월경로당

새만금홍보관
해창쉼터
변산해변버스정류장
48
하섬전망대

수성당

47 격포항
궁항전라좌수영
해양수련원
국립변산자연휴양림
곰소초 입구
45 곰소항회타운
왕포선착장
46
도청리 모항

45코스
부안변산 마실길

곰소항 회타운에서 도청리 모항 15.2km

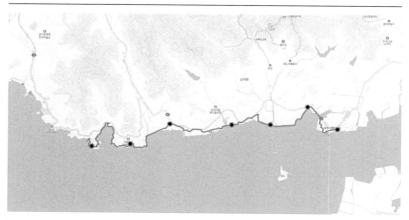

🐾 곰소항 회타운 ❯ 곰소초입구 ❯ 왕포선착장 ❯ 국립변산자연휴양림 ❯ 도청리 모항

　11시 21분, 곰소항에서 45코스를 시작한다. 45코스는 진서면 곰소리 곰소항에서 시작하여 왕포선착장을 지나서 변산면 도청리 모항 해변까지 가는 구간이다.

　서해랑길 부안 구간은 45~50코스로 79.7km이다. 억겁의 세월을 지나 대자연의 신비를 만날 수 있는 곳이다. 기묘한 형상의 기암괴석들과 수만 권의 책을 차곡차곡 쌓아놓은 듯한 퇴적암층이 어우러진 채석강, 그리고 영롱한 붉은 암벽으로 이루어진 적벽강이 장관을 이룬다. 서해안 대표적 풍경인 갯벌과 함께 낙조는 변산반도의 또 다른 매력이다.

　곰소항에서 곰소젓갈단지로 나아간다. '곰소'란 곰처럼 생긴 두 개의 섬 앞에 깊은 소(沼)가 있어 붙은 지명으로, 일제강점기인 1942년에 작도와 웅도라는 섬을 육지화하여 지금의 곰소항 일대가 축조되었다.

곰소항 해넘이 안내판에서 '부안은 푸른 바다와   은 빛 노을이 어우러져 일몰이 아름다운 여행지로 전국에서도 손꼽히는 고장으로, 바로 이곳, 곰소항도 노을을 감상하기에 최적의 뷰를 선사해 줄 것'이라고 자랑한다.

오래전, 30년도 더 지나간 20대 후반에 이곳 곰소의 시골 마을을 다녀간 적이 있다. 당시 친하게 지냈던 형님의 고향 마을이었다. 지나온 인생에서 가장 고마웠던 형님이었지만 어느 순간 연락이 끊겼다. 언젠가 다시 연락을 드려야겠다는 자책감이 밀려온다. 돌아보면, 정말 치열하게 바쁘게 살아온 세월이었다. 버리고 채우고 정리하는 이런 시간이 여행의 유익이 아닌가.

소금으로 담근 젓갈을 파는 가게들이 모여 있는 곰소젓갈단지에 가게들이 포진해있다. 곰소젓갈은 뒷맛이 쓰지 않고 달달한 곰소천일염과 변산 바닷가의 싱싱한 어패류로 담가 짠맛이 덜하고 담백하다. 곰소젓갈의 비결은 '금처럼 영원히 변하지 않는다.'는 소금에 있다. 곰소젓갈단지에는 멸치액젓을 비롯해 200여 종의 젓갈이 판매되고 있다.

부안변산 마실길 8코스 청자골 자연생태길 작도마을을 지나간다. 고려시대 때 고려자기를 만들었다고 하여 작도(作陶), 즉 그릇 만드는 마을이라 불렸다. 1939년 도자기 굽는 마을로 지정되었다. 인근 보안면 유천리에는 청자박물관이 있으며 우리 민족의 귀중한 문화유산인 세계 최고의 고려 상감청자를 생산하였던 곳이다. 100곳이나 되는 청자가마터가 발견되었으니, 고려청자가 최전성기를 누렸던 곳이 부안이라는 것을 알 수 있다.

'내소사 3.5km'를 가리키는 이정표가 능가산 내소사로 마음을 안내한다. 변산반도는 내륙의 산악지대인 내변산과 해안지대인 외변산으로 구별된다. 내변산에는 의상봉(509m), 낙조대(492m), 옥녀봉(433m) 등 해발고도 400m 내외의 산들이 솟아있고 수목도 울창하여 우리나라의 팔승지로 꼽혀왔다.

종주가 끝난 후 내소사탐방지원센터로 내변산을 산행했다. 내소사는 변산을 찾는 사람들이 꼭 한 번 들르는 사찰. 풍수 전문가들은 내소사 대웅전의 처마 끝과 뒷산 관음봉과의 스카이라인에서 산형과 당우(堂宇)의 전형을 찾아낸다고 한다. 633년 혜구 두타가 창건한 내소사는 일주문에서 천왕문까지 이어지는 600m 전나무 숲길이 아름답다. 이 길은 '아름다운 길 100선'에 선정되었다.

김시습은 26세가 되는 1460년(세조 6)에 호남기행을 시작하여 능가산에서 불로장생을 꿈꾸며 신선술을 배웠다. 예로부터 바닷가에 인접한 부안은 신선이 거처할 만큼 신비로운 풍광을 보여준다. 능가산 야봉에서 구름을 벗하며 송화를 먹으며 신선술을 배우던 김시습이 〈야봉에 홀로 있으며〉를 노래한다.

한운(閑雲)과 나누어 한 집에서 함께하며
게으름이 오면 비로소 송화 먹길 배우누나
일천 산은 암담하여 연기 무늬 같은데
일만 나무 서로 얽히고 산은 야(Y)자 같아라

김시습은 세조의 계유정난과 왕위찬탈에 커다란 환멸을 느꼈다. 오랫동안 가슴에 품어왔던 유학의 이상이 좌절되었기 때문에 과거를 통한 관직의 진출은 무의미하게 되었다. 왕도정치를 펼치고 싶었던 꿈을 접을 수밖에 없었던 김시습은 가슴에 쌓인 한을 해소하기 위해 국토를 유람하는 방외적인 삶을 선택했다. 김시습의 호남기행은 1460년 가을부터 1462년 여름까지 3년(26~28세) 동안 지속되었다.

변산은 호남정맥 줄기에서 떨어져 나와 독립된 산군(山群)을 형성하고 있다. 예로부터 어염시초(魚鹽柴草)가 풍부해 생거부안(生居扶安) 산해절승(山海絶勝)으로 소문난 명당이었다.

부안에는 천년고찰 개암사가 있다. 전나무 숲길을 걸어 개암사에 도착하면 뒤쪽에 울금바위가 있고 바위 아래 '복신장군 굴'이 있다. 백제의 장군 복신과 도침은 여기서부터 개암사 저수지 능선까지 4km를 우금산성 성벽을 쌓아 백제부흥운동을 하였다. 흔히 백제는 멸망한 비운의 나라라는 생각만 앞세울 뿐 성숙한 문화를 이룩한데 대해서는 무관심했다. 고구려나 신라, 고려와 조선이 망한 것은 마찬가지인데, 경주나 한양에 대해서는 옛 왕도를 되새기는 노역을 하면서 백제의 부여와 공주, 하남과 하북의 위례성에 대해서는 소홀했다.

종주 후 내소사 인근에 있는 부안면 우반동의 반계유적지를 찾아갔다. 조선 후기 실학의 비조로 일컬어지는 반계 유형원이 거주하며 연구생활에 몰두한 반계서당이 있는 곳이다. 유형원은 이곳에서 19년 동안 거주하며 26권의 반계수록을 집필하였다. 그의 호 '반계(磻溪)'는 이곳 우반동 마을을 가로지르는 시냇물의 이름에서 따온 것이다. 마을 이름이 원래 우반동(遇蟠洞)이었으나 일제강점기 때 우동리로 바뀌었다.

서울에 살던 그가 집안의 농장이 있던 우반동에 내려온 것은 1653년(효종 4), 다음 해에 진사시에 합격하였으나 과거를 단념하고 학문 연구와 저술에 전념하면서 여러 차례에 걸쳐 나라 곳곳을 유람하였다.

유형원은 〈반계수록〉을 통하여 전반적인 제도 개편을 구상하였다. 정치·경제·역사·지리·군사·언어·문학 등 다방면에 관심을 가지고 수십 권의 저서를 더 남겼다. 균등한 토지 소유의 중요성을 강변하는 균제라는 토지 개혁안을 제시하기도 했다. 그의 중농 사상은 훗날 이익, 홍대용, 정약용 등에게 이어져 실학이라는 새로운 학문으로 발전하는 원동력이 되었다. 그의 무덤은 내가 사는 경기도 용인에 있다.

유형원 이전에 우반동을 사랑했던 인물이 있었으니 이곳에서 〈홍길동전〉을 썼다는 허균이었다. 허균은 공주목사에서 파면된 뒤 우반동으로 와서, 김청이 벼슬에서 물러난 후 우반동 골짜기에 지은 정사암(靜思菴)에서 잠시 머물렀다. 그때 〈정사암중수기〉를 지으면서 우반동의 수려한 경치를 묘사했다.

"해변을 따라서 좁다란 길이 나 있는데, 그 길을 따라가서 골짜기로 들어서니 시냇물이 옥구슬 부딪히는 소리를 내며 졸졸 우거진 덤불 속으로 쏟아진다. 시내를 따라 채 몇 리도 가지 않아서 곧 산으로 막혔던 시야가 툭 트이면서 넓은 들판으로 펼쳐졌다. 좌우로 깎아지른 듯한 봉우리들이 마치 봉황과 난새(상상의 새)가 날아오르듯 치솟아 있는데, 그 수를 헤아리기 어려웠다. 동쪽 등성이에는 소나무 만 그루가 하늘을 찌르는 듯했다. (중략) 나는 속으로 생각하기를, 다행히 건강할 때 관직을 사퇴함으로써 오랜 계획을 성취하고 또한 은둔처를 얻어 이 몸을 편케 할 수 있으니, 나에 대한 하늘의 보답도 역시 풍성하다고 여겼다. 대체 관직이 무엇이기에 사람을 감히 조롱한단 말인가."

그리고 우반동에 집 산월헌(山月軒)을 두고 〈기(記)〉를 남겼는데, 이 역시 우반동을 얼마나 사랑했는지를 알 수 있다.

"사람들이 하는 말이, 산 가운데 골짜기가 있어 우반이라 하는데, 거기가 가장 살만하다 하였으나, 역시 가서 보지는 못하고 한갓 심신만 그리로 향할 뿐이었다. 무신년(1608) 가을에 관직에서 해임되자 가족들을 다 데리고 부안으로 가서 우반이란 곳으로 나아갔다. 경치 좋은 언덕을 선택하여 나무를 베어 몇 칸의 집을 짓고 평생을 마칠 계획을 세웠더니, 일이 미처 마무리되기도 전에 당시의 여론이 나를 조정에 용납하지 않을 뿐 아니라 시골에 사는 것도 허용하지 않으려 하여, 무리가 모여 함께 헐뜯어 대었다."

결국 허균이 살고자 하는 그곳에 구인기라는 사람이 집을 지었고, 편액을 산월이라 달았다. 허균이 그 뒤 버슬에 나가지 않고 이곳에 은거한 채 글만 썼더라면 다산보다 더 많은 저작을 남겼을지 모를 일이다. 하지만 사람의 운명이라 그 누구도 모르는 것이라 타의에 의해 다시 버슬에 나아간 허균은 결국 반역죄로 "할 말이 있다!"라고 외쳤지만 할 말도 못 한 채 비운의 생애를 마감하고 말았다. 이곳에서 그는 〈홍길동전〉을 지었는데, 그가 이상향으로 삼았던 율도국은 부안 채석강 건너편 앞바다 위도를 모델로 했다고 한다.

방파제를 따라 걸어간다. 드넓은 갯벌이 펼쳐지고 부안변산 마실길 7코스 화살표가 안내를 한다. 부안변산 마실길은 총 9개 코스로 53.8km이다. 1코스는 송포포구까지 조개미 패총길 5.1km, 2코스 성천포구까지 노루목 상사화길 5.3km, 3코스 격포항까지 적벽강 노을길

9.8km, 4코스 솔섬까지 해넘이 솔섬길 5.7km, 5코스 모항갯벌체험장까지 모항갯벌 체험길 5.4km, 6코스 왕포선착장까지 쌍계재 아홉구비길 6.5km, 7코스 곰소염전까지 곰소 소금밭길 6.5km, 마지막 8코스 줄포만갯벌생태공원까지 청자골 자연생태길 9.5km이다.

'용왕님도 쉬어가는 왕포마을' 왕포선착장에 도착했다. 예전 왕포마을은 칠산어장의 고기잡이 배들이 모였던 포구로 근방의 바다에서 고기잡이로는 으뜸이라는 뜻에서 왕포라 하였으며, 전국 낚시 매니아들이 즐겨 찾는 곳으로 유명하다.

정자에서 한가로이 휴식을 취하며 찾아오는 손님을 기다린다. 함께 걷기 위해 멀리 용인에서 광섭 형님과 벗 석윤이 도착했다. 멀리서 찾아온 형과 벗이 고맙다. 한 세상 건너가는 일이 예나 지금이나 만만하지가 않다. 벗이 있어 그 험난한 여정에 힘을 얻고 위로를 받는다. 옛사람은 벗을 두고 '제이오(第二吾)' 즉 '제2의 나'라고 했다. 내가 품은 생각을 그가 알고, 그의 깊은 고민을 내가 안다. 지기(知己)니 지음(知音)이니 하는 말은 험한 세상 견뎌내는 동지애적 우정을 수반한다.

다시 곰소항으로 돌아가서 함께 점심 식사를 하고 회 한 접시에 반주를 곁들인다. 혼밥에서 탈출해 왁자지껄, 친구와 식당 아주머니가 주고받는 농담 사이로 흥이 솟아난다.

세 사람이 왕포선착장에서 다시 출발했다. 칠면초가 붉게 피어 아름답다. 변산마실길 3코스 '살기 좋은 작당마을'을 지나간다. '부안정명 600년' 안내판을 지나고 '쌍계재 아홉구비길 부안변산 마실길6코스' 조형물을 지나간다. 파란 하늘과 파란 바다, 단풍이 붉게 물든 산이 조화를 이루며 멋진 경관을 연출한다. 서서히 태양이 바다로 낮아진다. 환상적인 낙조 쇼가 펼쳐진다. 산에는 단풍이, 바다에는 낙조가 붉게 어우러지고 바다 가운데는 배 2척이 가던 걸음을 멈추고 서 있다. 찾아온 손님에게 최고의 풍광을 선사한다.

"베스트 오브 베스트!"

감탄사를 연발한다. 서서히 어둠이 밀려온다. 바닷가 가로등에 불이 켜지고 바다에는 불빛이 반짝이다.

햇빛이 불빛으로 바뀐 오후 5시 50분, 45코스 종점 모항갯벌해수욕장에 도착했다.
두 벗이 더 도착하여 대명콘도로 이동했다. 외로움에서 탈출한 나그네의 즐거운 밤이 깊어간다.

46코스
너만은 제발 살아다오!

도청리 모항에서 격포항 10.1km

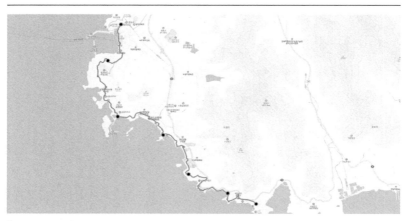

🐾 도청리 모항 ➤ 해양수련원 ➤ 궁항전라좌수영 ➤ 격포항

11월 12일 토요일 6시 50분, 모항 해변에서 46코스를 시작한다. 46
코스는 해안을 따라 걸으면서 변산반도의 수려한 풍경을 감상하며 격
포항에 이르는 구간이다.

모항 해변을 지나간다. 모항해수욕장은 변산반도 일대에서 가장 한
적한 해수욕장이다. 아담한 백사장과 울창한 해송이 조화를 이뤄 매력
적이다. 물이 빠져도 갯벌 대신 흰 모래가 가득하다. 공자의 제자가 물
었다.

"선생님은 어떤 사람이 되고 싶습니까?"

"노자안지(老者安之), 붕우신지(朋友信之), 소자회지(小者懷之)! 그 사람이면 마음을 놓을 수 있어, 하고 노인들이 안심할 수 있는 사람, 그 친구라면 믿을 수 있어, 하고 붕우들이 신뢰할 수 있는 사람, 그 선배, 그 형이라면 친밀감이 느껴져, 하며 젊은이들이 정답게 따를 수 있는 사람, 나는 그런 사람이 되고 싶다."

오늘은 출발부터 동행자가 있다. '그 친구라면 믿을 수 있어!'라고 할 수 있는 광섭 형과 벗 석윤, 인혁이와 함께 길을 간다. 상열 아우는 걸을 수가 없어 차를 타고 콘도로 돌아갔다. 혼자 노는 백로보다 함께 노는 까마귀가 낫다고 하던가. 오늘 일어날 즐거운 일들이 궁금해진다.

나 홀로 여행으로 자유로울 때 나만의 시선으로 세상을 볼 수 있다. 동행자가 있으면 세상을 바라보는 반응에 있어 함께 가는 사람에 의해 결정되는 경우가 많다. 다른 사람의 기대에 맞도록 호기심을 다듬고 동행자의 질문과 언급에 맞추어 자신을 조정하는 일에 신경을 써야 하기 때문이다. 이덕무(1741~1793)의 〈이목구심서〉에 나오는 친구에 대한 글이다.

"만약 한 사람의 지기를 얻게 된다면 나는 마땅히 10년간 뽕나무를 심고, 1년간 누에를 쳐서 손수 오색실로 물을 들이리라. 열흘에 한 빛깔씩 물들인다면 50일 만에 다섯 가지 빛깔을 이루게 될 것이다. 이를 따뜻한 봄볕에 쬐어 말린 뒤 여린 아내를 시켜 백 번 단련한 금침을 가지고서 내 친구의 얼굴을 수놓게 하여, 귀한 비단으로 장식하고 고옥(古玉)으로 축을 만들어 까마득히 높은 산과 양양히 흘러가는 강물, 구 사이에 이를 펼쳐놓고 서로 마주 보며 말없이 있다가 날이 뉘엿해지면 품에 안고서 돌아오리라."

이덕무는 아마도 마음속에 지녀둘 한 사람의 지기를 얻지 못해 애를 태웠던 모양이다. 〈이목구심서〉는 말 그대로 귀로 듣고 눈으로 보고 입으로 말하고 마음으로 오간 생각을 적은 글을 모은 책이다. 동서양을 통틀어 우정에 관한 한 이보다 더 절실한 금언은 찾아볼 수 없을 것이다.

우정에는 소교(素交)와 이교(利交)의 두 종류가 있다. 비바람 눈보라의 역경에도 조금의 흔들림이 없는 것은 소교, 즉 변함없는 우정이다. 제 이익만 추구하는 것은 이교다. 이교는 장사치의 우정이다. 함석헌 선생이 '그대, 그 사람을 가졌는가.'라고 노래한다.

만 리 길 나서는 길 / 처자를 내맡기며 / 맘 놓고 갈 만한 사람 / 그 사람을 그대는 가졌는가// 온 세상이 다 나를 버려 / 마음이 외로울 때도 / "저 맘이야" 하고 믿어지는 / 그 사람을 그대는 가졌는가// 탔던 배 꺼지는 시간 / 구명대 서로 양보하며 / "너만은 제발 살아다오"할 / 그 사람을 그대는 가졌는가//(중략) 잊지 못할 이 세상을 놓고 떠나려 할 때 / '너 하나 있으니 / 하며 / 방긋이 웃고 눈을 감을 / 그 사람을 그대는 가졌는가.

줄포만을 바라보면서 우정의 향기를 마시며 걸어가는 아침 풍경이 지극히 평화롭다. 부지런한 낚시꾼이 바윗돌에 서 벌써 낚싯대를 드리우고 서 있다. 벼랑 끝에 낙락장송 한 그루가 멋있다.

'모항갯벌 체험길 부안변산 마실길 5코스' 조형물 앞에서 포즈를 취한다. 산림청연수원을 지나서 해안가에 잘 조성된 데크 계단을 걸어간다. 하늘과 바다와 단풍이 펼치는 경치에 감탄사가 절로 나온다. 농담이

시작된다.

"이 경치는 정말 자연이 빚은 예술이고 조화다. 네 얼굴은 신이 빚은 얼굴이고!"

모두들 웃는다. 드디어 해변 뒤쪽 산 너머로 붉은빛이 감돈다. 서서히 태양이 솟아오른다. 일출이다. 산 위에서 해가 떠올랐다. 세상이, 가슴이 붉은 기운으로 벅차오른다. 심장이 뜨거워지고 이내 펄펄 끓는다. 혈관에 뜨거운 피가 흐른다. 하루의 삶도 뜨겁게 피어오른다. 가자! 아름다운 인생길, 서해랑길, 부안변산 마실길, 격포항으로!

해안가의 팔각정 정자를 지나서 전북학생해양수련원 해변을 걸어간다. 용머리 앞바다에 작은 섬이 있다. 솔섬이 아침햇살에 반짝인다. 물이 빠지면 걸어 들어갈 수 있을 정도로 가깝다. '바다에서 뛰어노는 숭어'라는 별칭처럼 귀여운 모습이다. 오랜 세월 모진 비바람과 폭풍우를 이겨낸 10여 그루의 소나무가 한 폭의 그림처럼 아름다운 풍경이다. 용이 여의주를 머금듯 해를 품은 풍광으로 유명하여 솔섬의 용을 잡기 위해 사진작가들에게 인기가 높다. 바위 위에 소나무가 자라있는 모습이 마치 절간의 풍경소리 목어(木魚)를 연상시킨다.

솔섬을 이루는 암석은 중생대 백악기에 빠져나오면서 형성된 특이한 지질 구조로 되어 있다. 화산암에 소나무의 씨앗이 뿌리를 내리고 자라 솔섬이 되었다. 서해안권 부안 지질공원 명소로 지정되었다.

상록 해변 백사장을 걸어간다. 광섭 형, 석윤, 인혁 그리고 나, 일행 모두 흩어져 명상에 잠긴 모습으로 각자의 발걸음으로 걸어간다. '따로, 함께' 걸어간다. 그것이 인생이다.

인생은 각자 자신의 길을 걸어간다.

그것이 인생이다.

내가 가는 길이 남들과 같을 필요는 없다.

나는 나의 길을 간다. 내 마음의 길을 간다.

같은 날 태어나서 같은 길을 같이 걸어갈지라도 보는 세상은 다르다.

그것이 인생이다.

산길 오르막은 힘이 든다.

힘들지 않은 오르막은 더 이상 오르막이 아니다.

오르막의 보상은 정상에서 이뤄진다.

환희에 찬 즐거움, 오르지 않으면 보지 못할 경관들이다.

하지만 진정한 보상은 오르는 과정에 있다.

그것이 인생이다.

아담한 선착장에 배들이 있고 노란 등대 하얀 등대가 예쁘게 서 있다. 불멸의 이순신 해상전투 촬영장을 지나간다. 상록 해변을 뒤돌아본다. 두포갯벌체험마을을 지나고 궁항로의 농협 변산수련원 입구를 지나간다. 모항에서 격포항으로 가는 해변도로는 국내 드라이브 코스로도 유명하다. 한쪽에는 푸른 바다를, 한쪽에는 산을 끼고 달린다. 궁항마을 바닷가 풍경을 바라보고 전라좌수영 세트장을 지나간다. 일행들이 함께 모여서 다시 웃음꽃을 피운다. 우리들의 걷기는 이제 단순한 이동 수단이 아니고 건강 수단이고 놀이의 수단이고 즐거움의 수단이다.

인류문명의 위대함은 일보다 놀이에 있다. 인간은 호모 사피엔스(생각하는 인간) 이전에 호모 루덴스, 놀이하는 인간이다. 삶은 커다란 놀이판이다. 삶을 놀이로 받아들일 때 비로소 너그러워질 수 있다. 자연은 법칙에 따라 움직이지만 인간은 의미를 좇아 살아간다. 먹고살기 위해 애쓴다는 측면에서는 짐승이나 인간이나 똑같다. 사람이 사람다워지는 것은 '먹고 살기'를 넘어서는 지점부터다. 사람은 생존에서 벗어나는 순간, 인간다운 일에 매달리기 시작한다. 돈 되는 일보다는 돈 안 되는 일을 할 수 있는 삶이 보다 인간적이다. 행복이 미래에만 있다면 인간은 행복해질 수가 없다. 행복이 머무르는 곳은 언제나 현재뿐이다. 카르페 디엠! 삶을 즐겨야 한다! 즐겁지 않은 놀이는 놀이가 아니다. 벗들과 함께하는 유랑이 즐겁기만 하다.

헤겔은 역사를 '자유의 확대 과정'이라고 한다. 역사는 결코 시간만의 흐름이 아니다. 과거에는 왕과 귀족들만이 누렸던 자유를 점차 더 많은 사람들이 자유인으로 변화해 가고 있다. 진정한 자유란 자신을 원하는 대로 가꾸어 갈 수 있는 권리다. 자유를 꿈꾸는 창조적 소수는 늘 고달프다. 주변 사람들도 피곤하기는 마찬가지다.

자유로운 인생을 살려면 건강과 평화와 행복을 자급자족해야 한다. 자신의 건강과 평화와 행복을 다른 사람이나 시스템과 같은 외부 환경에 의존해서는 곤란하다. 늙어서도 자신의 건강과 평화와 행복을 스스로 자급자족할 수 있어야 한다. 자신에게 물어본다.

'건강한가? 그럼 몇 점인가?'
'평화로운가? 그럼 몇 점인가?'
'행복한가? 그럼 몇 점인가?'

봉화봉 허리길을 따라서 격포항으로 나아간다. 격포항과 닭이봉이 보이고 해넘이공원 표석이 나타난다.

오늘 아침 용인에서 출발한 4명이 다가온다. '용인국립공원탐방대' 세원, 준규, 정화, 인경이다. 일행이 점점 늘어난다. 왁자지껄, '낭만 격포' 격포항을 걸어간다.

격포항은 해양수산부에서 선정한 우리나라 '아름다운 어촌 100개' 중 한 곳이다. 옛날 수군 진이 설치되었던 곳으로 위도, 왕등도, 홍도 등 서해 도서와 연계된 해상 교통의 중심지이며, 수산시장에서는 싱싱한 제철 수산물을 맛볼 수 있다. 위도는 〈홍길동전〉에서 허균이 꿈꾸던 율도국의 모델로 알려져 있다. 하늘에서 보면 영락없이 고슴도치가 누워있는 모습처럼 보인다 하여 고슴도치섬으로도 불린다. 아름다운 어촌 100선에 선정된 격포항을 지나간다.

9시 30분, 닭이봉 입구에서 46코스를 마무리한다. 해물탕으로 반주를 곁들인 아침 식사를 거하게 한다. "술은 입으로 들어오고 / 사랑은 눈으로 들어오네."라고 했던 영국의 시인 예이츠의 〈음주가〉를 부르며 사랑 대신 우정을 마신다.

47코스
변산반도국립공원

격포항에서 변산해변버스정류장 14.3km

🐾 격포항 › 수성당 › 하섬전망대 › 변산팔각정

11시 9분, 닭이봉 입구에서 47코스를 출발한다. 47코스는 격포항에서 시작하여 채석강과 적벽강을 지나고 하섬전망대를 지나서 변산해수욕장 사랑의 낙조공원까지 가는 구간이다.

닭이봉 아래에서 길을 간다. 새로운 길을 걸어간다. 낯선 길을 갈 때는 항상 조심해야 한다. 조심(操心)은 두리번거리며 살피는 게 아니라 마음의 주인이 되는 것, 마음을 놓치면 허깨비 인생이 된다. '마음을 붙들어 바른길을 가라!', '늘 조심하라!'고 외치면서 기암절벽으로 이루어진 닭이봉을 조심조심 걸어간다. 조심조심 서해랑길을 걸어가고 인생길을 걸어간다.

코스에서 벗어나 있는 닭이봉전망대는 종주가 끝난 후에 올랐다. 닭이봉은 채석강을 우산처럼 받치고 있는 85m의 산 정상부이다. 격포마을이 지네 형국을 하고 있어 재앙이 끊이지 않자, 지네와 상극인 동물을 찾아 '닭이봉'이라 이름 붙였다. 자연이 빚어놓은 신비한 격포권 일대를 한눈에 볼 수 있는 전망 좋은 곳으로, 일몰 시간에는 용이 여의주를 소나무를 품은 석양 사진도 찍을 수 있다.

채석강으로 나아간다. 강(江)자가 붙어서 강으로 오해받기 쉬운 채석강이 펼쳐진다. 변산 8경 중 제1경은 채석범주(採石帆舟), 닭이봉 일대 층암절벽이다. 채석강(採石江)은 격포항에서 닭이봉 일대를 포함한 1.5km의 절벽과 바다를 말한다. 채석강은 중생대 백악기에 형성된 대한민국 대표 명승지이다. 퇴적암의 성층으로 바닷물의 침식에 의해 마치 수 만권의 책을 쌓아 올린 듯한 외층을 이루고 있어 살아있는 지질 교과서로 불린다. 중국 시인 이태백이 즐겨 찾았던 채석강과 흡사해서 지어진 지명이다.

끝없는 방랑을 거듭하던 시선(詩仙) 이백(701~762)은 술에 취하여 채석강 강물 속의 달을 잡으려다 익사하였다는 전설이 있다. 62세에 노쇠하여 친척 집에 몸을 의지하다가 병사한 이태백의 방랑에는 술이 있었고, 술은 그의 생애를 통하여 문학과 철학의 원천이었다.

절벽 사이에 위치해 물이 맑고 조용한 격포해변을 걸어간다. 격포해수욕장은 완만한 경사와 밀가루처럼 부드러운 모래를 자랑한다. 흔히 겨울 바다의 낭만은 동해안, 여름 물놀이는 서해안이라는 말에 딱 어울리는 곳이다. 해변에는 차량과 사람들의 발길로 분주하다. 홀로 걷던 나그네가 전혀 다른 세상에 온 기분이 든다.

용인국립공원탐방대가 변산반도국립공원 공단 앞에서 인증 단체 사진을 촬영하고, 인어상 주변에서 지나온 격포해수욕장과 닭이봉, 가야 할 적벽강을 바라본다.

지난밤 숙소인 소노벨 변산을 지나고 죽막마을을 지나서 후박나무 군락지(천연기념물 123호)를 지나간다. 적벽강을 바라보며 죽막동유적으로 올라간다. 죽막동유적은 변산반도의 서쪽 끝 해안 절벽 위에 있다. 서해의 수호신 수성할미의 전설이 얽힌 제당 수성당(水聖堂)이 모습을 드러낸다.

격포 사람들은 해마다 정월 초사흗날이면 수성당 할머니에게 제사를 모시고 있다. 수성당 할머니는 개양할미라고 해서 서해 바다의 수호신이다. 딸이 아홉 있는데 여덟을 팔도에 시집보냈다고도 하고 칠산바다 각 섬에 파견 보냈다고도 하며 막내딸만 데리고 수성당을 지킨다. 수성당 할머니는 키가 몹시 커서 나막신을 신고 서해안 수심을 재어 어부에게 알려주며 풍랑을 막아주는 고맙고도 소중한 분이다.

수성당에서 멀리 내려다보이는 임수도는 격포와 위도의 14.4km 중간 지점에 위치한 곳으로, 소설로 전해오는 효녀 심청이가 심 봉사의 눈을 뜨게 하려고 공양미 3백 석에 몸을 팔고 뛰어든 임당수라는 설이 구전으로 전해오고 있다.

변산반도의 끝에서 주변 바다를 둘러보고 수성당에서 내려와 적벽강 노을길을 걸어간다. 변산반도에서 서해 바다 쪽으로 가장 많이 돌출되어 있는 적벽강(赤壁江)이 펼쳐진다. 적벽강은 격포리 후박나무 군락이 있는 연안으로부터 용두산을 감싸는 붉은 절벽과 암반으로 펼쳐지는 2km의 해안선 일대를 말한다. 채석강과 함께 명승 제13호로 지정된 적벽강은 송나라 시인 소동파가 찾았던 적벽강과 흡사하다고 해서 적벽강이라 한다. 채석강과 마찬가지로 약 8천7백만 년 전 호수에 쌓인 퇴적물과 용암이 만나 생긴 주상절리를 볼 수 있다. 전체적으로 암반층과 자갈들이 적갈색을 띠고 있으며 페퍼라이트, 주상절리의 모습이 기묘하다. 페퍼라이트는 처음 발견한 사람이 후추(Pepper)를 뿌려놓은 것 같다고 해서 후추암이라 이름 지어졌다.

해질녘의 노을빛을 받은 바위가 진홍색으로 물들 때 대 장관을 이룬다고 하여 충남 태안군의 안면도 꽃지 할미 할아비 바위, 강화도의 석모도와 함께 서해 3대 낙조로 손꼽힌다. 소동파는 그의 〈적벽부〉에서 적벽강을 이렇게 노래한다.

저 강물 위의 맑은 바람과 산중의 밝은 달이여
귀로 들으니 소리가 되고 눈으로 보니 빛이 되는구나.
가지고자 해도 말릴 사람 없고 쓰고자 해도 다할 날 없으니,
이것은 천지자연의 무진장이로다.

전남 화순에는 두 개의 큰 강이 있는데 하나는 지석강이고, 다른 하나는 동복의 적벽강이다. 화순의 동복면은 김삿갓이라 불리는 천재 방랑시인 난고 김병연이 57세로 최후를 맞이한 곳이다. 김삿갓은 주유천하를 하다가 이곳에 이르러 적벽강의 아름다움에 취하여 머물렀다. 조상을 능멸하여 과거에 급제하고 부끄러움에 하늘을 볼 수 없다 하여 삿갓을 쓰고, 세상에 대한 회한과 허무로 정처 없이 조선 팔도를 헤매며 이곳 화순 땅까지 온 김삿갓, 그는 고을 망루인 협선루에 아침부터 올라 진종일 주변 정경을 둘러보며 세상사의 덧없음과 자연의 아름다움을 노래하며 비감한 심정으로 해 질 녘까지 그곳을 떠날 줄 몰랐다.

군루에 아침 일찍 올라 진종일 돌아갈 줄 몰랐네.
석양빛은 가을이 이르려 함인지 긴 바람이 불어가더니
동산에 달이 솟아오는구나.

　창원 정씨 집의 사랑채에서 다사다난한 생을 마감한 김삿갓은 사람들이 마을 동편 동뫼에서 초장했고, 3년 뒤 둘째 아들 익균에 의해 영월군 김삿갓면 와석리 싸리골 현재의 묘소로 이장했다. 적벽강이 흐르는 동복면에는 지금도 초장한 흔적이 남아 있으며 '시선난고 김병연김삿갓종명초분유적지'라고 새겨진 표석이 쓸쓸히 맞이한다.

　적벽강을 뒤로하고 변산해변로 차도를 따라 걸어간다. 나무에서 절정을 누리고 있는 새빨간 단풍과 길 위에 구르는 낙엽이 가는 가을을 아쉬워한다. 잠시 벤치의 테이블에 둘러앉아 막걸리판을 벌려서 웃음꽃을 피운다. 막걸리에 낙엽이 떨어지고 낭만을 곁들여 막걸리를 마신다. '저곳에 가고 싶다.'라는 안내판이 우리를 지켜본다.

　바다 멀리 고군산군도, 새만금방조제, 하섬이 보인다. 고군산군도(古群山群島)는 군산시에서 남서쪽으로 약 50km 지점에 떨어진 해상에 있으며 무녀도, 선유도, 신시도, 방축도 등 63개 섬으로 구성되어 있다. 그중 16개가 유인도다.

　물 위에 연꽃이 떠 있는 모습을 닮았다 하여 이름 지어진 하섬(荷島)을 한눈에 바라본다. 섬 모양이 새우를 닮아 하섬(蝦島)이라고도 부르는데, 한 달에 두 번 바닷길이 열리는 모세의 기적을 보여준다. 고사포해수욕장에서 약 2km 떨어져 있는 하섬은 약 3만 평 정도의 작은 섬이지만 자연이 빼어나고, 아름다운 전설이 서려 있는 명소다.

　매월 음력 1월 1일과 15일 전후로 하여 간조에 맞춰 하섬전망대에 가면 약 2km의 한국판 모세의 기적 신비의 바닷길을 볼 수 있다. 조개가 많아 '뻘 반 조개 반'이라는 말이 이곳에서 생겨났다. 물때를 놓친 관광객의 익수·고립 사고가 빈번하여 해경이 출입 단속을 강화한다. 하섬전망대는 지대가 높아 서해안 3대 낙조라 불리는 외변산의 일몰을 감상할 수 있다.

성천항을 향해 호젓한 해변 산길을 걸어간다. 길게 여운을 주는 구불구불한 절경의 해안길, 한적하고 평화로운 서해 바다를 끼고 부안 마실길 3코스 적벽강 노을길을 걸어간다.

산과 바다는 본래 주인이 따로 없다. 보고 느끼면서 즐길 줄 아는 사람이 바로 임자다. 주위에는 무진장한 고마운 자연이 기다리고 있다. 산길을 걸으면서 바다를 바라보며 〈산책과 바다책〉을 읽으며 길을 간다.

변산반도 산길을 거닐며 산책을 읽고
바닷가를 거닐며 바다책을 읽는다.
원시 이래 수억만 권의 책이 보관된 자연 도서관 산과 바다
무궁무진 날마다 생성되는 책
현미경으로 보고 망원경으로 보고 싶은 책
몸으로 읽고 마음으로 읽는 책
갈매기가 날고 산새들이 노래하는 책
개들도 물고 다니고 새들도 물고 나는 책
하늘 아래 둘도 없는 읽어도 읽어도 재미있는 책
철썩철썩 바다가 노래하는 온갖 세상사가 깃든 책
오늘 하루도 변산반도에서 침 발라가면서
산책과 바다책을 읽는다.

모처럼 날씨가 포근해서 땀이 난다. 반팔 차림으로 시원하게 걸어간다. '모래의 성이 하늘까지 쌓이는 곳이라 하여 성(成), 천(天)자로 명명되어 오늘에 이르고 있다'는 표석이 서 있는 성천항을 지나간다. 고사포해수욕장의 자갈길을 걸어간다. 바다에는 갈매기들이 한가로이 유영을 하고 바다 멀리 풍력단지가 보인다. 해변을 따라 방풍림 역할을 하는 소나무 숲이 우거졌고 파도 소리에 더해진 솔바람 소리가 들려온다. 서해안의 다른 해수욕장보다 물이 맑고 깨끗하며 모래가 곱고 부드럽다. 약 2km에 해당하는 백사장 해안사구에는 해당화, 순비기나무, 좀보리사초와 같은 독특한 사구식물들이 군락을 지으며 살고 있다.

길고 긴 해수욕장 자갈길을 걸어서 데크로 올라간다. 붉은빛을 띤 노란색의 붉노랑상사화 군락지가 있다. 우리나라 특산식물인 붉노랑상사화는 잎이 사라진 다음 꽃줄기가 나와 꽃을 피운다. 꽃의 색깔은 노란색이지만 직사광선이 강한 곳에서는 붉은빛을 띠고, 꽃과 잎이 서로 만나지 못해 서로 사모한다고 해서 붉노랑상사화란 이름이 붙여졌다.

시인의 길을 걸어서 변산해수욕장을 들어간다. 흰 모래와 푸른 솔밭이 있다 하여 예로부터 백사청송(白沙靑松)이라 불렀다. 아름다운 풍광을 자랑하는 변산해수욕장은 우리나라에서 가장 오래된 해수욕장의 하나로 서해안 3대 해수욕장으로 꼽힌다. 해변 주변으로 오토캠핑장, 수카이워크브릿지 등 즐길 거리가 있어 여름뿐 아니라 사계절 내내 사람들이 찾는 부안의 대표 명소다. '2022 대한민국 사진 관광공모전에서 변산해수욕장 일몰 풍경은 은상을 수상했다.

오후 3시 30분, 47코스 종점 변산해수욕장 사랑의 낙조공원에 도착했다.

오늘은 한 개 코스로 마무리하고 예약해 둔 펜션으로 간다. 비가 온다. 비를 좋아하는 비의 나그네를 위해 하늘이 샴페인을 터트렸는가. 바닷가에 비가 온다. 서해랑길에서 처음으로 비가 온다. 비가 오는 밤, 늦은 시간까지 빗소리, 웃음소리로 시끌시끌하다.

이튿날 새벽, 다시 함평 돌머리해안으로 달려간다.

48코스
나의 철든 날

변산팔각정에서 부안신재생에너지테마파크 9.8km

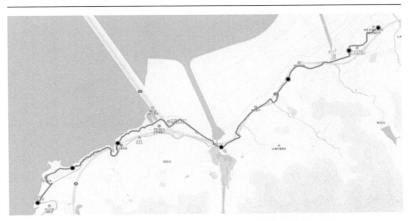

변산팔각정 ❭ 새만금홍보관 ❭ 해창쉼터 ❭ 부안신재생에너지테마파크

11월 18일 금요일 선운사의 새벽 미명, 승용차로 날이 밝아오는 고속도로를 달려서 부안으로 간다. 나는 지금 무엇을 하고 있는가. 즐거운 인생이다. 부안군청에 주차하고 다시 택시를 타고 변산해수욕장으로 달려간다.

7시 20분, 변산 해변에서 48코스를 시작한다. 48코스는 노을이 아름다운 변산해수욕장에서 새만금홍보관을 지나고 해창쉼터를 지나서 하서면 백련리 부안신재생에너지테마파크에 이르는 구간이다.

신선한 아침의 기운이 느껴지는 고요한 바닷가, 완만한 수심과 고운 모래 해변 피서지로 사랑받는 변산 해변, '다시 변산! 잊지 못할 노을!'

홍보판을 앞을 지나간다. 걷기 26일째, 나그네가 오늘도 하루의 길을 걸어간다. 톨스토이는 〈참회록〉에서 나그네 인생에 대해 이렇게 썼다.

어떤 나그네가 길을 가는데 사자가 덤벼들었다. 그는 사자를 피하려고 우물 속으로 들어갔다. 우물에는 물이 없었다. 그런데 우물 바닥에는 커다란 독사가 있었다. 나그네는 우물 밑바닥으로 내려갈 수도 올라갈 수도 없는 처지가 되었다. 그는 우물 안 돌 틈에 있는 작은 나뭇가지에 매달렸다. 우물 안과 밖에는 그를 노리는 적이 있으니 얼마 후 나그네의 목숨은 끝난다. 그는 나뭇가지에 매달려 나무를 쳐다본다. 검은 쥐와 흰 쥐 두 마리가 나뭇가지를 깎아 먹고 있다. 그가 두 손을 놓지 않아도 잠시 후 나뭇가지가 부러져 우물 밑에 있는 뱀에게 죽게 돼 있다.

그는 주위를 둘러보았다. 나뭇잎 끝에 흐르고 있는 몇 방울의 꿀이 눈에 띄자 이것을 혀로 핥아 먹는다. 행복하다!

사람이 산다는 게 딱 이 꼴이다. 사자는 과거, 뱀은 미래, 나뭇가지는 현재다. 검은 쥐는 밤, 흰 쥐는 낮이다. 아등바등하고 살아왔던 날들을 뒤로하고 소요유하는 나그네가 여유롭다.

해안의 마을 숲으로 조성된 방풍림이 길게 형성되어 있다. 소나무들이 팔을 들어 올려 바람에게 길을 내준다. 노을이 아름다운 언덕 위의 '사랑의 낙조공원' 팔각정 정자에서 사방을 둘러본다. 바다 멀리 고슴도치 섬으로 불리는 위도, 새벽이면 중국의 닭 우는 소리가 들린다는 상왕등도, 기러기 날아가는 비안도와 함께 고군산열도가 한눈에 들어온다.

부안은 푸른 바다와 붉은 노을이 어우러져 일몰이 아름다운 여행지

로 전국에서도 손꼽히는 고장이다. 그 가운데서도 사랑의 낙조공원은 해넘이의 명소다.

사람들은 하루의 낙조는 감상하면서 인생의 낙조에 대해서는 관조가 소홀하다. 셰익스피어는 "끝이 좋아야 다 좋다."고 했다. 인생은 낙조가 아름답게 빛나야 한다. 그러자면 자신을 완성하는 삶의 기술을 연마해야 한다. 어린아이의 얼을 키워 어른이 되고 어르신이 돼야 한다. 훌륭한 역사학자는 과거에 이런 일이 있었다고 말해주는 사람이 아니라 독특한 관점으로 해석하고 더 나은 미래를 설계하도록 도와주는 사람이다. 훌륭한 역사학자가 그러하듯 자신의 인생을 깊이 성찰하고 해석해야 한다. 그렇게 하려면 자신의 스토리를 담담하고 객관적인 눈으로 바라볼 수 있어야 한다. '나에게 이런 일이 있었다!'에서 멈추지 않고 '그럼에도 불구하고 나는 이렇게 되겠다!'는 스토리를 선택해야 한다. '어디에 있느냐'도 중요하지만 '어디로 가느냐'는 더욱 중요하다. 선택한 그 스토리를 통해 스스로 자기 운명의 주인공이 되어야 하고 아름다운 낙조를 연출해야 한다.

장 폴 사르트르는 "인생은 B와 D 사이의 C", 곧 '탄생(Birth)과 죽음(Death) 사이의 선택(Choice)'이라고 했다. 인생은 선택의 결과물이다. 인생이 흘러갈 물길의 방향을 선택해야 한다. 변화는 선택에서 시작한다. 누구에게나 '그때 내가 다른 선택을 했더라면' 하고 후회하는 때가 있기 마련이다. 하지만 어떤 경우에도 좌절이나 자기비하는 금물이다.

변산로 도로를 따라서 걸어간다. 배가 바다에 길을 내듯이 낯선 서해랑길을 헤치고 나아간다. 하얀 갈대꽃이 햇살에 눈부시게 반짝인다. 갈대꽃도 먼지도 빛이 나는데 길 떠난 나그네는 얼마나 빛나는 인생인

가. 햇빛은 어둠을 이겨내는 희망의 빛이다. 희망은 죽음 앞에서도 생명을 지켜내게 하는 강한 빛이다. 비록 신이 희망을 주지 않는다 하더라도 스스로 희망을 만들어야 한다. 희망 없는 절망은 없다. 절망이라는 죄는 신이 결코 용서하지 않는다.

대항리패총을 지나서 해변으로 나아간다. 멀리 새만금방조제가 나타난다. 해안가에서 숲길로, 다시 백사장을 지나는 동안 새만금방조제가 점점 가까워진다. 바다를 가르는 길, 단군 이래 최대 건설이라는 새만금간척사업의 시초인 새만금방조제를 바라보며 걸어간다. 드넓은 파란 바다와 파란 하늘 아래 펼쳐진 새만금방조제가 한 폭의 그림이다. 새만금홍보관의 풍력발전기의 바람개비가 반갑다고 손짓을 한다.

새만금방조제는 길이가 기네스북에 오른 세계 최장인 33km이다. '새만금'이란 명칭은 예로부터 김제(金提), 만경(萬頃)평야를 '금만(金萬)평야'로 일컬어왔던 금만이라는 말을 '만금'으로 바꾸고 새롭다는 뜻의 새를 덧붙여 만든 신조어다. 오래전부터 옥토로 유명한 만경, 김제평야와 같은 옥토를 새로이 일구어내겠다는 의미를 담고 있다.

새만금간척사업은 만경강과 동진강 주변의 갯벌을 메워 여의도의 140배에 해당하는 간척지를 얻으려는 사업이다. 군산에서 김제, 부안을 따라 100km 해안에 자리 잡은 갯벌이 사라졌고, 수십만 마리의 철새들도 이제는 더 이상 찾지 않는다. 서해안 갯벌은 우리나라 갯벌의 83%를 차지한다. 우리나라에서 제일 큰 갯벌인 새만금갯벌은 다양하고 풍부한 생물들을 가지고 있었다.

우리나라에서 갯벌을 메워 간척지를 만들었다는 기록은 고려시대부터 있다. 몽골의 침입으로 왕이 강화도로 피신했을 때, 피란한 백성들이 농사를 지을 땅이 없자 갯벌에 둑을 쌓아 농경지를 만들었다. 적의 침략을 막기 위해 제방을 쌓은 것이 간척의 시작이었다는 설도 있다.

본격적인 간척사업을 벌인 것은 일제강점기다. 간척지에서 생산된 쌀을 일본으로 가져가기 위해서다. 해방 후에도 경제개발 계획으로 농촌의 소득을 올리기 위해 갯벌을 농지로 만들었다.

우리나라 갯벌의 총면적은 2,393㎢로 우리 국토의 약 2.4%에 해당한다. 서울 면적의 약 4배 되는 넓이다. 갯벌은 지구의 콩팥, 지구의 보물창고이다. 사람들은 오랫동안 갯벌을 쓸모없는 땅이라고 생각했다. 그래서 바닷물을 막고 갯벌을 메우기 시작했다. 갯벌을 메워 논으로 만들어 많은 쌀과 넓은 땅을 얻고자 했다. 그런데 갯벌을 메우고 나자 전혀 예상하지 못했던 재앙이 닥쳐왔다. 물은 썩어 오염이 되고 생태계가 파괴되기 시작한 것이다. 갯벌은 한번 메우면 다시는 되살릴 수 없다. 결국 그 속에 사는 생물들도 모두 사라진다.

'생각하며 오르는 계단'을 오르면서 생각하고 내려오며 생각한다. 자작나무들이 줄을 지어 서 있다. '변산마실길 시인의 길'이다. 이 길은 변산마실길을 소재로 한 시를 목각하여 세운 길이다. 이곳으로부터 66km의 마실길이 이어지는데, 단순한 걷는 길이 아니라 문화와 예술이 접목된 길이다. 애향 숲을 지나고 사람과 자연을 이어주는 변산마실길 꽃동산을 걸어간다. 검정 고무신이 세워져 있고 검정 고무신 시판이 서 있다.

"냇가에서 꿈을 담아주던 조각배도 되어주고 / 자갈밭에서 친구들과 뛰어놀게 해주며 / 내 배고픈 배 엿 바꿔 채워주던 검정 고무신 / 다시 신고 걸어보고 싶다. 가난했지만 행복했던 시절! / 마실길 걸으면서 추억담아 행복 담아 가시기를……"

검정 고무신 신고 놀던 철없던 시절이 스쳐 간다. 고향의 산과 강이 다가오고 옛 친구들이 찾아온다. 그 시절 그리운 가족들의 얼굴이 다가온다. 열 명이었던 가족은 지금 모두 가버리고 나와 형, 이제는 둘만 남았다. 엄마가 다정하게 웃으며 다가온다. '젊어서는 가장 불쌍했던 돌네 엄마!'가 '늙어서는 가장 행복했던 돌네 엄마!'가 되어서 다가온다. 〈나의 철든 날〉이다.

꺼칠꺼칠 거친 손으로 쉬지 않고 일하시는 우리 엄마는
그래도 되는 줄 알았습니다.
하루 종일 밭에서 죽어라 일해도 우리 엄마는
그래도 되는 줄 알았습니다.
혼자 부뚜막에 앉아 찬밥으로 끼니를 때우셔도 우리 엄마는
그래도 되는 줄 알았습니다.
한겨울 냇물에 맨손으로 빨래를 해도 우리 엄마는
그래도 되는 줄 알았습니다.
어쩌다 맛있는 음식 있어도 '나는 배부르다' 하시며 다섯 아들 먹이고 굶으시는 우리 엄마는
그래도 되는 줄 알았습니다.
오일 장날 장터에서 국밥에 막걸리를 팔아서 다음 장날까지 양식을 사시던 우리 엄마는
그래도 되는 줄 알았습니다.
저녁이면 빚쟁이들에게 통 사정하는 우리 엄마는
그래도 되는 줄 알았습니다.
어느 날
육성회비 달라고 조르는 아들을 달래며 눈물 흘리시는 우리 엄마

아버지의 술주정에 슬피 우는 우리 엄마

한밤중 한없이 소리 죽여 우는 우리 엄마를 보면서

아아!

우리 엄마는 그러면 안 되는 줄 알았습니다.

그리고 그때 나는 철이 들었습니다.

추억은 생각의 보석이다. 나이를 먹으면 추억만큼 좋은 친구도 없다. 소중한 것은 좋은 것만이 아니다. 머릿속 서랍에 있는 부끄럽고 슬픈 이야기조차도 세월이 지난 어느 날 끄집어내 보면 아름답게 다가온다. 추하고 더럽고 악하고 비록 짐승 같은 삶이었을지라도 그것 또한 자신의 소중한 인생, 모든 것이 합하여 선을 이루듯 성장의 거름이 되었을 추억으로 다가온다. 가버린 세월이 그리워진다.

국립새만금간척박물관 앞을 지나간다. 새만금방조제 표석이 우뚝 서서 위용을 자랑한다. 길게 뻗은 직선의 새만금1호방조제를 바라보다가 아직 문을 열지 않은 새만금홍보관을 지나서 파란 하늘 아래 지평선이 펼쳐진 간척지를 바라보며 걸어간다. 수평선을 보다가 지평선을 바라보는 눈길이 생뚱맞다는 듯 혼란스럽다. 제대로 관리되지 않은 간척지와 도로를 번갈아 가면서 걸어간다. 신재생에너지테마파크가 다가온다. 전국 최초의 신재생에너지 복합단지이다.

9시 20분, 신재생에너지테마체험관을 지나서 48코스를 마무리한다.

49코스
이화우 흩날릴 제

부안신재생에너지테마파크에서 부안군청 19.0km

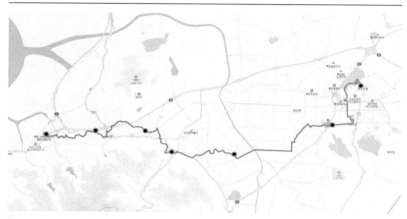

🐾 부안신재생에너지테마파크 ➤ 구암리지석묘군 ➤ 신월경로당 ➤ 매창공원 ➤ 부안군청

9시 25분, 49코스를 시작한다. 49코스는 부안신재생에너지테마파크
에서 구암리지석묘군을 지나고 매창공원을 지나서 부안읍 동중리 부
안군청까지 가는 구간이다.

한적한 들판의 농로를 따라 노계마을로 걸어간다. 눈부시게 파란 하
늘, 산에는 단풍이 울긋불긋 녹의홍상을 입고 있다. 들판을 걸어서 등
용마을에 들어서자 우람찬 노거수(老巨樹) 팽나무가 활짝 팔을 벌려 온
몸으로 나그네를 환영한다. 나무는 머물고 나그네는 길을 간다.

농로를 따라 들판을 걸어간다. 나그네는 갈고 심을 땅이 없다. 그래

서 추수할 곡식도 없다. 나그네 할 일은 길을 가는 것, 하늘과 바다, 산과 들을 바라보면서 터벅터벅 낯선 길을 가는 것, 그러다 돌아보면 길 위에 풍성한 수확이 널려있다. 가슴에 새겨진 선명한 발자국이 깃발처럼 나부끼며 추억의 창고에 차고 넘친다. 나그네가 그림자에게 말을 건다.

"그림자, 반가워. 춥지 않지? 아침에는 영하로 쌀쌀했는데, 이제는 햇살이 따사롭네. 태양은 참 고마운 존재야. 태양에게 고맙다고 할까? 태양아! 굿! 그림자. 오늘도 즐겁게 가자. 오! 고인돌이다."

오전 11시, 수천 년 전의 고인돌과 현재의 마을이 사이좋게 이웃한 길을 걸어 구암리지석묘군에 도착했다. 8개의 받침돌을 가진 독특한 형태의 고인돌, 청동기시대의 유물이다. 들판 한가운데로 일직선으로 쭉 뻗은 농로를 따라 걸어간다. 태양이 앞에서 길잡이를 한다. 바람도 없는 포근한 날씨, 걷기 좋은 날이다. 길가에 동백꽃이 다가와 반겨준다. 주상천을 지나고 농로를 따라가고 또 간다. 부안 읍내가 점점 가까워진다.

12시 40분, 매창공원에 도착했다. 황진이, 허난설헌과 함께 조선시대 대표 여류 시인으로 평가받는 이매창(1573~1610)의 묘가 있는 공원이다. 매창은 부안 현리 이탕종의 서녀로 시조와 한시, 가무와 거문고에 이르기까지 다재다능한 명기였다. 시조와 한시 58수를 남겼고, 작품집으로는 〈매창집〉이 전해지고 있다. 고을 문우들과 아전들이 시문을 모아 〈매창집〉을 간행하였는데, 한 기생의 유작이 민관합동으로 출간된 것은 한국 문학사에서 전무후무한 기록으로 전해진다.

공원에 들어서자 이매창의 시를 새긴 돌들이 여기저기 서 있다. 이곳은 원래 이름 없는 사람들이 묻힌 공동묘지였다. 그녀의 이름도 잊힌채 오랜 세월을 건너왔다. '옛 님을 생각하며' 시비 앞에 섰다.

봄이 왔다지만 님은 먼 곳에 계셔 / 경치를 보면서도 마음 가누기가 어렵다오. / 짝 잃은 채 아침 화장을 마치고 / 거문고를 뜯으며 달 아래에서 운다오. / 바라보는 꽃에도 새 설움이 일고 / 제비 우는 소리에 옛 님 생각 솟으니 / 밤마다 님 그리는 꿈만 꾸다가 / 오경 알리는 물 시곗소리에 깬다오.

이렇듯 매창이 사랑한 사람은 누구였던가. 19세 매창의 첫사랑은 40대 중반의 유희경이었다. 그는 천민 신분이었으되 당대 최고의 시인이었다. 둘은 첫 만남에서 시와 술과 거문고로 교유한 뒤 서른 살에 가까운 나이 차를 뛰어넘어 뜨거운 사랑을 나누었다. 두 사람의 사랑은 당시 서울에까지 널리 알려질만큼 유명했다. 그러다가 임진왜란 때 유희경이 서울에서 창의(倡義)에 관여하면서 이별을 맞게 된다. 이때 탄생한 시가 유명한 '이화우(梨花雨)'다.

이별가 중에 절창(絶唱)으로 손꼽히는 이 시는 당대 문인들에게 애송되었고, 인기를 업고 '가곡원류'에도 수록되었다. 유희경과 이별 후 매창은 김제군수 이귀와 로맨스를, 허균과는 '플라토닉 러브'를 이어간다.

1601년(선조 34) 7월, 허균은 전라도의 세금을 걷는 전운판관(轉運判官)의 벼슬로 부안에 왔다. 허균은 그때 매창을 만난 일을 〈조관기행〉이란 일기에서 상세히 적고 있다.

"23일 부안에 당도하였다. 비가 심해 유숙하였다. …기생 계생(매창)은 이옥여의 정인이다. 거문고를 끼고 시를 읊조리는데, 모습은 비록 대단치 않았으나 재주와 정감이 있어 함께 이야기할 만하였다. 하루 종일 술 마시고 시 지으며 서로 창화하였다. 저녁에 침소에 그 조카를 들이니, 혐의를 멀리하기 위함이다."

허균이 매창을 처음 만난 장면이다. 허균의 나이 32세, 매창의 나이 28세에 둘의 첫 만남이 이뤄졌다. 이옥여는 당시 김제군수로 있던 이귀를 말한다. 이귀와 만나기 전 매창은 천민 신분 유희경과 뜨거운 사랑을 나누었다. 이후 허균과 매창의 오랜 만남은 사랑보다 우정에 가까웠다. 첫 만남 이후 이미 기생으로서는 늙어버린 37세의 매창에게 부안 우반동에서 한양으로 올라온 허균은 한 통의 편지를 부쳤다. 1609년 9월에 쓴 편지다.

"봉래산의 가을빛이 한창 질으리니, 돌아가고픈 흥을 가늘 길 없습니다. 낭은 내가 구학(丘壑)의 맹서를 저버렸다 응당 비웃겠지요. 그때 만약 한 생각만 어긋났더라면 나와 낭의 사귐이 어찌 십 년간이나 끈끈하게 이어질 수 있었겠소? 이제야 진회해(秦淮海)가 사내가 아님을 알겠소. 하지만 선관(禪觀)을 지님은 몸과 마음에 유익함도 있지요. 언제나 하고픈 말 마음껏 나눌지, 종이를 앞에 두고 안타까워합니다."

이때 허균은 막 형조참의에 제수되어 눈코 뜰 새 없이 바빴다. 그런 중에 '한 생각만 어긋났더라면' 운운하며 처음 만난 날을 떠올렸다. 그때 억지로 동침을 요구했더라면 오늘날까지 서로 존중하는 우정이 끈끈하게 이어질 수 있었겠느냐는 것이다. 진회해는 송나라 때 문인 진관으로 지은이를 알 수 없는 책에 창씨 성을 가진 여도사와의 이야기가 나온다.

그녀는 대대로 도교를 숭신했던 집안의 여인으로 자색이 뛰어나게 아름다웠다. 그녀를 본 진관이 넋을 잃고 백방으로 유혹하였으나, 끝내 뜻을 이루지 못하였다. 진관은 마침내 그녀를 안으려는 욕심을 버리고, 그녀의 고귀한 자태를 찬양하는 작품을 지어주었다. 허균은 진회해와 여도사의 이야기를 하면서 짐짓 그대에게 마음을 빼앗겼노라 고백하고 있는 것이었다.

허균과 매창이 나눈 오랜 우정은 특별한 느낌을 준다. 시문을 통한 공감과 거문고의 흥취, 불교에 대한 심취까지 두 사람 사이에는 공유할 수 있는 부분이 적지 않았다. 다음 해인 1610년 매창은 38세의 나이로 세상을 떴다. 그녀가 세상을 떴다는 소식을 듣고, 허균은 〈애(哀)계랑〉이란 시 두 수를 지어 그녀의 죽음을 애도했다.

절묘한 시구는 비단을 펼친 듯 / 맑은 노래에 가던 구름이 길을 멈췄네. / 복숭아 훔친 죄로 인간 세상 내려와 / 불사약을 훔쳐서 인간 세상 떠났네. / 부용 휘장 등불은 어둑도 하고 / 비췻빛 치마엔 향기가 남아 / 내년에 복사꽃 활짝 피면은 / 그 누가 설도(薛濤) 무덤 지나가리오.

진정으로 매창을 아꼈던 허균의 솔직한 마음은 이 시와 더불어 시에 붙인 부기에도 잘 나타나고 있다.

"계생은 부안 기생이다. 시를 잘 짓고 글을 이해했다. 또 노래와 거문고 연주에 뛰어났다. 성품이 고결하고 굳세어 음란함을 즐기지 않았다. 내가 그 재주를 아껴 막역의 사귐을 나누었다. 비록 담소하며 가까이 지낸 곳에서도 난잡함에는 미치지 않았기에 오래도록 시들지 않았다. 이제 죽음을 듣고 그를 위해 한 번 울고 율시 두 수를 지어 애도한다."

새로운 세상을 꿈꾼 역사의 풍운아 허균은 여색을 밝히는 방탕한 인물이었다. "남녀의 정욕은 하늘이 준 것이요 예법은 성인의 가르침이다. 성인을 낸 것은 하늘이니 내 차라리 성인의 가르침은 어길지언정 하늘이 내린 성품은 감히 어기지 않겠다. 나는 내대로 내 길을 갈 테니 쓸데없는 걱정은 말아라."라고 했으며, 모친상을 당하고도 기생과 놀아나다 파직을 당하기도 했다.

매창공원은 매창테마관, 부안문화원 등 문화체육공원으로 구성되어 있다. 매창테마관의 문이 닫혀있다. 이 건물의 이름이 '梅窓花雨相憶齋(매창화우상억재)'다. '매화꽃 핀 창가에 꽃비가 내릴 때 서로가 서로를 그리워하는 집'이란 의미다. 梅窓이라는 이름과 그의 시 〈梨花雨〉에서 화우 두 글자를 따고, 평생 그녀의 삶을 일관한 추억과 그리움에서 '相憶'이라는 말을 취하여 지은 이름이다.

매창공원에서 나와 부안향교를 바라보며 서림공원으로 올라간다. 옛 관아의 서쪽에 있는 숲이라는 뜻의 서림공원은 조선시대 관이 주도하여 조성한 국가산림문화자산이다. 현종 13년(1847) 현감 조연명이 부임하여 황폐한 성황산에 봄가을로 나무를 심고 가꾸기 위해 유지 33명을 모아 '33인수계'를 조직하고 힘써 공원 숲을 조성하였다. 그 후 현감 이필의가 새로 부임하여 보니 숲이 황폐해져 있으므로 계를 부화시켜 가

꾸었다. 그 결과 울창한 숲길에는 아름드리 노송이 우거지게 되었다.

정상의 전망대에 오르면 시야가 탁 트여 부안 읍내가 한눈에 들어온다. 성황산이라고도 불리는 성소산은 114.9m밖에 되지 않는 나지막한 산이지만 울창한 숲이 형성되어 주민들의 아침 산책코스가 되어 왔다. 과거 부안 현감들의 비와 이매창이 거문고를 탔던 금대(琴臺), 여러 암각서들이 남아 있다.

가을이 깊어가는 메타세쿼이어길을 따라 걸어간다. 하산길, 연리목 사랑 나무가 '그대 사랑은 어디 갔소?' 하면서 나그네에게 묻는다.

15시 5분, 드디어 부안군청 49코스 종점에 도착했다. 외곽 언덕 위에 위치한 부안관광호텔에 숙소를 잡는다. 멀리 산 너머로 저녁노을이 붉게 물든다. 호텔 인근 소박한 식당에서 아침과 점심, 저녁 세 끼 식사로 김치찌개를 주문한다. 세 끼 식사를 한 번에 해결하는 신안에 이어서 두 번째 사태가 벌어진 날이다.

400여 년 전 매창과 유희경의 로맨스의 현장인 변산과 직소폭포, 내소사를 둘러본 나그네가 부안뽕주로 시름을 달랠 때 바람결에 매창의 시와 거문고 소리가 들려온다.

한 여자가 그립다. / 이화우 노래하던 / 매창은 어디 갔나.
희경을 그리던 / 연모의 정 가슴에 품고 / 적벽 노을처럼
스러져 간 그대의 슬픔

50코스
어머니, 당신은 그 먼 나라를 알으십니까?

부안군청에서 동진강석천휴게소 10.8km

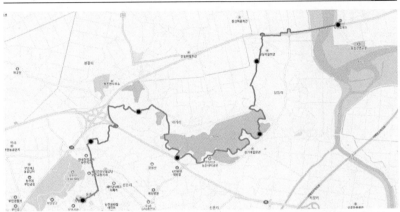

부안군청 ▶ 신흥버스정류장 ▶ 고마농촌테마공원 ▶ 장등경로당 ▶ 동진강석천휴게소

11월 19일 토요일 7시 20분, 부안군청 앞에서 50코스를 시작한다. 50 코스는 고마농촌테마공원을 지나서 김제시 죽산면 서포리 동진강 석천휴게소까지 부안과 김제의 경계로 가는 구간이다.

걷기 27일째, 오늘은 주말 아침 날씨가 상쾌하다. 당당한 발걸음으로 석정로 도로를 따라 걸어간다.

고대 로마의 엘리트들은 매일 아침 대형 목욕탕으로 가서 레슬링, 투창, 달리기 등 거친 운동으로 몸을 단련한 다음에 사우나와 목욕으로 근육의 유연성을 유지했다. 고대 로마의 장군 플라비우스 레나투스는 "평화를 원하는 자, 전쟁을 준비하라!"라고 말했을 정도로 로마인들은

평소의 전투력 유지를 중요시했다.

고대 그리스인들도 남자라면 쉬지 않고 과격한 스포츠 등으로 언제든지 싸울 수 있는 체력을 단련해 두어야 한다고 믿었는데, 이를 '파라곤(Paragon)'이라고 했다. 머나먼 서해랑길을 걸어가는 나그네가 파라곤 정신으로 힘차게 걸어간다. 저녁노을을 남기고 서쪽 끝으로 넘어갔던 어제의 태양이 동쪽 빌딩 너머에서 솟아오른다. 어제는 어제의 태양이, 오늘은 오늘의 태양이 세상을 밝힌다.

일제강점기의 항일 시인 신석정 선생의 문학작품과 일대기를 전시한 석정문학관에 도착한다. 부안 출신 신석정은 현대 시문학의 거장으로 초기에는 전원적인 정서를 담은 목가 시인, 전원시인이라는 별명을 얻었다. 1930년대 김영랑 등과 함께 순수문학을 이끌던 신석정은 광복 이후에는 현실 참여 정신과 역사의식이 강하게 드러나는 작품을 썼다. 시집으로 "촛불" "슬픈 목가" "대바람 소리" 등이 있으며, 대표작은 〈그 먼 나라를 알으십니까〉이다.

어머니 / 당신은 그 먼 나라를 알으십니까? / 깊은 삼림대를 끼고 돌면 / 고요한 호수에 흰 물새가 날고 / 좁은 들길에 야장미 열매 붉어 / 노루 새끼 마음 놓고 뛰어다니는 / 아무도 살지 않는 그 먼 나라를 알으십니까? / 그 나라에 가실 때는 부디 잊지 마셔요 / 나와 같이 그 나라에 가서 비둘기를 키우십시다. (후략)"

어머니를 그리워하며 신석정이 살던 고택을 둘러본다. 부안 동중리에서 태어나 1952년 전주로 이사 갈 때까지 신석정은 이 집에서 살았다. '가슴에 지는 落花 소리' 시비가 세워져 있다.

백목련 햇볕에 묻혀 눈이 부시어 못 보겠다. / 희다 지친 목련꽃에 비 낀 4월이 더 푸르다. / 이맘때면 친굴 불러 잔을 기울이던 꽃철인데 / 문병왔다 돌아서는 친구 뒷모습 볼 때마다 / 가슴에는 무더기로 떨어 지는 백목련 낙화 소리….

일찍이 황진이, 박연폭포, 서경덕은 송도삼절로 알려져 있다. 신석정은 매창의 절창(絶唱)과 시풍을 흠모하여 이매창과 유희경, 직소폭포를 '부안삼절(扶安三節)로 칭했다.

유희경은 선조, 광해군 시절의 천민 출신으로 유명한 시인이었다. 부안의 이매창도 유희경의 시에 매료되어, 한 번 만나서 그와 시를 겨루고 싶다는 생각을 하고 있었다. 그런 차에 유희경이 부안에 온다는 소식을 접한 매창은 설레는 마음으로 유희경을 만났다. 술이 거나해진 유희경은 매창에게 거문고를 재촉했다. 매창은 숨을 고르며 거문고를 끌어당겨 장진주를 노래했고, 지그시 눈을 감고 있던 유희경은 지필묵을 끌어당겨 시를 지었다.

일찍이 남국의 계량(매창) 이름 들어
시운과 노래로써 서울까지 들리누나.
오늘은 너의 진면목을 가까이 대해보니
선녀가 지상에 내려온가 생각 든다.

이때 매창의 나이 19살, 유희경은 40대 중반이었다. 이에 매창은 다음과 같이 시로 화답했다.

내게는 옛날의 거문고가 있어서

한 번 타면 온갖 정감이 다투어 생긴다오.
세상 사람 이 노래를 아는 이 없으나
님의 피리 소리에 나는 맞춰 본다오.

그날 밤 거문고와 시로 화답하며 밤이 깊어 원앙침에 들었다. 열아홉 터질 듯한 매창의 몸이 유희경의 품속에 녹아들었다. 그러나 2년 후 두 사람에게도 헤어져야 할 사건이 터졌다. 임진왜란이 일어난 것이다. 천민 출신 유희경은 천민의 굴레를 벗어나기 위해 의병(義兵)으로 전쟁터로 갔다. 그때 매창의 나이 21세, 그때 읊은 노래다.

울며 잡은 소맷자락을 무정히 떨치고 가지 마오.
그대는 대장부라 올라가면 또 사랑이 있겠지오마는,
소첩은 아녀자라 당신 그리는 마음뿐이라오.

매창을 떠난 유희경은 소식이 없었다. 매창은 붓을 들면 그리움이 시가 되어 나왔고, 거문고를 들면 단장의 슬픔으로 그리움은 점점 커져만 갔다.

이별이 하 서러워 문 닫고 누웠어도
홀로 누운 잠자리는 한없이 외로운데
하염없는 눈물이 옷자락을 적시오.
소리 없는 보슬비에 님 없는 밤 또 저무네.

유희경은 매창의 가슴에 깊은 정을 남겼다. 그 정은 한이 되어 시심(詩心)으로 피어났다.

이화우 흩날릴 제 울며 잡고 이별한 님
추풍낙엽에 저도 날 생각하는가.
천 리에 외로운 꿈만 오락가락 하노매라.

이 시는 매창의 여러 시 가운데 유일한 한글 시조이다. 유희경이 떠나고 계절이 두 번 바뀐 어느 날, 매창에게 유희경의 서찰이 왔다. 그러나 편지 내용은 간략했다. 의병으로 왜구와 싸우기에 여념이 없었다는 것. 그리고 한 편의 시가 동봉되었다.

그대의 집은 부안에 있고
나의 집은 서울에 있어
그리움 사무쳐도 서로 못 보니
오동잎에 비 뿌릴 제 애가 탄다오.

그리고 두 사람은 영원히 만나지 못했다. 매창의 두 번째 연인은 김제군수 이귀(李貴)였고, 홍길동전을 쓴 허균과는 기나긴 아름다운 우정을 남겼다. 허균은 충청도와 전라도의 세금을 거둬들이는 전운판관이 되어 부안에 들렀다. 매창과 허균이 만났을 때는 이귀가 파직되어 떠난 지 서너 달 후였다.

1610년 매창은 유희경에 대한 그리움이 한이 되어 절명 시를 남기고 죽었다. 그녀의 나이 37세였다.

풍진 세상 고해에는 시비도 많아
깊은 규방 긴 밤이 천년만 갈구려.
덧없이 지는 해에 머리를 돌려보니

구름 속 첩첩 청산 눈 앞을 가리네.

매창이 죽었다는 소식을 들은 유희경은 붓을 들어 자탄과 후회가 가슴을 저미는 아픔을 시로 썼다.

맑은 눈, 하얀 이, 푸른 눈썹 계랑아
홀연히 뜬구름 따라간 곳이 아득하구나.
꽃다운 넋은 죽어서 저승으로 갔는가.
그 누가 너의 옥골을 고향에 묻어주랴.

신석정 고택에서 나와 길을 가는 나그네가 지난밤 매창을 생각하며 마신 부안뽕주가 다시 그리워진다. 그때 그 시절 어느 나그네가 매창의 소문을 듣고 유혹을 하자 매창은 이렇게 시를 지어 나그네를 물리쳤다. 차과객운(次過客韻)이다.

떠돌며 밥 얻어먹기를 평생 부끄럽게 여기고
차가운 매화 가지에 비치는 달을 홀로 사랑했었지
고요히 살려는 나의 뜻 사람들은 알지 못하고
제멋대로 손가락질하며 잘못 알고 있어라.

부안에는 변산면 '참뽕로'에 부안누에타운이 있다. 뽕잎을 갉아 먹으며 성장한 누에는 네 번의 잠을 자고 나서 고치가 된다. 그리고 고치는 번데기로 변하고 다시 나방이 되어 하늘을 향해 날아간다. 누에는 자신이 누군가를 위해 비단을 만들고 실크로드를 만들지 않는다. 누에의 꿈은 나방이 되어 하늘을 나는 것이다. 자신을 위해 몸부림을 친 결과가 인간에게 유익을 끼치는 것이다.

어떻게 살아야 할까. 누에처럼 나방이 되어 날기 위해 몸부림치는 인간의 길을 가면서 스스로 날 수 있게 되고, 그 과정을 통해서 타인에게 유익을 끼치는 존재가 되어야 한다. 애기애타(愛己愛他), 애기가 애타가 되는 논리다. 장자는 "진심으로 자기 자신을 사랑할 줄 아는 사람이 남을 사랑할 수 있다."고 하며 애기애타(愛己愛他)를 부르짖었다. 이기(利己)가 아닌 애기로서 애타보다 우선하란 가르침이다.

산길을 올라가서 파평윤씨 문중 묘지를 지나고 도로를 따라 걸어서 상리마을 앞 들판을 걸어간다. 신흥마을 길을 지나고 신흥버스정류장을 지나서 고마제저수지를 바라보면서 걸어간다. 파란 하늘에 하얀 고운 구름들이 양 떼처럼 모여서 평화롭게 놀고 있다. 고요한 고마제 저수지 둘레를 따라 걸어간다. 부안댐이 생기기 전에 부안의 상수원으로 이용되었던 저수지가 주변에 농촌관광농원과 다양한 수변테마공원으로 조성되었다. 수심이 얕고 바닥이 완만하여 가창오리, 청둥오리, 두루미 등 수만 마리 겨울 철새들이 쉬어간다.

태양도 눈부시지만 하늘의 구름이 아름답다. 물새들이 하늘을 날고 물에서 유영을 한다. 저수지에 파란 하늘이 구름이 산이 나무가 담겨 있다. 환상적인 아침 풍경이 연출되어 발걸음을 내디딜 수 없다. 느릿느릿 방죽쉼터를 지나고 고마제 구름다리를 건너간다. 구름다리 양쪽 입구에 옛날 모내기 때 사용한 못줄을 형상화한 조형물이 서 있다.

물고기 솟대가 서 있는 다리를 건너간다. 고마제 아름다움의 극치를 이루고 있는 만곡선(彎曲線)은 농부의 참거리를 이고 가는 어머니의 포근한 사랑을 담은 듯하다. 물결 위로 솟아난 솟대는 벽송 대사의 구부러진 지팡이를 모티브로 연출 되고 그 위 물고기 조형물은 생명 있는 역사적 숨결과 어머니에 대한 효성을 자연의 화려한 색상으로 표현하였다.

장승과 솟대는 청동기시대의 원시 신앙의 조형물로 등장하였다. 장승은 마을의 수호신으로 이정표와 경계 표시 몫까지 가지고 있었다. 솟대는 성역의 상징이었다. 마한 시대에 소도(蘇塗, 솟대)가 있어 죄지은 자가 있어도 소도에 들어가면 잡지 못했다.

부안의 유명한 돌장승과 돌솟대는 2000년 이상의 전통을 가지고 있다. 부안의 장승은 할머니, 할아버지로 불리는바 그 형상이 실제로 두 볼이 처진 할아버지와 앞니가 빠진 할머니 상을 하고 있다.

환상적인 아침 풍경의 고마제저수지를 벗어나 도로를 따라 진행하다가 시골길을 걸어간다. 궁월경로당을 지나고 장동마을 들판을 지나간다. 들판을 날아가는 새들이 나그네를 보고 웃는다.

인생은 한 권의 책이다. 어리석은 사람은 그 책을 제대로 읽지 않고 마구 넘겨버리지만 지혜로운 사람은 열심히 밑줄을 그어가며 읽는다.

동진강을 바라보며 동진대교를 건너간다. 이제 김제로 들어간다. 길이 44.7km 동진강(東進江)은 정읍시 산외면 상두산 인근에서 발원하여 호남평야 남부를 서북 방향으로 흐르며 황해로 유입되는 전라북도의 강이다.

10시 20분, 동진대교를 건너 동진강석천휴게소 50코스 종점에 도착했다.

10 김제~군산 구간 (51~55코스) 87.9km

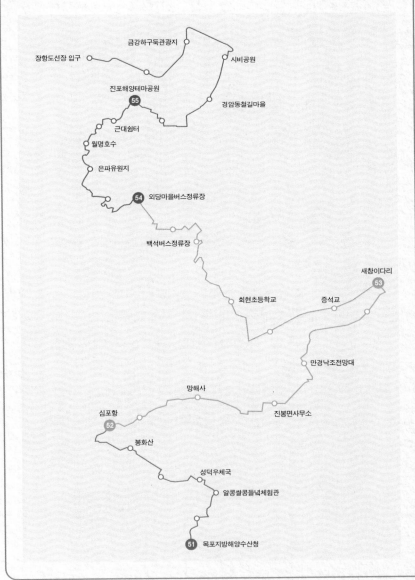

금강하구둑관광지

장항도선장 입구

시비공원

진포해양테마공원

55

경암동철길마을

근대쉼터

월명호수

은파유원지

54 외당마을버스정류장

백석버스정류장

새창이다리

53

회현초등학교

증석교

만경낙조전망대

망해사

심포항

진봉면사무소

52

봉화산

성덕우체국

알콩쌀콩들녘체험관

51 목포지방해양수산청

51코스
지평선의 고장

동진강석천휴게소에서 심포항 23.4km

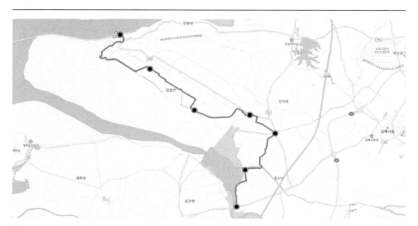

📍 동진강석천휴게소 ▸ 알콩쌀콩들녘체험관 ▸ 성덕우체국 ▸ 봉화산 ▸ 심포항

10시 30분, 동진강석천휴게소에서 51코스를 시작한다. 51코스는 지평선이 펼쳐지는 들판을 걷다가 마지막에 봉화산 임도를 지나서 김제시 진봉면 심포리 심포항까지 가는 서해랑길에서 두 번째로 긴 구간으로 800km를 돌파한다.

오늘은 걷기 27일째, 2017년 산티아고 순례길 800km를 27일 만에 목적지인 산티아고 데 콤포스텔라 대성당에 도착하였으니, 그때와 같은 속도로 걸어왔다.

서해랑길 김제 구간은 51~52코스로 41.8km이다. 농경문화의 중심지 '지평선의 고장'인 김제는 김제평야와 호남평야의 젖줄인 만경강을 따라가다 보면 계절마다 제 몸을 초록색과 황금색 물결로 다채롭게 변화시키는 생명과 자연을 느끼게 한다. 백제 때의 이름이 벽골군이었던 김제군은 신라 때 지금 이름으로 고쳐졌다.

"인심이 순후하여 농사일에 부지런하였다."라고 기록된 김제군에 삼한시대에 축성된 최초의 저수지인 벽골제가 있다. 현재 사적 제111호의 벽골제 및 제방을 비롯해 아리랑문학관, 벽골제농경문화박물관 등이 조성되어 있어 우리나라 농경문화의 진수를 느낄 수 있는 곳이다. 가을에는 김제 들녘에 '지평선축제'가 열린다.

'統一念願' 표석 옆에서 동진강을 따라 걸어간다. 파란 하늘에 흰 구름 흘러가고 철 지난 코스모스 울긋불긋 늦게까지 피어오르고 하얗게 지친 고개 숙인 갈대를 위로한다.

나그네 가는 길, 이 아름다운 풍경을 어찌 다 표현하리. 한 걸음 한 걸음 발길마다 신의 조화에 감사한다. 시골마당 돌담 아래 장독대 줄서 있고 호박이 넝쿨째로 누렇게 널려있다. 고향이 그리워진다.

아아, 어쩌란 말인가!
나더러 어찌하란 말인가!
그리운 청산과 미천
보고 싶은 얼굴들
고향은 너무나 멀리 있구나!

동진강 물길 따라 알콩쌀콩들녘체험관을 지나서 도로 끝에서 불당마을로 나아간다. 드넓은 들판에 철새들이 날아간다. 원평천 배수갑문을 지나고 공도교를 지나간다. 해창마을 표석을 지나고 성덕면으로 들어선다. 끝없는 지평선이 펼쳐지는 '대한민국의 희망 새만금중심도시 김제'를 걸어간다. 김제시는 호남평야의 중심부에 있고 나라 안에서 쌀이 가장 많이 생산되는 곳이다. '전라도 옥백미(玉白米) 맛이다.'라는 말은 전라도 만경평야에서 생산되는 쌀로 지은 맛있는 밥이라는 뜻이다. 그렇게 맛있는 쌀의 대명사였던 전라도 쌀이 그 명성을 여주, 이천 쌀에 넘겨준 지 이미 오래다.

나라 안에서 유일하게 지평선을 볼 수 있는 김제 만경평야, 나지막한 산들이 들 가운데를 굽이져 돌아 이중환은 "두 줄기 물이 감싸듯 하여 정기가 풀어지지 않아서 살 만한 곳이 대단히 많다."고 기록하였다. 기축옥사로 송강 정철에게 희생된 이발의 시에서는 "성곽 둘레의 연꽃은 비를 재촉한다. 들에 가득한 벼 이삭은 가을 하늘에 상극거리네."라고 하였다. 1935년 이병기는 〈해산유기(海山遊記)〉에서 이렇게 기록했다.

"무어라고 형용할꼬! 그 광활한 김제 만경의 평야며 백산평 궁안 3천 평들이 삼면에 에두르고 한 편에는 동진강 서해 그리고 점점이 건너 다보이는 산과 산 그 빛들은 푸르고 희뜩희뜩 거뭇거뭇하고 또 그 무수한 변화되는 풍경은 잠깐 이렇게 해서 보고는 말할 수 없다. 나는 다만 가슴이 넓어지는 듯 이러한 호기가 난다. 저 들판이 무비옥토, 해마다 게서 나는 몇백 만 석의 곡식, 그런데도 왜 헐벗고 주리고 이리저리 유리 전전하는고."

일망무제의 호남평야 어느 지점에서나 보이는 산이 있다. 평지에 돌출된 산으로 '위대한 어머니의 산'이라고도 불리는 모악산(793m, 母岳山)이다. 호남평야의 젖줄인 만경강과 동진강을 나누는 모악산은 계룡산과 더불어 우리나라 민중 신앙의 텃밭인 산으로 어깨를 겨루었다.

김제와 완주, 그리고 전주의 경계를 이루며 드넓은 호남평야를 감싸 안은 모악산은 어머니의 품처럼 넓고 포근하다. 예로부터 엄뫼, 큰뫼로 불려온 모악산은 서쪽에 자리한 쉰길바위라는 커다란 바위가 아기를 안고 있는 어머니의 모습 같아서 모악산이라고 이름 지었다고 한다. 순창의 회문산은 아버지의 산이라고 불린다.

모악산에는 미륵의 도량인 금산사가 있다. 백제 법왕(599년) 원년에 창건한 것을 신라 혜공왕(766년) 때 진표율사가 중창한 호남 제일의 고찰이다. 경내에 미륵전(국보 제62호)을 비롯한 10여 점의 국보급 문화재를 간직한 대가람이다.

모악산 금산사의 봄 경치는 변산반도의 여름 경치, 내장산의 가을 단풍과 장성 백양사의 겨울 설경과 더불어 호남의 4대 절경으로 이름이 높았다. 임금의 복을 비는 사찰로 금산사가 세워졌고, 그 후 백제가 망한 뒤 복신, 도침과 의자왕의 아들 부여풍이 중심이 된 백제부흥운동의 한 거점이 되었다.

금산사가 역사의 전면에 다시 등장하는 것은 후백제의 견훤에 의해서였다. 환생한 미륵임을 자처하며 후백제의 왕이 된 견훤은 왕건에게 패하여 역사 속에 패자로 사라졌다.

김시습의 〈유호남록〉은 호서지역의 중심도시인 청주에서 출발해 호남지역을 둘러본 다음 영남지역으로 이어진다. 청주를 떠난 김시습은 전북 완주군 삼례역에 머물면서 본격적인 호남기행을 계획하여 김제 금구현으로 이동한다. 새봄에는 견훤의 고장 전주, 김제 만경대를 거쳐 후백제의 비극적인 역사를 담고 있는 김제 모악산 기슭의 금산사, 귀신사, 천왕사 등을 둘러보았다. 금구현에서 십년 동안 소망했던 꿈은 많은데 성취하지 못한 채 방랑하는 자신의 안타까운 현실을 보여준 김시습은 가을이 깊어서 금산사에 유숙한다.

김시습은 견훤의 장남인 신검이 반란을 일으켜 부친을 금산사에 가두고 권력을 찬탈한 사건을 강하게 비판했다.

아비를 호신사에 가두고 / 나라 보길 티끌 줍는 듯 쉽게 했네. / 저 해안의 솔밭을 붉게 만들어도 / 그 악함을 족히 다 쓰지 못하며 / 저 창명의 물결을 옮겨 온대도 / 그 독을 다 씻지는 못할 것이라.

금산사에 감금된 견훤은 당시의 고려 땅인 나주로 도망쳐 왕건에게 항복했다. 유교적 의리를 중시했던 김시습은 후백제의 패망사를 통해 단종을 몰아내고 왕위를 찬탈한 세조와 그 신하들을 우회적으로 비판한 것이다. 김시습은 유·불·선을 두루 섭렵했음에도 사육신과 생육신의 갈림길에서 조선의 국토를 여행하는 제3의 길을 선택한다. 호남기행은 폐허에 방치된 불교문화기행, 산수의 경치와 풍류기행, 생명에 대한 관심과 생태문화기행 등 다양하게 나타난다.

견훤은 비참하게 몰락한 백제 왕조를 부활시키기 위해 힘찬 첫발을 내디디며, 도탄에 빠진 민중을 구원하고 세상을 건지겠다는 미륵의 나라 건설을 피력했다. 큰 세력을 형성하며 삼한 통일을 염원했던 견훤의 큰 뜻은 아들과의 내분으로 막을 내리고 말았다. 궁예와 왕건이 이끄는 후고구려와 맞붙어 싸웠던 그의 큰 뜻은 사라지고 말았다. 〈삼국사기〉에 기록된 대로 견훤은 "수심과 번민으로 등창이 나서" 지금의 논산에 있던 절 황산사에서 죽고 말았다. 그는 죽을 때 "하늘이 나를 보내면서 어찌하여 왕건이 뒤따르게 하였던고. ……한 땅에 두 마리 용은 살 수 없느니라." 하고 길게 탄식하며 눈을 감았다고 한다.

지리는 역사의 혈관이다. 백제와 후백제의 들판을 걸어가며 역사의 그림자를 돌아본다. 남포들녘관을 지나고 광활로 옆 배수갑문을 지나서 광활5길을 따라 광활면을 걸어간다. 이 넓은 김제 들판에 사람은 없고 새들만이 나그네를 희롱한다. 마치 산티아고 순례길의 메세타 평원을 걷고 있는 듯하다. 하늘을 날고 논에서 먹이를 찾던 수많은 까마귀 떼들이 나그네를 연호한다. 누려볼 수 없는 즐거움, 상상할 수 없었던 세계, 그 누가 알랴? 나그네의 이 기쁨을, 고통 뒤에 외로움 뒤에 오는 이 성스러운 환희를!

"시간은 멈추어 있을 뿐, 흘러가는 것은 인생"이라고 탈무드에서 말한다. 시간은 영원히 존재하고 있을 뿐 흘러가는 것은 인생이다. 주어진 시간을 소중히 여겨야 한다. 백일막허송(百日莫虛送) 청춘부재래(靑春不再來)! 사라지는 것은 오직 나의 인생이다.

오늘이라는 이 시간을 충실히 사용하지 않으면 내일이라는 시간은 주어지지 않는다. 오늘 이 시간을 나의 것으로 만들어야 내일도 자기 것으로 만들 수 있다. 시간의 지배를 받는 사람이 아니라 시간을 창조하는 사람이 되어야 한다. 시간의 노예가 아니라 시간의 주인이 되어야 한다. 영화 〈빠삐용〉에서 주인공의 죄는 '시간을 낭비한 죄'였다. 충무공 이순신의 23전 23승, 전승의 비결은 원하는 시간에, 원하는 장소에서 적과 싸우는 것이었다.

대창교회를 지나간다. 인근에는 우리나라 최고, 최대의 저수지 벽골제가 있다. 제천의 의림지, 상주의 공검지 등과 함께 조상들의 슬기를 볼 수 있는 대표적인 수리시설이다. 종주 후 찾아갔다.

텅 빈 들판에 허수아비가 반겨준다. 저 멀리서 봉화산이 다가온다. 갈대들이 잘 가라고 온몸으로 환호하는 들판을 벗어나 봉화산 아래 거진마을에 도착한다. 드디어 봉화산 숲길로 올라간다. 새만금바람길이 안내한다. 지방자치단체마다 수많은 사연을 담은 길들이 있다.

새만금바람길은 거진마을에서 진봉면사무소 뒤편 진봉 방조제에 이르는 약 10km로 산과 바다를 번갈아 걷는 비경길이다.

봉화산(85m)에서 끝이 보이지 않는 광활한 김제평야를 내려다본다. 그늘 하나 없는 들판, 까마귀들만이 나그네를 환호했던 길이다.

고려시대부터 있었던 봉화산 봉수대를 지나서 새만금바람길 따라 바람처럼 흘러간다. 모처럼 오르고 내리고 산길을 걸어간다. 행백리자 반어구십(行百里者 半於九十)이라, '백 리 길을 가는 사람은 구십 리를 반으로 여기라.'고 했으니, 코스 막판에 조심조심한다. 당산나무 쉼터에서 잠시 숨을 고르고 심포항으로 나아간다.

15시 22분 드디어 종점인 심포항에 도착했다. 동진강과 만경강이 만나는 서해 심포항의 전망 좋은 횟집에서 낙조를 즐기며 한잔 술을 마시며 땀 흘린 자만이 누릴 수 있는 하루의 기쁨을 만끽한다. 원하는 그곳에서 발길을 머문 나그네가 인생의 찬가를 부른다.

"아아, 아름다운 서해랑길이여!
"소풍 같은 인생길이여!"
"이보다 더 무엇을 바랄 것인가!"

52코스
망해사 가는 길

심포항에서 새창이다리 18.4km

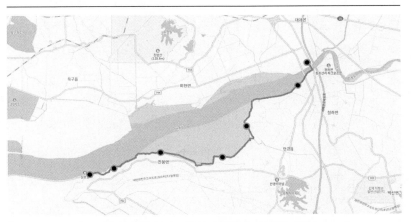

🐾 심포항 ▶ 망해사 ▶ 진봉면사무소 ▶ 만경낙조전망대 ▶ 새창이다리

11월 20일 일요일 7시 15분, 진봉면 심포리 심포항에서 52코스를 시작한다. 52코스는 망해사를 지나고 만경낙조전망대를 지나면서 자연을 품은 만경강과 끝이 닿지 않는 김제평야를 따라 걸어서 군산시 대야면 새창이다리까지 가는 구간이다.

제법 쌀쌀한 날씨, 심포항에서 만경강을 따라 새만금바람길을 걸어간다. 가을이 가고 겨울이 점점 깊숙이 다가오고 있다. 정말 추운 겨울이 오면 자신이 자신을 지켜야 한다. 추울 때면 길 떠나는 나그네가 길 위에서 추위를 즐긴다.

고통은 인생의 겨울이다. 두려움과 공포는 눈물이 얼어붙고, 땀이 얼어붙고 오줌이 얼어붙는 인생의 겨울이다. 고통의 겨울은 길고 긴 자유의 여름으로 가는 통로다. 세상에는 산에 가지 않고 산에 오르기를 바라고 바다에 가지 않고 바닷가를 거닐고 싶어 하는 사람들이 많다. 그것은 고통 없이 살기를 원하는 것과 같다. 고통은 마음을 자라게 하고 영혼을 성숙하게 한다. 사람에게 고통이 없다면 식물인간이 되고 만다. 고통에도 뜻이 있나니 고통에 감사해야 한다. 모든 성공과 승리 속에는 좌절과 실패의 씨앗이 숨어 있다. 신은 더 멀리 가게 하려고, 더 크게 쓰려고 정금 같이 단련한다. 신은 결코 도움을 늦추지 않는다. 다만 인간이 성급해서 참고 기다리지 못할 뿐이다. 활은 화살이 많이 휠수록 멀리 날아간다. 활은 많이 휘어질수록 고통이 심하다. 하지만 오직 화살을 멀리 날려 보내기 위해 그 고통을 참고 이겨낸다.

흐르는 만경강을 따라 나그네 발걸음도 흘러간다. 만경강(萬頃江)은 완주군 동상면 원등산 인근에서 발원하여 호남평야의 북부를 곡류하여 군산시와 김제시 사이에서 황해에 유입되는 전라북도의 강이다. 길이 80.86km, 유역면적 1,602㎢이며 삼한시대부터 관개와 수운에 많이 이용됐다. 황해에 유입된 심포항에서는 새만금간척사업이 진행 중이다.

전라북도 내륙을 흘러내리는 만경강과 동진강이 서해와 마주치는 진봉 반도 끝 쪽으로 봉화산이 뾰족 나와 있다. 이곳의 동진강 하류에 있는 어항이 거진항, 만경강 하류에 위치한 어항이 심포항이다. 몇십 년 전까지만 해도 100여 척이 넘는 어선이 드나들던 큰 어항이었으나, 연안어업의 쇠퇴와 새만금방조제 공사로 인해 지금은 담수호가 되었다. 수천만 평에 이르는 심포 갯벌의 항구로 드넓은 갯벌에서 채취하는 조개집산지이기도 했다.

산길로 접어든다. 나무 사이로 아침 햇살이 싱그럽게 비친다. 물은 산을 밀어내지 않고 산은 물을 가두지 않는다. 산이나 길은 한 번도 같은 모습을 연출하지 않는다.

어제의 나는 오늘의 나가 아니다. 신선한 아침의 향기가 정신을 맑게 한다. 애국지사 남촌곽경렬선생 추모비를 지나서 호젓한 산길을 내려간다. 노란 단풍과 낙엽이 운치를 더한다. 그때 하얀 승용차가 앞에서 멈추고 차창을 내린다. 예쁜 비구니스님이 환히 웃으며 절간을 찾아오는 손님에게 인사를 건넨다.

"안녕하세요?"
"망해사 가는 길입니다."
"잘 다녀가세요."

바닷가 망해사로 들어선다. 무슨 일일까? 아무도 없다. 고요한 망해사를 혼자 거닌다. 김제평야와 바다가 만나는 진봉 반도 끝자락에 위치한 망해사(望海寺)는 이름 그대로 바다를 바라보며 만경평야의 풍년과 안녕을 기원하는 노을이 아름다운 절이다. 만경강 하류, 서해에 접하여 멀리 고군산 반도를 바라보며 자리 잡고 있는 망해사는 신라 문무왕 11년(671) 부설거사가 사찰을 지었다는 오랜 역사에 걸맞지 않게 규모는 초라한 편이다.

1589년(선조 22년) 진묵대사가 망해사 낙서전을 세우고 수행하고 있을 때 바닷가 해산물을 접할 기회가 많았다. 하루는 대사가 굴을 따서 먹으려는데 지나가는 사람이 시비를 걸었다.

"스님이 육식을 해서 되겠소?"

"이것은 굴이 아니라 바위에 핀 꽃(石花)이요."

석화의 어원이 진묵대사와 얽혀있다는 전설이다. 진묵대사는 김제 만경 태생으로 홀로 된 모친을 전주 왜막촌에 봉양하였는데, 도술로 모기를 물리쳤다는 일화가 전해진다. 효성이 지극한 진묵대사는 어머니가 세상을 떠나자 만경 북면 유앙산에 연화분수형 명당에 장사를 지냈다. 어머니를 모신 그날 진묵대사는 목수를 불러 현판을 만들고 스스로 붓을 들어 이렇게 썼다고 한다.

"여기 이 묘는 만경현 불거촌에서 나서 출가 사문이 된 진묵일옥의
어머니를 모셨는바, 누구든지 풍년을 바라거나 질병이 낫기를 바라거
든 이 묘를 잘 받들지니라. 만일 정성껏 받든 이가 영험을 못 받았거
든 이 진묵이 대신 결초보은 하리라."

이 묘에는 오늘날까지도 참배객들이 줄을 잇고 있다고 한다. 진묵대사가 남긴 게송이다.

"하늘을 이불 삼고 땅으로 요를 펴놓으니 / 산은 절로 베개로다. / 달
은 등불이요 구름은 병풍이라 / 바닷물로 술잔을 하여 거나하게 취
한 끝에 / 일어서서 춤을 추고 싶은데 / 곤륜산에 소맷자락이 걸쳐지
는 아니꼼이여."

진묵대사의 호연지기가 느껴진다. 술을 곡차라 일컬어 즐겼던 진묵대사는 깊은 산에서 수행에 전념하면서 많은 사람에게 희망을 주는 수련법을 가르쳤다.

진봉산 고개 넘어 깎은 듯이 세워진 기암괴석의 벼랑 위에서 망망대해를 내려다보며 서 있는 망해사에서 나와 새만금바람길을 신바람 나게 걸어간다. 구름 사이로 고개를 내미는 아침의 태양이 만경강을 바라보며 산길을 걸어가는 외로운 나그네의 새로운 하루를 축복해 준다.

녹색명소전망대에서 드넓은 만경강을 바라본다. 3층 높이의 전망대로 서해의 일품 낙조를 볼 수 있는 망해대다. 세상은 누리는 자의 것, 아름다운 세상이다. 수변으로 내려와 갈대밭 사이를 걸어간다. 황량한 벌판의 갈대들이 아우성을 치며 바람에 휘날린다. 쉬어가라고 기러기를 부르듯 부르지만 나그네는 가야 한다.

파스칼은 〈팡세〉의 서두에서 "인간은 자연 가운데서 가장 약한 하나의 갈대에 불과하다. 그러나 그것은 생각하는 갈대이다."라고 했다. 갈대는 바람에 잘 흔들리는 속

한 개의 갈대와 같이 가냘픈 존재에 지나지 않으나 우주를 포용할 수 있는 위대성을 지니고 있다. 생각하는 갈대란 위대함과 비참함을 함께 지니고 있는 것이다. 모순된 양극을 공유하는 인간 존재와 그 밑바닥으로부터 싹트는 불안을 상징하고 있다.

갈대들이 세찬 바람을 맞으며 비명을 지른다. 바람이 부는 대로 흔들리는 갈대는 연약해 보이지만 부러지지 않는 유연성을 가지고 있다. 부드러움으로 강한 바람을 비껴간다. 부드러움이 강함을 이기는 이치다.

물은 부드럽고 아래로 흐르는 겸허한 자세를 유지한다. 하지만 그 속성은 불을 이길 정도로 강렬하다. 이빨처럼 강한 것은 먼저 없어지고 혀처럼 약하고 부드러운 것은 오래 남는다. 인간은 자연 속의 연약한 갈대이다. 그러나 자연에 순응하는, 결코 부러지지 않는 부드러운 갈대

이다. 구약성경의 "상한 갈대를 꺾지 아니하며 꺼져가는 등불을 끄지 아니하고 진실로 정의를 실행할 것(이사야 42:3)"이라는 구절에서 보이지 않는 신의 손길이 느껴진다.

갈대밭 하늘에 무리를 지어 날고 있는 철새들의 울음소리가 고향을 그리워하는 잉카인들의 애환처럼 구슬프게 들려온다. '철새는 날아가고 (엘 콘도 파사)'가 들려온다.

길거리가 되기보다는 숲이 되고 싶어요
맞아요 할 수만 있다면 정말 그렇게 되고 싶어요
차라리 내 발밑에 있는 대지를 느끼겠어요
맞아요 할 수만 있다면 정말 그렇게 되고 싶어요

고려 후기 이후 군항이었던 전선포(戰船浦)를 지나서 방조제를 따라 걸어간다. 끝없이 펼쳐진 황량한 들녘 만경평야를 바라보면서 걸어간다. 하늘과 평야가 맞닿은 지평선 끝에 나지막한 산이 있다. 새만금광역탐방로 안내판이 심포마을에서 토장마을까지 12.5km 구간을 안내한다. 만경강 생태안내판 앞을 지나서 잘 조성된 전망대에 오른다. 표석에 새겨진 글이다.

만경강은 기억하지.
수많은 흔적과 생명을 품고 완주, 익산, 전주, 군산, 김제를 거쳐 바다로 가는 만경강, 만경강은 기억한다. 흘러간 그곳의 이야기들을.
또한 갈대들은 알고 있다. 그 땅의 모든 이야기를.

전망대에서 사방을 둘러본다. 만경 1경인 '만경낙조(萬頃落潮)'를 볼 수 있는 만경8경 포토존에 서서 사방을 둘러본다. 만경강과 바다가 만나 소중한 생명을 품고, 수많은 철새가 반기는 곳, 강변을 따라 이어지는 갈대와 낙조가 어우러져 수려한 경관을 자랑하는 만경강의 대표적인 조망 공간이다. 만경은 말 그대로 가없이 펼쳐진 들녘이란 뜻으로 만경평야는 동진강과 만경 강가에 있는 기름진 평야를 말한다.

김제평야와 만경평야를 함께 일컬어 금만평야라고도 한다. 이 지역 사람들은 이 평야를 두고 '징게맹경 외애밋들'이라고 부르는데, '징게맹경'은 김제와 만경, '외애밋들'은 너른 들, 곧 김제 만경의 너른 평야라는 뜻이다.

만경강의 본래 이름은 사수(泗水)로 공자의 고향 곡부의 강 이름과 한나라를 건국한 한고조 유방의 고향 풍패 지역 강 이름에서 유래했다. 사수는 유교문화의 발상지이자 왕조의 발상지를 상징하는 강이다.

만경정 정자에서 자전거 타는 사람들과 인사를 나누고 다시 길을 나선다. 끝이 보이지 않는 길, 나 홀로 걸어간다. 바람 없는 날, 구름은 한가로운 나들이를 하고 만경강 사연을 담은 갈대들은 한가로이 나그네를 지켜본다.

드디어 멀리 새창이나루터, 신창진(新倉津)이 나타난다. 신창진은 만경강의 대표적인 포구로 서해로부터 고산포, 동자포, 춘포로 물길이 연결되어 수많은 배들이 드나들어 번성했던 곳이다. 수많은 사연이 깃든 새창이나루터에서 만경강을 바라보며 옛 선조들의 정취를 느낀다. 새창이다리를 건너간다. 새창이는 예로부터 불리던 '새로 지은 창고'라는 뜻의 신창(新倉)에서 이름이 유래했다.

1933년 준공된 새창이다리는 일제 수탈의 흔적이자 애환이 깃든 곳이다. 김제평야의 쌀을 새로 만들어진 신작로를 거쳐서 군산을 통해

일본으로 운반하기 위해 만들어진 다리이다. 1989년 옆에 새로운 만경대교를 만들면서 차량 통행이 금지된 상태다. 만경강을 따라 수많은 인연이 스쳐 갔다.

11시 26분, 새창이다리를 건너서 52코스 종점 군산에 도착했다.

53코스
웃어라, 웃기에도 모자라는 인생이다!

새창이다리에서 외당마을버스정류장 19.6km

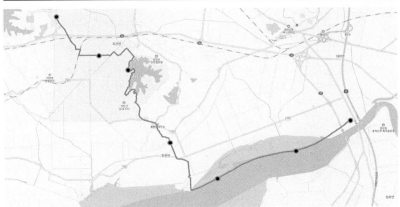

🐾 새창이다리 ▸ 증석교 ▸ 회현초등학교 ▸ 백석버스정류장 ▸ 외당마을버스정류장

　11시 40분, 새창이다리에서 53코스를 시작한다. 53코스는 야생 동식물의 중요한 서식처인 군산호수 둘레길을 지나서 외당마을버스정류장까지 가는 구간이다.

　서해랑길 군산 구간은 53~55코스로 46.1km이다. 일제강점기 흔적이 고스란히 남아있는 군산 골목에는 가슴 깊이 새겨야 할 역사가 문화와 예술로 되살아난다. 근대역 사거리 곳곳에 남아 있는 일제강점기 건축물은 아픈 역사이자 미래를 위한 교훈이 되어준다. 아날로그 감성의 빛바랜 매력이 있는 추억 속 영화 촬영지와 시간이 멈춘 철길을 걸으며 과거로의 시간을 음미한다. 호수와 숲에서 구불구불 이어진 구불길을 만나고 도심에서 군산 별미로 입맛을 돋운다.

새창이다리 전망대에서 한반도 모양으로 조성된 새창이연꽃마당을 바라보다가 길을 나선다. 만경강 뚝방길을 따라 걸어간다. 한 코스 한 코스를 즐겁게 나아간다. 여행의 기쁨은 과정에 있지 목적지에 있는 것이 아니다. 한 코스 한 코스에 행복이 있으면 마지막 코스 또한 성공의 기쁨으로 다가온다. 삶은 여행이지 목적이 아니다. 행복은 '그때, 거기'에서 결정되는 것이 아니라 '지금, 여기'에서 결정된다. 내일이 아니라 오늘, 날마다 만나는 오늘을 알차게 산다면 바라는 것 또한 오늘 나타난다. 오로지 오늘에 매달려야 한다. 오늘 성공해야 한다.

끝이 보이지 않는 시멘트 포장길을 따라 묵언수행을 하며 걸어간다. 침묵 속에서 고요한 영혼을 만날 수 있다. 말이 있는 것보다 말이 없는 것이 낫다. 그리하여 자신과 더 가까이 만날 수 있다. 대화가 인간의 지적 활동에 묘약인 것처럼 고독의 침묵은 인간의 정신 활동에 묘약이다. 사람에게는 때때로 외부의 방해를 받지 않고 내면과 대화할 수 있는 시간이 필요하다. 자신에게 물어본다.

'나는 지금의 삶이 만족스러운가?'
'나는 하루하루가 과연 즐거운가?'
'무엇이 나를 행복하게 만드는가?'
'보다 나은 삶을 위해 지금 바꿀 수 있는 것은 무엇인가?'
'내 삶은 과연 내가 선택한 것인가?'

나 홀로 걸어가는 서해랑길, 사람은 누구나 이 세상에 홀로 왔다 홀로 간다. 인간은 원래 외로운 존재다. 꿈을 찾아 나의 길을 가는 지금 고독 속에서 신념은 더욱더 강해진다. 신념과 비전을 가진 사람의 고독은 마치 몸의 척추와 같다. 척추는 위로는 하늘을 받치고 아래로는 땅을 받치고 있다. 머리는 하늘을 향해 있고 두 발은 땅을 굳건히 디딘 채 가슴속에 찬란한 고독을 품고 살아간다. 원대한 비전을 품은 사람은 마냥 흘러가는 게 아니라 숙명적으로 물길을 거슬러 올라가야 할 때가 있다. 일찍이 가지 않은 새로운 길을 뚫고 도전하는 여정에서 시련과 역경은 당연지사다. 외로운 나그네가 고독을 즐기면서 걸어간다. 창공에 새 한 마리가 나그네 심사를 아는지 모르는지 하늘 높이 날아간다.

만경강 건너편 만경평야를 바라보면서 걸어간다. 조금 전에 걸었던 길이다. '만경 30리 길의 행복 이야기'를 지나고 지경교가 있는 행복동

네를 지나간다. 만경강 습지를 보금자리로 물새들이 한가롭게 놀고 있다. 길고 긴 만경강 변을 걸어서 금광배수문을 지나면서 서해랑길은 만경강에서 멀어져 들판으로 나아간다.

옥석마을을 지나고 한적한 길을 따라가다가 회현교회를 만난다. '내가 나 된 것은 하나님의 은혜라'라는 제목으로 특별새벽기도회를 한다는 현수막이 눈길을 끈다.

오늘은 일요일, 주일이다. "네 지경을 넓혀라(신명기 19:8)"라고 명령하신 무소부재하신 하나님에게 도보여행의 지경을 넓혀가는 서해랑길에서 감사기도를 드린다.

"항상 기뻐하라. 쉬지 말고 기도하라. 범사에 감사하라. 이는 그리스도 예수 안에서 너희를 향하신 하나님의 뜻이니라(데살로니가전서 5:16~18)"라는 말씀처럼 기도는 신앙인의 의무이다. 기도는 하늘에 축복을 받고 감사는 사람에게 축복을 받는다. "나의 기도는 하늘로 날아오르지만, 나의 마음은 지상에 그대로 남아 있구나. 마음이 따르지 않는 빈말은 하늘에 닿지 못하는구나."라는 햄릿의 대사가 스쳐 간다.

최근 25년간 신앙생활을 하다 교회를 떠난 미국 기독교인이 4,000여만 명에 이른다고 한다. 미국 사회에 '대규모 탈 교회 현상'이 일어난 것이다. '가나안 교인', '이탈 교인'으로 불리는 이들이 뽑은 '탈(脫) 교회'의 주된 이유다.

"기독교 문화는 좋지만 일요일에는 가족끼리 오붓하게 지낸다."
"예수님은 믿지만 교회 생활은 귀찮다."
"목회자에게 학대를 당했다."
"교회에서 소외감을 느낀다."

"교회나 세상이나 별 차이가 없다."

교인 출석률이 내리막길을 걷자 문을 닫는 교회 수도 급증했다. 한국 교회의 현상 또한 미국과 다르지 않다. 이는 "내가 길이요 진리요 생명"이라는 예수의 진리는 없고, 교회의 교리가 앞선 결과는 아닐까.

깃발을 들고 단체로 서해랑길을 걸어가는 수십 명의 사람들이 다가온다. 먼 길 걸어가는 나그네를 한눈에 알아보고 사람들이 '엄지척'을 하면서 박수를 보낸다. "땅끝에서 오는 길, 걷기 28일째!"라고 하면서 기분 좋게 걸어간다. 남이 나를 어떻게 생각하는가, 그것은 중요하다. 하지만 더 중요한 것은 내가 나를 어떻게 생각하는가, 이것이다. 전시적 인생은 보여주기 위한 인생이다. 그것은 나의 인생이 아니다. 그 인생은 남의 인생이다. 내 인생의 디스플레이는 나를 위해서, 그것이 남까지 위한다면 최선이다. 남은 내가 아무리 대단하더라도 그것을 쉽게 인정해 주지 않는다. 배고픈 것은 참아도 배 아픈 것은 참지 못하기 때문이다.

잠시 후 군산시 소속 서해랑길을 관리하는 직원이라며 남녀 2인이 승용차 안에서 인사를 한다. 그리고는 내려서 빵과 음료수를 건네준다. 길을 가면서 점심 대신 맛있게 먹는다.

모든 종교의 가르침은 사랑이다. 그 사랑의 실천이 친절이고 자선이다. 본인의 노력이 아닌 하나님의 은혜로 구원받는 것이 기독교이면 본인의 노력으로 부처(깨달은 이)가 되는 것이 불교이다. 불교에서는 '지금 네가 선 자리를 꽃방석으로 만들라.'고 한다. 경주 남산에는 100여 개나 되는 석불이 남아 있다. 신라인들은 왜 이렇게 많은 석불을 만들었을까. 죽어서 서방정토에 갈 게 아니라 현실에 극락을 만들어 놓고, 그

곳에 수시로 놀러 가 인생의 고단함을 잠시나마 내려놓고 쉬어갔던 것이다. 지금 가는 서해랑길이 서방정토로 가는 길이요 나아가 극락정토를 누리는 길이다.

'시민이 함께하는 자립도시 군산' 슬로건이 걸려있는 회현면사무소를 지나서 청암산으로 들어선다. 모처럼 많은 사람들을 만난다. 사오갯길을 넘어간다. 예로부터 청암산 남쪽에 사는 사람들이 군산시장까지 오고 가던 초입고개가 '사오개'이며, 이 고개를 연결하여 죽동마을을 크게 감도는 길을 사오갯길로 명명하였다.

죽동상회라는 청암산 포장마차에서 민생고를 해결한다. 막걸리에 두

부김치, 어묵을 곁들인다. 해남 땅끝에서부터 먼 길을 걸어왔다는 나그네에게 측은지심이 발원한 아주머니가 식은 밥이 있다며 가져다준다. 같이 사진을 찍는다.

포만감을 느끼며 느긋한 기분으로 고갯길을 내려가 군산호수 둘레길 초입으로 들어선다. 나무데크를 따라 군산호수를 걸어간다. 과거 상수원보호지역으로 자연생태계가 온전히 보호되어 있으며 호수를 따라 둘레길이 조성되어 있다. 대나무 숲이 우거진 구불구불한 구불길을 따라 구불구불 걸어간다.

"나무도 아닌 것이 풀도 아닌 것이 곧기는 왜 그리 곧은가."

윤선도의 오우가를 속삭이며 빽빽한 대나무숲길을 걸어간다.

대나무숲은 쉬지 않고 피톤치드를 내뿜는다. 피톤치드는 식물이 만든 살균작용을 하는 휘발성 및 비휘발성 화합물의 총칭으로, 주로 휘발성의 형태로 존재하며 호흡기와 피부로 인체에 흡수된다. 인체에는 항염·항균·살충·면역증진·스트레스 조절 등 다양한 효과를 주는 것으로 확인됐다. 국립산림과학원에 따르면 편백나무숲의 피톤치드 농도가 가장 높았고, 다음은 대나무, 그리고 소나무 순이다.

'전라북도생태관광지 청암산에코라운드' 안내판을 따라 호수길을 걸어간다. 다정한 부부가 한쪽에는 호수, 다른 쪽에는 갈대밭이 하얗게 빛나는 길을 걸어간다. 한 폭의 정겨운 그림 같은 풍경이다. 유리왕의 '황조가'가 스쳐 간다.

산다는 게 무엇인가? 사랑하는 사람과 사랑하며 행복하게 살 수 있다면 그게 최고, 최선이 아닌가. 성공은 원하는 것을 얻는 것이지만 소

소하지만 확실한 행복은 얻는 것을 원하는 것이다. 나 홀로 걷는 서해 랑길, 그 무엇보다도 확실한 나만의 행복이 아닌가. 부러워하면 지는 것, 누구나 나를 부러워하고 있지 않은 것, 그런 의미에서 승자라기보다는 자신은 진정한 자유인이다.

구불5길 물빛길을 지나서 구불4길 구슬뫼길을 걸어간다. 예쁜 나무옷에 '당신의 모든 날을 축하해'라는 글과 함께 제작한 이의 이름이 적혀있다. 나무를 사랑하는 마음, 감동이다. 다른 나무에는 '좋은 생각 좋은 말 좋은 행동'이란 글도 보인다.

좋은 생각을 하면 좋은 말을 하고 좋은 말을 하면 좋은 행동을 하게 되고 좋은 행동은 좋은 습관으로, 좋은 습관은 좋은 신념으로, 좋은 신념은 좋은 인격으로, 좋은 인격은 좋은 운명으로 다가온다. 그 시작은 좋은 생각이다. 인디언 추장이 손자에게 말한다.

"사람의 마음에는 두 마리의 늑대, 곧 착한 늑대와 악한 늑대가 살고 있단다."

"두 마리가 싸우면 누가 이겨요?"

"네가 먹이를 주는 늑대가 이긴단다."

좋은 생각은 착한 늑대에게 먹이를 주는 것, 길에서 비우고 비운 탐욕의 자리에 무소유의 좋은 생각으로 채운다.

'꽃이 피어서 봄이 아니라 당신이 와서 봄이다.'

'세상은 내 편이다.'

'앞으로 더 빛날 당신!'

'소중한 것은 가까이 있다.'

'널 만나서 참 다행이다.'

'당신의 모든 날을 축하해.'

'웃어라, 웃기에도 모자란 인생이다.'

웃어라, 웃기에도 모자란 인생길에서 구불구불 구불길을 걸어간다. 청암산 막걸리로 홍이 난 나그네가 좋은 말 잔치에 기분이 고조되어 발걸음이 가볍다. 구불4길 구슬뫼길은 길이 9.4km 호수길이다. 상수도보호구역으로 지정된 지역답게 그 자체가 거대한 생태공원이다. 대나무 숲과 왕버드나무 군락 등 호수 주변으로 만나는 아름다운 풍경은 호수와 산, 그 자체만으로도 멋진 길이다.

군산호수를 벗어나서 광활한 들판을 걸어간다. 저 멀리 산과 군산시가지 아파트가 보인다. 이제 도심으로 들어간다.

16시 4분, 당북초등학교를 지나서 당북리 와당마을버스정류장 53코스 종점에 도착했다.

54코스

역사는 미래가 된다!

와당마을버스정류장에서 진포해양테마공원 11.6km

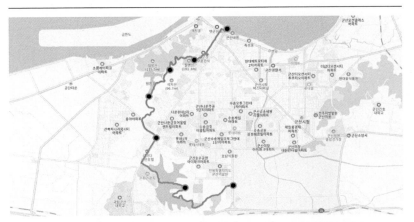

와당마을버스정류장 ▶ 은파유원지 ▶ 월명호수 ▶ 근대쉼터 ▶ 진포해양테마공원

　11월 21일 월요일 7시 21분, 군산시 옥산면 당북리 와당마을버스정류장에서 54코스를 시작한다. 54코스는 은파유원지와 월명호수, 근대쉼터를 지나서 진포해양테마공원까지 가는 코스다. 일제강점기의 흔적이 고스란히 남아 있는 군산의 골목에서 문화와 예술을 느낄 수 있는 구간이다.

　걷기 29일째 신선한 아침, '해야 솟아라. 해야 솟아라. 말갛게 씻은 얼굴 고운 해야 솟아라. 산 넘어서 밤새도록 어둠을 살라먹고 이글이글 앳된 얼굴 고운 해야 솟아라!' 노래를 부르며 오늘도 떠오르는 해와 하루의 길을 동행한다.

와당마을버스정류장에서 횡단보도를 건너 오르막길로 고요한 산책로를 따라 은파호수공원으로 걸어간다. 멀리 동쪽 하늘에 태양이 솟아오른다. 붉게 타오르는 태양이 웃음 지으며 하루의 시작을 성스럽게 비춘다. 하늘도 빛이 나고 구름도 빛이 나고 나무도 빛이 나고 나그네의 마음도 빛이 나고 온 세상이 빛이 난다.

쌀쌀한 날씨, 가을이 저물어 간다. 이 가을을 언제 다시 만날까. 이 가을은 다시 만날 수 없다. 일기일회, 생애 단 한 번뿐인 가을이다. 가을도 변하고 나그네도 변한다. 그날이 그날인 것처럼 살아서는 안 된다. 오늘 이 가을은 다시는 만날 수 없는 가을이다. 내년에는 또 다른 나그네가 내년의 가을을 만날 뿐이다.

사천오백 리 서해랑길을 한 걸음 한 걸음 걷고 또 걸어간다. 스님이 참선하고 염불하고 경전을 읽는 것이 수행하는 자신을 가꾸는 일이라면 나그네는 걷는 것이 참선이고 염불이고 자연이 법문이고 경전이다. 흐르는 물은 썩지 않고 문의 지도리는 좀이 슬지 않는다. 나그네가 두 발로 걷는 걸음은 육체적인 걸음뿐만 아니라 쉴 새 없이 탐구하고 도전하는 정신의 단련이다.

한적한 은파호수공원 둘레길을 걸어간다. 안개 낀 호수가 하늘을 머금고 산을 품고 있다. 묘한 신비감이 스쳐 간다. 서해랑길과 구불길이 동행하는 은파호수공원, 평화로운 아침이다. 은파호수공원은 〈대동여지도〉에 표기된 농업용 저수지인 대제저수지를 중심으로 국민관광지로 지정되어 봄에는 화사한 벚꽃 터널을 만들어주는 도심 속의 국민휴양지이다. 둘레길 옆 밭에는 허수아비이건만 여장을 하고 서 있다. 허수아비의 아들 이름이 '허수'이니 허수어미가 분명하다. 물새들이 한가롭다. 나그네의 발걸음도 한가롭다.

붉게 빛나는 태양이 호수에 잠겨서 두 개의 태양이 되었다. 하늘에서도 호수에서도 빛이 난다. 태양에서 지구까지의 거리는 1억 4,700만~1억 5,200만km로 초속 30만km의 빛이 8분 20초 만에 갈 수 있는 거리이다. 지구와 태양 사이의 거리는 바뀐다. 지구가 태양 주위를 타원 궤도로 공전하기 때문이다. 둘 사이의 평균 거리는 1억 5,000만km이다. 태양은 초속 220km로 이동하고 있다. 태양의 지름은 140만km로 지구 지름의 약 110배이다. 이것이 의미하는 바는 약 백만 개의 지구가 태양 안에 들어갈 수 있다는 것이다. 하지만 오늘 아침 태양은 단지 작고 동그란 빛나는 고마운 존재일 뿐이다.

평소 아침 운동 무대인 분당의 율동공원을 생각나게 하는 이런 멋진 풍경은 좀처럼 보기 드물다. 군산호수에 이은 은파호수공원, 군산은 참으로 살기 좋은 곳이란 느낌이 다가온다. 어제 걷기가 끝난 오후 택시를 타고 군산이 고향이라는 택시 기사에게 물었다.

"군산은 살기가 좋은 곳인가요?"
"너무 좋아요?"
"뭐가 그렇게 좋은지 몇 가지만……." 하고 물었을 때 택시 기사는 팔불출마냥 군산 자랑에 정신이 없었다. 이른 아침의 은파호수공원 산책은 힐링 그 자체다. 아침을 사랑하고 산책을 즐길 줄 아는 사람들이 호수 주변으로 하나둘 늘어간다.

은파물빛다리를 건너고 은파음악분수를 지나서 은파호수공원을 벗

어나면서 군산걷기여행 군산 구불길 안내판 앞에서 걸음을 멈춘다. 이제 구불 6길 달밝음길을 걸어간다. 달밝음(月明)길은 월명산, 정방산, 장계산, 설림산 등으로 이어져 있는 길로 봉수대를 비롯해서 금강과 서해 바다를 한눈에 볼 수 있다.

나운배수지를 지나고 나지막한 부곡산(92.2m)에 올라 군산 시내를 내려다본다. 부지런한 아침 산책자들과 간간이 인사를 나누면서 산길을 오르고 내려 월명공원에 도착한다. 벗꽃과 단풍이 아름답고 정상에서는 금강과 서해를 한눈에 볼 수 있는 도심 속의 공원이다. 삼일운동 기념비와 삼일운동만세상이 반겨준다.

군산의 3.1운동은 1919년 3월 6일 장날을 기해 시작되었다. 이날 시위에서는 그 전날까지 영명학교 숙직실에서 만든 독립선언문 3천5백 장과 태극기 5백 장을 나누어 들고 휘두르며 '대한 독립 만세'를 외쳤다.

수산물의 중심지인 해망동과 군산 시내를 잇던 130m 길이의 터널로 근대 문화유산으로 지정된 해망굴을 지나고 빨간 단풍이 예쁘게 피어 있는 삼불사를 지나서 공원을 내려간다. 허름한 집 담벼락에 쓰인 '세노야' 노래 가사가 심금을 울린다.

세노야 세노야
산과 바다에 우리가 살고
산과 바다에 우리가 가네
세노야 세노야
기쁜 일이면 저 산에 주고
슬픈 일이면 님에게 주네.

월명동성당을 지나고 구 군산세관 앞을 지나간다. 대한제국 때 지어진 유럽 양식의 붉은 벽돌 건물로 현재는 호남 관세박물관으로 쓰인다. 군산근대역사박물관을 지나간다. "역사는 미래가 된다!"는 모토로 2011년 군산 지역의 근대 문화와 해양 문화를 중심으로 국제무역항의 군산의 모습과 군산만의 독특한 근대 문화유산을 특화하여 전시한 박물관이다.

간혹 '역사를 잊은 민족에게 미래는 없다'는 말을 한다. 주로 일본의 과거사 왜곡, 부정을 비판하는 과정에서 그 설득력과 당위성을 높이는 목적으로 제시된다. 출처가 불분명한데도 단재 신채호가 출처라고 하는 것은 그가 유명한 독립운동가이자 역사가이기 때문일 것이다. 개인이건 국가이건 역사를 알게 되면 미래를 알 수 있다. 현재는 역사 위에 존재하고 미래는 현재를 어떻게 하느냐에 달려있다. 과거는 이미 지나간 히스토리(History), 미래는 알 수 없는 미스터리(Mystery). 현재는 선물(Present)이다. 오늘의 스토리는 내일이면 히스토리가 된다. 오늘 자신이 가장 소중하게 여기는 돈이나 시간, 열정을 어디에 투자하고 있는가를 보면 미래가 보인다. 역사는 미래로 가는 길이다.

군산은 1899년 5월 2일 부산, 원산, 제물포, 경흥, 목포, 진남포에 이어 조선에서 일곱 번째로 개항한 항구로 개방되기 전까지만 해도 옥구군에 딸린 조그마한 포구였다. 백제 때의 군산은 마서량(馬西良)이었고, 고려 공민왕 때인 1356년에는 금강 하구에 포구를 설치하여 개성으로 가는 배들을 머무르게 하면서 진포(鎭浦)라고 불렀다. 1397년에는 군산진이 개설되었다.

"군산진, 관아의 북쪽 30리에 있다. 군관 열 명, 지인 여섯 명, 사령

일곱 명이다. 바닷가 모퉁이 후미진 고을이지만, 인심은 착하고 꾸밈이 없다."라고 영조 때 편찬된 〈여지도서〉에 실려 있다. 금강을 굽어보고 있는 군산시 성산면의 오성산(五城山)에는 다음과 같은 전설이 있다.

당나라 장수 소정방이 백제를 치러 왔다가 안개가 자욱해 더 나아가지를 못하였다. 이때 인개 속에서 다섯 노인이 나타나자 소정방이 그들에게 길을 물었는데, 그들이 대답하기를 "너희들이 우리나라를 치러 왔는데 어찌 우리들이 길을 가르쳐주겠느냐." 하며 거절하였다. 화가 난 소정방은 그 자리에서 노인들의 목을 쳐서 죽였다. 그 뒤 백제를 함락한 소정방은 그 노인들을 성인이라 칭송한 뒤 제사를 지내주었고, 그때부터 이 산을 오성산이라 부르게 되었다고 한다. 〈여지도서〉에는 "오성산의 가장 높은 봉우리에 다섯 노인의 무덤인 오성묘가 남아 있다."라고 실려 있다.

군산으로 이주한 일본인들은 이곳이 호남평야를 배경으로 한 쌀의 집산지임을 알게 되면서 쌀 수출항으로 이용하기 시작하였다. 황현은 〈매천야록〉에서 "나라에서는 백성의 형편을 생각하지 않고 과도한 세금을 거두어 가고 관리는 관리대로 농간을 부려 제 배를 채우기에 바빴다. 그래서 살기가 힘들어진 백성들이 사방으로 흩어져 떠돌아다녔기 때문에 전북, 충남, 경기의 곡창 평야 지대에는 버려진 옥토가 부지기수였다."고 고발했다. 매천이 말한 버려진 황무지를 일본인들은 힘들이지 않고 차지했는데, 일본의 고리대금업자들은 우리 농민들에게 고리채를 놓아 헐값으로 농지를 사들이거나 빼앗았다. 농민들은 새로운 땅을 찾아 북간도로 줄을 이어 떠났고, 그때 아리랑 곡조에 실려 부르던 노래는 이러하였다.

발 잃고 집 잃은 동무들아
어데로 가야만 좋을까 보냐
아리랑 고개를 넘어간다.
아버지 어머니 어서 오소.
북간도 벌판이 좋다드냐
쓰라린 가슴을 움켜쥐고
백두산 고개로 넘어간다.

그 당시 군산의 상황이 조정래의 소설 〈아리랑〉에는 이렇게 기록되어
있다.

"금강포구의 왼쪽을 따라 해변으로 이어지고 있는 군산은 온통 왜색
으로 뒤덮여 있었다. 곧게 뻗어 새로 난 길들이며, 그 길들을 따라 새
로 지어진 높고 낮은 집들이 하나같이 일본식이었다. 예로부터 조선
사람들의 초가집은 해변에서 멀찍이 떨어져 앉아 있었는데 개항이
되면서 일본 사람들은 비워둔 해변가를 다 차지했던 것이다."

장미공연장을 지나간다. 장미(藏米)는 '미곡을 저장했던 창고'라는 의
미다. 길가에 소설 〈탁류〉 책이 비치되어 있다. 풍자와 해학 그리고 그
당시의 시대 상황을 세밀하게 묘사한 소설가 채만식은 그의 소설 〈탁
류〉의 서두에서 금강을 '눈물의 강'이라 하면서 이렇게 묘사하였다.

"금강…… 이 강은 지도를 펴놓고 가만히 들여다보노라면 물줄기가 중
등께서 남북으로 납작하니 째져가지고는 그것이 아주 재미있게 벌어
져 있음을 알 수 있다. ……물은 탁하다. 예서부터 금강이다. …… 이

렇게 에두르고 휘돌아 멀리 흘러온 물이 마침내 황해 바다에다가 깨어진 꿈이고 무엇이고 탁류째 얼러 좌르르 쏟아져 버리면서 강은 다하고, 강이 다하는 남쪽 언덕으로 대처(시가지) 하나가 올라앉았다. 이것이 군산이라는 항구요, 이야기는 예서부터 실마리가 풀린다."

소설 〈탁류〉는 1930년대 최고의 풍자 소설가였던 군산 출신 채만식(1902~1950)의 작품이다. 1937~1938년 조선일보에 연재된 장편소설로 식민 자본주의의 탁류에 빨려 들어가는 초봉이의 비극을 통해 당대 사회의 부조리와 인간군상의 타락상을 적나라하게 고발하였다.

역사의 탁류가 흐르는 구불 6-1길 탁류길을 걸어간다. 탁류길은 채만식의 소설 〈탁류〉의 배경지인 군산의 원도심을 중심으로 일제강점기 남겨진 역사의 흔적을 통해 선조들의 삶의 애환을 경험하며 삶의 과거를 되돌아보는 길이다.

10시 8분, 뜬다리가 보이는 55코스 종점 진포해양테마공원에 도착했다.

55코스

철새는 날아가고

진포해양테마공원에서 장항도선장 입구 14.9km

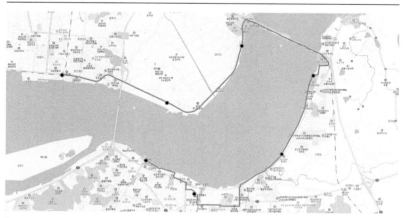

🧭 진포해양테마공원 ▶ 경암동철길마을 ▶ 시비공원 ▶ 금강하굿둑관광지 ▶ 장항도선장 입구

10시 10분, 진포해양공원에서 55코스를 시작한다. 55코스는 경암동돌철길마을을 지나고 금강하굿둑관광지를 지나서 서천군 장항읍 신창리 장항도선장 입구에 이르는 전라도에서 충청도로 들어가는 구간이다.

55코스 안내판 앞에서 사진을 찍으면서 서성거리는 나그네 행색을 조금 전부터 지켜보고 있던 한 남자가 다가와서 말을 건넨다.

"서해랑길 걸으세요?"

"예, 그렇습니다. 해남 땅끝에서부터 왔습니다."

"우와, 대단하십니다. 며칠이나 걸리셨어요?"

"오늘이 29일째입니다. 이번 55코스를 걸으면 1코스부터 총 889.1km 가 되니 이제 반 정도 온 것 같습니다."

"참 대단하십니다. 저는 군산의 '구불길'을 만들고 관리하는 군산시청의 직원입니다. 저도 걷기를 좋아합니다만 정말 대단하십니다."

"아휴, 반갑습니다. 저는 경기도 용인의 시 경계를 따라 용인둘레길 24구간 240km를 만든 사람입니다. 용인둘레길을 어떻게 유지 관리를 해야 하는지에 대해 생각이 많은데, 앞으로 많은 조언을 구하도록 하겠습니다."

통성명을 하고 잠시 대화를 나눈 뒤 돌아서는 발걸음, 길 위에서 만나는 사람들은 비슷한 길 냄새가 나는구나, 생각을 하면서 '구불 6-1길 탁류길'을 간다.

군산의 구불길은 총 210여 km로 개발한 구부러진 길인데, 수풀이 우거진 길을 여유·자유·풍요를 느끼며 오랫동안 머무르고 싶은 이야기가 있는 길을 뜻한다. 비단강길, 햇빛길, 큰들길, 미소길, 구슬뫼길, 달밝음길, 물빛길, 탁류길, 새만금길, 고군산길, 금강하굿둑길 등 열한 개로 이루어져 있다.

도보여행을 하면서 느끼는 것은 산과 산을 잇는 둘레길 등 걷기 길을 만들어서 주민들의 건강과 행복을 증진시키는 지방자치단체는 삶의 질이 높은 행복한 곳이라는 것이다.

맑고 푸른 하늘, 역사의 물결이 흐르는 진포해양공원을 걸어간다. 만국기가 휘날리고 군산항 갯벌에는 울퉁불퉁 갯골이 근육질을 자랑한다. 멈추어 있는 배들은 한가로이 휴식을 취하고 갈매기들은 하늘을 날고 있다. 갈매기 조나단은 오랜 친구, 나그네는 군산항을 걸어가고 조나단은 군산항을 날아간다. '높이 나는 새가 멀리 본다!'고 외치면서 걸어가고 날아간다.

갑자기 자유로운 영혼이 되고 싶다는 열망, 자유롭게 하늘을 날고 싶다는 열망이 뜨겁게 솟구친다. 두 팔을 양옆으로 벌리고 위아래로 힘차게 날갯짓을 한다. 탁 트인 하늘을 향해 날아간다. 파란 바다 위를 훨훨 날아간다. 자유로운 영혼이 되어 훨훨 훨훨 날아간다. 날개가 있는 새는 다리가 두 개뿐이다. 다리가 넷이면 날개가 없다. 소는 윗니가 없고 호랑이는 뿔이 없다. 하늘의 이치가 참으로 공평하다.

누구나 날개를 갖기 원하지만 날개는 누가 달아주지 않는다. 날개는 오로지 내 살을 뚫고 나올 뿐이다. 두 다리와 두 팔을 가진 인간의 진정한 비상은 날개를 퍼덕이며 나는 게 아니라 펄떡펄떡 피 끓는 심장을 가지고 활기차게 걸어가는 것, '걸음아, 날 살려라!' 하면서 뜨거운 가슴으로 자유와 행복의 서해랑길을 날아가듯이 걸어간다.

진포해양공원은 세계 최초로 함포 대전이 벌어진 곳이다. 16세기 베네치아, 제노바, 에스파냐 연합함대가 오스만 제국의 함대를 격파한 레판토해전보다 190년이나 앞서 벌어졌다. 금강하구의 진포에 침입해 온 왜구들을 고려의 최무선 장군이 화포를 이용하여 왜구를 물리친 진포대첩을 기념하는 장소다.

최무선(1325~1395)은 고려 후기인 1377년 화통도감을 설치하여 각종 화약과 화기를 제조한 발명가다. 1380년 8월, 왜구의 배 500척이 침략해오자 최무선은 자신이 설계하고 감독하여 만든 80여 척의 병선과 새로 만든 무기인 화통과 화포를 싣고 진포에 도착하였다. 새로운 병기를 만든 최무선도 그 효과가 의심스러웠는데, 적선에 다가가 일제히 화포를 쏘자 쌀을 싣기 위해 밧줄로 묶여있던 왜구의 배는 한꺼번에 불타고 왜구들 대부분이 물에 빠져 죽고 말았다. 진포대첩은 최영의 홍산대첩, 이성계의 황산대첩, 정지의 관음포대첩과 더불어 왜구들을 크게 무찌른 전투였다.

일제강점기에 간조 시에도 선박을 접안시키려 만든 근대문화유산 뜬다리부두, 부잔교(浮棧橋)를 지나간다. 뜬다리란 부두에 네모진 배를 연결하여 띄워서 수면의 높이에 따라 위아래로 자유롭게 만들어 놓은 다리 모양의 구조물이다. 정박시설을 건설한 다음 부두에서 정박시설까지 다리를 만들어 밀물과 썰물 시 상하로 움직이도록 한 선착장 시설물이다. 조수간만의 차가 큰 서해안의 특징을 살려 물에 뜰 수 있도록 설계했다. 일제는 총 6기를 만들어 사용하였으며 현재 3기가 남아 있다. 1926년에 만들기 시작하여 1938년에 완공하였다. 뜬다리부두는 철도를 통해 군산항으로 운송되어 온 쌀을 선박으로 옮길 때 사용하였으며, 일제강점기 쌀 수탈을 보여주는 상징적인 시설물이다.

째보선창을 지나서 도로를 따라가다가 한적한 서래포구에 도착한다. 옛날에는 실뱀장어, 꽃게 등을 수확하여 군산의 수산업을 이끌던 포구였다. 경암동철길마을을 걸어간다. 철길을 따라 걸었던 과거로 돌아간 느낌이다. 애창곡 나훈아의 '고향역'을 속삭이면서 걸어간다. 집 바로 앞에 기차가 다니는 정겨운 마을이다. 2008년까지 실제로 운행했다. 말뚝박기를 하는 아이들 모습에 어릴 적 추억이 스쳐 간다.

해안가로 발길을 돌려 해안도로를 따라 걸어간다. 군산의 3.1운동을 기념하기 위해 건립된 구암역사공원을 지나서 구불1길 비단강길 따라 진포시비(詩碑)공원으로 나아간다. 윤동주의 〈서시〉 등 국내의 명시들

59일간의 서해랑길 도보여행기 1 - 전라도 구간

과 타고르의 작품 등 외국 시를 새긴 시비들이 세워져 있다. 구름을 타고 오르는 능운시인(凌雲詩人), 당나라 이상은의 한시 무제〈無題〉다.

만나기도 어렵지만 헤어지긴 더 어려워
동풍이 기력 없자 온갖 꽃들이 시들해졌다.
봄누에는 죽어야만 실 토하기를 다하고
촛불은 재가 되어야만 눈물 흘리기를 그만둔다.
새벽에 거울 보며 오직 귀밑머리 희어짐을 헤아리고
이 밤을 노래하다 응당 달빛 차가움도 느끼리라
봉래산 여기서도 멀지는 않으니
파랑새야! 은근히 내님 찾아나 보시려나.

금강체육공원을 지나서 인근에 있는 채만식문학관으로 들어선다. 금강변에 정박한 배를 형상화한 채만식문학관에는 군산 출신의 소설가 채만식의 발자취가 있다.

진포대첩기념탑을 지나서 4대강 자전거 종주의 추억이 서려있는 금강갑문을 걸어간다. 10년 전인 2012년 서천에서 자전거를 타고 건너왔던 금강자전거종주길의 금강갑문을 오늘은 걸어서 지나간다. 이런 추억을 안고 걸어가는 행운의 사나이 눈빛에 회상의 강이 흐른다. 금강 상류 쪽으로는 멀리 서해안고속도로가 보인다.

금강하굿둑을 나 홀로 걸어간다. 금강의 발원지는 장수군의 뜬봉샘, 백제의 혼, 백제의 숨결이 백마강으로 흐르다가 금강으로 다가온다. '비단강'이라 불리는 금강(錦江)은 남한에서 낙동강과 한강에 이어 세 번째로 길다. 장수 수분마을의 수분재를 지난 강물은 천천(天川)을 지나 용담댐에 이르고 금산, 영동, 옥천을 거쳐 대청댐에 이른다. 그리고 공주와 부여, 강경을 지나 웅포를 거쳐 군산으로 흘러 황해로 들어간다. 중류부에서는 호서평야, 하류부에서는 전북평야가 전개되어 전국 유수의 쌀 생산지대를 이룬다. 군산항이 일제강점기 쌀 수탈의 전초기지가된 것도 금강하구가 바닷길을 열어주었기 때문에 가능하다.

철새들이 하늘을 빼곡하게 채우며 금강하굿둑을 사이에 두고 금강과 서해를 자유로이 넘나든다. 겨울 군산의 백미는 파란 하늘을 수놓는 금강하구에 몰려드는 철새들의 날갯짓이다. 띠를 이루며 떼를 지어 날아오르는 철새들의 대형은 진경산수화요 자연교향곡이다. 특히 서해안의 붉은 낙조와 어우러지는 하늘과 물과 새가 만들어내는 명장면은최고의 예술이다. 먹구름처럼 새카만 가창오리 군단이 군산과 서천을오가며 날아오르다가 일순간 사라지는 모습은 경이롭기만 하다. 철새들이 날아가며 노래를 부른다. 나그네가 고등학교 시절부터 애창곡 '철새는 날아가고'를 부른다. 금강 하늘에 '엘 콘도 파사'가 애잔하게 울려퍼진다.

달팽이가 되기보다는 참새가 되고 싶어요.
맞아요 할 수만 있다면 정말 그렇게 되고 싶어요.
못이 되기보다는 망치가 되고 싶어요.
맞아요 할 수만 있다면 정말 그렇게 되고 싶어요.

'충청남도 서천군 마서면' 경계표시가 나타난다. 드디어 전라북도를지나서 충청남도 서천시에 들어선다. 새떼들이 열렬히 환영한다. 세상살이 누가 나를 이렇게까지 환호해 주었던가.

'하늘이여, 이 축복을 어이 하리요!'

금강하굿둑을 건너서 서천의 금강하굿둑관광지를 지나간다. 서천국민여가캠핑장을 지나고 음식문화특화거리에서 순대국을 먹을까, 짬뽕밥을 먹을까, 행복한 고민을 한다. 짜장면을 먹으면 짬뽕이 그리워지고 짬뽕을 먹으면 짜장면이 그리워진다는데, 결국 순댓국에 막걸리를 곁들여 음식삼매경을 즐긴다.

포만감에 젖어 평화로운 나그네가 때마침 평화공원을 지나간다. 평화! 그래, 지금 나는 평화로운가? 그렇다. 식욕의 집착이 없어졌기 때문이다. 손에 무언가를 쥐고는 손을 자유롭게 사용할 수 없는 것처럼, 마음이 어떤 것을 붙잡고 있다면 영혼이 자유로울 수 없다. 영혼을 그릇에 비유한다면 그 그릇에 놓여 있는 것이 집착, 그 집착 때문에 영혼이 무거워지고 힘들어지는 것이다. 평화로워지려면 집착에서 자유로워져야 한다. 마치 모래자루를 하나씩 내려놓을 때 열기구가 하늘로 떠오르는 것처럼, 집착하고 있는 것들을 하나씩 내려놓을 때 영혼은 더 가벼워지고 자유로워질 수 있다. 자유로운 영혼이 되고 싶다면 모든 집착을 내려놓아야 한다. 그것은 실체가 아니기 때문이다. 실체는 오직 하나, 영혼이다. 영혼의 그릇에 담겨 있는 집착들을 쏟아붓는다.

'하나, 둘, 셋!'

얼굴에 미소와 함께 영혼의 자유를 만끽하면서 월남(베트남)참전기념탑을 지나간다. 바닷물 넘실거리는 바다에 떠 있는 동백대교 건너 군산시를 바라보며 걸어간다.

14시 정각, 드디어 55코스 종점인 장항도선장 입구에 도착했다. 드디어 전라도를 지나서 충청도에 도착했다. 세계 최초로 에베레스트 정상에 오른 에드먼드 힐러리 경의 목소리가 들려온다.

"산은 체력이 강한 사람이 오르는 것이 아니라 오르고자 하는 욕망이 있는 사람이 오른다!"

세계 최초로 코리아둘레길 완주를 꿈꾸는 서해랑길의 나그네가 외친다.

"독만권서 행만리로(讀萬卷書 行萬里路), 만 리 길을 걷고 만 권의 책을 읽으라. 세상은 그대의 놀이터가 될 것이다!"

2권 충청도·경기도·인천 구간으로 계속 됩니다